2

LA REINE DES MACCHABS

Couverture : studio Bayard Éditions

Ouvrage originellement publié par Sourcebooks Jabberwocky,
un département de Sourcebooks Inc. – Naperville – Illinois – États-Unis,
sous le titre : *The Undertakers – Queen of the Dead*

18, rue Barbès, 92128 Montrouge Cedex
Première édition
ISBN : 978-2-7470-4445-5
Dépôt légal : janvier 2015

Loi n° 49-956 du 16 juillet 1949 sur les publications destinées à la jeunesse.

TY DRAGO

2

LA REINE DES MACCHABS

TRADUIT DE L'ANGLAIS (ÉTATS-UNIS)
PAR PATRICE LALANDE

bayard jeunesse

L'innocence est la première victime d'une guerre.
– Anonyme

Pour Susan Drago McDevitt,
fan loyale, sœur géniale…
et amie encore plus extraordinaire.
Je t'aime.

1

TRAVERSÉE

La Reine franchit le Gouffre entre les mondes le soir d'Halloween, et les morts la reçurent en grande pompe.

Elle arriva sans escorte, émergeant de la Faille sans forme ni substance... Une entité d'énergie noire et bouillonnante.

Ses sujets étaient rassemblés par dizaines, aussi nombreux que cette grande salle voûtée et sans fenêtres pouvait en accueillir. Se trouver ici en cet instant était évidemment un immense honneur, et seuls les plus gradés avaient été conviés. L'élite de l'Armée des Morts se tenait patiemment au garde-à-vous, baignée par la lueur qui émanait de la Faille, cette balafre flamboyante qui zébrait le mur arrière de la salle.

La Faille resta entrouverte une fois la Reine arrivée dans le royaume des humains.

La Faille ne se refermerait plus jamais.

Au centre de ce conclave de morts, le corps d'une jeune femme gisait sur un brancard, le cadavre le plus frais que les Malums avaient trouvé. Pour l'occasion, ils avaient paré la dépouille de vêtements de prix et de bijoux en or, sans regarder à la dépense.

On ne perdit pas de temps. La masse d'énergie noire qu'était encore la Reine bondit littéralement à l'intérieur du corps préparé à son intention. Étape essentielle pour ceux de son espèce, inaptes à survivre dans notre monde s'ils ne disposaient pas d'un corps hôte.

Les yeux du cadavre, que l'on avait respectueusement clos à sa mort, s'ouvrirent d'un coup. La femme se redressa difficilement et regarda ses mains. De son vivant, elles étaient longues et fines. À présent, elles étaient violacées et ses doigts, raides.

La Reine en fut dégoûtée, mais elle se résigna.

Il était exceptionnel qu'elle traverse le Gouffre en personne, mais la mort aussi soudaine qu'inexplicable de son prédécesseur, Kenny Booth, stratège respecté et combattant aguerri, ne lui avait pas laissé le choix.

Comme elle aurait aimé faire payer ce crétin surfait pour son échec ! Malheureusement, sa disparition définitive rendait la chose impossible.

Mais quelqu'un allait payer. Oh oui, *quelqu'un allait payer*...

– Depuis combien de temps cet hôte est-il décédé ? demanda-t-elle, s'exprimant pour la première fois.

Elle avait encore du mal à former correctement ses mots et à articuler.

– Six heures ! répondit un cadavre vêtu d'un costume taillé sur mesure, en sortant du rang dans une posture servile.

La Reine le dévisagea. Le corps qu'il portait était presque aussi frais que le sien. Elle ne s'y arrêta cependant pas, et examina plutôt son Enveloppe Charnelle. Tous avaient de telles Enveloppes, des sortes de masques leur permettant de passer inaperçus parmi les singes glabres qui peuplaient cette répugnante planète. Chaque Enveloppe Charnelle, chaque fausse identité, avait été soigneusement conçue afin de coller au mieux à celui qui la portait. En l'occurrence, pour celui-ci, un homme dans la cinquantaine, au visage plaisant et distingué, à la chevelure poivre et sel. Pour les humains, il était l'image même de la respectabilité, du professionnalisme, de la prospérité la plus consommée.

Les Malums étaient, après tout, maîtres dans l'art du déguisement.

La Reine se laissa glisser du brancard et se mit debout, testant ses nouvelles jambes. Elles feraient l'affaire. Celui qui se trouvait face à elle sourit.

– Bienvenue, Maîtresse.

Elle remarqua avec une certaine satisfaction qu'il s'exprimait à voix haute, ainsi que l'exigeait le protocole.

– Quel est mon nom ? s'enquit-elle.

– Vous vous appelez Lilith Cavanaugh, répondit-il en lui tendant une liasse de documents. Voici votre dossier : cursus scolaire et universitaire, liste de vos emplois passés, références. Votre historique aux impôts remonte à vingt ans en arrière. C'est l'identité la plus parfaite que nous ayons jamais mise au point. J'y ai veillé personnellement.

La Reine saisit les papiers, qu'elle entreprit de feuilleter. Plus tard, quand elle serait seule, elle lirait le tout à plusieurs reprises. Il était important de bien se familiariser avec son Enveloppe Charnelle, de faire corps avec son personnage, pour ainsi dire. Il y avait bien longtemps qu'elle n'avait pas supervisé une colonisation planétaire, mais il était inimaginable d'ignorer la règle immémoriale : une Enveloppe Charnelle réussie est affaire de bluff autant que d'illusion.

– Acceptable, déclara-t-elle, déposant négligemment les documents sur le brancard. Ton nom ?

– Joseph Latombe, Maîtresse.

L'homme sourit de toutes les dents parfaitement blanches de son Enveloppe. Celles du cadavre qu'il portait étaient en revanche bien jaunies et déchaussées.

– Latombe... Un nom amusant, et familier. Tu étais le secrétaire personnel de Kenny Booth, n'est-ce pas ?

Avait-elle vu, l'espace d'un instant, son rictus s'infléchir ? Elle n'en était pas certaine. Mais, de toute façon, cela n'avait pas la moindre importance.

– J'ai effectivement eu cet honneur, Maîtresse.

– Et qu'est-il advenu de Booth alors qu'il était sous ta protection ?

– Maîtresse, je n'étais pas...

Elle fit un pas, et le sourire disparut complètement du visage de son interlocuteur.

– N'étais pas... quoi ? l'interrompit la Reine en se rapprochant un peu plus. Pas sur le plateau de télévision lorsque ton Maître a été empoisonné par les bonbons dont il faisait une consommation aussi excessive qu'obsessionnelle ? Pas présent et disponible lorsque sa maison a été prise d'assaut ? Pas réduit à l'impuissance et mis en déroute, ainsi que toute l'équipe de Booth... par une bande de gamins ?

Elle était tout près de Joseph Latombe à présent, se repaissant de la peur qui brillait au fond de ses yeux... Pas ses yeux morts ni ceux, plus expressifs, de son Enveloppe. Non, c'était l'être à l'intérieur, ce qu'il était vraiment, qui tremblait devant elle... et à bon escient.

– Maîtresse... Je vous en prie...

La Reine posa ses doigts morts et violacés sur la tête de l'individu frémissant, lui serrant le crâne comme dans un étau.

– Chut, lui intima-t-elle.

– Pitié, gémit l'homme. Pitié.

– Non.

Et, sans crier gare, elle arracha la tête de Latombe de ses épaules.

Pas la moindre goutte de sang ne gicla, car son cœur ne battait plus depuis longtemps, mais divers fluides corporels s'écoulèrent lentement du cadavre décapité qui s'était affaissé sur le sol de pierre.

Lilith tint la tête à bout de bras pendant quelques secondes, admirant la façon dont l'illusion fermait les yeux, comme si elle s'endormait. Si un humain s'était trouvé là, il n'aurait rien vu. Aveuglé par l'Enveloppe, le singe glabre aurait cru que l'homme en costume avait trébuché ou qu'il avait perdu connaissance. Peut-être serait-il venu à sa rescousse, ignorant que la seule façon d'aider Joseph Latombe à présent était de lui fournir un nouveau corps hôte dans lequel transférer son Moi pris au piège.

Le corps qu'il occupait, celui qui venait littéralement de perdre la tête, était hors d'usage.

– Pas de Transfert, annonça la Reine au reste de l'assemblée.

Puis, grognant d'une rage à demi consumée, elle lança la tête dans la Crevasse flamboyante qui reliait les mondes. Un murmure apeuré parcourut la horde rassemblée.

– Pas de Transfert !

Cette fois, elle avait hurlé. Elle se pencha, saisit le cadavre décapité et, d'un mouvement puissant, le jeta à son tour dans la Fissure dimensionnelle.

Le Malum qui se faisait appeler Joseph Latombe était, comme Kenny Booth, mort à jamais.

D'autres murmures montèrent, et la Reine remarqua avec une certaine irritation que pas une lèvre ne bougeait. Ils utilisaient l'Ancienne Langue, aussi appelée « Morlangue ».

– Assez ! ordonna-t-elle d'une voix qui résonna jusqu'au plafond. Personne ne parle l'Ancienne Langue tant que je commande. Je ne le répéterai pas ! Sinon, vous finirez comme cet imbécile ! C'est bien compris ?

Les murmures cessèrent. Des dizaines de paires d'yeux morts se posèrent sur elle. Que ce soit leur être véritable ou leur Enveloppe Charnelle, tous étaient visiblement terrifiés.

Voilà qui était mieux.

– D'ici quelque temps, l'un de vous veillera à mes besoins. Comme Joseph Latombe le faisait avec Booth. Si mon secrétaire venait à me faire défaut, à l'exemple de Latombe, il – ou elle – subirait le même sort. Comme on vous l'a sans doute dit, je ne suis ni patiente ni compatissante, et me voir contrainte de débarquer sur ce monde pitoyable n'a pas contribué à améliorer mon humeur. Mais sachez que je *peux* me montrer généreuse... envers qui me sert avec loyauté et compétence. C'est compris ?

Personne ne souffla mot. Il n'y avait rien à dire. Leur silence suffisait à marquer leur consentement.

– Parfait, conclut la Reine.

Elle jeta un rapide coup d'œil sur la première page de son dossier. Lilith Cavanaugh mesurait un mètre soixante-quinze, avait les yeux verts et une chevelure blonde qui lui arrivait aux épaules. Il n'y avait évidemment aucune photo, puisqu'elle n'avait jamais réellement existé avant ce soir. Mais, dès le lendemain, ses traits, ou plus exactement ceux de sa Couverture, feraient leur apparition dans les journaux et les émissions de télévision locales. Les Malums étaient des experts en communication. D'ici peu, son visage serait connu de tous les habitants de Philadelphie.

« Il est temps de le choisir. »

Avec un sourire songeur, la Reine se mit en position… et revêtit son Enveloppe.

En quelques secondes à peine, une jeune femme splendide, à l'opulente chevelure blonde, avait pris la place du cadavre violacé. Elle portait la tenue taillée sur mesure et les bijoux en or comme si elle était née avec. Elle palpa son visage et examina une nouvelle fois ses mains. Celles-ci n'avaient plus leur apparence cadavérique, mais étaient douces et élégantes, avec une peau d'albâtre et des ongles vernis.

« Acceptable. »

Lilith Cavanaugh s'adressa alors à ses acolytes. Il y avait fort à faire, et elle savait exactement par quoi commencer.

– Que l'un de vous m'escorte jusqu'à ma nouvelle demeure, ordonna-t-elle. Une fois là-bas, je me reposerai et j'apprendrai à me familiariser avec la vie que l'on a préparée à mon intention. Mais, auparavant, quelqu'un pourrait-il m'expliquer qui sont ces... Fossoyeurs ?

2

MISSION DE RECONNAISSANCE

Courir pour échapper aux griffes d'un cadavre bien gluant vêtu d'un uniforme de policier qui vous déchiquettera impitoyablement de ses mains grouillantes d'asticots s'il vous rattrape... vous appelez ça comment ?

Moi, j'appelle ça « jeudi ». Bon, techniquement, c'était plutôt vendredi, puisque ça se passait après minuit.

Mais j'anticipe.

Je pourrais dire que tout avait commencé vingt minutes plus tôt, mais ça ne serait pas vrai. En vérité, c'était quatre mois auparavant, le jour où j'avais mis les pieds hors de chez moi et où je m'étais rendu compte que mon voisin s'était transformé en cadavre ambulant pourrissant à l'intérieur de son peignoir en coton. J'avais découvert la même chose au sujet de mon proviseur adjoint, puis de ma prof de maths. Et, tout à coup, ils étaient partout... Des flics (comme celui qui me pourchassait à ce moment-là), des commerçants, et même des présentateurs de journaux télévisés. Il y en avait des milliers, et leur nombre ne cessait d'augmenter.

Des Macchabs (avec un M majuscule), c'est comme ça que nous les appelons. Pas des zombies, hein ? Les zombies, ce sont ces demeurés qui passent leur temps à beugler en titubant et qui sont aussi rapides que des tortues blessées. Les Macchabs, en revanche, sont vifs, intelligents et organisés. Pour tout le monde, ce sont des gens comme les autres, sauf pour les adolescents – enfin *certains* ados – qui les voient tels qu'ils sont vraiment. J'ai la « chance » – vous avez remarqué les guillemets ? – de faire partie de ceux-là...

Depuis ce matin-là, je ne suis plus retourné chez moi.

Mon nom est Will Ritter, et je suis un Fossoyeur.

– Il y en a combien ?

C'était Helen qui avait posé cette question. Vingt minutes plus tôt.

Flash-back.

L'œil vissé au télescope, j'observais la porte de la prison, de l'autre côté de la rue. La vision nocturne colore le monde d'un vert vomitif, mais elle permet de percer toutes les ombres. Grâce à elle, j'avais repéré sans problème un petit groupe de Macchabs. Ils étaient rassemblés derrière une voiture de police garée près du trottoir, tous feux éteints.

– Ils sont quatre. Et, quoi qu'ils mijotent, ils se montrent particulièrement discrets. Il y en a un qui monte la garde, un autre qui ouvre la porte de la prison, et les deux derniers sortent quelque chose du coffre.

– Quoi ? me demanda Helen.

– Attends un peu, dis-je, en scrutant un peu mieux. Eh, mais c'est un cadavre !

– Peut-être un Transfert en vue, suggéra Helen.

– Non… Il bouge, rectifiai-je. Je crois qu'ils ont capturé quelqu'un. Quelqu'un de vivant, je veux dire. J'ai l'impression qu'ils lui ont passé des menottes. Aux mains et aux pieds. Et il est bâillonné aussi.

– Laisse-moi jeter un œil ! s'écria Helen.

La vapeur de son souffle dissimulait presque son visage. Il faisait sacrément froid dans cette rue obscure… Minuit passée par une nuit de février claire et dégagée, à Philadelphie. Nous étions sur Fairmount Avenue, tapis dans l'ombre d'un auvent de magasin qui faisait face au pénitencier Eastern State.

Je lui tendis mon canif… Mon étrange et plus qu'étonnant canif. Il m'avait été donné par une mystérieuse femme sans nom qui m'avait rendu visite lors d'un rêve. C'était après avoir reçu une vilaine blessure, et j'étais si bien amoché que je l'aurais prise pour un produit de ma tête cabossée… si je n'avais trouvé ce cadeau sous mon oreiller.

Il m'avait fallu un petit bout de temps avant de cracher le morceau, mais à présent la plupart de mes amis connaissaient la version courte de l'histoire : un ange m'avait rendu visite.

Ça a l'air dingue, dit comme ça, non ?

Eh bien, ma vie au cours des quelques mois qui venaient de s'écouler avait comme qui dirait relativisé la définition du mot « dingue » dans mon dico personnel.

Prenez l'invasion des Macchabs, par exemple. Une armée de cadavres ambulants qui, sans qu'on sache trop comment, sont capables de donner l'illusion qu'il s'agit d'hommes et de femmes comme vous et moi. Et cette illusion perdure quel que soit le nombre de cadavres successifs qu'ils usent, à mesure que ceux-ci se décomposent, les obligeant à en trouver un plus frais. Trois ans environ avant que je sois mêlé à cette histoire, ils avaient commencé à s'infiltrer dans les rouages de la municipalité de Philadelphie avec l'intention d'en prendre le contrôle. À l'automne dernier, l'un d'eux, un journaliste du nom de Kenny Booth, avait même tenté de se présenter aux élections municipales.

Il avait échoué. Nous l'en avions empêché. Nous. Les Fossoyeurs.

Nous sommes tous des Clairvoyants, c'est-à-dire que nous sommes capables de percer le masque d'illusion des Macchabs et de voir la charogne en putréfaction qu'ils animent. Nous pourrions donner l'alerte à leur sujet. Nous pourrions mettre un terme définitif à leurs agissements. Sauf que non. Nous sommes des gamins. Le plus vieux d'entre nous n'a que dix-sept ans.

Et personne ne croit jamais les enfants, pas pour ce genre de choses.

Jamais.

Donc, nous livrons la guerre que personne d'autre ne peut livrer. Une guérilla. Nous sommes une armée de l'ombre, qui n'agit qu'à la nuit tombée. Nous surveillons ces charognes et, dès que l'occasion se présente, nous frappons. Sans pitié et là où ça fait mal. Et nous disparaissons juste après.

Ça les met dans une rage, je ne vous dis pas !

Cette nuit-là, Helen et moi avions suivi en douce une bande de Macchabs. Des flics. Pour n'importe qui d'autre, ils auraient eu l'air de policiers tout ce qu'il y a de normal et respectable. Pour nous, c'étaient deux « type 2 » et deux « type 3 » – selon un code que nous avions créé, basé sur l'avancée de la décomposition d'un cadavre. On désignait par « type 1 » les corps fraîchement décédés, encore rapides et forts, même s'ils étaient parfois assez... juteux. Les type 5 étaient des coquilles sèches qui se mouvaient avec difficulté, se battaient encore moins bien que ça, et avaient tendance à s'effriter.

Ceux que nous avions sous les yeux étaient quelque part entre les deux.

Quatre Macchabs dans la même voiture, voilà qui n'était pas courant. La plupart du temps, ils aimaient se déplacer en très petits groupes, cherchant à s'infiltrer dans un maximum de lieux de la ville. Dès qu'on en repérait plus de deux au même endroit et au même moment, ça nous faisait l'effet d'un signal d'alarme.

Pratiquement à chaque fois, ça signifiait qu'ils mijotaient quelque chose de spécial.

Après les avoir pris en filature pendant peut-être une demi-heure, nous avions atterri ici, sur Fairmount Avenue, où nous les espionnions à une distance respectable.

– Ils l'emportent à l'intérieur, commenta Helen, un œil fermé, l'autre collé contre mon canif, regardant, comme moi avant elle, par le télescope à vision nocturne.

Oui, vous avez bien lu : un canif équipé d'un télescope à vision nocturne.

– Ils entrent dans la prison, ajouta-t-elle, mais le quatrième reste là. Il va sans doute continuer à monter la garde. Attends !

– Quoi ?

– Je crois bien que quelque chose est tombé de la poche du type menotté quand ils l'ont fait passer par la porte. C'est sur le trottoir, et je n'ai pas l'impression que les Macchabs s'en sont rendu compte.

– Tu peux voir ce que c'est ?

Elle secoua la tête.

– Zoome, insistai-je.

– Je suis au maximum. C'est carré et sombre. Un portefeuille, peut-être.

« Intéressant. »

– On devrait le récupérer, suggérai-je.

Elle baissa le canif et me regarda d'un air mauvais.

– Non. N'y pense même pas.

– Ça pourrait être important.

– Nous sommes en mission de reconnaissance. Aucun contact direct, tu te souviens ?

Elle disait vrai. Helen et moi étions des Anges-Gardiens en formation. Les Anges-Gardiens, c'était comme ça qu'on appelait l'équipe de Fossoyeurs qui avait la charge de la plupart des opérations commando dont je parlais tout à l'heure. Ils étaient sous les ordres d'une fille appelée Sharyn Jefferson, la sœur du chef. Elle menait l'équipe à la façon d'un véritable général, en faisant appliquer des règles et des protocoles à la lettre. Les recrues étaient autorisées à sortir et surveiller les Macchabs au comportement étrange, puis à faire leur rapport au Refuge, le quartier général des Fossoyeurs. En revanche, hors de question d'en découdre avec les Cadavres. Ça faisait partie des règles et protocoles qui rythmaient notre vie ou, plus exactement, notre survie. Mais bon...

– Helen, ils ont enlevé quelqu'un, quelqu'un de vivant... et il s'agit d'un adulte, pas d'un enfant ! Pas d'un Clairvoyant ! Tu ne crois pas que ça vaudrait le coup de prendre un risque calculé pour tenter d'en apprendre un peu plus ?

Elle considéra mes arguments, la mine toujours aussi renfrognée. Ses cheveux bruns étaient coiffés en arrière et dissimulés dans une casquette de laine épaisse. Son visage pâle et ses yeux noisette brillaient doucement dans la pénombre. Elle resta silencieuse un bon moment avant de répondre.

– Pas ce soir, Will.

– Pas ce soir ? Et pourquoi pas ?

– Pas ce soir, c'est tout.

Ce fut à mon tour de ronchonner.

– C'est stupide.

– Oui ? Eh bien, ce sont les règles. Tu les connais aussi bien que moi. De plus, c'est moi la senior sur cette mission. Donc, stupide ou pas, tu ne vas nulle part.

Je lui décochai un regard furibard qui – du moins je l'espérais – lui ferait comprendre ce que je pensais de sa façon de mettre son grade en avant.

– Donc, si je pars là-bas tout seul, tu vas... quoi ? Me botter les fesses ?

– Ça ne serait pas la première fois...

« Pas faux. »

– Allez, repris-je. Je te promets d'être discret et de ne pas faire d'acrobaties. Rien de délirant. Tu me couvres avec ton Méga-Blaster. Une fois que je suis à portée, j'arrose le garde, je m'empare du machin-bidule par terre, et je dégage avant que les autres Macchabs se soient aperçus de ma présence.

Helen hésita :

– Will, je ne pense pas que...

– Tu n'as pas confiance en moi ?

– Tu sais bien que si, grogna-t-elle.

– Alors, crois-moi quand je te dis que je peux le faire !

Poussant un soupir exagéré et consterné, elle céda :

– D'accord. Mais je te jure que, si tu te fais tuer, je te botterai les fesses !

– Ça marche. Euh, au fait... Rends-moi mon canif.

– Pour quoi faire ? me demanda-t-elle, soudain redevenue méfiante.

– Au cas où...

– Non, non, répondit-elle en secouant la tête. J'en aurai besoin pour jeter un coup d'œil alentour... *au cas où* tu te retrouverais en mauvaise posture. Joue-la en finesse, et tu pourras te faire ce Macchab avant qu'il ait le temps de te voir. Assure-toi juste que ta radio est bien éteinte. Tu sais comment ces trucs ont la fâcheuse manie de se mettre en marche ou à grésiller au mauvais moment.

Mes yeux passèrent d'Helen à mon canif. Il n'y avait rien à quoi je tenais autant qu'à cet étrange gadget, et l'idée de partir à la bataille sans lui me paraissait mauvaise.

– Helen…

Elle me gratifia d'un de ces regards dont elle avait le secret, arquant un unique sourcil, genre docteur Spock dans *Star Trek*.

– Bon, tu y vas, oui ou non ?

Je lâchai l'affaire et jetai un coup d'œil de l'autre côté de la rue. La prison était toujours plongée dans le noir, mais les lampadaires diffusaient assez de lumière pour me permettre de voir distinctement la sentinelle macchab. Le Cadavre était à son poste, à environ quarante mètres de moi, raide comme un tronc d'arbre et assez massif pour me briser la nuque d'une chiquenaude.

Quelque chose me disait que l'objet sur le sol était important et, depuis un certain temps, j'avais appris à me fier à mon instinct.

Une voiture arriva. Je bondis à couvert dans l'obscurité et posai une main devant mes yeux de façon à ne pas être aveuglé par les phares. La circulation était parfois dense sur Fairmount Avenue, mais à cette heure il n'y avait pas grand monde dehors. Il faudrait tout de même que je fasse attention à ne pas me retrouver pris dans les feux d'une voiture ni écrasé.

Un second véhicule passa, roulant dans l'autre sens, puis la rue retrouva son calme.

« Maintenant ! Profite de ce que le Macchab a la lumière en plein dans les yeux ! »

Juste au moment où je m'arc-boutais et m'apprêtais à m'élancer, une main agrippa mon bras. Irrité, je tournai la tête et vis Helen qui me dévisageait.

– Il est plus de minuit, dit-elle.

– Et alors ?

– Alors... ne meurs pas. Pas aujourd'hui. Je n'ai pas besoin de ce genre d'ironie.

Surpris, j'acquiesçai. Elle me relâcha, et je passai à l'action, traversant Fairmount Avenue, ramassé sur moi-même, à la faveur des taches d'ombre et du bruit de la voiture.

« Alors... ne meurs pas. Pas aujourd'hui. »

Helen savait que c'était mon anniversaire.

3

LA PRISON

Le pénitencier Eastern State n'était pas une prison. Du moins, ça n'en était plus une.

Lorsqu'on l'avait construit, en 1829, c'était le plus grand bâtiment d'Amérique. Avec ses tours et ses parapets, il avait été conçu pour être imposant, comme pour dissuader nos ancêtres de se lancer dans une carrière criminelle. L'endroit ressemblait à un authentique château médiéval. Il ne manquait que les douves.

En son temps, Eastern State avait accueilli des pensionnaires aussi prestigieux qu'Al Capone[1], mais le pénitencier avait été condamné (si je puis dire) dans les années 1970, avant d'être finalement transformé

---

1. Al Capone est un célèbre gangster américain qui a vécu à l'époque de la Prohibition (note du traducteur).

en musée. Je l'avais visité à l'occasion d'une sortie scolaire, comme c'est le lot de la plupart des enfants de Philadelphie, un jour ou l'autre.

L'édifice est gigantesque et file les jetons, genre château de Dracula, sauf qu'il est entouré de cafés et de brasseries.

Il venait d'être fermé au public une nouvelle fois pour être restauré. On allait rendre les lieux « plus jolis », à ce qu'ils disaient. Et pendant ce temps les Macchabs s'en servaient apparemment à leurs propres fins, au rang desquelles y introduire un être humain pieds et poings liés au cœur de la nuit.

Je me recroquevillai devant le muret en brique d'environ un mètre de haut qui longe le trottoir depuis l'angle est du bâtiment jusqu'à la porte principale. Une plateforme herbue de trois mètres de large le surmontait, séparant le trottoir de l'enceinte proprement dite, haute de dix mètres. À cette époque de l'année, la végétation se résumait à quelques arbustes aux branches dénudées.

Jetant un coup d'œil vers l'ouest, je repérai une nouvelle fois le Macchab qui montait la garde. S'il m'avait vu traverser la rue, il n'en laissait rien paraître.

Jusque-là, tout allait comme sur des roulettes.

Il n'y avait pas beaucoup d'endroits entre lui et moi où me dissimuler, du moins si je restais sur le trottoir. J'attendis donc que passe une autre voiture pour me hisser sur la plateforme, puis je me frayai un chemin sur le pauvre gazon et me plaquai contre le mur d'enceinte.

Les lumières extérieures de la prison étant éteintes ; l'obscurité était quasi-totale. Je commençai à avancer, lentement, très lentement, prenant soin de faire le moins de bruit possible et de rester collé au mur. Au bout de quelques minutes, j'arrivai enfin près des grandes portes, nichées dans une structure en brique qui saillait du bâtiment. J'avais un angle de vue parfait pour observer à la dérobée.

Ce que je fis.

Le Macchab était du genre balèze. Un type 3. Ses fluides corporels ruisselaient de partout. Sa peau était ratatinée et adhérait à ses muscles asséchés, qui commençaient à pourrir de l'intérieur. Ses yeux, en partie dissimulés par sa casquette de policier, étaient enfoncés dans leurs orbites, et bien laiteux. Des yeux morts. Les Macchabs avaient toujours des yeux morts, tellement morts qu'on aurait presque pu croire qu'ils ne pouvaient pas nous voir.

À tort.

C'étaient des cadavres animés, et les envahisseurs à l'intérieur de ces corps vous voyaient très bien, même si, par chance, leur vision nocturne n'était pas meilleure que la nôtre.

Mais les cadavres de qui ? C'était la question qui me turlupinait chaque fois que je rencontrais un Macchab.

Les corps qu'ils parasitaient avaient autrefois appartenu à des êtres de chair et de sang, bien vivants, qui méritaient mieux que de finir par être revêtus comme un costume par des créatures maléfiques venues d'un autre monde. Celui-là, en plus, portait un uniforme de flic.

Flic, c'était le métier de mon père, Karl Ritter. Celui-là même qui avait fondé les Fossoyeurs avant qu'un Macchab particulièrement retors l'attire dans un traquenard et l'assassine. Ce Macchab, Kenny Booth, ancien présentateur vedette de la chaîne de télévision locale et candidat aux élections municipales de Philadelphie, était de l'histoire ancienne à présent, et pour de bon. J'y avais veillé personnellement.

Mais, malgré ça, ça me faisait toujours quelque chose de voir un Macchab en uniforme de flic.

Celui que j'observais se tenait face à la rue, ses lèvres exsangues tordues en un perpétuel rictus. Il ne restait pas en place, changeant constamment de pied d'appui, ce qui entraînait chaque fois un répugnant clapotis de fluides corporels suintant de son pantalon et ruisselant sur ses chaussures réglementaires. Du pur jus de Macchab.

Il y avait eu un temps, pas si lointain, où pareil spectacle n'aurait pas manqué de me retourner l'estomac comme une crêpe à la Chandeleur. À présent, ça me mettait juste de bonne humeur. Ce Cadavre s'ennuyait, c'était plus que visible. Et un Macchab qui s'ennuie, c'est un Macchab qui n'est pas attentif à ce qui se passe autour de lui.

Sur le trottoir entre nous, à peut-être un mètre de moi, se trouvait ce petit carré noir que Helen avait repéré. Ça ressemblait vraiment à un portefeuille, et il n'allait pas être facile de m'en emparer.

Je m'approchai un peu, plissant le nez devant la puanteur immonde. Les types 2 et 3 sont ceux qui empestent le plus. Les cadavres plus frais ne sentent pas encore trop mauvais, et ceux qui datent ont perdu une grosse partie de leur « parfum ». Ce sont les « entre-deux » qui donnent vraiment la nausée.

Voilà un truc que vous ne saviez pas, je parie !

Bref, sur la partie ouest, le muret était de moins en moins haut. Je n'étais plus à un mètre du sol, mais à une trentaine de centimètres seulement.

« Allez, encore un peu. »

Je fis très attention en sautant, veillant à ne surtout pas trébucher. J'étais totalement à découvert à présent, recroquevillé derrière le Macchab, légèrement sur sa gauche.

Assez près.

Je sortis mon pistolet à eau de mon manteau et braquai le canon à hauteur de son oreille.

« Pour toi, papa. »

Et je pressai la détente.

La giclée de saumure inonda la tempe du Cadavre. Pendant deux ou trois secondes, il n'eut aucune réaction, puis ses membres tressaillirent et s'agitèrent de plus en plus violemment, comme s'il était pris de convulsions. Il s'affaissa sur le trottoir, impuissant, tout son corps parcouru de spasmes déchirants.

Je fis un pas en avant et ramassai le portefeuille.

« Trop facile... »

La seconde d'après, des mains cadavériques et boursouflées se tendaient vers moi. Pas celles du garde terrassé ; celles d'un autre Macchab. Il avait bondi depuis l'avancée en brique qui encadrait la porte de la prison, et avait passé ses mains glacées et poisseuses autour de mon cou avant que je m'aperçoive de sa présence. J'eus à peine le temps de pousser un hoquet de surprise qu'il me fit décoller du sol avec une force telle que mes baskets faillirent rester collées au trottoir. La seconde d'après, j'étais dans le renfoncement, violemment plaqué contre le mur, mes pieds se balançant dans le vide, face à un type 2 bien violacé dont les cheveux commençaient à tomber en touffes desséchées.

– *Alors. Petite. Souris ?*

Il parlait en Morlangue. Sans bouger les lèvres. Ils le font tous. Un de mes amis chez les Fossoyeurs, un geek du nom de Steve Moscova, est persuadé que c'est la façon normale de communiquer chez les Macchabs. Leur langue natale en quelque sorte. Les Clairvoyants

– c'est-à-dire ceux qui, comme moi, voient les Macchabs derrière le voile de leur illusion – la comprennent. Selon Moscova, c'est un véritable avantage pour nous. Je veux bien. N'empêche que ça fiche franchement les boules quand ils causent comme ça.

Tout en cherchant à avaler une goulée d'air, je me forçai à rester calme. Entraînement de Fossoyeur. Pour l'heure, le Cadavre me tenait à bout de bras, réduit à l'impuissance. J'avais lâché mon Méga-Blaster quand il m'avait saisi. Mais si je parvenais à ce qu'il m'attire près de lui...

– Attends, balbutiai-je. Pitié...

Le Macchab grimaça de plaisir. Ses dents étaient des chicots jaunis, et ne me demandez pas de parler de sa langue...

– *Quel. Goût. La. Souris ?*

Ce Macchab était sur le point de me croquer. C'est leur grand truc. C'est dingue, vu que leur système digestif n'est pas en état de marche, mais ils le font quand même, et ils y vont, excusez-moi... comme des crève-la-faim – c'est le seul mot qui me vienne à l'esprit. J'avais vu de mes yeux le genre de dégâts que peuvent faire des dents de Macchabs.

J'en rêvais encore parfois la nuit.

– Attends ! hoquetai-je. J'ai... un... secret.

Il avait été tout sauf facile de sortir ce dernier mot de ma gorge, serrée comme elle l'était par ses pouces qui pressaient de plus en plus fort. Le Cadavre me dévisagea.

– Un secret ? demanda-t-il, à voix haute, cette fois, avant de me tirer vers lui. Dis-moi, souris, et je te promets que tu mourras très vite.

« Bingo. »

J'ôtai les mains de ses poignets et laissai retomber mes bras le long de mon corps, comme si j'étais de plus en plus faible. Puis je serrai les poings en redressant les pouces, que j'orientai en angle droit. Encore un truc appris à l'entraînement des Fossoyeurs.

– Dis-moi ! s'emporta-t-il.

Je levai les mains d'un coup et j'enfonçai mes pouces sous ses aisselles, cherchant et trouvant le point névralgique. Son expression impatiente céda la place à une surprise hébétée tandis que ses bras perdaient soudain toute vigueur et qu'il me lâchait sans plus de cérémonie. Mes pieds touchèrent le sol, mes genoux fléchirent sous moi, et je glissai le long de la paroi, finissant les fesses au sol.

– *Ici !* ragea-t-il en Morlangue, les bras ballants. *Fossoyeur ! Ici ! Vite !*

Les deux autres Macchabs seraient là dans quelques secondes, répondant à l'appel à l'aide de leur compagnon.

Il était temps de mettre les voiles.

Je me redressai comme je pus et détalai vers la rue, mais le Macchab fut plus rapide : il s'interposa entre la seule issue et moi.

– *Tu. Ne. Pars. Pas. Garçon !*

– Will ! Attrape !

Helen surgit au bout du renfoncement, son pistolet à eau braqué sur la sentinelle terrassée qui gigotait toujours sur le trottoir. Au même instant, elle me jeta quelque chose de son autre main.

« *Yes* ! »

Mon canif décrivit un arc de cercle par-dessus l'épaule du second Macchab. Je le saisis au vol, évitant de justesse les mâchoires du Cadavre qui se refermaient sur ma main. J'appuyai longuement sur le bouton 2. Deux petites cornes d'acier sortirent à l'autre extrémité du canif, et je pressai le Taser sur le torse puissant du Macchab.

Ses yeux laiteux s'agrandirent. Il frissonna de tout son corps. Puis il s'affaissa. Logique, quand on reçoit une décharge de 150 000 volts.

Sérieux, j'adore mon canif !

Au même instant, Helen tira à bout portant dans la tête du Macchab étendu dans la rue, afin de s'assurer qu'il resterait bien hors de combat. Ses convulsions empirèrent. La saumure. Ça leur déglingue les « récepteurs nerveux » (ou un truc de ce genre, appellation contrôlée de Steve le geek). Une bonne giclée dans une jambe les fait tourner sur eux-mêmes. La même dans la face les met KO pour plusieurs minutes au moins.

Rien de définitif, malheureusement.

Des bruits de pas retentirent dans la cour, derrière la porte qui se trouvait dans mon dos.

– On bouge ! lança Helen.

Nous fonçâmes sur Fairmount Avenue, tournant à l'angle de la Vingt et unième Rue, où nous avions laissé notre vélo. Oui, j'ai bien dit « notre ». Au singulier. Nous étions en formation, voyez-vous, pas des Anges-Gardiens accomplis, et donc nous devions partager un vélo quand nous partions en mission de reconnaissance. Sharyn prétendait que c'était parce que les Stingrays aux selles si cool qu'utilisent les Anges-Gardiens étaient en nombre limité. J'avais cependant le sentiment que c'était sa façon à elle de s'assurer que nous ne prendrions pas trop vite confiance en nous.

Exactement comme je venais de le faire.

C'était Helen qui pédalait parce que, eh bien, elle avait presque un an de plus – et était un tout petit peu plus musclée – que moi.

Ça me gênait parfois, mais au moins elle ne passait pas son temps à s'en vanter.

– Accroche-toi ! s'exclama-t-elle inutilement.

Je me calai contre le grand dossier, tendis les bras en arrière et m'agrippai à la sécurité en chrome. J'aurais pu passer les bras autour de la taille d'Helen. Ça aurait même sans doute été plus sûr. Mais je ne faisais jamais ça avec elle. Je ne sais pas vraiment pourquoi.

Derrière nous, les portes du pénitencier s'ouvrirent d'un coup. Il n'existe pas de juron en Morlangue, du moins, pas à ma connaissance. Mais ces types-là s'employaient à pester du mieux qu'ils pouvaient.

Alors que Helen appuyait sur les pédales et nous lançait sur la Vingt et unième Rue, en direction du centre-ville, j'entendis la voiture de police démarrer.

Ils nous pourchassaient.

– Dis-moi que tu as pu prendre le portefeuille ! hurla Helen.

– Oui, répondis-je. Il est dans ma poche.

Elle hocha la tête et pédala encore plus énergiquement. Soudain, un pneu crissa dans notre dos. Une autre voiture de police s'était engagée dans la rue, avec un Cadavre furieux au volant, qui n'avait assurément qu'une seule idée en tête : nous tuer.

Un vélo, c'est moins rapide qu'une voiture. Mais c'est aussi plus petit et nettement plus facile à manœuvrer. Donc, quand on est sur un vélo, distancer un véhicule n'est pas tant une affaire de vitesse (même s'il faut quand même y aller) que d'itinéraire : il faut en choisir un comportant autant de virages que possible. C'est assez facile dans certaines zones de Philadelphie, où on trouve de petits pâtés de maisons dans lesquels se croisent et se recroisent des allées étroites parfaites pour y disparaître.

Malheureusement, nous n'étions pas dans ce genre de quartier...

De plus, de telles manœuvres sont jouables quand on est seul sur la selle. Après deux virages difficiles, je savais que ça n'allait pas le faire.

– Dépose-moi ! lançai-je.

– Quoi ?

– On n'y arrivera pas... Pas à deux sur la bécane ! Laisse-moi descendre ! Je vais trouver un endroit pour me cacher et appeler le Refuge à la rescousse !

– N'y pense même pas ! protesta-t-elle. Pas question de te lâcher !

– Alors ils vont nous tuer tous les deux et récupérer le portefeuille ! Fais-moi confiance ! Je peux les semer... au moins jusqu'à l'arrivée des renforts !

Elle céda, à contrecœur.

La bagnole fondait sur nous tel un monstre de métal de deux tonnes. Le Cadavre n'avait pas mis la sirène ni allumé sa rampe et ses phares. Le problème quand on s'en prend à des flics Macchabs, c'est qu'ils risquent d'appeler des renforts par radio. Ils y ont tout intérêt parce que, même si le flic qui vous capture est un humain, ses collègues Macchabs peuvent toujours s'occuper de vous plus tard.

Vous voyez, ils savent, tout comme nous, que peu importe l'histoire que nous servirions lors de notre garde à vue, personne ne nous croirait.

Mais ce Cadavre-là agissait tous feux éteints, ce qui laissait penser qu'il ne voulait pas que nous tombions aux mains de la police « normale ».

Il voulait juste nous tuer. Helen en était tout aussi consciente que moi. Et c'est cela plus que toute autre chose qui la convainquit.

– Je vais tourner au prochain croisement, dit-elle sur un ton pas joyeux du tout. Et là, tu sautes !

– Ça marche !

Si elle avait frôlé l'angle de Wallace Street d'un poil plus près, nous aurions tous les deux fini en purée sur le mur en brique du bar qui se trouvait là. Mais elle manœuvra parfaitement, d'une façon si soudaine et si bien chronométrée que le flic mort nous dépassa sans avoir le temps de négocier le virage, nous offrant ainsi de précieuses secondes d'avance ponctuées par le couinement aigu de ses freins.

– Prends le portefeuille ! dis-je à Helen au moment où elle immobilisait le vélo devant la porte du bar.

– C'est toi qui le gardes, répondit-elle.

– Non, prends-le, insistai-je, tendant le petit carré noir dans sa direction. Au cas où ils me captureraient.

– Veille à ce qu'ils ne le fassent pas, alors ! lâcha-t-elle d'un ton sec.

Et, avant que je puisse protester, elle donna un coup de pédale et disparut vers le centre-ville. Regardant de l'autre côté, je vis la voiture de police virer et se lancer après nous. Ses feux toujours éteints.

Je glissai le portefeuille dans la poche de mon manteau et me plaquai contre la lourde porte en bois. Un peu de lumière filtrait depuis l'intérieur du bar, et j'entendais des notes de musique. Je n'osai pas entrer pour autant. D'abord parce qu'on me mettrait dehors sur-le-champ, vu que je n'avais pas l'âge requis, mais aussi parce que, si un flic Macchab me suivait à l'intérieur, les barmen et les clients me livreraient à lui sans même réfléchir.

Évidemment, pour les gens du bar, il ne s'agirait pas d'un flic décomposé. Ils n'auraient pas le nez irrité par la puanteur innommable de sa chair en putréfaction. Ils n'entendraient pas le clapotis de ses pieds dans le marécage de fluides corporels qui remplissait ses chaussures. Et leurs yeux seraient tout simplement incapables de voir les choses telles qu'elles étaient réellement. Grâce à son Masque, le Cadavre aurait l'allure d'un policier absolument normal, ne faisant que son devoir.

C'était la plus grande arme des Macchabs.

La voiture me dépassa, lancée à la poursuite d'Helen. Le Macchab n'avait pas ralenti. Il ne m'avait pas vu. Ma ruse marchait. Du moins, pour l'instant.

– Allô, Refuge. Ici Ange 10, murmurai-je en portant mon poignet à mes lèvres.

Il n'y eut pas de réponse pendant quelques secondes, et je sentis la panique m'aiguillonner. Avais-je endommagé ma radio-bracelet lors de mon duel avec le Macchab ? Ça ne serait pas la première fois.

– Ici Refuge, Ange 10. C'est toi, Will ?

– Salut, Justin. Oui, c'est moi. Dis, on a eu des problèmes. Je suis à pied, et Helen rentre à toute vitesse.

– Quoi ? Oh, saperlipopette ! Ne quitte pas...

« Saperlipopette ? »

Ah ben, quand même. Fallait oser...

J'eus l'impression d'attendre des heures, mais il ne s'écoula sans doute pas plus de trente secondes.

– Will. Je te localise à l'angle de Wallace Street et de la Dix-neuvième Rue. Helen est au croisement d'après, et elle trace !

Il n'y a pas à dire, le GPS, c'est quand même génial.

– Elle a intérêt, dis-je. Elle est coursée par un Macchab dans une voiture de flics !

– Saperlipopette ! répéta-t-il. Une sec...

Je levai les yeux au ciel.

Il s'écoula une quinzaine de secondes plutôt qu'une, mais bon, on n'était plus à ça près.

– Markee est en ligne avec elle sur une autre fréquence, m'informa Justin. On prépare quelque chose. J'ai aussi prévenu Sharyn par radio. Elle est en route. Ne quitte pas.

Au moment – au moment *précis* – où il disait ça, un autre Macchab surgit à l'angle du bâtiment et il me heurta de plein fouet.

4

LE MACCHAB ET LE PILIER DE COMPTOIR

C'était encore un flic. À la lumière d'un lampadaire, je me rendis compte que celui-là, tout juste entré en phase type 3, était costaud, baraqué… et familier. C'était le Macchab que j'avais électrocuté avec le Taser à l'entrée de la prison.

– Fossoyeur, grogna-t-il.

– Cadavre, répondis-je.

Je tendis la main vers mon canif, mais le Macchab fut plus rapide. Ils sont souvent bien plus vifs qu'ils en ont l'air. Son premier coup arracha l'arme de mes mains et l'envoya voler de l'autre côté de Wallace Street. Le second m'envoya voler, *moi*. Je m'écrasai sur le coin d'une boîte aux lettres avec tant de violence que l'air fut chassé de mes poumons. Pire, j'entendis du plastique craquer. Mon pistolet à eau était désormais inutilisable. Je l'avais glissé à l'arrière de mon pantalon, et voilà que l'eau glacée coulait dans mes sous-vêtements.

Le Cadavre m'avait désarmé en deux secondes maxi. Et il le savait. Il grimaça d'aise. Je déteste quand ils font ça.

– *À. Mon. Tour. Garçon.*

Derrière lui, la porte du bar s'ouvrit d'un coup, et un homme, un gars tout ce qu'il y avait de plus humain et sympathique, sortit en titubant. Il regarda le Macchab de ses yeux troubles.

– 'Scusez, m'sieu l'agent, dit-il d'une voix pâteuse, avant de remarquer ma silhouette avachie contre la boîte aux lettres. Eh, il y a un problème, là ?

Le Cadavre le dévisagea. L'espace d'une horrible seconde, je crus qu'il allait se jeter à la gorge du gars. Mais les Macchabs sont plus futés que ça et ils tiennent à leur Masque plus qu'à tout.

– Aucun problème, monsieur, répondit-il d'une voix claire. Je viens d'appréhender ce délinquant.

Vous êtes-vous déjà retrouvé le souffle coupé ? C'est bien plus effrayant que douloureux. Apparemment votre diaphragme – le muscle dans votre poitrine qui aide vos poumons à se gonfler et à se contracter – prend un coup et se fige, ce qui fait que respirer devient très, mais alors *très*, difficile. On ne peut pas parler, et l'air ne passe plus. Vraiment effrayant.

Eh bien, c'était ce qui était en train de m'arriver, et, même si je savais d'expérience que ça n'allait pas durer, je n'avais tout simplement pas le temps d'attendre. Il fallait que je crie, là, tout de suite, sinon ce poivrot allait partir en titubant, et alors Macchab-Flic me tuerait.

Voilà pourquoi, ma poitrine toujours haletante, je frappai violemment la boîte aux lettres avec mon coude, produisant un son métallique grave et sonore, un peu à la façon d'un tambour.

Le Macchab tourna la tête dans ma direction. L'autre gars regarda le ciel, comme s'il pensait avoir entendu un coup de tonnerre.

Je tapai une nouvelle fois, et cette fois le type du bar me regarda.

– Fait quoi, lui ? demanda-t-il, tant bien que mal.

– Ne vous mêlez pas de cela, monsieur, répondit Flic-Moisi. Retournez à vos occupations. J'ai la situation en main.

Troisième coup dans la boîte aux lettres.

– Y va nous réveiller les voisins, celui-là, s'il continue, observa l'ivrogne.

– Je vais l'en empêcher, assura le putréfié.

Il fit un pas dans ma direction, ses pieds pourris produisant un bruit de succion. Je ne savais pas trop ce qu'il entendait par « l'en empêcher », mais ça ne devait pas sentir pas très bon pour moi – si je puis dire. Heureusement, je venais tout juste d'inspirer.

– Au secours ! hurlai-je enfin. Ce type n'est pas un vrai flic ! C'est un fou, et il veut me tuer !

Le Macchab hésita, puis il commit une erreur grossière. Il se retourna et lança au poivrot un coup d'œil qui, même de l'endroit où je me trouvais, paraissait suspect. L'ivrogne plissa les paupières.

– Attendez donc une minute, monsieur l'agent… J'peux voir vot' badge ?

– Évidemment, rétorqua le Macchab.

Bien sûr qu'il allait le lui montrer ! Après tout, il avait vraiment un badge, il était vraiment policier !

Mais, là, il me tournait le dos, et toute son attention était rivée sur le pilier de comptoir. Je n'en demandais pas plus. D'un geste assez souple, je me relevai et donnai un coup sur la nuque du Macchab, juste à hauteur du cou. Ils ont un point faible à cet endroit, et un bon taquet suffit à les paralyser un petit bout de temps.

Un bout de temps suffisant.

Le flic en voie de décomposition se raidit. Enfin, façon de parler ; ça faisait déjà quelque temps qu'il était raide… Puis il bascula en avant, tomba sur le poivrot, et tous deux s'écrasèrent contre la porte du bar. Même s'il ne pouvait ni le voir ni le sentir, le pauvre humain dégoulinait de jus de cadavre. L'espace d'un instant, je me demandai si sa femme ou quelqu'un d'autre remarquerait qu'il sentait le chacal, le lendemain matin.

Il fallait que je mette les voiles. L'ivrogne se débattait sous le poids mort (hum...) qui l'écrasait, tout en me regardant de ses yeux embrumés. Quelle que soit la direction que j'allais emprunter, il l'indiquerait au flic. Pire encore : le Macchab avait recommencé à bouger. C'était un costaud, celui-là, et il serait debout dans une minute, peut-être moins.

Heureusement, quand j'étais par terre à côté de la boîte aux lettres, à tenter de reprendre mon souffle, j'avais déjà choisi où j'irais me dissimuler.

Il y a deux sortes de bâtiments vides à Philadelphie : ceux qu'on a condamnés avec des planches, et les autres. Tout dépend du quartier dans lequel vous vous trouvez. Dans la rue où j'étais, il y avait surtout des habitations délabrées et de petites épiceries, mais, tandis que je luttais pour retrouver ma respiration, un peu plus tôt, j'avais repéré une maison qui avait l'air abandonnée.

Comment le savais-je ? Pas parce qu'on n'apercevait aucune lumière à l'intérieur. Il était plus de minuit, après tout, et tout le voisinage était plongé dans le noir. Mais il manquait quelque chose aux fenêtres : des rideaux.

Dans le centre-ville de Philadelphie, les gens s'entassent les uns sur les autres, et il n'est pas facile d'avoir son espace privé. Ce qui explique que la plupart des rideaux sont tirés et les volets fermés, particulièrement après la tombée de la nuit. Une maison sans rideaux était vide, c'était obligé. Du moins, je l'espérais.

Je me penchai au-dessus du Macchab et lui pris sa matraque. C'était de l'équipement standard de la police de Philadelphie, en plomb gainé de bois. Il avait également un pistolet, mais bon, ça ne servait à rien contre les Macchabs. La matraque, en revanche, pourrait causer de réels dégâts, si jamais on devait en arriver là.

Sur ce, je détalai vers la demeure en question, traversant Wallace Street au pas de course.

– Hé ! bafouilla le poivrot derrière moi. Reviens donc par ici !

« Mais oui », me dis-je en mon for intérieur, me demandant si, dans toute l'histoire du monde, un fugitif avait un jour obéi à pareille injonction.

Je cherchai mon canif des yeux, mais je n'avais pas vu où le Macchab l'avait lancé. Il pouvait se trouver sous une voiture, ou au milieu des rares buissons, ou même être tombé à travers une grille d'égout. Et moi, je ne pouvais pas me permettre de perdre de temps. Je fonçai vers la fenêtre du rez-de-chaussée et la fracassai d'un coup de matraque, veillant à détourner le visage au moment de l'impact. Puis je me hissai à l'intérieur, en faisant attention aux éclats de verre acérés restés dans l'encadrement.

Le salon était sombre et vide. Pas de meuble. Pas de tapis. Ça sentait le renfermé et les déjections de rats. Oui, l'endroit était abandonné, ça ne faisait pas un pli.

La maison était agencée à la façon typique de Philadelphie : à droite, le salon donnait sur la salle à manger, qui ouvrait à son tour sur la cuisine ; à gauche, il y avait un escalier. Il devait y avoir trois chambres en enfilade à l'étage. C'était celle du fond qui m'intéressait.

Je grimpai les marches deux par deux, et enfonçai presque la porte de la dernière chambre avec un grand coup de pied. La pièce, comme toutes celles de la maison, était déserte. Deux fenêtres rectangulaires s'encadraient dans le mur opposé. Pour me retrouver dans l'allée qui courait à l'arrière de la demeure, il me faudrait sauter de quatre mètres de haut. Sauf si j'avais de la chance et qu'il y avait une issue de secours avec une échelle.

Et, par bonheur, il y en avait une.

J'entendis un puissant fracas provenant du rez-de-chaussée. Le Macchab avait évidemment recouvré ses esprits. Il allait passer toutes les pièces de la maison au peigne fin. Il était temps que je sois un peu plus silencieux.

Je traversai la pièce sur la pointe des pieds, tâchant de ne pas faire craquer le parquet. J'ouvris l'une des fenêtres. Elle était vieille et avait tendance à grincer, mais au moins elle n'était pas condamnée. Je tournai la tête et tendis l'oreille.

Rien. Pas de bruit de pas. Il était discret, là-dessous. Il espérait sans doute me surprendre. Je déglutis et enjambai la fenêtre, me retrouvant sur l'escalier de secours. Un coup d'œil vers le haut me suffit pour voir qu'il était impossible de gagner le toit, mais il y avait bien une allée en contrebas, et une échelle pliante pendait à l'extrémité de mon échafaudage. Alors que j'allais l'atteindre, je pris une seconde pour jeter un coup d'œil, un dernier coup d'œil, par la fenêtre.

Flic-Mort était là. Je veux dire, *là*, juste en face de moi.

Il souriait de toutes ses dents.

– *Salut. Gamin.*

5

SAUVER WILL !

C'était typique des Macchabs, ça ! Lents comme des escargots et, l'instant d'après, sans crier gare, aussi vifs que des félins. Ce sac à vers avait gravi les marches et s'était glissé dans la chambre si rapidement et silencieusement que c'en était un mystère pour moi. Avant que je puisse réagir, avant même que le frisson glacé qui dévalait mon échine ait eu le temps de me congeler le bas du dos, le Macchab tentait de passer le torse par la fenêtre, ses grandes paluches gris-violet pareilles à des serres.

Je crois que j'ai hurlé à ce moment-là. Mais, pour tout vous dire, aujourd'hui encore, je n'en suis pas sûr.

Je reculai, manquant de justesse de basculer par-dessus la rampe de secours et de plonger dans l'allée tête la première. Le Cadavre m'atteignit en un battement de cœur, maculant le devant de mon manteau de ses jus corporels tandis que ses doigts remontaient vers mon cou.

Mon entraînement de Fossoyeur reprit le dessus. Au lieu de battre en retraite, je me penchai et fermai d'un coup la fenêtre à guillotine, bloquant le Macchab à hauteur de la taille. Il ne sentait rien, évidemment, mais il se retrouva coincé à un angle tel que ses pattes pourries ne pouvaient plus toucher ma gorge. Mieux encore : cette manœuvre m'avait permis de gagner quelques secondes, ce qui fut largement suffisant pour brandir la matraque.

Je frappai sa tête de toutes mes forces. Le Macchab beugla. Puis il découvrit ses chicots noircis et repoussa le battant. J'abattis la matraque une deuxième fois. Puis une troisième. Lui ne cessait pas de faire du bruit, alternant cris guerriers et sanglots terrifiés. Enfin, je n'en suis pas vraiment sûr. J'avais l'esprit embrumé par la peur, le désespoir, et aussi par une bonne dose de colère.

Je *détestais* ces créatures.

À mon quatrième coup, il me sembla entendre une sorte de craquement sourd. Lui avais-je brisé la nuque ? Si tel était le cas, il allait se relâcher net. Et c'est exactement ce qui se produisit. Ses bras fléchirent et ses pieds cessèrent de s'agiter, retombant au sol comme deux gros sacs de sable.

Haletant et suant en dépit du froid de cette nuit d'hiver, je fis un pas en arrière. Mes yeux exorbités ne quittaient pas le Macchab. J'agrippais toujours la matraque, prêt à frapper si nécessaire.

Je pris un moment pour loucher et jeter un rapide coup d'œil à son Masque. C'était un truc de Clairvoyant, que les Fossoyeurs apprenaient à faire très tôt. Si on regardait le Cadavre d'une certaine façon, on voyait l'apparence qu'il présentait au reste du monde, notamment aux adultes.

Comme je m'y attendais, l'illusion était celle d'un type assez baraqué, à la peau mate et aux cheveux noirs. Son Masque flottait tel le visage d'un spectre au-dessus de son véritable corps, qui était une espèce de terrain de jeu pour asticots. Je secouai la tête, en partie parce que ça me fichait mal au crâne, et en partie parce que c'était déprimant. Ça me semblait souligner le fait que les Fossoyeurs étaient bien seuls dans cette guerre.

Le type n'était pas mort, évidemment. Il est impossible de tuer un Macchab avec un flingue ou un couteau, encore moins avec une matraque. Les pieux enfoncés dans le cœur ne produisent aucun effet non plus. Pareil pour les balles en argent, la lumière du soleil, les gousses d'ail et les souhaits… En revanche, on peut suffisamment amocher les corps parasités pour les rendre inutilisables.

Avec sa moelle épinière écrasée, celui-là était au tapis. Il ne pourrait rien faire tant qu'il n'aurait pas un nouveau cadavre disponible. Et ça ne se produirait pas avant que ses potes morts-vivants le trouvent et soient en mesure de l'emmener discrètement dans un lieu plus sûr.

Le truc étrange, c'est que les Macchabs savaient toujours quand un des leurs se retrouvait dans ce genre de pétrin.

Ce qui signifiait qu'il y en avait sûrement d'autres en route vers moi. Il était donc temps de mettre les bouts.

Je titubai jusqu'à l'échelle et perdis peut-être trente secondes à trouver le bouton qui permettait de la déplier. Puis, d'un coup, elle glissa vers le bas, s'immobilisant à un mètre du sol. Le son me fit tressaillir. J'étais sacrément sur les nerfs.

Je descendis aussi vite que possible et atterris sur le béton. L'allée était en fait une impasse. Sur trois côtés, les façades des bâtiments se dressaient telles des parois de canyons. Le quatrième côté offrait la seule issue, vers une rue éclairée.

Je soupirai longuement. Mon rythme cardiaque ralentit... un peu. Je portai mon poignet à ma bouche :

– Refuge ? Ici Ange 10.

Rien.

J'examinai la radio-bracelet, mais il faisait trop sombre pour savoir si son écran à cristaux liquides était cassé. Il y avait de grandes chances pour que je l'aie brisé en entrant ou en sortant de la baraque.

Ces fichues radios avaient la fâcheuse manie de cesser de fonctionner pour un rien !

Je poussai un second soupir et me tournai vers le bout de l'allée.

Au même instant une silhouette se laissa tomber de l'échelle, s'interposant entre la sortie et moi.

– *Coucou. Gamin.*

Mon cœur faillit exploser dans ma poitrine. Si, si, je le jure.

Le Macchab se dressait devant moi telle une colonne de chair pourrie, et il souriait de toutes ses dents et de ses gencives noircies. Sa tête était penchée à un angle étrange. Sous mes yeux horrifiés, il leva un bras et, d'un geste, la remit droite sur son cou. Il sourit de plus belle.

– Je t'ai eu, se moqua-t-il, en s'exprimant normalement.

Je compris qu'il avait fait semblant de se relâcher quand je l'avais coincé dans la fenêtre à guillotine. À ce moment-là, j'étais assez terrifié et désespéré pour tomber dans le panneau. Et ça allait me coûter la vie.

Cloué sur place par la peur et l'épuisement, pétrifié en dépit de tout mon entraînement, je chuchotai un dernier au revoir à ma mère, que je n'avais pas vue depuis quatre mois.

« Joyeux anniversaire, tu parles. »

Et là, le bras gauche du Macchab tomba au sol.

Un instant plus tôt, le bras était solidement attaché à l'épaule musclée. La seconde d'après, il était par terre, transformé en morceau de chair morte et inutile. On baissa tous les deux la tête pour le regarder, puis on se dévisagea. Je vis qu'il était aussi estomaqué que moi.

– Hé, le balèze ! lança une voix. Les bras t'en tombent, on dirait !

Flic-Mort se retourna d'un coup.

Sharyn Jefferson, chef des Anges-Gardiens, était juste derrière lui, son sabre wakizashi japonais, Vador, prêt à s'abattre sur sa cible.

– Salut, rouquin !

Elle venait encore une fois d'utiliser le sobriquet que tous les roux de la Terre doivent détester. Ses lèvres étaient incurvées en un sourire narquois, mais ses yeux noirs étaient durs comme du granite.

Le Macchab grogna. Si, si... On aurait dit un animal, et il se jeta dans sa direction, tendant vers elle le bras qui lui restait.

Belle boulette.

Sharyn était une grande fille athlétique, à la peau noire et aux cheveux frisés coiffés en dreadlocks. Du haut de leurs dix-sept ans, son frère Tom et elle étaient aux commandes des Fossoyeurs, et ce depuis le jour où mon père avait été assassiné par les Macchabs.

En plus de ça, elle était la meilleure combattante que j'aie jamais connue. Enfin, peut-être la deuxième meilleure.

Se mouvant avec une grâce féline, elle fit un pas de côté, esquivant le Macchab qui plongeait sur elle. Son sabre décrivit un arc de cercle argenté dans l'air, trop rapide pour que l'œil le suive. Et cette fois c'est le bras droit du Macchab qui s'écrasa sur le bitume.

Flic-Mort vacilla sur ses pieds, ses yeux laiteux irradiant littéralement de haine.

– Pauvre imbécile ! siffla-t-il. Tu ne peux pas me tuer !

Sharyn rengaina son arme d'un mouvement souple et sortit de l'intérieur de son manteau une seringue particulièrement imposante, avec une aiguille monstrueuse de plus de vingt centimètres de long, et remplie d'un liquide clair. Elle grimaça en la brandissant. Le Macchab suivit ses gestes du regard.

– On parie, bouffi ? lança Sharyn d'un ton joyeux.

Elle pivota sur ses talons et enfonça l'aiguille dans le torse du Macchab. Puis, du plat de la main, elle vida le contenu du réservoir d'un seul coup.

– Admire ! ajouta-t-elle, cette fois à mon adresse.

Le Macchab baissa la tête pour observer la seringue qui saillait de son corps, quelques centimètres au-dessous de sa clavicule. Pendant trois secondes, il perdit son air menaçant : il semblait aussi décontenancé qu'il est possible de l'être quand on a une tête de cadavre desséché.

Puis il explosa.

En un clin d'œil, le mort mutilé ambulant s'était transformé en une série de petits bouts de chair volant dans toutes les directions. Il y avait très peu de sang ; le cadavre avait probablement été embaumé des semaines auparavant. Mais les morceaux étaient quand même sacrément écœurants à voir. Je cachai mon visage dans mes bras pour le protéger des bouts de barbaque volante.

À l'endroit où s'était tenu le Macchab apparut brièvement une masse d'énergie noire de forme humaine, qui dévisagea Sharyn avec une animosité consommée. Je pus presque sentir le mal émanant de cette créature extraterrestre, qui, dépouillée de son corps hôte, se ratatina, puis disparut avec un petit claquement sec.

– Ta da ! triompha Sharyn, avant de faire une courbette en guise de salut.

Elle avait des restes de cadavre sur tout le corps.

– C'était quoi, ça ? m'exclamai-je.

– On verra ça plus tard. Là, on se tire. Il y en a peut-être d'autres qui arrivent.

Elle se tourna pour partir, mais je posai une main sur son coude.

– Helen va bien ? demandai-je.

Son sourire se fit plus large, un peu comme si je venais de réussir une sorte de test.

– Ouais, elle va bien. Elle a semé le Macchab à environ huit pâtés de maisons d'ici. Elle aurait bien voulu venir te chercher, mais je lui ai dit *niet*. J'étais plus près.

J'aurais pu demander comment elle avait fait pour me trouver, mais je le savais déjà. Ma radio-bracelet comportait une puce GPS qui, apparemment, était donc encore fonctionnelle, même si le reste du gadget était HS. Loué soit Steve Moscova, qui les fabriquait toutes lui-même !

– Sharyn, balbutiai-je maladroitement, je sais bien qu'on a enfreint les règles et les protocoles, mais ne blâme pas Helen. C'était mon idée.

– Vraiment… ? Non, je dis ça parce que, quand j'ai causé à Helen par radio il y a quelques minutes, elle m'a dit que c'était *son* idée. Marrant, hein ?

– Elle essaye juste de me couvrir ! protestai-je.

– Évidemment, mec. Au fait, j'ai trouvé un truc à toi dans la rue. Je me suis dit que tu l'avais laissé tomber pendant que tu t'amusais avec le Méchant-Mort-Musclé.

Sur ce, elle sortit mon canif de son manteau et me le tendit.

– Merci, dis-je, soulagé, en sentant son poids familier dans ma main.

– Pas de quoi. Et toi, t'as pas un p'tit cadeau pour moi, en échange ?

– Quoi ?

– Le portefeuille mystère, gloussa-t-elle. Le truc qui va peut-être nous convaincre que tes acrobaties en valaient la peine. Tu l'as ?

Pendant quelques amères secondes, je crus bien que non, qu'il avait été perdu lors de mon duel avec le Cadavre ! Mais mes mains tremblantes finirent par le trouver... juste à l'endroit où je l'avais glissé, dans la poche intérieure de mon manteau.

Je le remis à Sharyn. Elle l'ouvrit à la faible lueur de la rue. Après quelques instants, je vis un grand sourire fendre son visage.

– Ouais, mec ! Ça valait carrément le coup !

6

CARRÉMENT LE COUP !

— Allez, la suppliai-je. C'était quoi, ce truc avec la seringue ?

Sharyn se contenta de sourire. Nous avions tous deux enfourché son vélo et venions de quitter la Seizième Rue pour descendre la rampe d'un parking souterrain creusé sous Love Park, laissant derrière nous la nuit, le grand air et, au-dessus de nos têtes, l'impressionnante masse de la mairie, qui se dressait dans la nuit telle une sombre forteresse.

L'hôtel de ville de Philadelphie est le plus grand d'Amérique : il s'étend sur plus de seize mille mètres carrés, au milieu de ce que le fondateur de la ville, William Penn, avait appelé la place Centrale. C'est un gigantesque édifice, haut de sept étages et vieux de plus d'un siècle, surmonté d'une tour de cent cinquante mètres dont les onze derniers sont en fait la statue de Penn en personne. La plus grande statue posée sur un bâtiment au monde.

Tout ça, c'était dans les guides touristiques. Ce qu'on n'y trouvait pas, en revanche, c'étaient des informations sur la Philadelphie souterraine. Il y avait des tunnels qui reliaient les métros et toute une série de restaurants. Certains étaient là depuis des générations, et le tout formait un labyrinthe dont la plupart des gens ignoraient l'existence. Ceux qui connaissaient bien ce labyrinthe étaient encore moins nombreux.

Voilà, c'était notre ville.

Au niveau le plus bas du parking, dissimulée dans une alcôve enténébrée, une lourde porte d'acier donnait sur un long passage également plongé dans le noir, qui sentait la poussière et l'urine. Il débouchait sur une autre porte, que Sharyn ouvrit au moyen d'une clé. Derrière, on trouvait une volée de marches et un rideau en plastique, soigneusement peint pour le faire ressembler à un mur de brique, une illusion particulièrement efficace, que Sharyn écarta d'un simple geste de la main.

Le Refuge occupait tout un étage à plus de vingt mètres sous la mairie. Avant que Tom Jefferson, le frère jumeau de Sharyn et chef des Fossoyeurs, le découvre, quelques mois auparavant, l'endroit était abandonné et oublié de tous depuis bien longtemps.

À l'exception des chats.

Oui, j'ai bien dit : les chats. Ils avaient été introduits dans les lieux quelques dizaines d'années plus tôt, afin de régler le problème des rats. Aujourd'hui, après des générations passées dans les ténèbres, ces gentils minets avaient troqué leur jolie fourrure toute douce contre un tempérament mauvais et une apparence repoussante et effrayante.

Depuis notre emménagement dans les lieux, nous en avions rencontré un paquet, de ceux qu'Helen surnommait les « chats de l'enfer ». Les Teckos (l'équipe des Fossoyeurs en charge des constructions et de la maintenance) avaient fini par concocter quelques pièges. Ils capturaient environ trois chats par semaine, qu'ils relâchaient un peu plus tard dans une zone des souterrains dont nous n'avions pas l'intention de nous servir. Ce n'était pas un job des plus faciles, c'était en fait assez risqué. Mais bon, ce n'était quand même pas comparable à un fritage en règle avec des Macchabs au fond d'une allée obscure en plein milieu de la nuit.

Une fois franchi le faux mur de briques, Sharyn et moi fûmes immédiatement accueillis par Helen. Elle nous jeta un unique coup d'œil – enfin, à moi –, et le soulagement que je lus sur son visage me mit quelque peu mal à l'aise. Aux côtés d'Helen, un garçon massif aux cheveux blonds coupés en brosse et au cou aussi épais qu'une pastèque, était assis sur l'unique chaise. Il était de garde.

Cette petite pièce mal éclairée était un sas qui donnait sur le Refuge. Il en existait trois en tout.

– Will ! s'exclama le grand gamin en bondissant sur ses pieds. On m'a dit que vous avez eu quelques problèmes.

– Salut, Dave, fis-je.

– Rien qu'on ne puisse pas gérer, Kebab, répondit Sharyn en se faufilant devant lui. Will, va donc ranger le vélo, et allons parler à mon frangin. Il est à la cafétéria. T'as cinq minutes.

Là-dessus, elle disparut dans le couloir, nous laissant tous les trois.

– Je déteste qu'elle m'appelle comme ça, grommela Dave Burger.

– C'est sans doute la raison pour laquelle elle le fait, Burgermeister, répondit Helen en souriant.

Dave se réjouit sur-le-champ. Ce surnom-là, « Burgermeister », il l'aimait bien.

– T'es tombé sur un Macchab, hein ?

J'acquiesçai :

– Un type 3. Bien costaud. Habillé en flic.

– Vraiment ? s'étonna-t-il, ses yeux s'illuminant brusquement. Et il s'est passé quoi ?

– La routine, grommelai-je, me sentant fatigué et, je l'admets, assez grognon. Sharyn est arrivée juste à temps. Mais, cette fois, elle en a tué un pour de bon.

– Tué un Macchab ? s'écria le Burgermeister. Tu veux dire qu'elle l'a supprimé définitivement ? Comme Kenny Booth ?

Je hochai la tête.

Helen et Dave se dévisagèrent, aussi surpris l'un que l'autre.

– Comment ça ? demandèrent-ils en chœur.

– Sharyn n'a pas voulu m'expliquer. Elle l'a frappé avec une sorte de seringue.

– Ah bon ? fit Helen. Une nouvelle arme, peut-être ?

– Possible, mais, pour s'en servir, il faut être vraiment tout près !

Le visage rondouillard de Dave s'assombrit.

– J'aurais bien aimé être avec vous.

Je donnai un petit coup de poing sur son épaule massive, le genre de geste qu'il appréciait. Dave avait cherché à rejoindre les Anges-Gardiens depuis le jour où Helen et moi y avions été recrutés.

Vous remarquerez que j'ai dit « avions été recrutés » et non « nous étions portés volontaires ». Personne ne se porte *vraiment* volontaire pour vivre dans un cachot souterrain et humide, à se battre pour sauver sa peau contre une invasion toujours plus importante de cadavres réanimés. Non, aucun des gamins du Refuge n'avait fait le choix d'être là, aucun n'avait envie d'y être. Nous étions tous des Clairvoyants, nous avions eu la chance d'échapper aux Macchabs et d'avoir été trouvés par les Fossoyeurs plutôt que par les Cadavres.

Si nous retournions chez nous, les Macchabs nous y attraperaient et, à cause de ce que nous sommes capables de voir, ils nous tueraient, ainsi, sans doute, que tous les membres de notre famille.

Donc, si nous restions là et nous battions, c'est parce qu'on n'avait pas le choix...

– J'aimerais bien que tu puisses nous rejoindre, dit Helen. Continue donc à t'entraîner. Sharyn fera d'autres tests de recrutement dans quelques mois.

– Je suis trop gros, gémit Dave amèrement. Et pas très vif.

– Ce n'est pas forcément un défaut d'être massif, répondis-je. Et, si tu continues à t'entraîner, tu gagneras en vitesse.

– Quand je dis « vif », je parle pas du physique, expliqua-t-il en me regardant droit dans les yeux.

– Oh...

– Je suis sûre que ce n'est pas le cas, intervint Helen en me jetant un coup d'œil. Allez. C'est l'heure d'aller à la cafétéria.

Le visage du Burgermeister s'illumina de nouveau, et on aurait dit qu'il n'avait plus le cafard. C'était bien son genre, de passer comme ça d'une humeur à une autre.

– Ouais ! Allez, Will ! Tom veut te voir !

Une de ses grosses paluches se referma sur mon bras, et il m'entraîna avec lui vers la porte ouverte.

– Minute, Dave ! Tu n'es pas censé monter la garde ? protestai-je.

– La porte peut se surveiller toute seule pendant quelques minutes...

– Mais le vélo...

– Laisse-le où il est ! s'exclama Helen.

En une seconde, elle aussi était derrière moi et me poussait. À eux deux, ils me portaient presque. On tourna à un angle du couloir et on avança dans le tunnel. Ils semblaient décidés à me faire rejoindre la cafétéria aussi vite que possible.

Qu'est-ce qu'ils mijotaient... ?

Oh, non.

– SURPRISE !

Une centaine de voix venaient de crier cet unique mot à l'unisson. On avait beau être en plein milieu de la nuit, à peu près tous les Fossoyeurs étaient réunis dans la cafétéria, et beaucoup étaient coiffés de ces stupides chapeaux coniques qu'on met pour les fêtes. Une grande banderole était suspendue sur le mur du fond, cachant la plupart des briques sales qui le constituaient :

JOYEUX TREIZIÈME ANNIVERSAIRE, WILL !

– Et merde ! laissai-je échapper.

Helen et Dave éclatèrent de rire. Quelqu'un me prit en photo, et le flash m'aveugla un instant. Sharyn vint me faire une de ses habituelles accolades qui me mettaient si mal à l'aise. Je me tortillai. Elle s'en moqua. Elle finit par me lâcher et reculer d'un pas, me tenant encore du bout des mains.

– Joyeux anniversaire, mec ! s'exclama-t-elle. Allez, viens ! On a un gâteau !

Ils me traînèrent jusqu'à la table la plus proche, où un énorme gâteau blanc m'attendait. Un garçon dégingandé, vêtu d'un tablier sale, était penché au-dessus, comme pour le protéger. C'était Nick Rooney, le chef des Mères, l'équipe qui s'occupait de tout ce qui était repas, nettoyage, et – comment dire... ? – des saletés qu'on laissait derrière nous.

– Ça n'a pas été une mince affaire de tenir les Fossoyeurs éloignés de ce gâteau avant que tu arrives ! me dit Nick en grimaçant. Approchez-vous, tout le monde ! On doit chanter !

Les Fossoyeurs se rassemblèrent, et je ne pus m'empêcher de remarquer l'expression de leurs visages. Certains, comme Sharyn, Dave et Helen, souriaient de toutes leurs dents. D'autres étaient perdus dans leurs pensées, mais je voyais bien qu'ils ressentaient exactement la même chose que moi à cet instant-là. Il n'y avait pas de place pour les réjouissances au Refuge. Rien dans nos vies ne méritait qu'on en fasse une grande et belle fête.

Tout ce que nous voulions, c'était rentrer chez nous.

Helen le cachait bien, mais je savais qu'elle était comme nous tous. Idem pour le Burgermeister, qui parlait de sa grand-mère – sa seule famille, désormais – de plus en plus souvent ces temps-ci. Tom et Sharyn étaient devenus orphelins très jeunes, alors c'était peut-être plus facile pour eux d'accepter la situation. Mais ceux d'entre nous qui avaient abandonné leur famille pour vivre dans cette cave moisie et livrer notre guerre solitaire, la dernière chose dont ils avaient envie, c'était de chanter « Joyeux anniversaire » à quelqu'un.

– S'il vous plaît... Non..., marmonnai-je.

Ils ne m'écoutèrent pas.

Les Fossoyeurs étaient un groupe de combat, des résistants luttant contre les Macchabs de toutes les façons possibles et imaginables. En tant qu'organisation, ils étaient intelligents, pleins de ressources et courageux.

En revanche, ils ne savaient pas chanter.

La chanson sembla durer un siècle. Une fois les voix retombées, Sharyn me cria de faire un vœu.

Je lui obéis.

Je fis le même vœu que chaque soir en fermant les yeux, réclamant ce que tous les gamins réunis dans cette salle désiraient.

Je voulais rentrer chez moi.

Cela faisait quatre mois que je vivais comme un fugitif. La fête de Thanksgiving était derrière nous. Noël était passé aussi, ainsi que le Jour de l'An. J'avais même raté la Chandeleur. La vie s'écoulait toujours pour ma mère et ma sœur. Il ne se passait pas un jour sans que je pense à elles. C'était un trou noir dans mon ventre, un gros vide dont rien ne pouvait s'échapper… surtout pas la joie, et encore moins lors d'occasions spéciales.

Comme mon anniversaire.

Je soufflai les treize bougies sans enthousiasme.

Tout le monde applaudit. Quelques-uns avaient même l'air sincères en tapant dans leurs mains.

Ça aurait dû être un moment festif, mais ça ne l'était pas. C'était nul.

– Ça suffit, s'éleva une voix. Laissez-le respirer un peu.

Une grande silhouette, plus grande encore que celle de Nick, se fraya un chemin à travers l'assemblée et s'immobilisa à côté de Sharyn. Il était facile de voir la ressemblance entre ces deux-là : la même peau couleur café, les mêmes yeux noirs et vifs. Mais, là où il émanait de Sharyn ce côté aventurier téméraire capable de s'amuser en toute situation, aussi terrifiante soit-elle, il se dégageait tout autre chose de son frère.

Tom Jefferson, le chef des Fossoyeurs.

– Joyeux anniv', mec ! me dit-il avec un sourire complice.

Et dans ce sourire je vis, avec un réel soulagement, qu'il savait ce que je ressentais. Tom avait capté. Il était fort pour ça.

– Merci, répondis-je.

– Nick, si tu coupais le gâteau, histoire de nous servir ça avec de la glace. Will, Helen et moi, on doit causer.

– Du calme, frangin ! protesta Sharyn. Ça peut attendre la fin de la fiesta.

– Non, rétorquai-je, en même temps que Tom, ce que Sharyn parut trouver hilarant.

– Voilà que les deux font la paire, maintenant ! OK, on peut continuer la fête sans vous pendant un moment !

Tom adressa un signe de tête à Helen, nous invitant ainsi à le suivre hors de la cafétéria bruyante jusque dans son bureau. Celui-ci était situé près de l'entrée ouest, celle par laquelle nous étions arrivés quelques minutes auparavant. Plus grand que la plupart des pièces du Refuge, le bureau lui servait à la fois de chambre et de salle de commandement.

Il n'y avait pas de portes au Refuge. Sans doute avaient-elles été rongées par le passage des ans ou simplement ôtées depuis longtemps. À la place, nous nous servions de couvertures ou de rideaux, que l'on tirait lorsqu'on désirait un peu d'intimité. Tom écarta le rideau pour nous laisser entrer. Helen et moi nous penchâmes pour passer sous son bras tendu et pénétrâmes dans la pièce.

Tom l'avait meublée avec parcimonie. Un bureau et quelques chaises pliantes autour d'une petite table.

Un tableau en liège était accroché au mur, constellé de coupures de presse et de pages imprimées au sujet des agissements des Macchabs dans la ville. Sur le mur opposé pendait une tenture séparant cette partie de la pièce de celle qui lui servait de chambre.

– Dites-moi tout, déclara-t-il en se postant face à nous. Je veux savoir tout ce qui s'est passé, seconde par seconde, depuis le moment où vous êtes partis en reconnaissance jusqu'à celui où avez remis les pieds au Refuge.

Pareille demande n'avait rien de bien original.

Helen parla la première, en sa qualité de stagiaire senior. Elle lui expliqua que nous avions repéré les quatre Macchabs dans la voiture de flics et que nous les avions suivis jusqu'au pénitencier Eastern State. Que nous les avions vus trimbaler leur prisonnier humain. Enfin, elle lui parla du « truc » qui était tombé au sol. Puis elle me regarda.

Je poussai un soupir, et justifiai ma décision de récupérer l'objet en question et tout ce qui s'en était suivi. Comme Helen, je n'oubliai rien. Il y avait eu un temps, pas si éloigné que ça, où j'aurais pu omettre certains « détails » dans mon récit. Mais ça, c'était avant.

– Je sais que nous avons enfreint les règles..., commença Helen.

– Pas « nous »... *Moi*, intervins-je. Helen a essayé de m'en dissuader.

Tom hocha la tête d'un air pensif :

– Écoutez. Je ne dis pas que ce n'était pas un risque à prendre... (Helen me décocha un grand sourire) pour des Anges-Gardiens *chevronnés*. (Le sourire disparut.) Mais pour deux recrues en formation, c'était pas très futé d'agir comme ça. Ce portefeuille ne valait pas la peine que tu mettes ta vie en danger, Will, et toi non plus, Helen, et c'est le prix que vous avez failli payer. Alors voilà ce qui se passe : vous restez chez les Anges-Gardiens, mais vous n'avez plus le droit de partir en expédition rien que tous les deux. Je vous sépare jusqu'à la fin de votre entraînement ; vos missions de reconnaissance se feront avec un Ange-Gardien expérimenté.

– Mais... tu n'as pas besoin des autres pour les missions de guérilla et de sauvetage ? protestai-je. Ce n'est pas ça, la règle ? Les Anges-Gardiens pour les sauvetages, les recrues pour les reconnaissances ?

– Parfois on doit adapter les règles, répondit Tom sur un ton égal. Si ça peut éviter que vous preniez des risques auxquels vous n'êtes pas préparés, alors c'est comme ça qu'on va fonctionner.

Je voulus encore protester, mais Helen me donna un coup de coude dans les côtes. Je me tus.

– Maintenant que ce point est réglé, ajouta Tom, ma sœur vient de me donner ce que vous avez ramassé. Et vous savez de quoi il s'agit ?

Nous secouâmes la tête tous les deux.

– Sharyn me l'a pris avant d'arriver ici, expliquai-je. Elle l'a examiné et m'a dit que ce que j'avais fait valait « carrément le coup ». (Je m'interrompis un instant pour jeter un regard insistant à Tom, qui m'ignora royalement.) Mais elle n'a pas voulu me dire ce que c'était.

– Ça, je m'en charge, assura Tom en passant une main dans la poche arrière de son jean pour en sortir un petit carré de cuir. En vérité, ce n'est pas un portefeuille.

Il disait vrai. Mon père appelait ça un « porte-insigne ». Sur une face, il y avait un insigne en argent, sur l'autre une pièce d'identité officielle. Lorsqu'il avait réussi le concours d'inspecteur de police, il en avait reçu un presque identique. *Presque*, car ce que tenait Tom n'était pas une carte de la police de Philadelphie. Dessus, il était écrit : *Agent Spécial Hugo Ramirez, FBI*.

– Désolé, mec, me lança Tom, mais je crois que ta fête d'anniversaire est finie. On a du pain sur la planche.

7

UN MESSAGE DANS UNE BOUTEILLE

La sonnette de la porte d'entrée retentit à huit heures trente le jour du treizième anniversaire de Will.

Susan Ritter, la mère de Will, s'était habillée précipitamment en prévision de sa journée de travail. On était vendredi, par conséquent sa fille Emily, seul membre restant de ce qui avait autrefois été une famille heureuse et complète, n'allait pas tarder à partir à l'école. Puisque la maternelle s'arrêtait à midi ce jour-là, la fillette irait à la cantine, puis, à partir de treize heures, chez sa tante Angela. Celle-ci veillerait sur la petite jusqu'à ce que la garde de Susan à l'hôpital Jefferson, où elle travaillait en tant qu'infirmière, prenne fin.

C'était un arrangement qui ne plaisait pas à Emily. Certes, Angela était adorable, mais elle n'avait pas d'homme dans sa vie, pas d'enfants, et elle ne savait pas s'y prendre avec ces derniers. Malheureusement, comme Will n'était plus là, Susan n'avait pas le choix. Son mari était mort, son fils avait disparu, mais ça ne la dispensait pas de payer les factures.

En entendant la sonnette, elle poussa un juron étouffé et descendit au rez-de-chaussée, sa brosse à cheveux dans la main. Elle vit qu'Emily n'avait même pas levé la tête et restait penchée sur son petit-déjeuner. Elle n'avait que cinq ans et, ces derniers mois, elle semblait de plus en plus détachée de tout... de sa mère, de l'école, du monde en général.

C'était sa façon à elle de réagir aux pertes qui avaient marqué sa jeune vie. Susan était inquiète à son sujet. En fait, l'inquiétude était à peu près la seule sensation qui lui restait. Elle était comme anesthésiée.

Elle ouvrit la porte.

Un individu à la mine sévère la dévisagea depuis le perron. Il était vêtu d'un costume taillé sur mesure et d'un pardessus en laine.

– Susan Ritter ?

– Oui ?

– Madame Ritter, mon nom est Edward Scanlon. Je suis avocat. Votre fils, William Ritter, est-il ici ?

– Will ? Pourquoi ? demanda Susan, interloquée.

– C'est un peu compliqué à expliquer. Puis-je entrer ?

– Puis-je voir votre pièce d'identité ? s'enquit Susan.

L'homme sortit une carte de visite qui le présentait comme associé dans un cabinet d'avocats dont Susan n'avait jamais entendu parler. Elle fronça les sourcils :

– Puis-je voir une véritable pièce d'identité ?

– Je vous demande pardon ?

– Je suis femme de policier, monsieur Scanlon. N'importe qui peut faire imprimer une carte de visite. Je veux voir une véritable pièce d'identité.

L'homme sembla quelque peu décontenancé, mais il passa une main dans la poche arrière de son pantalon et prit son portefeuille, d'où il sortit son permis de conduire. Susan l'examina en détail, ainsi que la photo.

– C'est bon, finit-elle par dire. Entrez donc. Mais je n'ai que quelques minutes à vous consacrer. Je dois amener ma fille à l'école et ensuite partir au travail.

– Je comprends, répondit Scanlon tout en pénétrant dans le pavillon des Ritter. Toutes mes condoléances, au fait.

Susan dévisagea l'homme, pensant qu'il faisait référence à Will. Mais Will n'était pas mort, et par conséquent elle n'avait pas besoin de condoléances. L'avocat se racla la gorge avant de reprendre la parole :

– Au sujet de la mort de votre mari. L'inspecteur Ritter. C'était quelqu'un de bien.

– Oui, maugréa Susan. Ça fait un peu plus de deux ans, à présent.

– Je suis désolé.

– Merci. Vous avez connu mon mari ?

– Un peu, acquiesça l'homme. Pas très longtemps. Quelques mois avant que... qu'il meure, il avait fait appel à mon cabinet et nous avait confié quelque chose. Un paquet.

– Quel genre de paquet ?

– Nous ne l'avons jamais ouvert. Votre mari s'est montré très insistant sur la question. Nous devions le mettre en lieu sûr, à l'abri des regards, et le livrer à son... à votre fils, à l'occasion de son treizième anniversaire. Qui est aujourd'hui, si je ne m'abuse ?

Susan hocha la tête, essayant de comprendre ce qui se passait.

– Mon mari vous a confié quelque chose à me donner le jour où mon fils atteindrait ses treize ans ?

– Non, madame Ritter. Pas à vous. Le paquet est adressé à William. Est-il ici ?

– Non, fit-elle, marquant une longue pause avant de soupirer et d'ajouter : Mon fils a disparu il y a quatre mois. La police a conclu à une fugue.

Scanlon digéra cette information.

– Je vois. Et il n'a pas été retrouvé ?

Susan trouva cette question étrange. Après tout, si on avait retrouvé Will, il serait là aujourd'hui, non ? Mais elle avait eu l'occasion de constater que les gens ont tendance à faire des remarques maladroites, voire carrément stupides, lorsqu'ils sont confrontés à la tragédie de quelqu'un d'autre. Elle en avait fait l'expérience tout d'abord après la mort de Karl, puis avec la disparition de Will. C'était très humain d'avoir la langue qui fourche quand on veut réconforter une personne à qui il est impossible d'apporter le moindre réconfort. C'était parfois usant, mais Susan pouvait pardonner ce genre de chose.

Elle secoua la tête :

– Non, on ne l'a pas retrouvé.

L'avocat s'agita nerveusement sur ses pieds.

– Je vois, répéta-t-il. Je suis désolé de l'apprendre. Dans ces conditions, et étant donné que vous êtes la mère de William et sa tutrice légale, j'ai le droit de vous remettre ce colis.

Scanlon plongea la main dans son attaché-case et en sortit une petite enveloppe kraft. Elle était carrée, de vingt centimètres de côté environ. Il y avait une inscription au feutre sur la face avant. L'écriture de Karl. Susan l'aurait reconnue entre mille. *À mon fils, Will. Joyeux anniversaire. Papa.*

Susan tourna et retourna le paquet entre ses mains tout à coup tremblantes.

Qu'est-ce que ça pouvait bien être ?

– Vous voudrez bien signer ici, s'il vous plaît ?

– Quoi ? dit-elle distraitement, en levant la tête.

Scanlon lui tendait une feuille de papier et un stylo :

– J'ai besoin que vous me signiez ce reçu.

– Oh, fit-elle, avant de prendre la feuille et d'y griffonner sa signature.

Il lui remit l'enveloppe. Elle était très légère.

– Et donc vous dites que vous ne savez pas ce qu'elle contient ? insista-t-elle.

– Non, madame Ritter. Les obligations de ma firme envers feu votre mari ont été respectées. Si je puis me permettre et parler en mon nom, j'aimais beaucoup l'inspecteur Ritter et je suis sûr qu'il avait ses raisons pour parer ses gestes d'une telle aura de mystère.

– Oui. Merci.

Susan raccompagna l'homme à la porte et le suivit des yeux tandis qu'il descendait les marches du perron. Au dernier moment, il se retourna :

– Madame Ritter ?

– Oui ?

– J'espère que vous allez retrouver votre fils.

– Merci, répondit-elle, parvenant à esquisser un mince sourire avant de refermer la porte.

– C'était qui, maman ? demanda Emily depuis le salon.

– Personne, chérie. Tu es prête pour aller à l'école ?

– Je suis obligée d'aller chez tata Angie après ?

– Tu sais bien que maman doit aller au travail, Emily.

– Je sais.

Une pause.

– Maman ?

– Oui, chérie ?

– Est-ce que les choses vont redevenir comme avant ?

Susan resta immobile à la porte d'entrée.

– Je l'ignore.

Elle tendit le paquet à bout de bras, regardant une nouvelle fois l'écriture de son mari.

« Karl... tu me manques. »

– Emily... Je monte finir de me préparer. Tu manges tes céréales pendant ce temps. Nous partons dans quelques minutes, d'accord ?

– D'accord, maman.

Susan partit dans sa chambre, referma la porte derrière elle et ouvrit l'enveloppe avec des ciseaux à ongles. Elle la secoua et laissa échapper un petit halètement rauque lorsqu'un DVD à l'étiquette vierge tomba sur le lit. Elle resta à l'observer pendant de longues secondes. Puis, comme dans un brouillard, elle prit le disque et l'inséra dans le lecteur posé au-dessus de sa télévision. Elle était incapable de se souvenir de la dernière fois qu'elle l'avait allumée.

Au début, il n'y eut que des grésillements, puis l'image de Karl remplit l'écran. Susan sentit sa gorge se nouer. Elle fut frappée de constater à quel point Will ressemblait à son père ! La ressemblance avait toujours été là : les mêmes cheveux roux, les mêmes taches de rousseur. Mais, dans les deux années qui s'étaient écoulées depuis la mort de Karl, Will avait grandi, et son visage s'était émacié. Même les photos de Karl qui se trouvaient un peu partout dans la maison n'arrivaient pas à...

– *Salut, Will.*

Susan porta la main à la bouche.

– *J'ai fait en sorte que tu reçoives ce DVD le jour de tes treize ans. Et si tu l'as aujourd'hui, cela signifie qu'il m'est arrivé quelque chose. J'en suis désolé, bien plus désolé que je ne saurais le dire.*

» *Will, je suppose que tu as commencé à... voir des choses. Je ne sais pas qui sera le premier. Un voisin. Un professeur. Peut-être que ta puberté commencera plus tard que la moyenne et que tu ne sais même pas de quoi je parle, mais quelque chose me dit que ce n'est pas le cas. Tu es mon fils, et je suis le seul adulte qui ait jamais eu le don de Clairvoyance. C'est comme ça qu'on l'appelle. Avec un C majuscule.*

Susan chassa les larmes de ses yeux et observa le visage de son mari. Il avait l'air sincère et un peu désespéré, penché en avant vers la caméra. Il était assis... Bonté divine ! il était assis à l'endroit exact où elle se trouvait en ce moment, sur ce même lit. Il avait sans doute posé le caméscope sur la coiffeuse.

Où était-elle quand il avait filmé ça ? Et, au nom du Ciel, de quoi parlait-il ?

– *Will, si rien de tout cela ne s'est encore produit... ça va arriver. Dans ce cas, range ce DVD et cache-le dans un endroit où personne ne le trouvera, y compris ta mère. Comme ça, tu pourras le ressortir le jour où tu en auras besoin. Mais si ça c'est déjà produit, et si tu peux les voir, alors tu as sans doute une trouille de tous les diables. Je ne te blâme pas. J'ai été effrayé, moi aussi, la première fois. Plus tard, lorsque j'ai su plus de choses sur ce qu'ils sont vraiment et ce qu'ils veulent, lorsque j'ai appris que très peu de gens – juste certains adolescents, apparemment – peuvent les voir... eh bien, ça m'a encore plus fichu la trouille.*

» Et j'ai compris que je devais enregistrer ce message.

» Mon fils, tu n'es pas fou, et tu n'es pas seul. Le plus important pour le moment est de ne pas raconter à ta mère ou à qui que ce soit d'autre ce que tu vois. Elle ne te croirait pas. Je suis désolé de te le dire, mais c'est la vérité. Elle t'aime et essaierait de te venir en aide, mais cela ne servirait qu'à les alerter, et alors ils te trouveraient, ainsi que ta mère et ta sœur, et ils...

Karl déglutit, et pour la première fois, Susan lut de la peur dans les yeux de son mari décédé.

– Nous sommes en guerre, Will. La plupart des gens de ce monde ne le savent pas, mais nous sommes en guerre. Je n'ai aucune idée de l'endroit d'où ils viennent ni de la façon dont ils s'y prennent pour faire ce qu'ils font. Mais je sais ce qu'ils veulent. Tout d'abord la ville. Puis l'état de Pennsylvanie. Puis le pays tout entier, et enfin le monde. Ils sont prudents et prennent leur temps, mais, en fin de compte, ils seront notre perte à tous.

» Tu dois te rendre au centre-ville. J'aimerais pouvoir te révéler où exactement, mais je ne peux pas courir ce risque au cas où ce DVD tomberait entre de mauvaises mains. Il te faudra poser des questions autour de toi. Mais ne va pas voir la police. Ne va voir aucun fonctionnaire. Demande si quelqu'un a entendu parler des Fossoyeurs. Souviens-toi du nom : les Fossoyeurs. Demande à tous les enfants que tu croises, dans la rue, dans les magasins. Ne t'en fais pas si tu ne les trouves pas tout de suite. Fais-moi confiance là-dessus, fiston, ce sont eux qui te trouveront. Et ils te viendront en aide.

» Cet enregistrement est comme un message dans une bouteille. Je n'ai aucun moyen de savoir s'il t'arrivera bien et à temps. Quoi qu'il en soit, souviens-toi que je t'aime.

» Je crois qu'il n'y a pas grand-chose à ajouter. Je commence à penser que mon initiative a peu de chances de réussir. Mais j'irai jusqu'au bout. C'est le seul moyen que j'ai trouvé pour dormir la nuit, le seul qui me permette de me retrouver face à Susan en sachant tout ce que je sais, sans rien pouvoir lui dire.

» Bonne chance, Will. Je t'aime.

L'enregistrement se terminait là.

Susan resta assise sur son lit, serrant si fortement les poings que ses articulations blanchirent. Des larmes coulaient le long de ses joues.

Une guerre ? Des envahisseurs s'apprêtant à conquérir le monde ? Mon Dieu... Karl avait-il perdu la raison ? Était-il devenu fou ?

Elle alla jusqu'à la table de nuit et en sortit l'enveloppe blanche qui lui était si familière. Elle avait lu cette lettre un millier de fois, la connaissait presque par cœur à force, mais elle la relut une fois de plus, et cette fois encore s'efforça de comprendre ce qu'elle lisait.

Will était en vie et avait des « amis ». Il se passait des « choses effrayantes » et il devait « combattre ».

L'enveloppe ne mentionnait ni l'adresse ni le nom de son expéditeur, elle n'avait pas été oblitérée et était arrivée quelques semaines après la disparition de Will. Susan n'avait montré la lettre à personne, de crainte que sa sœur ou la police conclue qu'il s'agissait d'une blague cruelle, ce qui aurait fait exploser la bulle d'espoir qu'elle avait réussi à entretenir grâce à ce message. Mais, à présent, elle avait le DVD en plus. Et les propos de Karl, même s'ils restaient vagues et étaient très perturbants, semblaient aller dans le même sens que la lettre.

Mais que signifiait tout cela ? Qu'étaient ces « créatures » que Will avait peut-être commencé à voir ? Des professeurs ? Des voisins ? Ça ressemblait à une de ces délirantes théories du complot. Karl avait-il donc demandé à leur fils de s'enfuir de la maison ?

Impensable.

« Les Fossoyeurs. »

Elle avait déjà entendu ce nom. Un gang qui avait été mêlé à la mort du présentateur Kenny Booth l'automne dernier. Booth lui-même avait prononcé leur nom avant de mourir en direct à la télé. Les journaux s'étaient intéressés à l'histoire pendant quelque temps, ce qui était somme toute logique. Personne n'était capable d'expliquer ce qui était arrivé au journaliste devenu candidat aux élections municipales. Il avait juste explosé devant les caméras.

Le sujet avait fini par disparaître des médias. Personne ne savait qui étaient ces Fossoyeurs, ou même s'ils existaient. Et tout cela s'était produit environ un mois après la disparition de Will.

« Des créatures effrayantes. Des sortes d'envahisseurs. Des amis. Les Fossoyeurs. Mon Dieu… »

Depuis des mois, des années si l'on prenait la mort de Karl comme point de départ, Susan Ritter luttait pour ne pas se noyer sous un déluge de chagrin. Son mari était parti à jamais, mais Will était toujours là, quelque part. Il était peut-être temps d'arrêter de s'apitoyer sur son sort et de se complaire dans ses malheurs.

Peut-être temps de passer à l'action.

« Peut-être temps de retrouver mon fils. »

8

PLAN DE BATAILLE

– Le pénitencier Eastern State, expliqua Tom, est fermé au public depuis trois mois. C'est une décision qui est tombée du bureau des Affaires Civiles à peu près au moment où *elle* a fait son apparition. Bon… puisque Sharyn et moi savons que certains d'entre vous ne sont pas autant au jus que les autres, je vais prendre une minute pour vous faire un topo.

Les Anges-Gardiens au complet étaient rassemblés dans la grande salle, assis sur cet assemblage hétéroclite de chaises pliantes qui constituaient le principal ameublement du Refuge. L'une des Hackers – le groupe des Hackers était l'équivalent des personnages de la série *The Big Bang Theory* chez les Fossoyeurs… – avait relié un ordinateur portable à un vieil écran de 25 pouces, et elle faisait à présent défiler un diaporama que son équipe avait monté à toute vitesse, en réponse à une demande de Tom.

Sur l'écran, on voyait clairement le devant de la prison, le grand portail où Helen et moi avions lancé notre petit assaut anti-Macchabs. Cette image laissa bientôt la place au visage d'une femme. Une Macchab. Un type 1, particulièrement frais. Sa chevelure était encore en grande partie attachée à son crâne, mais sa peau était violacée, et ses lèvres avaient commencé à s'amincir et à se retrousser. Elle n'avait même pas l'air embaumée, contrairement à la plupart des corps parasités, ce qui leur permettait de durer un peu plus longtemps.

– Lilith Cavanaugh, enchaîna Tom. La nouvelle directrice des Affaires Civiles de Philadelphie. À en croire son CV, elle a l'air assez cool : elle a fait la majeure partie de ses études en Europe et a passé les cinq dernières années à travailler dans les relations publiques de la firme Euro Disney. Elle a même un accent anglais. Pour être honnête, les Macchabs n'ont jamais fourni de meilleure couverture à l'un des leurs. Elle a fait sa première apparition un peu plus d'un mois après la mort de Booth en direct à la télé...

– Et paf le chien !

C'était Sharyn qui avait lâché ça dans son coin. Tout le monde éclata de rire. C'était assez foireux comme réplique, mais, si vous aviez connu Booth et la façon dont il était mort, vous auriez apprécié.

– Cavanaugh n'a pas tardé à reprendre les choses en main. Elle s'est déjà mis la police et la plupart des élus municipaux dans la poche. En théorie, elle ne rend des comptes qu'au maire. Dans la pratique, je pense que notre nouveau maire est, soit totalement sous le charme, soit totalement apeuré par cette femme. Quoi qu'il en soit, les autorités municipales lui laissent les coudées franches pour agir comme elle le souhaite.

» À plusieurs reprises, nous avons entendu des Macchabs faire référence à Cavanaugh en l'appelant « Majesté » ou « Reine ». Pour autant que nous le comprenions, l'échec de Booth a convaincu les Macchabs, enfin les Malums, d'envoyer l'artillerie lourde. Donc, un membre de la famille royale des Macchabs, peut-être... Mais peu importe son titre dans son monde ; dans le nôtre, c'est elle qui est aux commandes de l'invasion.

Je regardai le visage sur l'écran, avec sa peau flasque et ses traits boursouflés. Puis je fis ce que devaient faire tous les autres et me forçai à loucher. Le truc des Masques marchait aussi très bien avec les photos, même mieux, étant donné qu'une photo ne bouge pas. Instantanément, un second visage vint se superposer au premier, un peu comme s'il flottait par-dessus. C'était celui d'une femme approchant la quarantaine, avec une opulente chevelure blonde et des traits dignes d'une actrice de cinéma. Si son véritable sourire était grotesque, celui-là était éblouissant, tout en dents blanches et lèvres rouges et pulpeuses.

– Cavanaugh fait beaucoup d'apparitions publiques : inaugurations de centres commerciaux, visites d'écoles, ce genre de choses. En quelques mois, elle a réussi à se faire respecter et apprécier. Certains la voient déjà briguer le poste de maire dans un avenir encore lointain.

Je dus forcer mes yeux à se détacher du Masque. Le visage de la Reine était horriblement fascinant. Pas étonnant qu'elle ait tout balayé sur son passage en débarquant à Philadelphie.

– Elle est mieux organisée, poursuivit Tom, et, à mon sens, plus intelligente que Booth. Elle a déjà élargi l'influence des Macchabs à toute la ville. Elle est également à l'origine de la fermeture d'Eastern State au public. Nous en ignorons la raison, mais, d'après les découvertes de Will et d'Helen hier soir, il se pourrait bien qu'elle ait décidé d'en refaire une prison. Ce qui nous amène à la situation présente...

Il adressa un signe de tête à la jeune Hacker, et l'écran changea une nouvelle fois, montrant la pièce d'identité de Hugo Ramirez, agent spécial du FBI. Ramirez avait un visage carré, des cheveux noirs coupés en brosse, un bouc taillé avec soin, et des yeux marron et cernés. Il ne souriait pas.

– On dirait bien que les Macchabs ont capturé un gros poisson, expliqua Tom. Bon, soyons clair, nous ne savons pas pourquoi ils ont pris le risque de kidnapper un agent fédéral, mais primo : ils l'ont fait, et deuzio : il est évident que nous ne pouvons pas rester les bras croisés.

Autre signe de tête. Cette fois, l'écran nous révéla un plan de la prison.

– L'agent Ramirez est quelque part là-dedans… Nous devons le trouver, le libérer et le ramener ici, au Refuge. Ensuite, il nous faudra apprendre ce qu'il a bien pu faire pour effrayer Cavanaugh au point qu'elle veuille l'emprisonner.

Chuck Binelli, un vétéran des Anges-Gardiens, intervint d'une voix sonore :

– Comment on sait qu'ils ne l'ont pas déjà conduit ailleurs ? Je veux dire… les Macchabs doivent s'être rendu compte que Will et Helen se sont emparés de la pièce d'identité.

– Nous savons qu'il est toujours à l'intérieur, intervint Sharyn, parce que nous n'avons pas cessé de surveiller les lieux depuis que Will nous a appelés. Personne n'est entré ni sorti de là.

– Mais ça ne va sans doute pas durer, ajouta Tom. Raison pour laquelle nous devons passer à l'action maintenant.

– En pleine journée ? s'étonna Burton Moscova, un autre Ange-Gardien. C'est sacrément risqué !

– Je sais, admit le chef. Cette mission va être particulièrement dangereuse, mais je pense que ça en vaut la peine. Une équipe réduite, menée par Sharyn, va lancer une action commando, trouver Ramirez et, avec un peu de chance, être de retour dans la rue avant que les Macchabs aient eu le temps de réagir.

– « Avec un peu de chance » ? marmonna Chuck.

– Ouais, grimaça Sharyn. Ça, c'est la mauvaise nouvelle. La bonne, c'est qu'on a un nouveau tour dans notre sac. Et, les mecs, je vous garantis que vous allez adorer !

Tom désigna d'un geste le fond de la salle.

Steve Moscova fit un pas en avant.

Maigrichon, les cheveux noirs, pas très grand, son visage poupin caché par des lunettes aux verres épais, Steve Moscova était le geek à l'origine de toutes nos armes et tous nos gadgets. Il était aussi le frère aîné de Burton, quoiqu'il soit devenu Clairvoyant *après* son frère, ce qui n'était pas sans l'embarrasser. En fait, la Clairvoyance se manifestait différemment pour chacun, même si, la plupart du temps, tous les enfants d'une famille finissaient par avoir le don.

Chaque fois que j'apercevais les frères Moscova ensemble, je ne pouvais m'empêcher de penser à ma petite sœur, Emily. Elle n'avait que cinq ans, et il se passerait au moins six années avant qu'elle voie les Macchabs, si elle en acquérait la capacité. Il fallait qu'ils aient disparu d'ici là, il n'y avait pas le choix. C'était en tout cas le défi que je m'étais lancé.

Steve tenait une serviette de bain, usée certes, mais propre, qu'il posa sur la télévision avant de la dérouler.

Il y avait six seringues à l'intérieur, identiques à celle que j'avais vu Sharyn utiliser un peu plus tôt. Elles étaient apparemment remplies du même liquide transparent.

– J'appelle ça des « Ritter », annonça joyeusement Steve. En l'honneur de la première personne à avoir tué un Macchab.

Tandis qu'une salve d'applaudissements faisait vibrer la salle, je me sentis rougir. Helen, assise à côté de moi, me donna un petit coup de coude dans les côtes avec un sourire entendu. Steve attendit que le fracas retombe, puis il reprit la parole, mais cette fois en restant pro de chez pro :

– Un Ritter contient quinze centimètres cubes de saumure concentrée. Injectée dans le torse ou l'abdomen d'un Macchab, elle entraîne un éclatement aussi radical qu'instantané de la structure cellulaire du corps parasité.

– Et en langage clair, ça donne quoi ? demanda Burton.

Steve soupira :

– Ça fait exploser le Macchab.

Nouveau tonnerre d'applaudissements, à présent mêlé de glapissements et de cris joyeux. Puis l'une des filles, un Ange-Gardien du nom de Katie Bell, posa une question de sa voix particulièrement haut perchée :

– Ça marche comment ?

– On ne sait pas vraiment, répondit Steve. Il n'existe aucune raison physiologique qui permette d'expliquer l'effet produit par la saumure sur un cadavre. Ce doit être lié à la nature des envahisseurs eux-mêmes. En revanche, il ne fait aucun doute que ça marche. Sharyn l'a testé sur des Macchabs il y a quelques heures à peine, et les résultats ont été… probants.

– Probants ! s'exclama la chef des Anges-Gardiens. C'est carrément pas le mot qui convient ! Ces Macchabs ont éclaté comme des ballons ! Il doit encore y avoir des morceaux qui tombent du ciel en ce moment même !

Remarque qui entraîna une nouvelle vague d'applaudissements.

– Alors, on peut les tuer ! s'écria Chuck. On peut enfin les tuer !

– Oui, mais…, le coupa Steve. Il y a un petit hic.

Les vivats retombèrent.

– Il y a toujours un hic, marmonna Chuck.

– En fonction de la taille du corps hôte, il faut compter jusqu'à dix secondes avant que la substance fasse effet, et durant ce laps de temps le Macchab reste dangereux.

Burton leva la main, un vieux réflexe d'écolier qu'il était apparemment le seul à avoir conservé. J'avais le sentiment qu'il continuait à le faire parce qu'il savait que son grand frère aimait ça.

– Donc… on doit se rapprocher suffisamment pour piquer le Cadavre, puis dégager à toute vitesse pour éviter qu'il nous tue avant que le produit fasse effet ?

– Eh bien…, balbutia Steve. Je ne dirais pas cela exactement de cette façon…

– C'est pas aussi chaud que ça en a l'air, nous assura Sharyn. D'abord, tu arroses ton Macchab de quelques giclées de saumure avec ton pistolet ou ton Méga-Blaster. Et, quand il se retrouve par terre, tu lui fais son affaire pour de bon avec le… Ritter.

Sharyn me fit un clin d'œil en prononçant ce dernier mot. Je gémis intérieurement.

– Il faut juste veiller à ne pas toucher d'os, prévint Steve. Ça pourrait casser l'aiguille. Le meilleur endroit, c'est ici.

Il désigna son ventre, à peu près à hauteur du nombril.

– Le tissu abdominal n'est pas très résistant. Ça demande un peu de force, car j'utilise des seringues à grande contenance, mais, une fois l'aiguille enfoncée, une seconde suffit pour vider le tube.

– Pour l'opération à Eastern State, vous avez droit à une seringue chacun, annonça Tom, en plus de votre équipement habituel. Mais ne vous en servez qu'en dernier recours. Je préférerais qu'aucun d'entre vous ne soit obligé de se retrouver si près d'un Macchab. À présent, Sharyn va vous expliquer le plan que nous avons concocté, alors ouvrez grand vos oreilles. Nous ne savons pas ce que les Cadavres ont l'intention de faire de Ramirez, mais on peut émettre quelques hypothèses. Tenez-vous prêts à mettre les voiles d'ici une heure. Bonne chance, Fossoyeurs !

Puis il quitta la salle en adressant un signe de tête à sa sœur. Un large sourire fendit les traits de Sharyn.

– Les gars, autant vous le dire, cette mission va déménager grave ! C'est la première fois que vous allez vous retrouver en position de dessouder du Macchab pour de bon ! Enfin, le rouquin ici présent excepté, bien sûr.

Encore des applaudissements.

– Bon, râlai-je, ça suffit.

– Avant qu'on décolle, poursuivit Sharyn, un Ritter vide à bout de bras, je vais vous refaire un topo détaillé sur la façon dont fonctionnent ces engins, et comment ne pas se faire mordre, tabasser à mort ou étrangler au passage. Kebab… c'est là que t'es censé intervenir !

« Dave est ici ? »

Cette réunion était logiquement réservée aux Anges-Gardiens, à l'exception de la Hacker qui s'occupait de l'ordinateur portable. Le fait que le Burgermeister ait été convié était une surprise intéressante, d'autant plus que je savais à quel point il désirait rejoindre l'équipe de Sharyn.

Voilà pourquoi j'imaginais qu'il serait tout content de prendre part à une mission des Anges-Gardiens, quel que soit le rôle qu'il aurait à remplir. Mais ce n'était pas le cas. En fait, il avait l'air résigné, accablé même, lorsqu'il se leva de sa chaise au fond et s'avança lentement jusqu'aux côtés de Sharyn. Il était si grand qu'il la dépassait de près d'une demi-tête, et il pesait près de cinquante kilos de plus qu'elle. Ce qui n'empêchait pas qu'elle puisse le mettre au tapis quand elle le voulait. En fait, tous les Anges-Gardiens le pouvaient sans doute.

Avant de devenir Clairvoyant, Dave Burger était connu pour être le balèze de son quartier. Il aimait se battre, martyriser les gens. Mais ici, dans ce monde de morts-vivants avec ses dangers bien réels, il s'était vite rendu compte qu'il n'avait pas la vitesse ni (Désolé, Dave !) l'intelligence pour se mesurer à des gamins qui faisaient la moitié de sa taille et avaient suivi un entraînement de ce que Sharyn appelait le « karaté de rue ».

Et pourtant il était là à cet instant, et je me demandais bien pourquoi.

Jaugeant le Burgermeister, Sharyn dévissa rapidement l'aiguille.

– Voilà ! annonça-t-elle, en nous montrant ce qu'elle venait de faire. Sans danger. N'avance plus, Kebab.

À présent, pivote légèrement, de façon à te retrouver face à tout le monde. C'est ça ! Parfait !

La chef des Anges-Gardiens poursuivit, en s'adressant à nous :

– La nuit dernière, j'avais Vador, mon fidèle compagnon, avec moi. Je m'en suis servi pour convaincre les bras de mon Macchab d'aller voir ailleurs si j'y étais. Ce qui m'a bien sûr grandement facilité la tâche pour lui administrer sa piqûre. Vous, vous n'aurez pas cet avantage, alors voici une série de trucs qui vous permettront de contourner le problème.

» Tout d'abord, vous pouvez les attaquer de front. Kebab, essaie de m'en coller une. Et fais pas semblant, pigé ?

– Je crois, marmonna-t-il.

Puis, comme s'il venait de se décider, il s'avança soudain, et son poing massif partit en avant, visant la tête de Sharyn.

Elle esquiva d'un mouvement souple. Il balança l'autre poing, un moulinet du gauche qui, s'il avait trouvé sa cible, aurait sans doute fait décoller la tête de la jeune fille de ses épaules.

Sharyn se déplaçait comme si elle était liquide, semblant glisser sous l'arc de ces bras qui fouettaient l'air. Puis, Dave se retrouvant temporairement déséquilibré, elle enfonça violemment son poing, celui dans lequel elle tenait le tube sans seringue, dans le ventre du Burgermeister, et fit mine de le vider en appuyant sur l'embout avec son pouce.

Dave lâcha un halètement rauque et se plia en deux tandis que Sharyn bondissait à près de deux mètres en arrière.

– Il est mort ! affirma-t-elle. Vous piquez, vous enfoncez et vous dégagez. Aussi simple que ça.

Dave se redressa, plus surpris que blessé par le coup qu'il avait reçu.

– Merci, Dave. Vous avez tous vu où j'ai frappé. Juste au-dessus du nombril. C'est tout mou, là. Maintenant, laissez-moi vous faire une démonstration d'attaque par l'arrière.

Elle dessina un cercle dans l'air avec son index. Dave poussa un soupir et se retourna docilement.

– C'est un peu plus compliqué, admit-elle. Quand vous attaquez par devant, il y a cette grande surface qui va du plexus solaire jusqu'au pelvis. Dans le dos, la zone « tendre » est moins étendue. D'abord, vous devez tenir votre Ritter de cette façon-là. (Elle fit tourner la seringue dans sa main de sorte que l'aiguille soit orientée vers le haut.) Après ça, c'est facile. Ne vous attendez pas à ce qu'un Macchab vous montre son dos en pleine bagarre. Votre seule chance de le toucher là, c'est de l'attaquer par surprise en vous collant presque à son postérieur malodorant.

Elle s'approcha subrepticement de Dave, qui s'agitait sur place, mal à l'aise, sachant ce qui allait lui arriver.

– Quand vous frappez, faites-le avec les deux mains, une qui enfonce l'aiguille, l'autre qui appuie sur le réservoir. Comme ça !

Sharyn fit mine de planter la seringue dans le flanc droit de Dave, ce qui lui arracha une grimace de douleur. Puis, changeant de pied d'appui, elle pressa la paume de son autre main sur le réservoir. L'instant d'après, elle avait bondi en arrière et se retrouvait de nouveau à deux mètres en retrait.

– Tâchez de viser juste au-dessus des reins. Trop haut, vous ne ferez qu'érafler une côte. Trop bas, vous rencontrerez la hanche. Vous pouvez évidemment viser les fesses, mais Steve-O dit qu'il faut beaucoup plus de temps à la saumure pour faire effet si on tape dans le gras plutôt que dans le muscle ou le tissu cellulaire. Des questions ? conclut-elle en souriant.

– Tu as réglé leur compte à combien de Macchabs avec cette technique ?

– Quatre, révéla Sharyn. C'est à ça que je me suis occupée cette nuit : pédaler en ville et zigouiller du Macchab. Le dernier, c'était avec Will dans une allée, près de la prison. Pour les autres, j'étais seule.

– Pourquoi seule ? demanda Helen. Et pourquoi on n'apprend tout ça que maintenant ?

– Top secret, répliqua la chef des Anges-Gardiens. On est en train de renverser la vapeur, là, les gars ! Pour la première fois, nous avons à notre disposition une arme pratique et mortelle pour lutter contre les Macchabs. Jusqu'à ce que nous soyons sûrs de son efficacité, Tom et moi avons préféré ne pas l'ébruiter... Au cas où...

Sa voix s'effilocha, mais nous savions tous ce qu'elle voulait dire.

Au cas où quelqu'un se ferait capturer par les Macchabs, qui avaient une technique horrible pour faire parler les gens.

– D'autres questions ?

– Quel effectif pour la mission ? s'enquit Burton.

Sharyn réfléchit quelques instants :

– J'en suis. Il y aura aussi Will et Helen, puisqu'ils sont familiers des lieux... du moins de l'extérieur. Et il m'en faut trois autres.

Toutes les mains se levèrent, y compris celle de Dave, même si, évidemment, sa candidature ne fut pas prise en compte. Des « Sharyn ! » et des « Hé ho ! » envahirent la salle. Les Anges-Gardiens étaient entre dix et douze. Si beaucoup de Fossoyeurs rêvaient de pouvoir en faire partie, ils étaient nombreux à quitter le groupe après une mission particulièrement éprouvante ou au cours de laquelle ils avaient bien failli y passer. Enfin, soit failli, soit... et dans ce cas, pas la peine de demander de changer de service...

Sharyn parcourut l'assemblée du regard. Elle avait l'air d'un professeur qui survole sa classe pour choisir parmi les élèves volontaires.

– Chuck, dit-elle enfin. Burton. Et Katie.

Des grognements de déception accompagnèrent la décision. Sharyn grimaça :

– Quoi ? Vous êtes trop pressés d'aller au casse-pipe, c'est ça ? Relax ! Si c'était une mission nocturne, j'aurais sans doute embarqué toute l'équipe, mais, puisqu'on va agir en plein jour, je veux qu'on frappe vite et fort, donc en petit comité. Nous avons des trucs à voir avant d'y aller.

La réunion prit donc fin. Helen et moi restâmes à nous regarder. Elle sourit :

– Un « Ritter », hein ? Assume, Will, t'es une star ! Tu ne peux pas y couper !

Je ne répondis pas.

Vous voulez savoir pourquoi j'étais si mal à l'aise lors de cette fête d'anniversaire un peu plus tôt ? Ce n'était pas la fête en elle-même. Mais, depuis les quatre mois que je vivais au Refuge, c'était la seule fête qui avait été organisée. Et ce, alors que je savais qu'un certain nombre d'anniversaires étaient tombés entre-temps, et qu'aucun de nous n'y avait prêté attention. Alors, pourquoi moi, et personne d'autre ?

Parce que j'étais le fils de Karl Ritter.

Et ce n'était pas fini. À présent, la toute nouvelle arme des Fossoyeurs venait d'être baptisée en mon honneur ! Ils pouvaient bien dire que c'était parce que j'avais tué Booth – évidemment que ça avait joué ! Mais ça n'expliquait pas tout.

Une nouvelle fois : j'étais le fils de Karl Ritter.

Ça plaçait la barre très haut.

La tâche était ardue. Rares étaient les jours où je me sentais digne du défi que j'étais censé relever.

Helen comprit ce qui me troublait.

– Hé ! Un peu de joie, là-dedans ! s'écria-t-elle. Au moins, on n'a pas eu trop de problèmes suite à notre plan foireux d'hier soir.

– On ne peut plus partir en reconnaissance tous les deux, me plaignis-je.

– Je m'attendais à ce que Tom me renvoie chez les Infiltrés et toi chez les Mères ! dit-elle en haussant les épaules. D'habitude, il n'est pas très cool avec ceux qui transgressent les règles et les protocoles.

Les Infiltrés, c'était l'ancienne équipe d'Helen : les Fossoyeurs en mission secrète dans les collèges des environs, cherchant les nouveaux Clairvoyants et volant à leur rescousse au moment opportun. C'était comme ça qu'Helen et moi nous étions rencontrés. Elle m'avait trouvé, seul et terrifié, voyant des morts-vivants tout autour de moi, et elle était venue à mon aide avant que les Macchabs mettent la main sur moi.

Après cette mission, elle avait été promue d'Infiltrée à Ange-Gardien en formation.

Les Mères, c'était l'équipe de Nick Rooney. Habituellement, c'est là qu'on mettait tous les bleus, les dernières recrues. Les Mères s'occupaient de la cuisine, du ménage, de la lessive et, pour faire court, de toutes les tâches que les autres cherchaient à éviter. Je n'avais pas passé un seul jour au sein de cette équipe ; j'étais allé directement de la base Alpha, le camp où les Fossoyeurs font leurs premières classes, à la formation d'Ange-Gardien.

Mais ça, c'est une autre histoire.

En tout cas, je savais que jamais Tom ne m'aurait fait perdre du galon à ce point. Après tout, j'avais fait des choses bien plus stupides que partir chercher ce portefeuille, et j'avais toujours réussi à rester dans ses bonnes grâces.

« Intouchable. »

Parce que j'étais le fils de Karl Ritter.

– Allez, dit Helen, allons au briefing.

Tandis que je la suivais hors de la salle de réunion, je jetai un coup d'œil vers Dave. Il était toujours près de la porte d'entrée, aussi immobile qu'une statue... une statue imposante. Il arborait une expression étrange, à la fois triste et comme songeuse. Peut-être souhaitait-il toujours pouvoir nous accompagner à la prison. Ou alors simplement intégrer la formation des Anges-Gardiens.

Je m'attendais à ce que nos yeux se croisent et qu'il me lance un regard m'implorant de plaider sa cause auprès du chef.

Sauf que le Burgermeister était ailleurs.

Il avait les yeux rivés sur Sharyn.

9

EFFRACTION

Les Fossoyeurs préfèrent aller et venir à la faveur des ténèbres.

Les Macchabs, pour autant que nous le sachions, ne voient pas mieux que nous dans le noir. Pour être honnête, nous ne sommes pas vraiment sûrs de la façon dont ils « voient » tout court, étant donné que leurs yeux sont en train de pourrir dans leur tête. Comme beaucoup des capacités des Cadavres, nous savons qu'ils le font parce que nous l'avons observé, c'est tout. Et donc, nous avions appris qu'il est plus facile de courir, de se cacher et de ne pas se faire tabasser à mort quand on avance dans le noir.

De temps à autre, cependant, il n'est pas possible d'agir de nuit. Dans ces cas-là, nous devons nous frotter aux Cadavres en plein jour.

La nuit, tout est question de vitesse, d'action furtive, il faut savoir frapper vite et fort, puis disparaître aussi sec.

En journée, il faut savoir se montrer intelligent.

Avec une pancarte, par exemple :

District Scolaire de Philadelphie

Projet « Entre (dans) les murs » :
quand se rencontrent le cours de Sport
et celui d'Histoire !

Les Hackers avaient réalisé la pancarte en moins d'une heure, imprimant le message sur d'immenses feuilles qu'ils avaient collées sur des panneaux en plastique.

Notre commando d'Anges-Gardiens, Sharyn comprise, était en sweat-shirt et baskets. Nous étions cinq sur le trottoir, l'air détendus, tandis qu'elle nous tournait autour, arborant une expression peu commode, genre prof de sport, qui la faisait paraître plus vieille qu'elle n'était, et un grand sifflet chromé dans la bouche. Un sifflet dont elle se servait. Beaucoup.

– On n'a pas toute la journée, messieurs-dames ! annonça-t-elle d'une voix forte. On se met au travail ! Allez chercher l'échelle !

Une petite foule s'était massée autour de nous... Uniquement de sympathiques êtres humains. Ils étaient visiblement amusés par ce qu'ils voyaient : une poignée de gamins essayant pitoyablement de sortir une échelle en aluminium de l'arrière d'un van blanc. Nous nous déplacions en file indienne, poussant de petits cris à chacun de nos pas, ainsi que Sharyn nous en avait donné l'ordre. C'était franchement ridicule, mais cela produisit l'effet escompté.

Alors que nous dressions l'échelle contre le mur extérieur du pénitencier, la seule réaction des badauds fut de rire en regardant ces élèves qui allaient escalader une paroi de plus de dix mètres de haut. Avec nos tenues et poussant nos petits « Hop, hop ! » à la façon des militaires, nous faisions plus penser à une troupe de théâtre de rue qu'à une bande de délinquants s'apprêtant à entrer par effraction...

Grâce à notre numéro de cirque et à notre pancarte, personne ne vint nous embêter. La grande ville de Philadelphie avait l'habitude d'organiser ce genre d'activités un peu déjantées.

– Échelle en place, madame ! beugla Chuck Binelli, en saluant Sharyn.

Cette dernière hocha la tête d'un geste raide et précis, comme si elle passait son temps à faire ça.

– On monte ! aboya-t-elle.

Chuck s'élança le premier, suivi d'Helen, de Katie, de moi et enfin de Burton.

Sharyn souffla une dernière fois dans le sifflet en direction de la foule. Quelques spectateurs allèrent même jusqu'à applaudir.

Puis elle monta à son tour.

Elle avait garé la fourgonnette blanche sur Corinthian Avenue, une rue étroite qui longeait le mur est du pénitencier. L'entrée de la prison se trouvait sur Fairmount Avenue, du côté sud, ce qui signifiait que, de là, on ne pouvait pas nous voir. Avec de la chance, les Macchabs, dont aucun ne s'était montré, ne se doutaient pas de notre présence, en dépit des « Hop, hop ! » et des coups de sifflet à répétition.

Faire tant de bruit quand l'objectif est de créer la surprise peut paraître risqué comme tactique, mais c'était nécessaire. Nous devions impérativement nous glisser dans cette prison, et personne ne s'imaginait que les Macchabs allaient ouvrir et nous accueillir gentiment si nous frappions à la porte.

Sharyn nous rejoignit sur le faîte. Cette fois, elle ne siffla pas. De l'endroit où nous nous trouvions, la foule ne pouvait plus nous voir.

En d'autres termes, le spectacle était terminé.

Le pénitencier s'étalait à nos pieds comme une gigantesque araignée aux multiples pattes. Il avait été bâti sur un plan particulièrement original pour l'époque : un rond-point central surmonté d'une tour de guet, et des baraquements disposés en étoile. Ce plan avait par la suite servi de modèle pour nombre de prisons disséminées dans le pays.

– Rouquin, me commanda Sharyn, surveille les tours.

Je sortis mon canif et appuyai sur le bouton 7, faisant jaillir le télescope. J'examinai la grande tour centrale en détail, puis je tournai la tête et scrutai les autres tours de guet, plus petites celles-là, disposées aux quatre coins du rempart extérieur.

– La voie est libre, annonçai-je.

– Ils ne sont pas très regardants sur la sécurité, hein ? remarqua Helen.

– Ouais, admit Sharyn. Je suis surprise. Après l'épisode d'hier, Tom et moi pensions qu'ils auraient au moins posté quelques sentinelles. Peut-être qu'ils essayent de faire profil bas. Mais n'allez pas vous faire des idées. Si l'un de vous voit un Macchab pointer son nez, il prévient les autres.

– Et ensuite ? demanda Chuck.

– Ensuite, je lui règle son compte avant qu'il puisse donner l'alerte.

– Et comment tu fais ça ? s'enquit Burton.

Sharyn se contenta de grimacer et changea de sujet :

– Écoutez-moi bien. Burton, Chuck et Katie, vous gagnez la partie nord. Helen, Will et moi, on tracera vers l'aile sud. Puisque les tours de guet sont vides, je pense pas trop me tromper en disant qu'on trouvera pas beaucoup de Macchabs dans le bâtiment. Mais ça risque de changer très vite s'ils nous repèrent. Donc, vous restez sur les toits, au-dessus des cellules, et vous jetez des coups d'œil par les lucarnes. Faites gaffe.

Certains des blocs étaient en réparation quand ils ont condamné les lieux. J'ai pas envie de voir quelqu'un tomber par un trou dans le plafond. C'est bien pigé ?

Nous avions tous pigé.

– Burton, ton équipe récupère l'échelle. Tu peux t'en servir pour faire la jonction avec le bloc le plus proche. Et tu gardes tes radios bien allumées. Si tu repères un Macchab, tu nous en informes. Et si tu vois Ramirez, ben... c'est encore mieux. En avant, Anges-Gardiens, on passe à l'action !

Sur ce, nous nous séparâmes. Sharyn partit la première, avançant lestement sur le parapet de près d'un mètre de large, Helen et moi sur ses talons. En contrebas, dans la rue, la plupart des spectateurs étaient repartis. Les rares qui étaient restés avaient plus l'air de s'ennuyer que de nous soupçonner de quoi que ce soit.

Parfait.

Je me rendis compte, étonné, que je n'étais pas effrayé... Je veux dire, pas *vraiment* effrayé. J'étais là, en train de trotter sur un mur, avec le vide de chaque côté et une chute de trois étages en cas de faux pas, et la seule chose qui me turlupinait, c'était la tactique. Au cours des quatre mois qui s'étaient écoulés depuis que j'étais Clairvoyant, la plupart des choses qui me terrifiaient avant avaient perdu toute charge horrifique.

Depuis quand étais-je devenu si courageux ? me demandai-je.

Nous approchâmes de l'angle sud-est. La tour en pierre qui servait autrefois à surveiller la prison avait été remplacée par une structure plus moderne, en brique, qui saillait juste assez de la paroi pour nous empêcher de la contourner et de poursuivre notre chemin.

Contraints de nous arrêter, nous nous recroquevillâmes et étudiâmes l'intérieur de l'enceinte et la cour. Il n'y avait personne.

Ça, c'était la bonne nouvelle.

La mauvaise, c'était que l'espace qui nous séparait du bloc cellulaire le plus proche mesurait environ quinze mètres !

– Bon… On fait comment pour se retrouver là-bas sans finir en purée ? demandai-je.

– Surprise ! répondit Sharyn.

Et elle glissa une main dans son sac à dos pour en sortir ce qui ressemblait à une petite arbalète.

– C'est quoi, ça ? demanda Helen, dont les yeux venaient de s'illuminer.

– Dis bonjour à Tante Sally ! répliqua Sharyn en souriant.

Helen la dévisagea d'un air interdit. Pas moi. Steve m'avait déjà montré un gadget similaire lors des premières journées que j'avais passées avec les Fossoyeurs… Une arbalète permettant de projeter un grappin. À l'époque, en revanche, on ne l'appelait pas « Tante Sally ». En fait, elle n'avait aucun surnom et, surtout, elle ne marchait pas du tout.

– C'est la première de son genre. Un prototype, comme qui dirait, nous expliqua Sharyn. Regardez.

Elle ajusta l'arme, visant le toit du bâtiment le plus proche... et tira.

Avec un bruit de ressort, un carreau d'acier jaillit et s'enfonça profondément dans le goudron qui recouvrait la terrasse, entraînant dans son sillage un filin noir, guère plus épais que mon petit doigt, sur lequel Sharyn tira immédiatement, de toutes ses forces, pour le tendre au maximum. Perchée comme elle l'était, en équilibre instable à plus de dix mètres de hauteur, si le câble lâchait ou si le carreau se détachait, elle s'écraserait sur Corinthian Avenue.

Mais rien de tout cela ne se produisit.

– Cool, marmonna-t-elle. En plein dans le mille, et avec autant de puissance qu'un arc qui ferait deux fois sa taille. Steve assure à fond ! Il est juste pas croyable, ce geek !

Elle rabattit un petit levier sur le côté de l'arbalète, ce qui désolidarisa la sorte de manivelle autour de laquelle le câble était enroulé. Elle s'agenouilla et fixa le mécanisme amovible dans le goudron sous ses pieds, tournant la poignée de la manivelle jusqu'à ce que le filin soit aussi tendu qu'une corde de guitare.

Elle se redressa, ouvrit son sac à dos, et, en aussi peu de temps qu'il faut pour le dire, l'arbalète était de nouveau prête à l'usage.

– Ça, c'est une idée d'Alex Bobson, continua-t-elle.

Alex était le chef des Teckos, l'équipe de construction et de réparation du Refuge.

– Il a amélioré le design original de Steve. Il est peut-être relou, mais il touche sa bille. Tyrolienne ?

Helen gloussa. Je sentis mon estomac se nouer. Personne ne m'avait parlé de cette partie-là de notre mission.

– C'est pas la peine de devenir tout vert, mec ! lança Sharyn. Je sais que c'est ta première tyrolienne, raison pour laquelle je t'ai rien dit avant. Mais fais-moi confiance : c'est du gâteau !

Elle s'assit, les jambes dans le vide, ne craignant apparemment pas de tomber. Puis elle sortit trois petits bouts de câble de vingt-cinq centimètres de long, attachant à chaque extrémité deux embouts de cuir soutenant une gaine. Elle en garda un pour elle et nous donna les deux autres.

– J'y vais la première. Faites comme moi. Un : vous glissez le poignet droit dans la gaine droite, deux : vous passez le câble par-dessus le filin, trois : vous passez le poignet gauche dans la gaine gauche, et quatre : il vous reste plus qu'à vous laisser aller...

Et c'est ce qu'elle fit.

Elle sauta, suspendue à ses anneaux de cuir, et glissa sur le filin jusqu'à arriver de l'autre côté, sur le toit du bâtiment, où elle atterrit en douceur, se libéra, et nous fit signe de la suivre.

– J'y vais... ou toi ? me demanda Helen.

– Tu as déjà fait ça avant ?

Elle secoua la tête.

– Mon non plus, dis-je en déglutissant.

– Ça va aller ? s'enquit-elle en me fixant du regard.

– T'inquiète, fis-je, sans être sûr d'y croire moi-même.

– Je veux bien y aller d'abord, proposa-t-elle, mais pas si tu te dégonfles derrière.

Je me sentis devenir rouge.

– Quand est-ce que tu m'as déjà vu me dégonfler ?

– D'accord, céda-t-elle avec un haussement d'épaules.

Presque sans hésitation, elle passa le filin par-dessus le câble, s'élança et atterrit impeccablement sur le toit quelques secondes plus tard.

Helen donnait toujours l'impression que tout était facile.

Je déglutis une nouvelle fois. À mon tour.

Je m'assis et me glissai vers l'avant jusqu'à ce que mes jambes pendouillent dans le vide. C'était quand même sacrément haut. Je pris une profonde inspiration, passai un poignet dans une sangle et tendis le fil par-dessus le câble avant de passer mon autre main dans le second bracelet.

Mon regard croisa celui d'Helen. Elle ne me quittait pas des yeux depuis le toit opposé. À côté d'elle, Sharyn arborait son large sourire coutumier.

Je sentis mon estomac se nouer un peu plus. Je l'ignorai.

« Sois courageux », me dis-je.

C'était la devise d'une des Fossoyeurs, une amie du nom de Tara Monroe.

Une amie décédée.

Les Fossoyeurs avaient une certaine propension à avoir beaucoup d'amis morts.

Je me lançai.

C'était loin d'être aussi affreux que je l'aurais cru. En fait, s'il n'avait pas fait aussi froid, je crois que j'aurais apprécié. Le vent me mordit le visage. Le fil entre mes mains dévala le câble avec un crissement de fermeture Éclair. J'atterris un peu plus maladroitement que les filles, contraignant Sharyn à m'arrêter dans mon élan.

– C'était pas si dur que ça, hein, mec ? fit-elle.

Au même instant, nos radios-bracelets grésillèrent.

– Qu'est-ce qui se passe, Burton ? s'enquit Helen.

– Un Macchab dans la tour centrale ! siffla la voix du garçon. Il regarde dans notre direction, mais nous sommes cachés derrière des sortes de barriques ! Je ne sais pas s'il nous a vus !

À ces mots, Sharyn bascula en mode pro. Elle pivota sur ses talons et saisit son arbalète.

– Dis-leur de rester cachés, ordonna-t-elle à Helen, qui relaya le message.

– Qu'est-ce que tu vas faire ? demandai-je.

– Regarde, répliqua-t-elle. Je me suis entraînée.

Elle brandit Tante Sally à hauteur d'épaule, ajusta la crosse et dirigea le viseur sur la tour centrale. À une trentaine de mètres de distance et quatre de hauteur, une silhouette sombre se tenait immobile derrière les fenêtres, face à la partie nord-ouest de la prison, là où Chuck, Burton et Katie étaient dissimulés.

Le doigt de Sharyn pressa la détente.

Twangggg !

Elle s'était *vraiment* entraînée.

Le carreau fendit l'air, décrivant une trajectoire parfaite. Il brisa la vitre de la tour dans un fracas de verre, suivi, aussitôt après, par un choc sourd.

À travers ma radio-bracelet, j'entendis Katie s'exclamer :

– Tu l'as eu !

– C'était un pur tir ! ajouta Chuck.

– Retrouvez-nous en bas de la tour ! lança Sharyn, le poignet levé à hauteur de sa bouche. Je vais les dégommer !

Puis, s'adressant à nous :

– Venez !

Nous partîmes en toute hâte, en prenant grand soin d'éviter les lucarnes qui ponctuaient le toit comme autant d'obstacles sur notre parcours. Helen et moi avions les plus grandes peines à suivre Sharyn.

Parvenue au pied de la tour, elle saisit le câble qui pendait là, tira dessus pour s'assurer de sa robustesse, puis commença son ascension.

– Restez ici, nous murmura-t-elle en se retournant brièvement. Je ne sais pas vraiment quel poids ce truc peut supporter.

C'est pleins de frustration que nous regardâmes donc la chef des Anges-Gardiens escalader la tour, se hisser sur le parapet, donner un grand coup de pied dans ce qui restait de la fenêtre et disparaître à l'intérieur. Puis, au bout de quelques secondes, elle réapparut et nous invita à la rejoindre.

– Ça semble tellement facile quand elle le fait, soupira Helen.

– T'as remarqué ? acquiesçai-je.

« Je pensais la même chose à ton sujet il y a une minute. »

– Toi le premier, cette fois, me dit-elle.

Il n'est pas facile de grimper à un câble, même quand on est équipé de gants de qualité et qu'on a un mur pour servir d'appui. Le gringalet de douze ans que j'étais encore deux mois plus tôt n'y serait jamais arrivé. Mais le gamin légèrement moins freluquet de treize ans que j'étais devenu le pouvait, et d'ailleurs il y parvint... non sans effort. Enfin, à bout de souffle et les bras endoloris, je laissai Sharyn venir à mon aide pour passer par la fenêtre brisée.

Tandis qu'elle faisait signe à Helen de grimper à son tour, je jetai un coup d'œil à l'intérieur.

L'endroit n'avait rien de séduisant. Pas de meubles, juste des murs nus, des fenêtres sur tous les côtés et un escalier menant à l'étage inférieur, vers la prison proprement dite.

Entre deux fenêtres, dos à nous, se trouvait un Macchab. Une femme, type 4 bien tassé. En état de décomposition très avancée, elle avait perdu la plupart de ses fluides corporels. Elle n'avait plus de boursouflures, et présentait un aspect desséché et creusé. Sa peau, grise et parcheminée, pendait de ses os longs et fins. En guise de cheveux, elle n'avait plus que quelques mèches sombres tombant de sous une casquette de police.

Des scarabées grouillaient sur tout son corps. Elle était littéralement mangée debout.

C'est un truc auquel je n'ai jamais pu m'habituer.

Ses bras et jambes gesticulaient spasmodiquement, et pour une bonne raison : le carreau de l'arbalète de Sharyn l'avait frappée à hauteur de la nuque, avait traversé la chair et cloué la Macchab au montant d'une des fenêtres.

Chuck avait dit vrai : un pur tir.

Mais bon, c'était Sharyn.

– Hé, Miss Macchab ! lança joyeusement Sharyn tandis qu'Helen enjambait la fenêtre. T'as pas la forme aujourd'hui, ou quoi ?

Les lèvres du Cadavre frémirent. Malheureusement, avec le carreau fiché dans sa bouche ouverte, elle ne pouvait pas dire grand-chose dans notre langue, et elle opta donc pour la Morlangue.

– *Autres. Arrivent. Me. Secourir.*

– J'en doute pas une seconde, Pourrito, acquiesça Sharyn. Mais je pense qu'on a une minute ou deux devant nous. Je vais en profiter pour te faire une offre unique, exceptionnelle, à ne pas rater. Tu me dis combien de Macchabs il y a dans la prison... et peut-être que je te laisserai vivre.

La charogne pencha la tête dans sa direction.

– *Tu. Ne. Peux. Pas. Me. Tuer.*

Sharyn éclata de rire. Et brandit sa seringue :

– Tu sais ce que c'est ? T'aurais pas quelques-uns de tes potes qui se sont fait refroidir la nuit dernière ? Genre de façon permanente ? Un truc que vous n'êtes pas arrivés à comprendre ?

Son sourire disparut, et elle s'approcha du Cadavre :

– Alors, pour la dernière fois : crache le morceau, et peut-être que je te laisserai ici, pour que tu puisses te transférer quand tes potes te retrouveront. Sinon, je te colle une giclée de ça, et tu crèves comme la sale pourriture que tu es.

Je vis soudain dans les yeux laiteux de la Macchab quelque chose que je n'aurais jamais pensé y voir : de la terreur. Elle s'agita frénétiquement, tentant de déloger le carreau qui la clouait au mur, en vain. Elle était immobilisée pour de bon, et nous le savions tous.

– Eh bien, la pressa Sharyn. J'ai besoin de savoir, Sac d'os !

– *Six.*

– Six Macchabs à l'étage du dessous ?

La charogne policière hocha la tête, du moins autant que le carreau le lui permettait.

– *Six*, répéta-t-elle.

Il y avait quelque chose dans son expression – enfin, si on peut parler d'expression au sujet d'un Cadavre cloué de la sorte – que je n'aimais pas. Elle avait l'air évasive. Non qu'elle soit en train de mentir, mais...

– Six, fit Helen en écho.

Je savais ce qu'elle pensait : il y en avait un pour chacun de nous. Les chances étaient correctes, sans plus, mais quand même bien meilleures que celles de la nuit précédente !

– Cool ! dit Sharyn. Merci, Charogne !

Là-dessus, elle jeta négligemment son Ritter – mon Dieu, quel nom ! – à Helen, qui le rattrapa au vol.

– Fais-lui son affaire, dit posément la chef des Anges-Gardiens.

Le regard d'Helen passa successivement de Sharyn à moi.

– Mais tu as dit...

– J'ai dit « peut-être ». Faut être réaliste : une charogne de moins, c'est une charogne de moins. Si nos situations étaient inversées, je te parie qu'elle nous ferait pas de cadeau. Vas-y.

Helen hésita.

– On n'a pas de temps à perdre. Elle est immobilisée dans un corps inutile, ce qui veut dire que les autres ont été prévenus. Fais-le maintenant.

Helen s'approcha de la Macchab, qui se débattait désespérément et dont la gorge pourrissante émettait des sons rauques.

J'envisageai brièvement de protester, peut-être même de faire remarquer que tenir parole était l'une des choses qui nous rendaient meilleurs qu'eux. Les grands arguments éthiques, en quelque sorte.

Mais je ne le fis pas.

Helen trouva mon regard. Je haussai les épaules.

Elle enfonça d'un coup sec le Ritter dans le creux du dos de la Macchab, vidant le réservoir d'une seule pression du pouce.

– Tout le monde à terre ! ordonna Sharyn, et nous nous laissâmes tomber sur le sol poussiéreux.

Il ne se passa rien, du moins au début.

Puis ça arriva d'un coup.

La Macchab explosa. Pas comme celui dans l'allée, à répandre des tripes partout. Les boyaux de celle-là étaient desséchés depuis des semaines. Elle entra en éruption, emplissant la salle d'un nuage de poussière grisâtre qui recouvrit absolument tout, y compris nous.

Helen et moi nous mîmes à genoux tant bien que mal, toussant et essayant de ne pas vomir. Sharyn n'avait pas l'air plus affectée que ça. Elle était debout, observant l'endroit où s'était trouvé le Cadavre. La silhouette d'énergie sombre fut visible un instant avant de disparaître.

– OK, fit Sharyn. Tout le monde en position. Tactique numéro 11.

10

NUMÉRO 11

Les Anges-Gardiens répétaient souvent des séries de manœuvres, assignant des numéros à certaines d'entre elles.

Un 11 impliquait de couvrir différentes sorties d'un même bâtiment... et de frapper les Macchabs de plusieurs directions à la fois. Le pénitencier, en raison de la forme particulière de sa structure, était idéal pour ce genre de tactique.

Mieux encore : puisque l'endroit avait été transformé en musée, on en trouvait les plans très facilement sur Internet. Lors de la réunion préparatoire à la mission, nous avions tous étudié les lieux. Les ailes, dont certaines n'avaient qu'un étage et d'autres deux, avaient été construites à différentes époques. Elles avaient chacune un numéro. Celle que Helen, Sharyn et moi venions de gagner était le bâtiment 1. Katie, Chuck et Burton avaient repéré le Macchab de la tour depuis le toit du bâtiment 3.

Puisqu'il y avait quatorze bâtiments et que nous n'étions que six, Sharyn avait adapté la manœuvre 11. Elle et moi attaquerions par en haut tandis que Helen et les autres descendraient dans la cour et se disposeraient aux quatre points cardinaux. Au signal donné, nous passerions à l'assaut en même temps.

Avec un peu de chance, les Macchabs seraient trop occupés à répondre au SOS de madame Macchab-Policière et concentreraient leurs efforts sur Sharyn et moi, laissant aux autres le facteur surprise.

Ça pouvait marcher.

« Qu'est-ce qui pourrait bien aller de travers ? »

Helen quitta la tour de la même façon qu'elle y était entrée, en se servant du filin d'acier. Sharyn et moi empruntâmes les escaliers. Ceux-ci conduisaient dans une grande pièce vide qui, jadis, avait été la bibliothèque de la prison. De là, une unique porte donnait sur une passerelle qui surplombait le bloc cellulaire 7.

Nous entendions déjà les bruits provenant d'en bas.

Ils arrivaient, ou se préparaient à le faire.

Les Morts.

– Tu vois ces escaliers ? me chuchota Sharyn en désignant deux volées de marches en métal qui descendaient à l'étage inférieur. C'est par là qu'ils vont attaquer.

Tu te places au sommet du premier. Je prends le second. Attends qu'ils soient à moitié arrivés avant de tirer.

Je hochai la tête et avançai jusqu'à l'endroit désigné. Sharyn fit de même et porta sa radio-bracelet à ses lèvres :

– Signal, Anges-Gardiens.

– Ange 2 en position, affirma Chuck.

Les autres répondirent à l'identique :

– Ange 3, prêt.

– Ange 4 en position.

– Ange 9, prête.

Au cas où vous vous poseriez la question, j'étais Ange 10. Oui, encore très bas dans l'échelle d'ancienneté...

Les traits de Sharyn se firent songeurs. Quand elle reprit la parole, sa voix s'était adoucie, et le ton malicieux qu'elle avait d'ordinaire avait disparu.

– Écoutez-moi bien, Fossoyeurs. Nous sommes sur le point d'aller au feu. Je vais pas vous demander si vous avez les jetons. Je sais que vous avez tous les foies. Moi aussi je suis verte de trouille. Nous sommes à égalité pour cette mission, à un contre un. Mais l'élément de surprise joue en notre faveur, et ça peut faire toute la différence. Nous allons y aller, Fossoyeurs, et nous allons réussir. Nous allons nous rappeler nos adversaires, et pourquoi nous les combattons. Et nous allons transformer notre peur en colère et nous en servir pour frapper ces sacs à vers plus fort que jamais.

J'écoutais attentivement. Nous écoutions tous.

– Cette fois, et pour la première fois, certains de ces Macchabs ne rentreront pas à la maison. Alors, servez-vous de votre colère, Fossoyeurs. Qu'elle affûte vos réflexes. Qu'elle exacerbe vos sens et vous prépare. Qu'elle vous rende impitoyables.

– Impitoyables, fis-je en écho.

Un par un, les autres Anges-Gardiens répétèrent cet unique mot, ce serment. Nous avions tous entendu ce discours auparavant, ou une version légèrement différente. Sharyn le répétait souvent, et pour une bonne raison : ça marchait.

Ce qui ne m'empêcha pas de sentir mon cœur marteler ma poitrine et ma gorge devenir plus sèche que le désert.

– Si on fait ça dans les règles, conclut Sharyn, il y a des chances que les Macchabs ne comprennent rien à ce qui leur arrive. Vous pigez ?

– Ange 2, pigé, lança Chuck.

Burton, Katie et Helen répétèrent le message.

Sharyn me lança un regard insistant.

– Ange 10, pigé, répondis-je.

J'aurais pu lui dire que je ne connaissais personne d'autre qui disait encore « pigé ». Ce mot est aussi ringard que le disco. Mais bon, c'était Sharyn.

– Cool, lança-t-elle. Tu bouges pas…

Vous connaissez ces films de zombies où on les voit arriver, bras en avant, gémissant comme des perdus en manque de câlins ? Ben, c'est exactement à ça que je m'attendais au sommet de ces marches, pistolet à eau en joue. Je n'avais pas pris de Méga-Blaster, bien trop difficile à dissimuler. Et puis, ça n'aurait pas été pratique pour monter à l'échelle.

Un risque calculé : on troque un peu de puissance de feu contre l'effet de surprise si capital.

Sauf que ceux à qui on destinait la surprise ne semblaient pas pressés de débarquer à la petite fête qu'on avait préparée à leur intention.

Une minute s'écoula ainsi.

– Il y a un truc qui cloche, marmonna Sharyn.

– On les a entendus, non ?

– Ouais, fit-elle, les sourcils froncés, en observant le passage voûté qui allait du bloc 7 vers le rond-point central.

Nous tendîmes tous deux l'oreille. Rien.

La radio-bracelet de Sharyn grésilla. La voix de Chuck se fit entendre, stressée et impatiente :

– Hé, chef, on y va, oui ou non ?

– On attend, répondit cette dernière.

Le message s'adressait à Chuck, mais aussi à nous tous. Sharyn me fit signe de rester immobile et entreprit de descendre les marches. Elle se déplaçait lentement, avec une aisance toute féline, sabre fermement brandi.

Je la couvrais avec mon pistolet à eau, prêt à arroser le premier Cadavre qui montrerait le bout de son nez pourri.

Mais pas un ne survint.

« Six », avait pourtant affirmé Flic-Morte. J'étais toujours convaincu qu'elle n'avait pas menti, mais il était plus que clair qu'elle n'avait pas tout dit.

Sharyn dépassa ce qui était autrefois la porte de sécurité à l'entrée du bloc. Elle se plaqua contre l'arcade en marbre qui donnait sur le rond-point central. Ses yeux se portèrent vers moi.

Je déglutis avec peine, la gorge sèche, et hochai la tête. *Je te couvre.* Elle me fit un signe de la tête en retour. *Je sais, mec.* Et là-dessus, elle jeta un coup d'œil à l'intérieur.

– Oh, purée ! glapit-elle.

Quelque chose surgit d'un coup, la saisit et l'attira à elle. Quelque chose de gros. C'était arrivé si soudainement que, durant une seconde ou deux, mon esprit eut du mal à enregistrer ce qui venait de se passer. Une panique glacée dégoulina jusqu'au creux de mon dos. Je criai le nom de Sharyn et passai à l'action, dévalant les marches quatre à quatre et franchissant la porte en l'espace de quelques battements de cœur.

La salle centrale était brillamment éclairée. C'était une pièce ronde, mesurant dans les dix mètres de diamètre. Des tuyaux et des câbles électriques couraient le long du plafond. Le sol était en ardoise polie. Les murs étaient creusés de portes numérotées, chacune ouvrant sur un bloc cellulaire.

Les Morts étaient là.

Et ils n'étaient absolument pas surpris.

Ils étaient bien six, en état de décomposition variable. Certains assez visqueux, comme le flic de l'allée. D'autres friables, à l'exemple de celle de la tour. Tous avaient des yeux laiteux enfoncés au fond de leurs orbites décomposées, des yeux qui se rivèrent sur moi à l'instant où j'entrai.

Tous portaient un imperméable jaune, en vinyle épais, comme ceux des marins. Ils avaient également une capuche qui masquait la plus grande partie de leur visage. Je fis feu instinctivement, envoyant une grosse giclée de saumure sur le plus proche, un type 2 qui se trouvait devant la porte du bloc 1.

L'eau rebondit sur le vinyle sans causer le moindre effet. Le Cadavre me fit un grand sourire ; des asticots grouillèrent entre ses dents.

Je me pétrifiai sous le choc, horrifié. Je savais que je ne devais surtout pas m'immobiliser ainsi. Il fallait bouger sans arrêt, quoi qu'il advienne, il fallait toujours rester en mouvement. Mais tomber sur ces Macchabs dans ce qui était, en fin de compte, une sorte d'armure anti-saumure m'avait sacrément ébranlé.

– Gaffe à tes fesses, mec !

Je me penchai aussitôt, alors qu'un bras enveloppé de vinyle fouettait l'air à l'endroit où je me trouvais la seconde d'avant. Je pivotai sur mes talons et aspergeai ce nouvel assaillant. Il était plus petit que le premier et avait la peau plus friable. Ses yeux caves et sa peau grisâtre et desséchée étaient à peine visibles sous sa cagoule. Mon jet d'eau ricocha sur sa poitrine au moment où il se précipitait sur moi et envoyait voler mon pistolet d'un violent revers de la main. L'arme se brisa en heurtant le mur de pierre, répandant son contenu.

« On va tous y passer. »

Je chassai cette pensée de ma tête et battis en retraite, mettant un peu d'espace entre mes deux assaillants et moi afin de pouvoir reprendre mon souffle. En même temps, je cherchai Sharyn des yeux.

Elle était de l'autre côté de la pièce, entourée par quatre Macchabs. Ils portaient les mêmes cirés que les deux miens et encerclaient la fille aux dreads telle une meute de loups cernant sa proie. La chef des Anges-Gardiens brandissait Vador, dont la lame luisait sous la lumière artificielle. Ses yeux noirs étaient sans cesse en mouvement. Trois Macchabs étaient des type 3, des choses malodorantes, dont la chair avait à moitié fondu et laissé place à une substance visqueuse et nauséabonde qui suintait de leur corps comme de la sueur. De la fondue de cadavre, quoi.

Ils étaient bien répugnants, ces trois-là.

Mais ce n'était rien comparé au quatrième.

Je savais à présent ce qui avait transi de peur la chef des Anges-Gardiens. Et je compris pourquoi madame Flic-Macchab m'avait parue si hypocrite.

Elle savait ce qui nous attendait ici.

C'était un type 2... et c'était un géant, il n'y a pas d'autre mot. J'étais incapable d'imaginer où les Macchabs avaient trouvé pareil cadavre. Il faisait deux mètres de haut, au bas mot. Cent cinquante kilos de barbaque violacée et boursouflée qui s'entassaient dans un imperméable beaucoup trop petit. Ses jambes étaient pareilles à des troncs d'arbre, et ses bras étaient aussi épais que mon corps. Il nous dominait tous de sa hauteur, et sa tête, recouverte elle aussi d'une capuche jaune, touchait presque le plafond.

De ses quatre adversaires, je voyais bien que Sharyn ne s'inquiétait que de celui-ci.

Je ne lui jetai pas la pierre.

« Au nom du Ciel, où sont Helen et les autres ? »

C'est alors que je me souvins : on ne les avait pas appelés ! Le dernier ordre que leur avait transmis Sharyn était de garder leur position, et étant donné sa situation présente, je compris qu'elle n'avait pas eu le temps de donner d'autres instructions.

Alors que les deux Macchabs se rapprochaient, je portai mon poignet à mes lèvres :

– En avant, Fossoyeurs ! Maintenant !

– On arrive ! répondit une voix.

J'eus l'impression qu'il s'agissait d'Helen, mais je n'en étais pas sûr. Je me dis que ça n'avait pas grande importance, en fait.

Au même instant, l'un des type 3 qui encerclaient Sharyn vit une ouverture dans la défense de la chef. Il bondit, visant de ses mains suintantes ce qu'il pensait être le dos exposé de la jeune fille. Ce qu'il ne savait pas, c'est qu'elle avait des yeux dans le dos. Elle pivota sur ses talons, et Vador fendit l'air. Le Macchab fit deux pas de plus, mais sa tête partit sur le côté.

Avant que le Cadavre heurte le sol, Sharyn avait évité un moulinet du bras du géant et enfoncé la pointe de son arme à travers la gorge d'un autre des type 3. Une petite torsion plus tard, la lame lui avait sectionné la moelle épinière. Il s'affaissa comme le tas de viande qu'il était.

Aucun d'eux n'était vraiment mort, évidemment ; seul un Ritter pouvait produire un tel résultat. Mais ces deux Macchabs étaient au tapis, et ils resteraient ainsi, totalement immobiles, jusqu'à que leurs potes Cadavres viennent à leur rescousse.

De bonnes nouvelles pour Sharyn. Mais moi, je n'étais pas encore tiré d'affaire.

Mes deux Macchabs, que je décidai de surnommer Gluant et Friable, arrivaient sur moi en prenant tout leur temps. Sûrs d'eux. Pourquoi ne l'auraient-ils pas été ? À leurs yeux, j'étais désarmé. Je reculai jusqu'à ce que mon dos touche le mur de pierre. Je glissai une main dans mon manteau et en sortis mon canif et mon Ritter. Je pressai le bouton 2, activant le Taser. La seringue était déjà dans ma main droite.

Une image de la policière morte dans la tour de garde jaillit dans mon esprit. Helen l'avait tuée... Pour de bon et à jamais. Voilà l'effet que produisaient les Ritters sur leurs victimes.

Est-ce que, moi, je pouvais faire ça ? Je veux dire, c'était une chose de mutiler les Macchabs comme Sharyn venait de le faire avec son sabre. Mais tuer, *tuer de façon permanente*, la créature qui habitait le cadavre, c'était quand même autre chose. Non ?

Non ?

Pourtant, j'avais bien tué Booth.

Je déglutis.

Friable surgit le premier, ses mains tendues en avant ressemblant à du vieux parchemin. Alors qu'elles se resserraient vers moi, je vis sa peau onduler de façon étrange. Je choisis le bon moment, glissai le Taser sous son bras et dans le creux de son aisselle. L'espace d'une seconde, j'eus la trouille que son ciré le protège. Mais non. Il tressauta de tout son corps sous la décharge électrique.

La peau de ses mains se craquela. Des scarabées en sortirent. Il y en avait des dizaines. Des centaines.

Une véritable cascade de petites bêtes noires. Elles tombèrent sur moi, rebondirent sur mon cou et mes épaules, s'insinuèrent dans mes cheveux. Et tandis que la charogne basculait en avant, je bondis de côté en hurlant et en tentant comme un fou d'écraser les insectes.

Cette réaction stupide et incontrôlée me fit lâcher mon Ritter et mon canif.

C'est à cet instant que Gluant se jeta sur moi.

11

LE TOURNANT DE LA BATAILLE

Le Macchab m'entoura de ses bras et m'entraîna au sol avec lui.

Je tombai lourdement, ma tête heurta violemment le carrelage. La pièce tangua devant mes yeux. Les mains mortes, glacées comme la peau d'un serpent et gluantes d'un jus poisseux que je me refusais à visualiser, se refermèrent autour de mon cou. Le visage décomposé du Macchab emplit mon champ de vision. Ses yeux luisaient, et sa bouche était démesurément ouverte, telle la gueule d'un requin. La tête me tournait, et tout ce que je pus faire fut de glisser mon avant-bras sous son menton pour tenter de l'empêcher de me mordre.

Sa langue noircie pendait entre ses lèvres retroussées. Ses mâchoires aux dents grouillantes de vermine claquèrent dans ma direction. Puis il s'immobilisa, et une expression de surprise hébétée gagna son visage... juste avant qu'il explose.

– Beurk ! entendis-je s'exclamer Chuck Binelli alors que nous nous retrouvions aspergés de bouts de cadavre.

Pendant quelques instants fugitifs, j'aperçus un visage différent, totalement non humain, maléfique au possible. Ce visage n'avait ni consistance ni poids, mais il semblait me brûler par l'intensité de son regard. Il y avait de la haine dans ces yeux, mais il y avait aussi de la terreur, une terreur indicible. Quoi que soit cette créature, elle savait qu'elle agonisait.

La seconde d'après, elle avait disparu, laissant des morceaux du corps qu'elle avait parasité jusque dans mes narines et ma bouche. Je roulai sur moi-même, me mis à quatre pattes et vomis. Ma tête m'élançait, et j'avais encore plus le tournis.

De l'autre côté de la pièce, je vis Helen, Katie et Burton se précipiter au secours de Sharyn. Lorsqu'ils aperçurent le géant, la peur se dessina brièvement sur leurs visages, et ils hésitèrent un instant.

– Je l'ai eu dans le bas du dos ! me dit Chuck. Du premier coup ! Hé... Ça va ?

J'acquiesçai. Et je vomis une nouvelle fois. J'avais l'impression d'avoir reçu un coup de marteau sur la tête, puis qu'on l'avait enfoncée dans un seau grouillant d'asticots.

– L'autre..., marmonnai-je. Mon... Ritter.

– Je m'en occupe, affirma-t-il, avant d'ajouter, craintif : Will... Ils ont des cirés !

« Ah ouais ? J'avais pas remarqué... »

Burton s'attaqua au géant, prêt à faire usage de son Ritter. Le colosse mort le vit arriver et réagit à une vitesse surprenante. Il envoya le garçon à terre d'un revers de main, comme s'il se débarrassait d'un moustique importun. Burton s'écrasa au sol, momentanément sonné. Le géant avança sur lui, mais Sharyn bondit entre eux, brandissant son épée.

Pendant ce temps, Katie et Helen se concentrèrent sur le type 3 restant, qu'elle coincèrent contre une grande plaque de bronze encastrée dans le mur. Les deux filles avaient sorti leurs Ritters. Helen feignit de passer à l'assaut pour attirer l'attention du Macchab, pendant que Katie en profitait pour planter son aiguille dans son ventre, à travers l'imperméable.

Le Macchab siffla – oui, parfois ils font ça –, et son bras fendit l'air, forçant Katie à sauter en arrière sans avoir eu le temps de vider la seringue. Voyant cela, Helen se précipita sur le Cadavre et écrasa un talon sur le Ritter. Les deux filles s'écartèrent d'un bond.

– Regarde ça, Katie ! s'écria Helen.

Le Macchab explosa avec un petit bruit sec.

La seconde suivante, le même bruit se répéta, quoique plus grinçant. Je jetai un coup d'œil par-dessus mon épaule et vis que Chuck avait ramassé mon Ritter et s'en était servi sur Friable, celui à qui j'avais fait goûter mon Taser.

Il faut croire que j'étais le seul à avoir du mal à les tuer...

La bonne nouvelle, c'est que nous nous étions déjà débarrassés de cinq Macchabs sur les six. Je crus même, l'espace d'un glorieux moment, que nous avions gagné.

« Tout faux. »

Le géant, réagissant peut-être au sort de ses compagnons, devint fou furieux. Il se jeta sur Sharyn, qui dégaina sa lame pour contrer son assaut. Vador s'enfonça dans le torse du colosse comme dans du beurre. Sans doute avait-il transpercé le cœur, mais à quoi bon, quand celui-ci ne battait plus depuis longtemps déjà ?

Avec un juron bien senti, Sharyn tenta de dégager son arme. Une nouvelle fois, le géant se montra étonnamment rapide. Il saisit la chef des Anges-Gardiens de ses deux mains putrides et boursouflées, lui plaqua les bras le long du corps et la souleva avant de la serrer brutalement.

Sharyn poussa un cri et laissa tomber son épée, que le Macchab éloigna d'un coup de pied. Puis il jeta la fille au loin. Rien à voir avec la chiquenaude assenée à Burton (qui gisait toujours au sol, assommé). Non, le coup avait été puissant et calculé, et le colosse y avait mis toute sa force. Sharyn vola de l'autre côté de la pièce, bras et jambes fouettant l'air. Elle s'écrasa, la tête la première, sur le mur opposé. J'entendis distinctement le craquement que produisit le choc, et mon sang se glaça dans mes veines.

– Sharyn ! gémit Katie en s'élançant en avant.

La jeune fille contourna le géant et s'approcha de l'endroit où la chef reposait tel un pantin désarticulé. Le Macchab se tourna vers Helen.

– Que viens-tu de faire ? grogna-t-il, d'une voix aussi sourde que le tonnerre.

Helen leva la tête vers lui, le visage blême. Elle brandit courageusement son Ritter.

– Exactement ce que je vais te faire ! s'exclama-t-elle.

Elle voulut frapper, mais il fit voler la seringue de ses mains. Puis il la saisit à la gorge.

– Non ! hurlai-je.

Je tentai de me relever, mais je ne parvins pas à garder mon équilibre et je retombai en arrière. Je ne vomis pas, cette fois-là, juste quelques haut-le-cœur, ce que je pris pour un progrès. Mais j'avais toujours la tête dans du coton.

Heureusement, Chuck et Burton étaient en meilleure forme. Ils attaquèrent par l'arrière. Chuck flanqua un coup de pied bien placé dans le bas du dos du géant... qui s'en moqua royalement. Burton écarta son compagnon et enfonça d'un coup son Ritter dans le rein du Macchab. Il bondit aussitôt en arrière, le visage empourpré. Il n'y avait rien dans le réservoir. La seringue avait dû se casser quand il avait été assommé.

– Et merde ! l'entendis-je murmurer.

Le géant souleva Helen du sol, une de ses immenses mains boursouflées passée autour de la gorge fine de la jeune fille. Au même instant, il abattit son autre bras, frappa Burton à la tempe comme une batte de baseball, et l'envoya bouler sur Chuck. Les deux garçons s'écrasèrent au sol, le souffle coupé.

Le géant se tourna vers moi et grimaça quand il vit mon expression horrifiée.

Celui-là n'avait pas d'insectes entre les dents. En fait, il n'avait pas de dents du tout. Sa bouche ressemblait à un gouffre noir creusé à même la surface violacée et gluante de son visage.

– *Regarde. Fille. Mourir*, me dit-il en Morlangue.

« Helen ! »

Ce nom chassa toute autre pensée de mon esprit. Sharyn gisait immobile près de l'entrée du bloc 6, et Katie lui massait la tête. Burton et Chuck tressautaient au sol comme deux poissons échoués sur la terre ferme, leurs torses se soulevant et s'affaissant tandis qu'ils tentaient de convaincre leurs poumons d'aspirer une grande goulée d'air.

Helen était toujours prisonnière du géant. Ses yeux étaient exorbités, et son visage devenait violet.

Je tentai une nouvelle fois de me redresser. J'avais l'impression que mon crâne avait doublé de volume.

« C'est juste une grosse bosse ! Tu es sous le choc, rien de plus. Bouge ! »

Je titubai. Un pas. Deux. C'était comme marcher sur un trampoline.

« Avance ! Sinon elle va y passer ! »

Et donc, j'avançai, un pied après l'autre. La prison tanguait autour de moi. J'avais l'impression de me trouver sur un bateau et que le roulis menaçait de m'envoyer par-dessus bord. Je vis enfin la gigantesque tête devant moi. Ce ne fut qu'à ce moment-là que je me souvins que je n'avais pas d'arme. Mon pistolet était en miettes. Et quelque chose me disait que ce n'était pas avec mes poings que j'allais blesser Super-Macchab.

Mes yeux tombèrent sur Vador. Le sabre était resté là où Sharyn l'avait lâché, à quelques pas de moi. Quand je me penchai pour le saisir, je fis un effort de tous les diables pour calmer la tempête qui faisait rage dans mon estomac. Je me redressai, l'arme à la main, la pièce tournoyant toujours, mais pas autant qu'avant. Je tenais sur mes jambes, au moins, ce qui était une bonne nouvelle, parce que j'en avais besoin. Helen avait cessé de haleter. Je ne l'entendais même plus lutter.

« Mon Dieu... »

Je brandis l'épée et, d'un coup puissant, enfonçai la pointe de la lame dans le cou du géant. J'entendis un *grincement* qui me fit frissonner, comme la lame crissait le long de la clavicule. Je ne m'arrêtai pas pour autant. Calant mon épaule contre la garde du sabre, les pieds fermement plantés au sol, je poussai vers le haut de toutes mes forces.

Les Macchabs ne sentent pas la douleur. C'est à la fois un avantage et un inconvénient. La douleur, voyez-vous, ça sert à quelque chose. Ça vous dit quand vous avez un problème. Mais ce géant ne sentait rien alors que Vador s'enfonçait à travers son corps et son cerveau. J'entendis – bien plus que je ne vis – Helen tomber à terre, je sentis le géant basculer sur le côté. Il heurta le sol avec tant de force que l'impact se répercuta à travers mes chaussures. Je tombai presque, moi aussi, mais parvins à faire un pas en avant, à enjamber la carcasse du géant et à me soutenir en posant une main contre le mur.

– Sharyn est salement touchée ! hurla Katie.

À cet instant précis, je m'en moquais. Enfin, non, ce n'est pas que je m'en moquais. C'était important. C'est juste que...

– Helen ? croassai-je.

Le dos au mur, je me laissai glisser à terre, à côté de l'endroit où gisait la jeune fille. Je posai une main tremblante sur son épaule et la secouai.

Pas de réaction.

« Oh, mon Dieu. Je vous en prie... »

– Helen ! haletai-je, un peu plus fort, cette fois, avant de la secouer de nouveau.

Elle se rassit d'un coup, aspirant une grande goulée d'air avec un mugissement sonore. En dépit du froid, son visage était baigné de sueur, et ses yeux, qui trouvèrent rapidement les miens, avaient un aspect vitreux.

– Ça va ? lui demandai-je, ou plutôt la suppliai-je de me répondre.

– Je crois, répliqua-t-elle d'une voix heurtée.

Mon cœur se remit à battre.

– Whaouuu ! Ça, c'était du monstre ! s'écria Chuck, une fois que lui et Burton eurent repris leur souffle.

Je hochai la tête.

– Mon canif... est par là-bas..., ajoutai-je en indiquant l'endroit où je pensais qu'il était tombé.

– Je vais le chercher, dit Burton.

– Ça va, vous deux ? s'enquit Chuck en s'approchant de nous.

– Ça va, confirmai-je, et j'étais sincère.

Mon estomac s'était calmé, et la pièce ne tanguait plus sous mes yeux. Enfin, plus beaucoup.

– Helen ? répétai-je encore.

– Je vais bien, moi aussi, affirma-t-elle. Merci, Will.

Son regard se posa sur moi, et je vis qu'un de ses yeux noisette était injecté de sang, sans doute à cause de l'étranglement dont elle avait été victime.

Je me sentais à la fois vaguement mal à l'aise et affaibli par un trop-plein de soulagement. Nous nous aidâmes l'un l'autre à nous redresser, et titubâmes jusqu'à l'endroit où Sharyn était allongée, la tête sur les genoux de Katie. Cette dernière leva les yeux vers nous. Il y avait des larmes sur ses joues.

– Elle est salement amochée, dit-elle à nouveau. Elle ne va pas reprendre connaissance.

– Il faut la faire sortir d'ici, déclarai-je.

– Où est le type du FBI ? demanda Helen.

Burton, qui inspectait minutieusement le sol, pointa le doigt en direction du bloc 3.

– Il est là-dedans. Je suis passé devant lui en arrivant. Je crois qu'il est évanoui.

Je partis jeter un œil pendant que Helen aidait Katie à s'occuper de Sharyn.

Juste de l'autre côté du passage voûté se trouvait un brancard pliant, comme ceux qu'utilisent les ambulanciers. Un homme était allongé dessus. Il avait une trentaine d'années, des cheveux noirs coupés court, et un bouc soigneusement taillé. Ses yeux étaient clos et sa bouche ouverte, les lèvres pendantes. En vie, pas d'inquiétude à avoir là-dessus, mais il paraissait avoir été bien drogué.

– Hé, fis-je, en lui secouant l'épaule comme j'avais secoué celle d'Helen.

Ça avait marché tout à l'heure. Peut-être cela marcherait-il maintenant ?

Raté.

Je vérifiai son pouls. Il était fort. Au moins, le type n'allait pas nous crever entre les pattes. En revanche, l'évacuer ne serait pas une partie de plaisir. Comment une bande de gamins pourrait-elle balader un type sur un brancard le long de Fairmount Avenue sans attirer au moins quelques regards curieux ?

Je fronçai les sourcils et revins dans la salle centrale. Helen, Chuck et Katie se pressaient autour de Sharyn. Burton avait retrouvé mon canif, qu'il me lança dès qu'il me vit.

– J'aimerais vraiment en avoir un, dit-il en poussant un profond soupir.

– Vraiment ? fis-je, surpris de l'attraper au vol sans problème. À en juger par le nombre de fois où je l'ai perdu ces temps-ci, il serait peut-être mieux dans d'autres mains que les miennes.

– Je pense que Sharyn ne va pas bien du tout, fit Katie, d'une voix absolument misérable. J'ai vérifié ses yeux. Une de ses pupilles est dilatée et pas l'autre.

– C'est mauvais signe ? s'enquit Chuck.

– C'est pas bon du tout ! aboya la fille.

– On doit la ramener au Refuge, intervint Helen.

– Ramirez aussi, ajoutai-je. Il est dans les choux. Drogué, peut-être. Impossible pour lui de sortir d'ici sur ses jambes.

– Quelle foirade, marmonna Chuck.

– Au moins, on est tous en vie, lui répondis-je.

Ce qui me fit jeter un coup d'œil à Helen, espérant ne pas la surprendre alors qu'elle me regardait. Perdu ! Elle sourit, et je détournai une nouvelle fois les yeux. Mon estomac frissonnait étrangement. Sans doute encore un peu vaseux.

– En revanche, poursuivis-je, il ne va pas être possible de transporter Ramirez et Sharyn dans le van. Pas en pleine journée.

– Et avec tous ces Macchabs au tapis, ajouta Helen, on sait bien qu'il y en a d'autres qui vont rappliquer... et sans tarder !

– Alors on fait quoi ? demanda Burton.

Je ne savais pas. Et puis, brutalement, j'eus une idée.

– Fouillez ces Macchabs, pour voir s'ils ont des téléphones portables.

12

LA MATINÉE DE LILITH

– Une ambulance ? demanda la Reine des Morts, incrédule. Ils ont volé une ambulance ?

– *Oui. Maîtresse*, répondit l'imbécile de la prison en se servant de l'Ancienne Langue.

– Parle normalement ! s'écria-t-elle.

Elle se leva de sa chaise et abattit un poing sur son bureau. Lorsqu'elle releva le bras, elle remarqua qu'un bout de peau et un peu de fluides corporels étaient restés collés à l'épais vernis.

« Ce corps est en train de se flétrir. Il va me falloir en trouver un autre. »

Ils étaient seuls dans le bureau de la Reine, au cinquième étage de la mairie. Le crétin debout en face d'elle avait un nouveau corps. L'ancien, un spécimen aux proportions inhabituelles – et donc difficile à trouver –, avait été mis hors d'usage ce matin même au pénitencier Eastern State. Une épée enfoncée à travers la boîte crânienne, apparemment.

« Les Fossoyeurs. »

– Oui… Désolé, Maîtresse, balbutia l'individu.

– Explique-moi donc comment une bande de gamins a pu s'emparer d'une ambulance, tu vieux bien ? railla la Reine.

– Après que le garçon m'a mis hors de combat, il s'est servi de mon téléphone pour appeler une ambulance. Il a expliqué à l'opérateur qu'il était en visite à la prison dans le cadre d'une sortie scolaire et qu'une partie du plafond de la salle centrale s'était effondrée. Puis lui et l'une des filles sont allés ouvrir les portes de la prison pendant que les autres préparaient la salle.

– La *préparaient* ? releva Lilith. Qu'est-ce que ça veut dire ?

– Ils ont nettoyé les traces de lutte du mieux qu'ils pouvaient et ont traîné les cadavres dans une des vieilles cellules, expliqua l'imbécile.

– Y compris le tien ?

– Oui, Maîtresse, même si, en ce qui me concerne, ils s'y sont mis à trois. Mon corps hôte était d'une taille considérable.

« À la différence de ta cervelle. »

– Poursuis.

– Une fois qu'on a été entassés à l'intérieur de la geôle, je ne pouvais plus rien voir, mais j'ai entendu le garçon et la fille revenir plusieurs minutes après, accompagnés de deux humains, qui poussaient quelque chose avec des roues. Un brancard, sans doute. Alors, les manières des Fossoyeurs ont changé du tout au tout. Ils se sont mis à parler tous en même temps... Ils avaient l'air effrayés, ébranlés, très différents de ce qu'ils étaient lors de la bataille.

« Intelligent », dut admettre Lilith à contrecœur.

– Et les ambulanciers ont cru à leur histoire ?

– Il semblerait, Maîtresse. Il y avait pas mal de bruit pendant qu'ils examinaient la fille que j'ai blessée et la déposaient sur le brancard. C'est à ce moment-là que les Fossoyeurs ont sorti leurs armes.

– Leurs armes ? Quelles armes ?

– Eh bien, *nos* armes, Maîtresse, répondit le crétin, s'agitant nerveusement dans son nouveau corps hôte.

Ce nouveau corps, nettement plus petit que le précédent, n'avait vraiment rien de remarquable. Et, comme il était mort depuis au moins un mois, les os craquaient en résonnant sous les couches de peau et de muscles en décomposition. Mais c'était le mieux qu'il pouvait espérer, étant donné les circonstances.

– Les Fossoyeurs s'étaient emparés de nos armes humaines et ils les avaient dissimulées sous leurs pulls pendant que le garçon et la fille sortaient pour aller chercher les ambulanciers.

– Tu me dis que ces... enfants ont menacé deux brancardiers adultes avec des armes à feu ?

– Ils les avaient déchargées au préalable, précisa le demeuré.

– Vraiment ?

Lilith fronça les sourcils. Ses sujets portaient les corps d'officiers de police, ce qui expliquait qu'ils soient tous munis d'armes réglementaires... et chargées. Mais c'était juste un élément de leur déguisement. Il n'avait jamais été question qu'ils dégainent leurs armes, et encore moins qu'ils les utilisent. Dans son monde d'origine, les armes étaient considérées comme des outils de pleutres, voire blasphématoires. Une inhibition culturelle qui pouvait se révéler, disons... gênante.

En dépit de cela, il ne lui était jamais venu à l'esprit que ces accessoires pourraient tomber aux mains de l'ennemi, qui s'en servirait contre eux. Après tout, les balles étaient impuissantes à tuer les morts. Et pourtant ces... ces mioches avaient volé les armes et s'en étaient servis !

C'était là quelque chose qu'il fallait considérer.

– Je pense qu'ils ont obligé les ambulanciers à ôter leurs vestes avant de les menotter. Puis deux des adolescents, déguisés, ont transporté la fille blessée et l'agent du FBI dans l'ambulance et sont partis, laissant derrière eux le garçon aux cheveux roux et les deux filles.

– Et qu'ont-ils fait, ceux-là ? demanda Lilith.

– Pour autant que j'aie compris, Maîtresse, ils... se sont excusés.

– Excusés ?

– Oui, Maîtresse. Je l'ai entendu. Je pense qu'il s'agissait du garçon aux cheveux roux.

– Excusés auprès de qui ?

– Des ambulanciers, Maîtresse. Il leur a expliqué qu'ils devaient conduire leurs deux amis en sûreté, qu'ils ne leur voulaient aucun mal. Puis il leur a montré que les armes n'étaient pas chargées et a promis d'appeler la police dès qu'ils seraient hors de la prison.

– Je vois, commenta pensivement la Reine. Et comment les prisonniers ont-ils réagi ?

– Pas très bien. Ils ont proféré nombre de jurons et de menaces. Mais en fin de compte ils se sont calmés, et les Fossoyeurs sont partis. Ils ont tenu parole, à n'en pas douter, car la police est arrivée peu de temps après. Certains des nôtres faisaient partie des nouveaux venus. Ils nous ont trouvés et ont veillé à ce que nous puissions être évacués puis transférés. Et enfin j'ai été convoqué ici.

« Ils ont de la ressource, ces Fossoyeurs. Des enfants, certes, mais intelligents et courageux. Et dangereux, aussi. »

Après la confrontation de la veille à l'extérieur de la prison, qui s'était achevée par la disparition de l'un de ses sbires, Lilith avait décidé d'augmenter les effectifs chargés de la surveillance de l'agent du FBI. Bien assez nombreux, à n'en pas douter, pour assurer la sécurité d'un unique prisonnier, drogué de surcroît, et plus qu'il n'en fallait pour décourager tout assaut potentiel.

Et pourtant les Fossoyeurs étaient passés à l'action.

L'enlèvement de Ramirez avait été un risque, mais un risque calculé. À présent, cependant, à cause du garçon roux et de ses amis, ce risque venait de lui exploser à la face.

« Où l'avez-vous conduit, bande de gamins qui se mêlent de ce qui ne les regarde pas ? Et où vous cachez-vous ? »

Leur dernier refuge avait été un vieil entrepôt sur Green Street, dans le quartier de Callowhill. Mais ils l'avaient abandonné plusieurs mois auparavant. Où étaient-ils à présent ? Quelque part dans la ville même, assurément.

« Peut-être tout près d'ici… »

– Je pensais qu'ils avaient l'intention de… m'achever, Maîtresse.

Lilith releva la tête. Son acolyte tremblait.

– Que dis-tu ?

– De mettre un terme à mon existence, expliqua-t-il. Avec une de leurs aiguilles. Vous avez chargé six d'entre nous de garder cette prison. Trois seulement sont revenus. Et après ce que j'ai fait à leur chef...

– Sharyn Jefferson.

Elle avait reconnu la description.

– Oui, Maîtresse.

– As-tu au moins réussi à la tuer ?

– Je n'en suis pas... certain, balbutia le crétin, mais elle a reçu une grave blessure. Je suis sûr qu'elle en mourra.

Le regard que lui décocha Lilith le fit reculer de crainte.

– Ah... tu en es sûr ? Alors, dis-moi : pour quelle raison les Fossoyeurs t'ont-ils épargné ?

– Ils ne voulaient pas le faire, répliqua-t-il. La plupart d'entre eux voulaient m'achever en se servant de leur dernière aiguille. Mais le garçon aux cheveux roux... il les en a empêchés. Il a déclaré qu'il fallait me laisser vivre... pour que je puisse délivrer un message.

– Un message... pour qui ?

– Pour vous, Maîtresse.

– Et quel est ce message ?

– « Dis à la Reine que Will Ritter, celui qui a descendu Kenny Booth, lui passe le bonjour... Et ajoute qu'elle est la suivante sur la liste. » Je vous répète ses paroles exactes.

« Will Ritter. Le gamin qui a tué Booth. »

– Il a vraiment dit cela ? s'étonna Lilith. Il a du cran.

Du bout de son ongle verni, la Reine tapota un bouton sur son téléphone de bureau.

– Ici ! ordonna-t-elle.

Quelques secondes plus tard, son assistant entrait. Il s'appelait Gerald Pierce, et elle l'avait choisi personnellement parmi la valetaille qui l'avait accueillie lors de son arrivée par la Faille. Depuis ce jour, Pierce avait prouvé son enthousiasme, sa loyauté... et un certain degré d'intelligence pour un membre de la caste des guerriers. Il fallait ajouter à cela que son corps hôte était toujours frais. Tout comme sa Reine, Pierce aimait les changements fréquents : il n'occupait jamais un cadavre plus de deux semaines.

Lilith appréciait d'avoir quelqu'un d'aussi pointilleux à ses côtés. Ils étaient si nombreux à porter leur corps jusqu'à ce que la chair tombe littéralement de leurs os. Quel manque de manières !

– Pierce, dit-elle, emporte ce crétin quelque part et ampute-le de ses bras et de ses jambes. Puis laisse-le dans une morgue, seul et dans le noir. D'ici un mois ou deux, je déciderai si je le fais transférer ou pas.

– C'est compris, Miss Cavanaugh, répondit Pierce.

Il employait toujours le terme humain, ne l'appelait jamais « Maîtresse ». Ça aussi, c'était quelque chose qu'elle appréciait chez lui.

– Hein ? Quoi ? Non, attendez ! balbutia le demeuré. Maîtresse, je vous en prie, je...

– Tu… quoi ? demanda Lilith. Tu as laissé une bande de gamins s'infiltrer dans ma prison, tuer – je dis bien *tuer*, pas simplement mettre temporairement hors de combat – trois de mes collaborateurs, et s'enfuir avec un prisonnier qui détient des informations particulièrement dangereuses… Est-ce cela que tu allais me dire ?

– Non. Maîtresse, pitié…

– Estime-toi heureux que je ne t'exécute pas sur-le-champ et de mes propres mains, cracha la Reine avec le plus profond mépris. Je te condamne à deux mois d'isolement pour méditer sur ton échec. Nous verrons ensuite ce qu'il adviendra de toi. Dis-toi que ce châtiment est miséricordieux… certainement bien plus clément que ce que tu vaux.

Elle se retourna vers Pierce :

– Conduis-le hors de ma vue. Et reviens ensuite. Il semble que les Fossoyeurs ont trouvé un moyen pour nous tuer.

Pierce eut l'air stupéfait. Elle ne pouvait véritablement l'en blâmer. La vraie mort était rare chez les Malums.

– Oui, voilà qui est… perturbant, déclara Lilith. Nous en discuterons à ton retour.

– Entendu, Miss Cavanaugh.

Pierce sortit de la pièce, suivi par l'imbécile, qui avait l'air aussi terrifié que dépité, mais obtempérait sans ciller. Parfait. Pas d'opposition. Plus de contestation.

Peut-être lui laisserait-elle la vie sauve, après tout. Si l'obéissance aveugle était une faiblesse, c'était néanmoins quelque chose dont elle pouvait tirer avantage.

Un peu plus tard, Pierce revint, ainsi qu'elle lui avait ordonné. Mais il n'était pas seul. Martin D'Angelo, chef de la police de Philadelphie, l'accompagnait. Ce dernier appartenait à la caste des guerriers, tout comme Pierce et le Macchab de la prison, et il avait été au service du prédécesseur de Lilith, Kenny Booth. L'Enveloppe Charnelle du chef de la police était celle d'un humain très corpulent, et il semblait accorder sa préférence à des corps hôtes à cette image. Celui qu'il portait en ce moment avait un mois minimum, mais il était charpenté et toujours bien charnu.

La Reine fronça les sourcils :

– Que signifie cette intrusion ?

D'Angelo fit un pas en avant et tendit ce qu'il avait à la main. Ça ressemblait à une boîte à chaussures. La première pensée de Lilith fut qu'il s'agissait d'une sorte de plaisanterie. Un des aspects de son identité chez les humains était sa passion pour la mode. Elle était célèbre pour ses achats compulsifs et sa propension à accumuler des paires de chaussures particulièrement extravagantes.

Ce crétin lui en avait-il acheté une paire pour lui faire une blague ? Non, impossible. La caste des guerriers était dépourvue de tout sens de l'humour.

– Je suis censée savoir de quoi il s'agit ? demanda-t-elle impatiemment.

– Nous avons réussi à obtenir un Éclat d'Ancre, Maîtresse.

Les yeux de la Reine s'illuminèrent, du moins ceux de son Enveloppe Charnelle. Les yeux de son corps hôte restaient toujours aussi morts. Sans un mot, elle s'empara de la boîte à chaussures, la posa sur son bureau et l'ouvrit en toute hâte.

Ce qu'elle trouva à l'intérieur amena sur ses lèvres le premier véritable sourire de la journée.

Lentement, avec grand respect, elle souleva l'Ancre. Elle mesurait peut-être vingt-cinq centimètres de long sur trois de large. Un humain aurait pensé qu'il s'agissait de quartz, mais en réalité cette substance particulière, venue de la planète d'origine des Malums, n'avait aucun équivalent sur Terre. Bien plus dur que le diamant, bien plus clair que le verre, luisant comme d'un feu intérieur, l'Éclat d'Ancre était un authentique trésor.

– Combien des nôtres avons-nous sacrifiés pour obtenir ceci ? interrogea-t-elle D'Angelo.

– Seulement cent cinquante.

– De la caste des ouvriers ?

– Tous, Maîtresse.

La Reine hocha la tête. Des pertes parfaitement acceptables ; une affaire, même, quand on songeait au coût et à la difficulté de faire passer de la matière solide à travers la Faille. Et un Éclat d'Ancre était tout sauf ordinaire.

Elle tendit l'objet à Pierce, qui le saisit sans hésiter.

– Garde ceci sur toi tout le temps, lui ordonna-t-elle, jusqu'au moment où nous serons prêts à nous en servir.

– Au péril de ma vie, Miss Cavanaugh, répondit son assistant.

– D'Angelo, reprit-elle, en se tournant vers le chef de la police. Je veux que tu envoies tes meilleurs hommes à la prison pour commencer les préparatifs. Je veux que l'Ancre soit en place et opérationnelle d'ici le milieu de la semaine prochaine.

– Bien sûr, Maîtresse.

Le tas de graisse s'inclina bien bas avant de prendre congé.

« Il faut qu'il arrête avec cette manie. »

Sous les yeux de Pierce, la Reine avança jusqu'à la fenêtre et contempla la place en contrebas. La mairie de Philadelphie était un édifice imposant, qui ressemblait plus à une forteresse qu'à un bâtiment administratif, avec son impressionnante tour centrale, dont la base se trouvait juste en face de la fenêtre de son bureau.

Lilith se rendait souvent sur la plateforme d'observation. Elle le ferait d'ailleurs peut-être, un peu plus tard dans la journée. Rares seraient les touristes à oser braver les vents amers qui soufflaient à cette époque de l'année, mais le froid n'était pas un problème pour elle. Au contraire, il avivait son imagination.

C'était là qu'elle avait élaboré son plan le plus récent.

– Une aubaine inespérée, expliqua-t-elle à Pierce sans se retourner. Cela signifie que nous pouvons accélérer la mise en œuvre de nos projets. Plus nous serons offensifs en terme de délais, plus vite notre peuple pourra s'infiltrer à travers les couches du gouvernement humain... et plus rapidement nous l'emporterons.

– Et donc... plus tôt je pourrai quitter ce monde répugnant, Maîtresse ? ajouta Pierce.

« "Maîtresse" à présent ? Quel crétin inconstant ! »

– Exactement. Hélas, a priori, les Fossoyeurs ont mis au point une arme contre nous. Une arme mortelle. J'ai besoin d'en apprendre davantage.

– J'ai déjà mis des hommes à la tâche.

– Bon travail.

Il avait anticipé sa requête.

– Merci, Maîtresse.

– Tu peux te retirer.

Pierce la laissa seule. Elle était toujours à la fenêtre, à observer les humains qui s'agitaient dans la cour, transis de froid, occupés à leurs vies inutiles.

« Je vais vous tuer jusqu'au dernier. Et je vais détruire tout ce que vous avez construit. »

La journée, jusqu'à présent, avait été plutôt agréable. Le téléphone de son bureau sonna.

– Miss Cavanaugh, quelqu'un pour vous, lui annonça Pierce.

Les yeux de Lilith se portèrent vers son agenda. Il était midi, et elle n'avait aucun rendez-vous prévu avant quatorze heures.

– De qui s'agit-il ?

– De Mme Ritter, répondit Pierce. La veuve de l'inspecteur Karl Ritter. Elle souhaite s'entretenir avec vous au sujet de son fils, Will.

« Will Ritter. »

Il existait un proverbe chez les Malums : « Lorsque la proie tombe entre tes mâchoires, ne t'arrête pas pour dire merci ou te demander comment cela est possible. »

– Fais-la entrer, dit Lilith, un grand sourire aux lèvres.

13

PORTRAIT CRACHÉ

Je ne vais pas vous raconter comment nous avons fait pour ramener Sharyn et le type du FBI au Refuge. Franchement, je n'en suis pas très fier. On a fait ce qu'on devait faire, voilà tout.

Katie s'occupa du van tandis que Helen et moi nous nous ruâmes vers l'infirmerie. Nous y trouvâmes Tom, penché au-dessus de sa sœur étendue sur le brancard de l'ambulance. L'agent Ramirez était allongé sur celui d'à côté, toujours sous sédatif.

Les yeux de Tom rencontrèrent les miens. Je ne l'avais jamais vu aussi soucieux.

– Comment va-t-elle ? demandai-je.

– Toujours inconsciente. Que s'est-il passé là-bas, mec ?

Je lui racontai les événements de A à Z.

– Je suis désolé, chef, conclus-je. Si j'avais bougé plus vite...

– C'est pas ta faute, me coupa Tom, l'air sincère, ce qui me soulagea. Comment va ta tête ?

– Ça ira.

Ce qui était le cas, plus ou moins. La nausée et les vertiges avaient disparu, même si j'avais encore un mal de crâne de derrière les fagots.

– Viens ici, Helen, enchaîna Tom.

Elle s'exécuta. Il posa les mains sur les épaules de la jeune fille et examina son cou. Les doigts du Macchab avaient laissé des traces qui commençaient à virer au violet.

– Tu as mal ?

– Oui, croassa-t-elle.

– Ian ! héla Tom.

Ian McDonald était notre médecin, le fils d'un chirurgien réputé de Philadelphie. Comme nous tous, il s'était mis un jour à les voir et avait détalé en courant. Il n'était pas vraiment docteur, évidemment, puisqu'il n'avait que quinze ans, mais il était futé et faisait son job de son mieux. L'infirmerie était bourrée de livres aussi épais que des parpaings, couvrant tous les aspects de la médecine. Ian passait des heures à les étudier. Je ne l'enviais pas.

Il souleva le menton d'Helen :

– Tu as toujours du mal à respirer ?

– Un peu.

– C'est enflé, ce qui comprime ta trachée. Ça pourrait être pire. S'il avait appuyé plus fort, les dégâts auraient été permanents. Tu as eu de la chance.

– Ouais, exactement, murmura Helen, je me sens trop chanceuse !

– Mange quelques glaces. Le froid te soulagera. Et je vais te donner de l'aspirine pour ton mal de crâne. Ça va aller mieux.

– Je vais *déjà* bien, rétorqua-t-elle en repoussant ses mains.

– Jette un coup d'œil à Will, dit Tom. Il a reçu un coup sur la tête.

Le Doc palpa la bosse rebondie sur ma nuque. Sans surprise, ça me fit mal.

– Aïe !

– Pas de plaie, annonça-t-il. Tu as eu des vertiges ?

– Oui.

– C'est toujours le cas ?

Je secouai la tête, sans ressentir de douleur... ce qui était bon signe.

– Combien de temps ça a duré ?

– Je ne sais pas. Une minute ou deux.

– C'est quoi, cette substance qui recouvre ton corps ?

J'avais l'impression de subir un interrogatoire.

– Du jus de Macchab. Chuck en a frappé un qui était étalé sur moi, et le cadavre m'a explosé au visage.

Le Doc fit la grimace. Il observa attentivement mes yeux avant de pousser mon nez vers le haut pour scruter mes narines.

– Tu en as avalé ?

– Oui, admis-je, et mon estomac émit un petit grondement sourd à ce souvenir. Mais j'ai tout vomi.

– Tu m'étonnes, commenta Ian en s'autorisant un sourire, avant de se tourner vers Tom : Il va bien. Les fluides corporels des Macchabs sont toxiques, mais apparemment son corps les a évacués.

– Et pour sa tête ?

– Une mauvaise bosse. Au pire, une minuscule commotion. Il va bien.

Tom hocha la tête.

– Et pour Sharyn ? s'enquit Helen.

Ian la regarda, puis moi, Tom, et enfin il détourna les yeux :

– Pour elle, c'est différent. Commotion cérébrale également, mais nettement plus sérieuse.

– Qu'est-ce que c'est, une commotion, au juste ? demandai-je.

– Pour faire simple, commença Ian, ton cerveau flotte à l'intérieur de ton crâne, entouré d'un fluide qui fait office d'absorbeur de chocs. C'est grâce à cela que tu ne meurs pas dès que tu te cognes la tête. Le coup que tu as reçu était anodin, mais celui de Sharyn...

celui-là était trop fort pour être complètement absorbé par le fluide, et son cerveau a été touché.

– C'est vraiment grave ? demanda Tom, la mine défaite.

– Ça dépend. Sans radio… et sans quelqu'un pour la lire, c'est difficile à dire. Si elle se réveille, c'est que ça devrait aller.

– *Si* ? hoqueta Helen.

Ian lorgna vers Tom, qui parut prendre dix ans d'un coup.

– Oui, je suis désolé. *Si.*

Le chef des Fossoyeurs hocha lentement la tête.

– Ian… Tu resteras à ses côtés ?

– Jour et nuit.

– Merci, mec, dit-il, en déglutissant. Comment va Ramirez ?

– Il va bien, répliqua Ian. Je pense que les Macchabs l'ont endormi avec du chloroforme et l'ont ensuite maintenu inconscient, sans doute avec du penthotal de sodium. Je ne sais pas quand ils lui ont administré sa dernière dose, mais, à le voir, je dirais qu'il va rester dans les vapes pendant plusieurs heures, et que…

À cet instant, le gars sur le brancard dit quelque chose qui nous cloua tous sur place :

– Karl ?

Entendre le nom de mon père comme ça me secoua de part en part. Je lâchai un cri étranglé, les yeux rivés sur Hugo Ramirez, agent du FBI. Et lui aussi me regarda.

– Karl ? répéta-t-il d'une voix pâteuse.

Ses yeux roulèrent dans leurs orbites, et il s'affaissa de nouveau sur son brancard, où il resta allongé et inerte.

– Il va nous faire ça pendant quelque temps, expliqua Ian. C'étaient les premiers mots qu'il prononçait, cela dit.

– Ian, intervint Tom, je veux que tu conduises Ramirez dans mon bureau et que tu l'attaches au brancard avec des menottes.

Nous le dévisageâmes tous avec un air de surprise.

– Fais ce que je te demande sans poser de questions, s'il te plaît. Et préviens-moi quand ma sœur reprendra connaissance.

Ses mots exacts. Pas « si »... « Quand ».

– C'est noté, chef, répondit Ian.

– Veille à ce que Helen ait sa glace et ses cachets. Helen, tu n'es plus de service pendant les huit prochaines heures. Repose-toi. J'ai besoin que tu sois au top de ta forme.

La jeune fille était sur le point de protester, mais elle referma la bouche et acquiesça.

– Amy ? appela Ian.

Une fille blonde apparut dans un coin de la pièce. Juste avant que Ian l'appelle, elle était occupée devant une vieille table d'école. Un inventaire des médicaments, peut-être ? Ou un tri dans les dossiers des patients ? D'ailleurs, y avait-il des dossiers de patients au Refuge ? En tout cas, elle était restée si discrète et silencieuse que je ne m'étais même pas aperçu de sa présence.

– Oui, Ian ? fit-elle d'une voix fluette, avant que ses yeux rencontrent les miens. Hé, salut, Will !

– Coucou, Amy ! dis-je en lui souriant machinalement.

Rares étaient ceux qui adressaient des sourires à Amy. Son malheur dépassait de beaucoup celui de la plupart d'entre nous. Peu après qu'elle était devenue clairvoyante, les Macchabs l'avaient capturée et lui avaient lavé le cerveau avec un Pelligog. Les Pelligogs, c'étaient d'immondes bestioles à dix pattes, ressemblant à des araignées, que les Macchabs avaient importées de leur planète natale. Une fois qu'une de ces araignées s'était creusé un chemin dans votre corps, votre volonté était réduite à néant. Les Macchabs avaient fait subir à Amy ce sort dégoûtant avant de l'envoyer chez les Fossoyeurs pour y devenir leur espionne. Dans les jours qui avaient suivi, elle avait tué un garçon et avait bien failli m'assassiner aussi, avant d'être finalement soustraite à l'influence du Pelligog, et sauvée.

Bien que tout le monde sache qu'elle avait été manipulée, retournée et instrumentalisée, la plupart des Fossoyeurs restaient distants avec elle. Ils étaient incapables d'oublier Kyle, le garçon qu'elle avait tué de ses mains. Seuls Nick, le chef des Mères, et maintenant Ian se montraient vraiment gentils avec elle. Enfin, il y avait aussi Helen et moi. Nous savions bien tous les deux ce que pouvaient faire les Pelligogs, et combien on était impuissant face à ces bestioles... D'ailleurs, ces satanées araignées s'invitaient encore parfois dans mes cauchemars.

– Amy, dit Ian, pourrais-tu conduire Helen sur l'un des bancs de premiers secours et lui donner de la glace pour sa gorge ainsi qu'un peu d'aspirine ?

– Bien sûr, répondit la frêle adolescente. Combien de cachets ?

– Huit feront l'affaire. Helen, tu prends un cachet toutes les six heures, jusqu'au dernier.

– Entendu, répondit Helen.

Elle me décocha un rapide sourire et laissa Amy la conduire au fond de la salle.

– Elle travaille pour toi depuis combien de temps ? demandai-je au Doc.

– C'est son premier jour. Une idée de Nick. Il pense qu'elle a besoin d'être plus impliquée. Et je dois dire que c'est sympa de l'avoir à mes côtés. Je n'avais jamais eu d'assistant. Elle fait des choses dont je n'ai pas le temps de m'occuper.

– Cool, commenta Tom, assez distraitement. Will... suis-moi.

Sur ce, le chef quitta l'infirmerie. Je fis un dernier signe de la main à Helen, jetai un coup d'œil inquiet vers Sharyn, et un autre, nerveux, vers Ramirez.

– Hé, attends-moi ! dis-je, en emboîtant le pas à Tom.

Le chef avançait rapidement. Il était raide comme un piquet, ignorant les « Salut ! » et les « Comment va Sharyn ? » que lui lançaient les Fossoyeurs que nous croisions, ce qui n'était pas dans ses habitudes.

– Ça va ? lui demandai-je, en le rattrapant.

Il ne me répondit pas. Au lieu de cela, il s'immobilisa devant un rideau que je ne connaissais que trop bien et qu'il écarta d'un geste. Comme je le suivais à l'intérieur, il alluma la lumière.

– Non, mec, ça ne va pas, finit-il par lâcher.

La pièce n'était pas très grande. Comme toutes celles de notre quartier général, ses murs étaient en brique, son sol en terre battue, et son plafond trop bas. La lumière provenait d'une ampoule nue qui pendait d'une paroi, l'une des centaines que les Teckos avaient installées un peu partout dans le vaste sous-sol. Ce qui distinguait cette pièce des autres, c'est que personne n'y vivait, bien qu'elle fut pourvue d'une couchette, d'un oreiller et de draps. Personne ne l'avait jamais occupée.

Il s'agissait du sanctuaire que Tom avait érigé à la mémoire de mon père, Karl Ritter, le fondateur des Fossoyeurs. Cela faisait plus de deux ans qu'il était mort, tombé dans les premiers temps de la guerre contre les Macchabs. À l'époque, Tom avait laissé intacte la vieille chambre de mon père au Refuge, et l'avait décorée avec des photos et des citations de celui-ci, si bien que la pièce avait commencé à ressembler à un mémorial. Il me l'avait montrée dès mon premier jour chez les Fossoyeurs. Sauf que le Refuge de ce temps-là n'était pas celui d'aujourd'hui.

Quelques mois plus tôt, les circonstances – pour être honnête, c'était moi les circonstances – avaient contraint les Fossoyeurs à abandonner l'entrepôt qui avait été leur repaire et à prendre leurs quartiers dans cet endroit, certes plus sécurisé, mais moins confortable. Tom avait donc déplacé son « mémorial Ritter » par la même occasion.

– Tu as ajouté quelques photos, remarquai-je.

– Oui, répondit-il.

Sa voix était toujours plus douce, moins impérieuse, dans le sanctuaire.

– Je les ai trouvées dans un vieux carton, après le déménagement. Regarde celle-là.

Il désigna un cliché de mon père tenant un bébé dans les bras. Ma mère était à côté de lui. Ils souriaient tous les deux. Une pointe de douleur familière se réveilla.

– Je pense que c'est toi dans ses bras.

– Je crois bien, dis-je, déglutissant avec difficulté.

À ma grande honte, je dois avouer que je ne venais pas aussi souvent que Tom dans cette pièce. Je me demandais parfois pourquoi ce sanctuaire, entretenu avec tant d'amour et de respect par le chef des Fossoyeurs, n'avait à mes yeux que si peu d'attrait.

Évidemment, je connaissais la réponse : ça me faisait mal de me retrouver ici.

– Tom, ça va aller pour Sharyn..., murmurai-je.

– Oui ?

– Bien sûr.

– Il y a pas de « bien sûr » qui tienne, Will. Ça s'est bien fini pour Tara ? Pour Kyle ? Pour ton père ? demanda-t-il en s'asseyant lourdement sur la couchette. C'est la guerre, et il y a des victimes à la guerre. Les soldats meurent. Et puisque, à l'exception de Karl, tous nos soldats ont toujours été des gamins, ce sont des gamins qui meurent. Ça arrive, c'est comme ça, et souhaiter le contraire ne changera rien.

– Mais Sharyn est différente ! protestai-je. Elle...

Il me réduisit au silence d'un geste.

– Sharyn est une dure à cuire, et si quelqu'un peut sortir indemne de cet accident, c'est bien elle. Mais je fais ce que je fais depuis trop longtemps pour me bercer d'illusions sur ses chances. C'est ma sœur, et je l'aime. La perdre serait comme perdre mon bras droit. Non...

Ça serait pire que ça... Comme perdre la moitié de moi-même. Mais ce sont des choses qui arrivent, mec, à n'importe quel moment. C'est ça, la guerre.

J'essayai de trouver une parole réconfortante à prononcer. Mais Tom avait raison. Aussi étonnante que soit sa sœur, il n'en demeurait pas moins qu'elle était mortelle, comme nous tous.

– C'est pour me parler de ça que tu m'as demandé de venir ici ?

Son bref éclat de rire ne contenait pas la moindre trace d'amusement.

– Non. Enfin... j'avais besoin de me retrouver ici. Et je voulais que tu sois là avec moi. Tu comprends ce que je veux dire ?

Je le comprenais très bien. Mon père avait également été, d'une certaine façon, celui de Tom. Il avait arraché Tom et Sharyn à la rue, les avait sauvés de la prison et les avait aidés à donner un sens à leur vie. Lorsque l'invasion des Macchabs avait commencé, il avait été tout à la fois leur mentor, leur général et leur inspiration. Sa mort avait brisé le cœur de Tom tout autant qu'elle m'avait anéanti.

Alors pourquoi Tom aimait-il venir régulièrement ici, et pas moi ?

– Les souvenirs m'aident à rester fort, déclara-t-il, comme s'il lisait dans mes pensées. Pas uniquement les moments que nous avons partagés, mais sa vie tout entière. Le simple fait de savoir qu'il était réel, ça m'aide parfois… Bah, ça ne veut rien dire, ce que je te raconte !

– Mais si, lui assurai-je. Tom ?

– Quoi ?

– À ton avis, pourquoi Ramirez a-t-il prononcé le nom de mon père ?

– Ça pourrait être une coïncidence. Il y a pas mal de Karl sur cette planète.

– C'est ce que tu crois ?

– Non.

– Il me regardait droit dans les yeux quand il a dit ça, ajoutai-je.

– Je sais. C'est l'autre raison pour laquelle je t'ai amené ici. Je veux que tu sois à mes côtés quand Ramirez se réveillera. Je veux que tu sois dans la pièce quand je vais lui parler. Juste nous trois.

– Pourquoi ça ?

– Regarde cette photo de ton père, répondit-il en souriant doucement. Celle où il a le bébé dans les bras.

Je fis ce qu'il me demandait. La photo devait dater d'il y a douze ans. Mon père était plus jeune que l'image que j'avais de lui, mais il restait aisément reconnaissable. Sa tignasse rousse, comme la mienne. Ses yeux verts, pareils aux miens. Son visage mince et anguleux, son grand sourire… Qu'est-ce qu'il me manquait !

– Tu ne vois pas, hein ? me dit Tom en se levant de la couchette pour venir se placer à côté de moi. Ramirez a vu, lui. Même dans le pâté, il a vu.

– Il a vu quoi ?

– Que tu ressembles à ton père, Will. Tellement que, parfois, ça me fait sursauter. Un de ces quatre, je vais surgir au détour d'un de ces couloirs infestés de rats, tomber sur toi et, pendant un quart de seconde, je vais être persuadé de l'avoir en face de moi. Tu parles d'un choc ! Ça me faisait ça juste après sa mort. J'avais beau savoir qu'il n'était plus là, une partie de moi s'attendait toujours à le croiser dans le Refuge – l'ancien Refuge –, avec son éternel sourire en coin, à citer Mark Twain.

– Mark Twain..., fis-je en écho.

C'était l'auteur préféré de papa. Il m'avait lu *Tom Sawyer* et *Huckleberry Finn* quand j'étais tout petit. Et, effectivement, il n'arrêtait pas de le citer.

– *L'annonce de ma mort a été grandement exagérée*, déclara Tom.

– Je la connais, celle-là ! murmurai-je. Twain avait dit ça un jour, quand les journaux avaient annoncé à tort qu'il était mort ! Si seulement c'était le cas pour papa...

– Tu l'as dit, mec.

Nous restâmes quelques minutes ainsi, silencieux, l'un à côté de l'autre, à regarder la vieille photo.

Je ressemblais à mon père ? Maman le répétait sans cesse. Mais au point que quelqu'un nous confonde... ça ne m'était jamais venu à l'esprit.

– C'est pas simplement une ressemblance physique, expliqua Tom. Quand tu nous as rejoints, il y a quatre mois, tu étais un gamin apeuré, à juste titre. Mais depuis tu t'es endurci, jour après jour. On l'a tous remarqué. C'est pour ça que Sharyn et moi avons décidé de te faire faire un essai chez les Anges-Gardiens, alors que tu es nettement plus jeune que les autres. Tu es un leader né, comme ton père. Et, comme ton père, tu ne t'en rends pas vraiment compte.

Je restai à dévisager Tom, tentant de saisir ce qu'il voulait dire. Il pencha la tête sur le côté avant de reprendre la parole :

– Tu ne comprends toujours pas le rôle que tu joues parmi nous, hein ?

– Mon rôle ?

Pour toute réponse, il se contenta d'agiter la main, comme pour chasser le sujet.

– Je pense que Ramirez connaissait ton père, ce qui expliquerait pourquoi les Macchabs se sont emparés de lui. Bref, lorsqu'il va se réveiller, j'ai besoin qu'on lui assure bien qu'il n'est plus prisonnier. Qu'on l'a sauvé. Ça, c'est la partie facile. Mais, après, je vais devoir lui dire des choses qu'il ne va pas vouloir entendre. J'espère que ta présence l'aidera à accepter la situation un peu plus facilement, puisque tu es le fils de Karl Ritter. On verra bien si ça marche.

– C'est quoi, cette chose que tu vas lui annoncer et qu'il ne va pas aimer ? m'enquis-je.

Tom éclata à nouveau de rire. Comme la fois précédente, son rire sonnait creux, triste.

– Qu'après lui avoir sauvé les fesses des griffes des Macchabs... je ne peux pas le laisser repartir.

14

UNE OPPORTUNITÉ FRACASSANTE

Soixante mètres au-dessus du mémorial consacré à Karl Ritter, Lilith Cavanaugh se regardait dans la petite glace luxueuse accrochée au mur près de la porte de son bureau. Son Enveloppe était parfaite, sa chevelure blonde coiffée d'admirable façon, sa robe impeccablement taillée, et elle était parfaitement maquillée, l'image même d'une professionnelle lancée en politique.

Puis, pendant quelques instants, elle examina le corps en dessous.

« Il est plus que temps de songer à le remplacer. »

La peau grise était en train de virer au pourpre marbré. Ses cheveux avaient commencé à tomber, et deux de ses dents étaient près de se déchausser.

« Pierce va devoir me préparer un Transfert. »

Elle avait cessé de compter le nombre de corps qu'elle avait parasités depuis cette fameuse nuit où elle avait franchi le Gouffre. Trouver des cadavres de substitution avait été facile, au début. Ses sujets contrôlaient la morgue municipale et s'empressaient d'informer la Reine chaque fois qu'une jeune femme en bon état arrivait chez eux. Mieux encore : quand un corps hôte était si décomposé qu'il en devenait inutile, il était très simple de le faire incinérer aux frais de la municipalité.

Pratique.

Malheureusement, les morts de jeunes femmes, du moins les morts intéressantes, n'étaient pas si fréquentes, loin de là, d'autant que les victimes d'accidents de la route étaient rarement utilisables.

Vers la fin de l'année précédente, Lilith avait mis en œuvre une nouvelle politique. Elle avait ordonné que certains individus triés sur le volet se rendent en ville à la nuit tombée afin d'y trouver des candidates prometteuses... des jeunes femmes qui vivaient seules et dont la disparition n'alarmerait personne. Le procédé était radical et un peu risqué, mais le flot de nouveaux corps hôtes avait montré que ça en valait la peine...

Ces dernières semaines, cependant, il lui avait fallu abandonner ce mode de fonctionnement. En dépit des efforts des Macchabs, les médias avaient commencé à se rendre compte de ces disparitions suspectes. Lilith s'était donc retrouvée contrainte de porter ces répugnants corps humains bien plus longtemps qu'elle l'aurait souhaité. C'était particulièrement dégradant !

Les choses suivaient néanmoins leur cours... Se forçant à arborer un grand sourire sur ses lèvres rouges, la Reine ouvrit la porte de son bureau :

– Madame Ritter ?

La femme assise en face d'elle leva la tête. Son visage était un maelström d'émotions contradictoires : désespoir, terreur, espoir, résolution. C'était vraiment amusant.

Elle était grande, presque autant que l'Enveloppe de la Reine. Ses cheveux étaient blonds et longs, sa peau douce et sans défaut, même avec le peu de maquillage qu'elle portait. Ses vêtements, achetés en grand magasin, avaient été choisis plus pour leur confort que pour leur style. Elle les portait toutefois avec grâce, et, lorsqu'elle se redressa et s'approcha, la Reine ne put s'empêcher d'admirer l'élégance avec laquelle se mouvait cette créature humaine.

« Intéressant. »

– Oui. Appelez-moi Susan.

– Enchantée, Susan, dit la Reine, la main tendue. Lilith Cavanaugh. Entrez, je vous en prie.

– Merci d'avoir accepté de me recevoir de la sorte, madame Cavanaugh... sans rendez-vous, je veux dire, s'excusa Mme Ritter en lui emboîtant le pas.

– Je vous en prie, répondit la Reine en désignant l'un des fauteuils disposés à l'intention des visiteurs, avant de s'asseoir à son bureau. Il se trouve que la journée est calme, je n'ai que six heures de réunions entre maintenant et cinq heures de l'après-midi.

Susan Ritter s'efforça de rire, mais cela ne fut guère convaincant.

« Elle en a trop sur le cœur, sans doute. Pauvre créature. »

– Que puis-je faire pour vous, madame Ritter ?

– Susan, insista la femme.

– Oui, bien sûr. Susan.

– Vous pouvez m'aider à retrouver mon fils.

– Votre fils ?

– Will. Il a disparu du collège en octobre. Lui et une fille du nom d'Helen Boettscher. Personne ne les a revus depuis.

« Oh, mais si. C'est juste toi qui ne les as pas revus. »

– Je comprends, répondit Lilith. Je suis désolée, mais je ne suis pas au courant de cette affaire. Les personnes disparues sont du ressort de la police, évidemment.

– J'ai déjà sollicité la police, se désola Susan. Au moment des faits, j'ai appelé tous les anciens amis de mon mari. Ils ont tous promis de remuer ciel et terre pour retrouver Will. Et c'est peut-être ce qu'ils ont fait. Mais ça n'a servi à rien. Ils ne l'ont jamais retrouvé... et j'ai la sensation qu'ils ont arrêté de chercher.

– Je suis sûre que ce n'est pas le cas.

En effet, Lilith savait qu'il n'en était absolument rien, bien au contraire. Ses sbires infiltrés dans les forces de police étaient particulièrement impatients de retrouver la trace du jeune Ritter, mais le garçon, comme tous les Fossoyeurs, semblait doué pour rester caché.

– Vous avez peut-être raison, mais j'en ai assez d'attendre, expliqua Mme Ritter d'une voix ferme. Je viens de passer toute la matinée à arpenter le centre-ville... à tenter de le trouver. Je savais que c'était stupide. À côté de ça, chercher une aiguille dans une botte de foin aurait été simple. Mais je l'ai fait malgré tout.

Elle frotta son visage parfait avec ses mains parfaites, puis reprit :

– À aucun moment je ne me suis dit que j'allais tomber sur Will. C'était pire que ça : je le voyais partout. Chaque fois que j'apercevais un garçon portant une veste à capuche, j'étais convaincue qu'il s'agissait de lui. J'en étais tellement persuadée certaines fois que j'ai saisi les garçons en question par les épaules avant de me rendre compte de mon erreur.

– Ce doit être terrible, commenta Lilith.

Susan s'agita, mal à l'aise, et hocha la tête.

– Finalement, j'ai eu l'idée de venir ici... à votre rencontre. Je sais que votre travail ne consiste pas à retrouver les enfants perdus. Et je sais que tout cela s'est déroulé avant même votre arrivée à Philadelphie. Vous ne connaissiez pas mon mari, et vous ne connaissez pas Will. Mais j'ai vu quelques-unes de vos interviews, madame Cavanaugh. À de nombreuses reprises, vous avez évoqué votre politique de la « porte ouverte », votre envie d'être présente pour ceux que vous appelez les « amis dans le besoin ». Eh bien, je suis vraiment dans le besoin.

C'était là une réputation que la Reine avait cultivée avec soin. La formule était simple : plus les gens de cette ville lui feraient confiance, plus elle serait en position de frapper fort.

– Bien sûr, Susan. Et j'aimerais que vous m'appeliez Lilith.

– Vous avez des enfants, Lilith ?

– Je suis désolée de répondre par la négative, dit la Reine. Je ne me suis jamais mariée. Sans doute parce que j'ai toujours attaché beaucoup trop d'importance à ma carrière.

Elle marqua un temps d'hésitation.

– Je ne peux donc pas prétendre comprendre votre douleur, Susan. Tout d'abord votre mari... Oui, je suis arrivée récemment dans cette ville, mais la réputation de l'inspecteur Ritter est toujours bien vivace... Et à présent, votre fils.

Le visage de Susan se tordit comme elle redressait la tête. L'espace d'un délicieux moment, Lilith crut bien qu'elle allait la voir éclater en sanglots, mais elle se resaisit.

– J'ai une petite fille. Emily. Elle a cinq ans. C'est juste assez vieux pour comprendre ce qui est arrivé à son frère, mais trop jeune pour en saisir vraiment la portée... Non que j'y sois arrivée moi-même. Et après ce qui s'est passé ce matin...

– Si je puis me permettre... Qu'est-il arrivé ce matin, au juste ?

Susan Ritter glissa une main à l'intérieur de son manteau et en sortit un DVD, qu'elle posa sur le bureau :

– Voilà ce qui est arrivé.

Lilith prit le disque entre ses mains et l'examina. La surface était vierge.

– Un message de mon mari. Apparemment, il l'a confié à un avocat il y a deux ans avec pour instruction de le remettre à mon fils le jour de son treizième anniversaire. C'est-à-dire aujourd'hui.

La Reine fronça ses sourcils soigneusement épilés :

– Vraiment ? L'inspecteur Ritter savait se montrer mélodramatique.

– Il « savait se montrer » plus que ça, répondit Susan, sur un ton presque amer, avant d'ajouter, en soupirant : Je pense que Karl souffrait peut-être de délires.

– C'est-à-dire ?

– Qu'il n'était pas sain d'esprit. Il parle d'une sorte d'invasion secrète et dit qu'il voit des choses que la plupart des gens ne peuvent pas voir.

Si la colonne vertébrale de Lilith avait été celle d'un être vivant, un frisson glacé l'aurait sans doute parcourue. En l'occurence, tout ce qu'elle ressentit fut de la surprise… et de la colère. Décidément, cette famille Ritter était une épine dans son pied. Pas étonnant que Booth, aussi stupide ait-il été, se soit tant penché sur leur cas.

En face d'elle était assise la mère et la femme de deux des plus nuisibles ennemis des Malums. Le chagrin et l'inquiétude qui la rongeaient semblaient avoir épuisé Susan Ritter. Mais, en dépit de cela, elle restait d'aplomb et toujours aussi résolue, un parfait spécimen de féminité humaine.

« Je pourrais me jeter de l'autre côté du bureau… Là, maintenant. Je pourrais la saisir par la gorge et serrer avec juste assez de force pour la tuer. Sans lui briser la nuque, pour éviter de rendre son cadavre inutile. Cela demanderait une certaine précision. Mais, en moins de cinq minutes, je porterais ce beau corps. Personne ne sait qu'elle est ici… »

– Des délires ? répéta doucement Lilith. Je suis peut-être fraîchement débarquée dans cette ville, mais songer que l'inspecteur Ritter ait pu souffrir d'une espèce de maladie mentale me semble pour le moins… improbable. Puis-je visionner ce disque ?

Susan hocha la tête. Lilith glissa le DVD dans le lecteur posé à côté de sa télévision. La mère et le monstre regardèrent l'enregistrement en silence.

Karl Ritter s'exprimait calmement. Il fixait la caméra bien en face, son ton respirait la sincérité, et on aurait presque dit qu'il s'excusait de laisser ce message à son fils, qui, si les choses se déroulaient comme l'escomptait la Reine, serait mort avant de pouvoir l'entendre. Une joie sans bornes emplit Lilith quand elle surprit une larme sur la joue de Susan Ritter sans que cette dernière s'en aperçoive. La souffrance humaine était quelque chose de si... délicieux.

– Je comprends votre inquiétude, à présent, commenta la Reine une fois l'enregistrement terminé.

– J'ai vécu avec cet homme pendant onze ans. Je l'aimais. Mais à présent je me demande si je l'ai réellement connu.

– J'imagine, dit la Reine.

Elle était sincère. Elle appréciait toujours l'incapacité humaine à sonder les autres. Cela protégeait les siens. Rendait les choses plus faciles.

– Mais s'il n'y avait que ça, reprit Susan. Cela fait quatre mois que mon fils a disparu, et depuis ce temps, je n'ai reçu que ce mot...

Elle sortit alors un bout de papier plié, qu'elle tendit à Lilith par-dessus le bureau.

– C'est arrivé environ un mois après sa disparition. L'écriture est celle de Will, j'en mettrais ma main à couper.

La Reine haussa les sourcils et déplia la feuille, remarquant au passage les petites taches de fluide corporel que son doigt avait laissées sur la table. Elles ne présentaient pas le moindre danger. À la différence de son mari et de son fils, Susan Ritter ne pouvait ni les voir ni les sentir. Ça restait cependant assez énervant.

Il s'agissait d'une lettre.

Ma chère maman,

Je vais bien. Je suis désolé, mais je ne peux pas encore rentrer à la maison. Je suis également désolé de ne pas pouvoir te dire où je suis. Il y a ce truc que je dois faire, et c'est important. Je sais que tu es triste. Je suis triste, moi aussi. Je sais que tu t'inquiètes beaucoup à mon sujet. Mais je veux vraiment, vraiment que tu me fasses confiance. Il se passe des choses effrayantes, et il faut que je m'en occupe. C'est un combat que papa avait commencé avant sa mort, et ma mission est de le terminer. Je sais que tu ne comprends pas ce que je te raconte ; c'est plus sûr pour toi ainsi.

Je ne suis pas seul. J'ai quelques très bons amis, et nous travaillons d'arrache-pied pour que je puisse rentrer à la maison. Jusqu'à ce que ce moment arrive, il faut que tu sois très prudente, c'est pourquoi tu dois brûler cette lettre. Prends soin de ma sœur et essaye de ne pas trop t'en faire. Je te demandais souvent d'arrêter de me traiter comme un bébé. Je te répétais que je n'étais plus un enfant. C'était vrai à ce moment-là, c'est encore plus vrai aujourd'hui.

Tu me manques. Je t'aime,

Will

Comme ces humains étaient sentimentaux ! Le fils dit à sa mère de faire attention et de veiller à brûler la lettre, et la voilà assise à la montrer à une femme qu'elle vient tout juste de rencontrer.

– Mon fils a rejoint une espèce de... secte, Lilith, dit Susan d'une voix frémissante. Karl a mentionné les Fossoyeurs. J'en ai entendu parler. On raconte qu'ils sont impliqués dans la mort de Kenny Booth, à l'automne dernier.

– Oui, confirma pensivement la Reine, avant de lire la lettre une seconde fois. Je vais devoir conserver ceci, Susan. Le DVD aussi. Pour les faire analyser.

La femme pâlit :

– Vous êtes obligée ? C'est tout ce que j'ai. Je... je n'en ai pas fait de copies.

– Je suis désolée, mais, si vous voulez que je vous aide, il est capital que nous en apprenions autant que possible au sujet de votre mari et de votre fils... et de leur rôle exact dans ce gang.

– Vous… vous allez m'aider, alors ? Je sais que ce n'est pas dans vos attributions, mais…

La Reine s'approcha de Susan et posa une main rassurante sur son épaule. La jeune femme leva la tête et esquissa un petit sourire reconnaissant. Des larmes étincelaient dans ses yeux.

« Ce serait facile. Si tu fais ça bien, tu ne lui briseras pas le cou. Tellement facile. »

– Susan, mon rôle est de m'occuper de ce dont les citoyens de cette ville ont besoin, peu importe de quoi il s'agit. Évidemment que je vais vous aider. Je ferai tout ce qui est en mon pouvoir. Je vous le promets. À présent, rentrez chez vous et allez retrouver votre fille… Emily, c'est bien ça ?

– Oui, soupira Susan. Emily.

– Cela risque de prendre un peu de temps, mais je vous appelle à l'instant où j'apprends quelque chose.

La femme se redressa et l'étreignit. Un geste aussi soudain que déplaisant. Lilith entendit quelques-uns de ses os craquer et des tendons se déchirer sous la pression. Susan Ritter venait de lui coûter deux ou trois jours d'utilisation de ce corps. En raison de cette démonstration ridicule d'affection, il allait lui falloir trouver un nouveau cadavre à revêtir d'ici la tombée de la nuit.

Elle parvint néanmoins à sourire.

– Merci, oh, mon Dieu, merci, dit Susan en pleurant à chaudes larmes.

Puis elle se ressaisit et laissa Lilith la raccompagner. La veuve de Karl Ritter semblait apaisée quand elle franchit la porte. À peine celle-ci refermée, Lilith appela Pierce :

– Il me faut un nouveau corps. Tout de suite.

– Oui, Miss Cavanaugh.

– Et dis à D'Angelo de venir me voir. J'ai une mission à confier à ses meilleurs éléments.

– Bien sûr, Maîtresse.

La Reine des Morts envisagea un instant de châtier son assistant pour avoir employé son titre chez les Malums, mais pour l'heure elle se sentait trop bien pour cela.

« Très bonne journée, décidément ! »

15
L'AGENT RAMIREZ

Ainsi que je l'ai dit, la chambre de Tom était divisée en deux parties. La première, donnant sur le couloir, comprenait un bureau, une table de conférence, un tableau en liège et quelques chaises. C'était là qu'il menait toutes ses activités en tant que « chef ». L'ameublement de la seconde partie, dont elle était séparée par une couverture, se résumait à un lit, une petite commode et, en ce moment, un brancard.

Nous étions assis en silence, Tom sur son lit et moi sur une chaise pliante, à attendre. Rien qu'à attendre. Je n'avais jamais été particulièrement doué pour ça. L'agent Ramirez s'étira et baragouina quelque chose. Il se retourna même plusieurs fois sur le brancard, mais il fallut presque une heure avant que notre... notre quoi ? invité ? prisonnier ? ouvre les yeux.

Ramirez déglutit lentement. Son regard se posa sur moi. Il battit des paupières. Je m'attendais presque à ce qu'il m'appelle encore Karl, mais non.

– De l'eau, murmura-t-il.

Je me levai et portai une bouteille en plastique à ses lèvres. Il but quelques gorgées, me fit un signe et reposa la tête en arrière.

– *Me duele la cabeza*, marmonna-t-il.

– Hein ?

– *Usted va a estar bien*, intervint Tom.

– Tu parles espagnol ?

– Un peu, répondit le chef en haussant les épaules.

Le son de nos voix parut arracher un peu plus l'agent du FBI à sa torpeur.

– Qui êtes-vous ? nous demanda-t-il, avec un très léger accent.

– Je m'appelle Tom Jefferson, répliqua le chef des Fossoyeurs, et lui, c'est Will Ritter. Le fils de Karl.

Ramirez digéra l'information. Il me détailla de ses yeux sombres.

– Où suis-je ?

– Quelque part en lieu sûr, répondit Tom.

Le rire de Ramirez se transforma en quinte de toux et, lorsqu'il tenta de s'asseoir, il se rendit compte qu'il était menotté au brancard. Il jeta un coup d'œil mauvais à Tom :

– Qu'est-ce que ça signifie ?

– Je suis désolé, répondit le chef des Fossoyeurs. Nous… devons vous garder ici pendant quelque temps.

– *Nous* ? Écoute-moi bien, gamin…

– Je ne suis pas un gamin, le coupa Tom froidement. Je suis le chef des Fossoyeurs.

– Les Fossoyeurs, fit l'autre en écho, avec l'air de connaître ce nom.

– C'est nous qui vous avons sauvé la vie aujourd'hui, agent Ramirez. Vous aviez été enlevé par un groupe de policiers qui font partie d'une… organisation que nous appelons les Macchabs. Il n'a pas été facile de vous arracher à leurs griffes, et ma sœur a été grièvement blessée lors de l'opération de sauvetage. Je m'attends donc à un peu plus de respect de votre part.

– De respect ? aboya Ramirez. Je suis enchaîné à un lit… monsieur le chef ! Je ne sais pas à quel jeu vous jouez, les gosses, mais ce que vous faites est un kidnapping d'agent fédéral, et c'est un délit !

« Eh bien, il a l'air tout à fait réveillé maintenant ! »

– Je vais tâcher de ne pas l'oublier, dit Tom. À présent… si vous me racontiez ce qui vous est arrivé la nuit dernière ?

– Je ne suis pas là pour répondre à tes questions, fiston.

Tom se leva lentement, une lueur féroce embrasant ses yeux. Chaque fois qu'il arborait cette expression, il paraissait remplir toute la pièce.

– Je ne suis pas votre fiston, agent Ramirez. Pour l'heure, je suis votre geôlier. L'homme qui décide quand vous mangez et quand vous allez aux toilettes. Vous êtes chez moi, parmi mes hommes. Vous feriez mieux de vous en souvenir.

Ramirez le dévisagea, plus curieux, me sembla-t-il, qu'intimidé.

– Le chef des Fossoyeurs, répéta-t-il.

– Exactement.

– Et que sont les Fossoyeurs, au juste ? Un gang des rues ?

– Non, le détrompa Tom. Un groupe de résistants.

– De résistants ? Contre qui ? Ces... Macchabs ?

Tom se contenta de hocher la tête.

– Et les Macchabs sont une organisation, tu dis ? Dont les membres se composent d'officiers de la police de Philadelphie ?

– En partie. Les Macchabs se sont infiltrés et occupent des postes clés dans toutes les instances municipales. Ils sont partout.

Ramirez ne répondit pas tout de suite. Son regard se fit distant, comme rentré en lui-même. Après quelques instants, il reprit la parole :

– Non, impossible que ce soit quelque chose d'aussi gros que ça.

– Ce n'est pas le genre de réponse que j'attendais, agent Ramirez, rétorqua Tom. Ça me donne même à penser que vous savez des choses. Vous voulez bien nous en dire un peu plus ?

– Pas à toi… chef, s'obstina Ramirez, qui testa la solidité de ses menottes avant de poursuivre : Que dois-je faire pour que vous me laissiez partir ?

– Vous pourriez commencer par comprendre que nous sommes dans le même camp, dit Tom en se rasseyant sur sa couchette. Karl Ritter a fondé les Fossoyeurs il y a un peu plus de trois ans pour lutter contre les Macchabs. Il est mort au combat. Comme beaucoup d'entre nous. Et la façon dont vous avez réagi en apercevant Will tout à l'heure me laisse penser que vous connaissiez son père. Je me trompe ?

Les yeux de Ramirez se portèrent vers moi.

– Tu es vraiment le fils de Karl ?

– Oui.

C'était le premier mot que je prononçais depuis le début de… cette entrevue ? cet interrogatoire ? Tom m'avait demandé de me taire, du moins au départ. « Il doit capter que c'est avec moi qu'il faut causer », m'avait-il expliqué.

– Ton père était un homme bien, affirma Ramirez. Je suis désolé que nous l'ayons perdu.

– Merci, murmurai-je. Sauf que le mot n'est pas « perdu ». Il a été *assassiné*. Par Kenny Booth.

Je n'aurais probablement pas dû en dévoiler autant. Tom me décocha un regard mauvais. Il semblait sur le point d'ajouter quelque chose lorsque le type du FBI nous cloua le bec en deux mots :

– Je sais.

Tom et moi le dévisageâmes.

– Disons plutôt que je m'en doutais. C'est comme ça que toute cette histoire a commencé.

– Je crois que nous avons beaucoup de choses à nous raconter, déclara le chef.

– Peut-être, répondit l'autre, mais, si vous voulez que je vous fasse confiance, vous allez devoir me rendre la pareille. Libérez-moi.

– Impossible. Pas maintenant.

– Pourquoi ça ? Tu as peur que je fasse quoi, au juste ?

– Le fait est… que vous êtes un adulte, et cela signifie que je n'ai aucune idée de ce que vous allez faire. Je dois protéger les miens.

– Quoi ? s'étonna Ramirez. Il n'y a pas d'adultes chez les Fossoyeurs ?

– Non. Il y a plein de gens matures, mais pas d'adultes. Pas depuis la mort de Karl.

– Ça ne veut rien dire.

– Nous existons pour de bon, agent Ramirez. Et vous êtes ici. Vous serez bien nourri, et nous vous trouverons des vêtements de rechange. Personne ne va vous blesser. Vous avez ma parole. Mais jusqu'à ce que je sois totalement sûr, soit que vous êtes incapable de nous faire du mal, soit que vous n'en avez aucunement l'intention, vous resterez ici.

– C'est un délit fédéral, fiston.

– Vous radotez, agent Ramirez.

L'homme du FBI laissa retomber sa tête en arrière, visiblement frustré.

– Je ne crois pas que...

– Vous êtes furieux, et ça, je le comprends, mais je n'ai pas le choix. Je vais vous faire une suggestion qui pourrait nous permettre d'accélérer les choses.

– J'écoute, répondit Ramirez en le dévisageant.

– Dites-nous ce qui s'est passé entre les Macchabs et vous la nuit dernière.

Ramirez agita son poignet droit :

– Si je le fais, tu me détaches de ce truc ?

– Ce sera un pas dans la bonne direction, répliqua le chef.

– Pas suffisant. Pour divulguer des éléments d'une enquête fédérale en cours, je vais avoir besoin d'un geste de confiance.

– Enquête fédérale, répéta Tom. Vous appelez peut-être ça de cette façon. Moi et les miens, nous appelons ça une guerre. Je ne sais rien de votre enquête, mais je vous garantis ceci : vous ignorez tout de ce qui se trame réellement dans cette ville... et vous n'en croiriez pas la moitié si d'aventure vous entendiez la vérité.

– Tu n'arrêtes pas de parler des « tiens »... de ces « Fossoyeurs ». Vous êtes combien, au juste ?

Tom hésita. Pas parce qu'il ne connaissait pas le chiffre (il devait sans doute le voir défiler devant ses yeux quand il dormait), mais parce qu'il ne savait pas ce qu'il pouvait révéler.

– Près de cent cinquante, finit-il par dire.

– Cent cinquante, répéta Ramirez, incrédule. Des gamins ? Tous des gamins ?

Tom hocha la tête.

– Et tu les trouves où, tes soldats ?

– Non, répondit Tom.

– Comment ça, « non » ?

– Si vous voulez en savoir davantage à notre sujet, il va falloir nous en dire plus à propos de vous.

– Ce n'est pas un jeu, grogna Ramirez, se rembrunissant. Si ton gang comporte autant de mineurs que tu le prétends...

– Nous ne sommes pas un gang ! Nous sommes une armée ! C'est mon père qui l'a organisée, et il est mort pour elle !

Tout ça était sorti de ma bouche avant que je puisse l'empêcher.

Je sentais le poids du regard de Ramirez tandis qu'il toisait ce gamin de treize ans en face de lui, avec sa tignasse rousse ébouriffée.

– Vous n'êtes qu'une bande de gamins, conclut-il.

– Des gamins qui viennent de vous sauver la vie, rappela Tom calmement. Reposez-vous donc un peu. Je repasserai plus tard avec de la nourriture et des vêtements.

Il détacha la radio-bracelet passée autour de son poignet et la jeta sur le brancard :

– Si l'envie de causer vous prend subitement, pressez le bouton sur le côté, et vous aurez l'un de nos Chatters en ligne. Vous n'aurez qu'à demander à me parler.

Sur ce, il se redressa, me fit un signe de la tête, et s'éloigna vers la porte. Je lui emboîtai le pas. Ramirez ramassa la montre de sa main libre, l'examinant comme si elle venait de Mars.

– Qu'est-ce que... ? Attends une minute ! Tu es dans de beaux draps, Jefferson !

Tom s'immobilisa, puis se retourna. À ce moment-là, on aurait cru que ses yeux avaient un millier d'années.

– Dans de beaux draps, agent Ramirez ? Vous n'avez aucune idée de ce que vous racontez.

Puis il me conduisit dans le couloir. Lorsque je voulus parler, il posa un doigt sur ses lèvres et continua de marcher jusqu'à ce que nous soyons parvenus à une distance raisonnable.

– Écoute, mec, il faut que t'ailles voir les Teckos et que tu leur demandes de nous construire une porte... Une bonne grosse porte à verrou, grâce à laquelle on pourra vraiment fermer cette salle. Et vois s'ils peuvent nous creuser une petite vitre à l'intérieur, à peu près à hauteur des yeux. Veille bien à ce qu'ils utilisent un verre résistant. Dis à Alex que j'en ai besoin rapidement… pas plus tard que demain.

– Pas de problème, répondis-je.

Sauf que c'était quand même une espèce de problème. Voyez-vous, le chef des Teckos n'était pas vraiment mon plus grand admirateur.

– Pour quoi faire, la porte ? demandai-je. Il est déjà enchaîné !

– Je sais, rétorqua Tom, mais on ne peut pas le garder comme ça jusqu'à la fin des temps, et j'ai peut-être une idée sur la façon de le convaincre.

– Quelle idée ?

– Plus tard, d'accord ? J'ai besoin de me triturer les méninges un peu plus avant d'en faire part à quelqu'un.

– Comme tu veux.

– D'ici là, personne ne parle à Ramirez. Pas sans mon accord. Tu peux faire passer le mot ? Informe tous les chefs.

– Entendu. Tu seras où ?

– À l'infirmerie. Avec ma sœur.

Tandis qu'il s'éloignait, je remarquai combien ses épaules étaient affaissées. Il avait l'air harassé.

– Tu penses que tu vas pouvoir le convaincre ?

– Cinquante-cinquante, répondit-il en soupirant. À ses yeux… nous ne sommes que des gamins.

Il disparut à l'autre bout du couloir, et je restai seul, essayant de toutes mes forces de ne pas penser ce que je pensais.

« Mais nous ne sommes *vraiment* qu'une bande de gamins. »

16

LA CAGE AUX SINGES

Dans l'ancien Refuge, la plupart des activités des Fossoyeurs avaient pour cadre cet espace géant qu'on appelait « l'Entrepôt ». Le plafond était élevé, et la surface assez vaste pour que chacune des équipes puisse disposer de toute la place dont elle avait besoin.

De ce point de vue, le nouveau Refuge était très différent.

Dans ce sous-sol oublié de tous, où se côtoyaient toiles d'araignées, chats sauvages et briques effritées, chaque équipe avait été contrainte de se réserver un espace personnel et de l'aménager tant bien que mal à son image. Ainsi, les Hackers gardaient tous leurs ordinateurs dans une grande salle sombre, qui faisait un peu caverne, et dont la lumière principale ne provenait pas de plafonniers, mais seulement des écrans. Les Chatters avaient installé leurs tables recouvertes de téléphone dans un lieu proche du centre géographique du Refuge, de façon à pouvoir se brancher sur les lignes municipales.

Lors de notre emménagement, les Teckos avaient passé des journées entières à tirer des câbles et des tuyaux, qu'ils avaient reliés aux réseaux de la ville, nous permettant ainsi de disposer d'eau et d'électricité. Ils avaient aussi ajouté des convecteurs pour nous empêcher de crever de froid, et des sanitaires. En ce qui concerne ces derniers, croyez-moi sur parole, moins je vous en dis, mieux ce sera. Ce n'était pas très appétissant...

Pour accomplir leur mission, les Teckos avaient réclamé et obtenu l'espace le plus vaste qu'on ait trouvé. Il se composait de trois salles reliées entre elles par des arches à demi-éboulées, et c'était une véritable jungle de tables de travail, d'étagères à fournitures et à outils, qu'on avait affublée, sans qu'on sache trop comment, du sobriquet « la Cage aux Singes ».

Cet espace n'était pas plus confortable que le reste du QG. Le plafond était bas, et sentait la crotte de chat et la moisissure. De plus, en raison de l'activité bourdonnante qui y régnait, l'air ambiant semblait envahi de poussière.

En dépit de cela, le lieu était quand même très sympa. Il se passait toujours quelque chose, un nouveau projet en cours d'élaboration. Les marteaux martelaient.

Les scies sciaient. Les lampes à souder soudaient. L'endroit le plus bruyant de tout le Refuge, il n'y avait pas photo.

Exactement le genre d'endroit où j'aurais adoré venir, s'il n'y avait eu ce problème. Un problème qui avait pour nom Alex Bobson.

L'une des premières personnes dont j'avais fait la connaissance au Refuge était Tara Monroe, l'ancienne chef des Teckos. J'étais un gamin apeuré de douze ans à cette époque… Dire que ça remontait à seulement quatre mois ! Bref, elle avait pris le temps de se montrer gentille avec moi. Je l'aimais bien.

Plusieurs semaines plus tard, Tara était morte en nous sauvant, quelques autres recrues et moi, des griffes des Macchabs. Elle avait seize ans.

Alex, un des membres de son équipe, l'avait remplacée en tant que chef. Lui aussi, je l'avais rencontré dès mon premier jour. Mais, à la différence de Tara, il s'était montré tout sauf gentil. Je l'avais aussitôt pris en grippe, et rien n'était venu entre-temps changer mon opinion.

Ce mec était un pur crétin.

Il avait trois ans de plus que moi, était plus grand que moi, et musclé comme je ne pouvais que rêver de l'être un jour. Mais il n'était pas aussi baraqué que Tom ou le Burgermeister, pas du tout. Helen disait volontiers que plus les muscles d'Alex se développaient, plus son cerveau semblait rapetisser. Ce qui me faisait beaucoup rire, du moins quand je n'étais pas obligé de lui parler. Contrairement à ce moment-là.

– Hé, les gars ! lança Alex lorsqu'il me vit. Monsieur Nanniversaire nous fait l'honneur de sa visite !

Alors que certains des membres de son équipe pouffaient, le chef des Teckos abandonna le vélo sur lequel il était affairé et s'approcha de moi, à quelques pas de la porte de la Cage aux Singes.

– Alors, ça te fait combien ? Douze ans ? me demanda-t-il.

– Treize.

Il me toisa d'un air sceptique :

– Treize ans ? T'es sûr ? Je te donnerais pas plus de onze, perso.

D'autres éclats de rire fusèrent, mais je remarquai que certains étaient forcés. Les Teckos n'étaient pas tous aussi débiles que leur chef.

– Tom m'a chargé de vous dire qu'il faut construire une porte entre son bureau et sa chambre à coucher, et il veut qu'elle soit aussi résistante que possible.

– Ah ouais ? répondit Alex, un rictus aux lèvres.

– Et il veut une petite fenêtre enchâssée dans le panneau à hauteur des yeux. Le verre le plus épais que vous trouverez.

– Vraiment ?

– Exactement. Et il la lui faut pour demain à l'aube.

– Je vois. T'as un ordre écrit ?

– Quoi ?

– Un document écrit de la main du chef qui nous confirmera que tu dis la vérité.

– Pourquoi je mentirais à propos d'une chose pareille ? lui demandai-je, les yeux écarquillés.

Alex haussa les épaules :

– Je ne sais pas. Pour nous faire une blague, peut-être. C'est pas mal de boulot pour mon équipe. Vous autres les vedettes aimez bien donner des ordres à ceux qui vous entourent, juste parce que ça vous amuse. Vous aimez vous la péter.

– Je ne suis pas une « vedette », grognai-je.

– Et comment que t'en es une, Ritter ! fit-il avec un sourire sans joie. Je dirais même que tu es sans doute ce que les Fossoyeurs ont de plus proche d'une mascotte.

J'espérai que, dans la lumière incertaine qui baignait la pièce, personne ne me voyait rougir. Mais un seul coup d'œil vers Alex me prouva qu'il n'en était rien. Et, juste à cet instant, une voix s'éleva dans son dos :

– Will n'est la mascotte de personne !

Alex pivota sur ses talons, fronçant les sourcils. Il n'aimait pas qu'un des membres de son équipe le contredise. Je jetai un coup d'œil par-dessus son épaule. Une forme énorme, véritablement massive, émergea des ténèbres du fond de la Cage.

– Burger ! s'exclama Alex. Je crois bien me souvenir de t'avoir donné une tonne de pièces détachées à trier et à ranger.

– Ouais, répondit Dave. J'ai fini.

– Fini ? Tu me racontes des craques ! Il devait bien y avoir trente caisses !

– Ouais, répéta le Burgermeister, ça m'a pris un peu plus de temps que prévu.

– Et, après, tu étais censé descendre tout ce matos à la cafétéria, renchérit Alex, les poings sur les hanches et l'air en pétard.

Dave s'immobilisa en face du chef des Teckos, le dominant de toute sa hauteur. Son épaisse tignasse blonde était plaquée sur son crâne ruisselant de sueur, et il arborait cette expression qui voulait dire : « Attention, la tempête arrive ! », celle qui, j'en étais persuadé, devait avoir fichu la trouille à nombre de ses camarades de classe à l'école primaire et au collège.

À l'époque. Avant la guerre.

– Ça aussi, c'est fait, répliqua Dave, d'une voix grondant comme le tonnerre. Je suis revenu juste à temps pour t'entendre casser Will.

– C'est bon, Burgermeister, intervins-je.

– Et ce n'est pas tes oignons ! aboya Alex.

Il faisait tout ce qu'il pouvait pour montrer qu'il avait la situation bien en main, mais je remarquai qu'il n'arrêtait pas de changer de pied d'appui, comme un homme en face d'un taureau qui s'apprête à charger.

– C'est pas bon du tout, Will, répondit Dave, avant de dévisager son chef avec des yeux qui faisaient penser à du granite bleu. Et que tu cherches mon pote comme ça en fait mes oignons.

– Ton pote, répéta Alex. Oh, il est vraiment cool, ton pote ! Le grand Will Ritter ! Le fils prodigue de Karl Ritter en personne ! L'atout victoire de Tom ! Celui qui nous a fait abandonner notre ancien QG parfait pour ce trou à rats humide et nauséabond ! Le gamin que ça ne dérange pas de prendre risque sur risque, et de mettre tout le monde en danger au passage !

Dave serra des poings aussi gros que des rochers.

– Oui, ça craint ici, dit-il de sa voix caverneuse. On est au courant, merci. Mais ça veut pas dire que je dois te laisser insulter Will pour autant.

– Ce que tu dois faire, enchaîna Bobson, c'est juste m'obéir ! Tu as de la chance que je t'aie accepté dans mon équipe. Tu ne connais même pas la différence entre la lame et le manche d'un tournevis, et avec les outils tu te débrouilles à peu près aussi bien qu'un gamin de deux ans !

Dave fit un pas vers Alex, les yeux brillant de rage. Je vis les muscles de son bras droit se nouer, annonçant le coup qui risquait de tout balayer comme la première bourrasque d'une tempête.

« Ça va barder. »

Et, puisque Alex ne pouvait s'empêcher d'être Alex, il enfonça le dernier clou :

– Quant à ton « pote » Ritter, si tu veux savoir, ça n'est rien d'autre qu'un gringalet sans talent qui se la pète et qui a plus de chance que de véritable valeur !

On y était. Comme j'étais debout derrière le chef des Teckos, je fis la seule chose possible : je lui donnai un coup de pied dans le creux du genou. Quand c'est bien fait, votre victime tombe par terre, peu importe son poids et qu'il soit en équilibre ou pas. Il n'y a qu'avec les flamants roses que ça ne marche pas. Et là, je l'avais bien fait. En plus, mon timing était parfait, parce qu'à l'instant même où Alex Bobson basculait en arrière, moulinant l'air de ses bras, Dave Burger était en train de lui coller une droite qui était un tout petit peu moins puissante qu'un missile balistique intercontinental.

Alex tomba ; Dave, emporté par son élan et déstabilisé par une cible qui n'était plus là où elle aurait dû se trouver, manqua de s'écrouler au sol. Il tituba, tentant de recouvrer son équilibre, et j'en profitai pour faire un pas en avant et poser un pied sur le torse d'Alex, appuyant juste assez pour faire bonne mesure.

Le chef des Teckos était sonné et il me regardait sans comprendre, allongé sur le dos.

– Contente-toi de fabriquer la porte. Tes opinions, tu te les gardes pour toi, lâchai-je sur un ton neutre.

Dave arriva à côté de moi. Il avait l'air désorienté, voire déçu de la façon dont les événements venaient de s'enchaîner, mais il se ressaisit rapidement.

– Exactement ! ajouta-t-il.

Alex nous dévisagea tous les deux. Il ne dit pas un mot. Autour de nous, la Cage des Teckos était étonnamment silencieuse. Ce petit incident avait coûté un peu de sa crédibilité à leur chef. Ce n'était pas ça qui allait améliorer l'état de nos relations, mais bon, son visage était toujours intact...

Le Burgermeister me donna une petite tape dans le dos avec plus de force que nécessaire :

– Allez, viens, Will. Je casserais bien la croûte.

Sur ce, il partit vers l'entrée du garage. Je comptai jusqu'à trois, ôtai mon pied de la poitrine d'Alex et me penchai vers lui :

– Je viens de t'éviter d'avoir la mâchoire brisée. Alors, souviens-t'en.

Je me redressai et partis à la suite de Dave. Une voix croassante s'éleva derrière moi :

– Tu sais ce dont je me souviens, Ritter ? Je me souviens de cette petite surprise-party d'hier soir. T'en avais fait combien avant celle-là depuis que t'es arrivé ici ? Aucune, hein ? Mon anniversaire à moi, c'était le mois dernier. J'ai eu seize ans. Il était où, mon gâteau d'anniversaire ?

Dave marmonna quelque chose de *très* méchant au sujet des ancêtres d'Alex. Quant à moi, je me contentai de l'ignorer, mais tout au fond de moi je savais qu'il avait raison.

17

LE BURGERMEISTER ET HELEN

– Beurk ! hurla Dave.

Nous nous figeâmes sur place, en plein milieu d'une galerie, alors que quelque chose nous dépassait à toute vitesse, une sorte d'éclair un peu flou qui disparut à l'angle du couloir.

Un chat.

– Il était gros, celui-là ! s'exclama le Burgermeister.

– Oui, opinai-je.

– J'aurais pas voulu le caresser, ajouta-t-il avec un petit rire nerveux.

– C'est clair.

– Il était du genre à t'arracher un bras !

– Carrément.

J'avais d'autres chats à fouetter que ceux qui passaient devant nous en courant. Et, sur ce, nous nous remîmes en route, avançant vers la chambre que nous partagions.

Dans le vieux Refuge, il n'y avait que deux dortoirs : un pour les garçons, l'autre pour les filles. Des lits de camp y faisaient office de couchage, et des casiers, de penderies. Dans le nouveau QG, les lits de camp et les casiers étaient toujours là, mais les dortoirs avaient cédé la place à des chambres pour deux personnes. La plupart des Fossoyeurs avaient tout naturellement désigné le camarade avec lequel ils désiraient cohabiter, et ceux qui avaient traîné avaient fini ensemble par défaut. Seuls Tom et Sharyn disposaient de chambres personnelles.

Les pièces n'étaient pas très grandes, environ deux mètres cinquante sur deux. Elles étaient éclairées à la bougie, car l'électricité n'était pas encore parvenue jusque-là. L'absence de système de ventilation nous interdisait l'usage de radiateurs au kérosène. Les murs épais des sous-sols de l'édifice étaient isolants, mais il n'empêche : aller au lit au Refuge, c'était se frotter à des ténèbres glacées, muni de tonnes de couvertures.

Mon coin dans notre petite caverne était assez spartiate question déco, alors que Dave avait réussi à égayer le sien avec le poster d'un groupe de musique, trouvé quelque part. On y voyait un ours en peluche, tout vieux et tout usé, assis dans un caniveau, l'air esseulé. Le groupe en question s'appelait les Mopey Teenage

Bears. Je n'avais jamais entendu parler d'eux, mais mon colocataire avait fait de ce poster sa relique la plus sacrée.

Nous venions de la cafétéria et passions dans la chambre parce que Dave voulait changer de tee-shirt. J'espérais que cela signifiait qu'il voulait *d'abord* se mettre un coup de déodorant sur ses aisselles pleines de sueur et *ensuite* changer de tee-shirt. Le Burgermeister avait beaucoup de qualités, mais des glandes sudoripares sous-développées n'étaient pas au nombre de celles-ci.

– Je peux te demander quelque chose ? dis-je, tandis qu'il fouillait dans son casier. Qui a eu l'idée d'organiser la fête, hier soir ?

– Bobson est un bolosse. Ignore-le.

– Qui ? insistai-je.

– Helen. Elle m'en a causé, et ensuite on en a parlé à tout le monde. Une fois qu'on a eu l'accord de Tom, elle et Nick ont tout préparé.

– Mais comment elle savait que c'était mon anniversaire, déjà ?

– Je sais pas. Elle le savait. Pourquoi ? T'as pas aimé la fête ?

– Si ! C'était super. C'est juste que... il n'y a personne d'autre ici qui a droit à sa fête d'anniversaire.

– Et alors ? fit-il en fronçant les sourcils.

– Et alors... Tu as quinze ans, n'est-ce pas ?

– Hum… Oui.

– Du temps où nous étions à la base Alpha ensemble, tu n'avais que quatorze ans. Je me souviens que Sharyn l'avait dit.

Venait-il de rougir un peu ? Je n'en étais pas sûr avec ce faible éclairage. Je poursuivis :

– Donc, ton anniversaire est passé, et personne n'en a rien su. Tu n'en as même pas parlé.

– Écoute-moi, mec ! me coupa-t-il. Tout ce qu'on voulait, c'est que tu passes une chouette soirée. Désolé que tu l'aies trouvée si pourrie !

Il me regarda d'un air mauvais, se retourna, et franchit le rideau en trombe.

– Attends ! répliquai-je, mais il avait déjà disparu.

Je restai seul, essayant de comprendre ce qui venait de se passer. Je me remémorai notre conversation, mais je n'arrivais pas à trouver ce qui avait pu le mettre dans un tel état. D'autres Fossoyeurs allaient et venaient près de la chambre, vaquant à leurs occupations.

Je patientai encore cinq minutes, dans l'espoir que le Burgermeister se déciderait à revenir. Peine perdue. J'envisageai brièvement de tenter de le retrouver. Il devait sans doute être retourné à la cafét. Quand le Burgermeister était énervé, il mangeait. Finalement, j'abandonnai l'idée. Dave avait tendance à se montrer particulièrement morose lorsqu'il était en rogne. Il faudrait plusieurs heures au moins avant que les moindres excuses puissent traverser cette épaisse carapace de « boudisme ».

En partie pour informer Tom qu'il allait avoir sa porte et en partie pour prendre des nouvelles de Sharyn, je me dirigeai vers l'infirmerie.

Tom n'était pas là, mais je vis Helen, ainsi que Burton et Chuck. Ces deux derniers étaient assis, et Amy s'occupait des vilaines coupures qu'ils avaient aux épaules, aux coudes et aux genoux. Burton avait en outre une estafilade en travers du front, qui faisait horriblement penser à un second sourire.

Sharyn était allongée telle que je l'avais laissée. Sa tête était enveloppée de gaze blanche, ses yeux étaient clos, et sa peau, couleur de cendre, semblait comme affaissée. Je faillis avoir la nausée rien que de la voir dans cet état. Elle faisait partie de ceux qui avaient fondé les Fossoyeurs, et je doutais qu'il y ait un seul des enfants du Refuge dont elle n'ait sauvé la vie à un moment ou un autre. Elle était notre meilleure combattante, à l'exception peut-être de Tom, et plus que cela, elle était ce phare d'optimisme et de bonne humeur dans un quotidien qui était tout de même très lugubre.

Un monde, tout spécialement *ce* monde, sans Sharyn Jefferson ne valait pas la peine qu'on y songe.

Helen et Ian veillaient sur elle, l'air tout aussi inquiets que moi.

– Du nouveau ? demandai-je.

Ils secouèrent la tête.

– Ce n'est pas forcément mauvais signe, commenta Ian. Avec ce genre de blessure, le risque le plus important reste l'œdème cérébral...

– L'œdème cérébral ? s'exclama Burton. Ah !

Ian l'ignora.

– Le hic, c'est que, sans rayons X, je ne peux pas vraiment savoir ce qui se passe à l'intérieur de son crâne. Donc, le mieux qu'on puisse faire, c'est de veiller sur elle, heure après heure. Si l'œdème doit empirer, on s'en apercevra. Jusqu'à présent, elle semble bien résister.

– Sharyn est une dure. Il n'y a personne de plus costaud, intervint Burton. *Aïe !* Fais attention avec ça, Amy !

La jeune fille, qui était en train de poser un pansement sur le front meurtri du garçon, bondit en arrière, affolée et les yeux exorbités, criant qu'elle était désolée.

– Ne l'écoute pas, Amy, lui dit Helen. Il fait sa chochotte. Burton, ce n'est pas sa faute si tu as voulu jouer à « front contre brique ». Laisse-la faire son travail.

Burton fulmina, mais il ne souleva aucune objection quand Amy reprit sa tâche.

– Et si l'œdème de Sharyn empire ? demandai-je à Ian.

– Eh bien, répondit le Doc, mal à l'aise, elle mourra. Sauf si je prends le risque de faire un shunt.

– Qu'est-ce que c'est ? se renseigna Helen.

– Le sang a formé, à l'intérieur de son cerveau, un caillot qui l'empêche d'être alimenté en oxygène. Habituellement, le caillot se dissout peu à peu, mais, dans certains cas graves, il faut percer un petit trou dans le crâne, par lequel on fait passer un tube afin de drainer l'excès de sang et d'atténuer la pression sur le cerveau.

– Cool ! commenta Burton.

– Cool ? s'exclama Helen en se retournant vivement vers lui. C'est de la vie de Sharyn qu'on parle, espèce de gros porc insensible !

Sa voix était toujours rauque, mais ce n'était pas comparable à ce que ça avait été. Les cachets et la glace avaient dû faire effet. Chuck donna à Burton un coup de coude sur le bras. Le plus jeune des frères Moscova prit un air penaud :

– Je voulais pas dire ça ! Désolé… C'était stupide.

Helen semblait sur le point d'ajouter autre chose. Elle se tourna vers Sharyn, chassant d'un geste rageur une larme qui coulait sur sa joue.

– C'est bon, marmonna-t-elle.

J'aurais sans doute dû dire que Sharyn s'en sortirait, qu'elle serait bientôt de nouveau sur pied, à manier Vador et à faire voler des têtes de Macchabs.

Sauf que je n'étais pas sûr d'y croire moi-même.

– Où est Tom ? demandai-je alors.

– Il vient de partir, répondit Ian.

– Je parie qu'il est dans la salle de ton père, déclara Helen.

« Oui, je parie que tu as raison. »

– Avant d'y aller, il a nommé Chuck à la tête des Anges-Gardiens. Temporairement.

Chuck, qui n'avait pas vraiment eu son mot à dire, acquiesça tristement.

– OK, fis-je, mais racontez-moi : pourquoi êtes-vous tous ici ? Qu'est-ce qui s'est passé ?

– Tu te souviens de la rampe de skate qu'on avait au vieux Refuge ? Eh bien, Chuck et moi essayions d'en fabriquer une dans l'une des salles qui longent le mur est...

C'était une partie des sous-sols qui n'avait pas été totalement explorée, et encore moins aménagée. Tom avait interdit à quiconque d'en approcher, pour des raisons de sécurité, mais apparemment Chuck et Burton n'avaient pas jugé bon de suivre les ordres.

– J'avais presque fini, poursuivit Burton, lorsqu'un morceau du toit s'est effondré et nous a fait tomber de nos skates. Ma tête a heurté une brique, et Chuck s'est salement mordu la langue sous le choc. Ian vient de lui recoudre ça. C'est pour ça qu'il ne parle pas.

Chuck sortit, avec difficulté et d'une voix pâteuse, trois syllabes que je traduisis mentalement par : « Pas de chance. »

– Tu ne devrais pas essayer de parler, dit Amy d'une voix douce.

– Pas de chance ? grogna Helen. Vous étiez dans un endroit où vous n'étiez pas censés vous trouver, à faire quelque chose que vous n'étiez pas censés faire, et vous vous êtes blessés !

– Will n'arrête pas de faire des choses interdites ! s'emporta Burton.

Les yeux d'Helen se portèrent vivement sur moi, comme si j'étais responsable des actes de ces deux crétins.

– Will enfreint les règles et prend des risques lorsqu'il estime que c'est *nécessaire*, quand il y a un véritable enjeu. Ce n'est pas pareil !

Elle s'interrompit, comme si elle attendait que je confirme. Je me contentai de hausser les épaules.

– Mais c'est vraiment important ! protesta Burton. Nous sommes des Anges-Gardiens, et faire du vélo et du skate est une activité primordiale pour nous. Depuis que nous avons emménagé dans ce cachot, on n'a plus aucun endroit pour s'entraîner.

Cette fois, Chuck émit trois syllabes qui ressemblaient à : « On est rouillés. »

– Tu as entendu Amy ! aboya Ian, d'un ton étonnamment sec. Tu ne dois pas parler ! Pas avant au moins quelques jours.

Chuck obéit et ferma la bouche.

– Vous avez eu de la chance de ne pas vous briser le cou, s'exclama Helen.

– Je vais voir Tom, intervins-je.

Burton et Chuck m'adressèrent tous deux un petit signe de la main.

– Tu pourrais... tu vois... dire un truc gentil à notre sujet ? me demanda Burton. Nous devons vraiment nous entraîner sur nos skates. Le chef t'écoutera, toi.

« Tu crois ça ? »

Au moment où je quittais l'infirmerie, Helen me rattrapa :

– Ça va ?

– Oui, répondis-je.

Elle me toucha le bras, et un petit quelque chose d'inexplicable tressaillit à l'endroit exact où elle m'avait effleuré, emplissant mon ventre d'une douce chaleur.

– Non, ça ne va pas. Je connais Will Ritter quand il va bien, et là, il y a quelque chose qui te tracasse. Raconte-moi tout.

– Tu veux dire à part la guerre contre les Macchabs, le coma de Sharyn et ma famille qui me manque ? À part ça ? fis-je avec un sourire qu'elle ne me rendit pas.

– Ouais, à part tout ça.

– Ta voix est mieux, j'ai l'impression.

– Merci. Ian est super. Bon, tu accouches ?

Je soupirai :

– Je me suis disputé avec Dave.

– Quoi ? À quel sujet ?

– Ça n'a pas d'importance.

– Allons, Will. Crache le morceau !

Autre soupir.

– Je lui ai demandé qui avait organisé ma fête d'anniversaire. Il m'a répondu que l'idée venait de toi, mais qu'une fois l'accord de Tom obtenu, tout le monde avait mis la main à la pâte.

– Oui, c'est bien ça. Et alors ?

Je connaissais Helen Boettscher depuis six mois, depuis ce jour où elle était arrivée dans mon collège. Les premières semaines, j'avais été incapable d'aligner trois mots en sa présence. Ses longs cheveux noirs et ses grands yeux noisette m'empêchaient d'articuler.

Puis j'avais commencé à voir les Macchabs, au rang desquels Mlle Laterre, notre prof de maths. Helen Boettscher m'avait sauvé la vie, m'arrachant à tout ce que j'avais connu auparavant, et avait fait de moi un Fossoyeur.

Depuis ce jour-là, nous avions vécu pas mal de choses ensemble, risquant nos vies dans ce conflit. Je n'aurais su dire qui d'elle ou de Dave était mon meilleur ami.

Il y avait quelques heures à peine, j'avais bien failli la voir mourir. Le simple fait d'y penser était comme une plaie infectée.

– Comment tu savais que c'était mon anniversaire ? Je n'en avais jamais parlé.

– Je l'ai toujours su, répondit-elle. Lorsque Tom m'avait envoyée dans ton collège avec pour mission de veiller sur toi, il m'avait donné ton dossier, et j'ai mémorisé à peu près tout ce qu'il y avait à savoir. Il n'y a pas grand-chose d'autre à faire, le soir, quand on est un Infiltré et qu'on vit dans une canalisation. Tu veux que je te donne ton numéro de sécu ?

– Non, merci.

– Will, qu'est-ce qui ne va pas ?

– Ce n'est pas important, répétai-je. Oublie ça.

– Tu n'as pas aimé, fit-elle, observant mon visage. La fête, je veux dire...

Ce n'était pas une accusation, rien qu'une constatation. Je haussai les épaules :

– Désolé...

– Ne le sois pas. Je ne l'ai pas fait pour toi.

– Hein ?

Helen éclata de rire. Je me sentis rougir. Elle le vit et rit de plus belle.

– Pardon ! balbutia-t-elle. Mais tu devrais voir ta tête !

– Tu as organisé une fête surprise en mon honneur, mais elle n'était pas pour moi ?

– Bien sûr que c'était pour toi. Enfin, c'était ton anniversaire... mais ça aurait pu être celui de n'importe qui.

Je comprenais encore moins ce qu'elle essayait de m'expliquer.

– Écoute, reprit-elle. Dave n'a pas tout pigé. À l'origine, la fête était une idée de Nick Rooney. Depuis que nous avons emménagé dans le nouveau Refuge, le moral est au plus bas. Enfin... regarde où on vit ! C'est sombre, ça pue, et c'est infesté de chats, en plus ! Des chats qui ressemblent davantage à des rats géants qu'aux minous des pubs pour croquettes à la télé.

– Oui, et alors ?

– Donc, personne n'aime cet endroit, et ça commence sérieusement à se sentir. Nick s'est dit que ce dont on avait besoin, c'était de faire la fête. On n'a rien célébré depuis le jour où tu as tué Booth. Et, comme pour ce jour-là, il nous fallait une excuse, trouver quelque chose à fêter... Nick est donc allé parler à Sharyn, et Sharyn est venue me voir. Je me suis souvenue que ton anniversaire approchait, et voilà...

Une coïncidence ? J'avais eu droit à une fête simplement parce que mon anniversaire était le prochain sur le calendrier ? Je ne savais pas trop si je devais être soulagé ou déçu.

– Après que Tom et toi êtes partis, la fête a continué, poursuivit Helen. Elle a duré quasiment toute la nuit. On en avait tous besoin.

– Oui, marmonnai-je, mais...

– Mais quoi ? Qu'est-ce qu'il y a de mal à fêter ton anniversaire ?

Soudain, elle comprit enfin où je voulais en venir, et son visage s'illumina.

– Tu es inquiet parce que tu as l'impression que ça te faisait passer pour quelqu'un… à part ?

– Un truc dans ce genre.

– Il doit bien y en avoir qui croient ça, dit-elle en haussant les épaules. On s'en moque. Le fait est qu'on a vu dans le coin des ados heureux pendant quelques heures, pour changer.

Son sourire disparut d'un coup.

– Jusqu'à ce que Sharyn soit blessée. Oh, Will, et si elle meurt ?

Tara était morte. Kyle Standish aussi. Et il y avait eu d'autres victimes parmi les Fossoyeurs, dont mon père. Ils avaient donné leur vie bien avant que j'entende parler du Refuge. Des Fossoyeurs mouraient. Personne n'aimait ça, mais ça arrivait.

« Et moi, je me prends la tête au sujet d'une fête ? »

– Nous continuerons à nous battre, répondis-je calmement. Qu'est-ce qu'on peut faire d'autre ?

Elle hocha la tête :

– Donc, tout est OK pour toi ?

– Nickel.

« Sauf que, chaque fois que je ferme les yeux, je vois ce Macchab… qui manque tout juste de te tuer. »

Mais ça, je ne pouvais pas le lui dire. Même si je l'avais voulu, je n'aurais pas eu les mots.

– C'est idiot, expliquai-je. Les choses vont au plus mal, et je m'inquiète pour des broutilles.

– Oui, on fait tous ça. Tu devrais aller parler à Dave. Régler le problème une fois pour toutes. Il est assez secoué.

– Secoué ? demandai-je. À quel sujet ?

Helen me regarda d'un air plein de pitié :

– Tu sais, Ritter, pour un mec intelligent, tu peux te montrer vraiment stupide à l'occasion ! On se voit au dîner ?

– Bien sûr, répondis-je, perplexe.

Elle s'approcha un tout petit peu de moi. L'espace d'une demi-seconde terrifiante, je crus qu'elle allait m'étreindre. Elle avait déjà fait ça une fois, juste après que j'avais réussi à nous tirer d'une embuscade des Macchabs. Ça avait été un moment un peu gênant. Si elle le faisait encore, là, maintenant, étant donné les pensées qui bouillonnaient dans ma tête, j'étais sûr que j'allais me tortiller comme un serpent.

Helen parut le sentir, car elle se réfréna. Puis, avec un sourire timide, elle repartit dans le couloir, en direction de l'infirmerie. Je poussai un soupir de... un soupir de quoi ? de soulagement ? de déception ? Je me maudis en silence. Tout s'écroulait autour de moi, et je n'arrivais à m'exciter qu'au sujet de... de trucs débiles.

« Sauf que ce sac à vers a bien failli la tuer. »

Je fus parcouru d'un violent frisson.

18

LES ADULTES

Lorsque j'arrivai au bureau de Tom, Ramirez était en train de hurler.

Pas de crier, de brailler ou de vociférer, mais de hurler comme s'il était à demi fou de rage. Il faisait tellement de bruit que je m'immobilisai et hésitai à entrer. Tom était-il là, au moins ? Si non, après qui hurlait le type du FBI ?

Je m'approchai du rideau et jetai un coup d'œil.

Tom était adossé au mur opposé, arborant une expression parfaitement neutre. En face de lui, Ramirez était assis sur son brancard, tirant sur la chaîne qui le retenait prisonnier. Il pointait un index accusateur, et même menaçant, vers le visage impassible du chef.

Ma mère n'aurait guère été enchantée d'entendre la plupart des noms d'oiseaux dont il le traitait, mais ce qu'il disait pouvait se résumer en substance à ceci : « Laisse-moi partir, sinon toutes les choses horribles qui se sont abattues sur cette planète depuis que le monde est monde s'abattront sur toi au centuple. »

Je me dis que je ferais mieux de m'éclipser. Aussi stupide que ça en ait l'air, eu égard à tout ce que j'avais subi, l'idée d'entendre un adulte déverser autant de haine sur moi me fichait assez la trouille. Je ne savais pas comment Tom arrivait à gérer les choses avec autant de calme. Enfin, si, je le savais. C'était Tom.

Je pris donc mon courage à deux mains et écartai le rideau, espérant rencontrer le regard du chef.

Perdu.

– ... d'ailleurs, s'exclamait Ramirez, quel âge a ce garçon ? Onze ans ?

« Alex Bobson bis, va ! »

Je me sentis rougir.

– J'ai treize ans.

– Il est évident qu'il t'idolâtre ! poursuivit l'agent du FBI, m'ignorant complètement. Et je suis sûr que les autres font pareil. Ils font ce que tu leur ordonnes, pensent ce que tu leur ordonnes de penser. J'avais tort ! Ce n'est pas un gang des rues ! C'est une secte ! La secte Jefferson !

– N'importe quoi ! intervins-je. C'est grâce à Tom que je suis toujours en vie... que nous sommes tous encore en vie !

Cette fois, Ramirez ne m'ignora pas, bien au contraire. Il déversa toute sa rage sur ma personne.

– Alors toi aussi tu peux « voir » ces choses ? Ces cadavres ambulants ?

Je comprenais à présent la raison de ces cris.

Tom avait pris le risque de lui révéler la vérité, et le type du FBI avait réagi de la façon coutumière des adultes.

– Oui, marmonnai-je.

– Je n'ai pas entendu…

Je pris une profonde inspiration. Trop, c'était trop.

– Oui, répétai-je d'une voix plus affirmée, soutenant son regard. Je les vois. Ils m'ont pourchassé. J'ai vu des amis à moi mourir à cause d'eux. Kenny Booth était un de ces Macchabs.

Il m'avait fallu du temps et du courage pour sortir cette dernière phrase. La bouche de Ramirez s'ouvrit, puis se referma. Sa colère venait d'être douchée net, du moins pour l'instant.

– Booth, fit-il comme en écho, d'une voix rauque, sans doute à cause de tous ses hurlements. Booth…

– C'était leur chef, expliqua posément Tom. Et il visait le poste de maire. On n'avait pas le choix. On devait l'arrêter.

– Kenny Booth est mort.

– Raide mort, confirma Tom.

Il me dévisagea de façon insistante en disant cela, comme s'il voulait me faire passer un message. Malheureusement, je ne le compris pas.

– Je l'ai tué, annonçai-je sur un ton de défi.

Du coin de l'œil, je vis les épaules de Tom s'affaisser.

– Quoi ? hoqueta l'agent du FBI.

– Will..., commença Tom.

– Booth est mort en direct à la télévision, nous rappela Ramirez. Il a explosé. Mais personne n'a jamais pu... enfin... n'a jamais élucidé les circonstances exactes de son décès...

– Les Macchabs ont une sorte de... – comment dire ? – d'allergie au sel, mais en plus grave. Je me suis débrouillé pour qu'il avale un bonbon salé que j'avais maquillé en une de ces sucreries dont il raffolait. Je n'étais pas sûr que ça allait marcher avant de voir le résultat.

De l'autre côté de la pièce, Tom se frotta le visage. Ramirez se rassit sur son brancard.

– Le gamin de Karl Ritter, marmonna-t-il. Mon Dieu...

Tom s'arracha du mur contre lequel il était adossé et s'approcha de moi.

– Agent Ramirez, je me mets à votre place... Pour vous, tout ceci est juste impossible. Il est inconcevable que cette ville soit infestée par des légions de cadavres animés. Et les jeunes de treize ans, fils d'inspecteurs de police en plus, ne sont pas censés assassiner les journalistes télé.

– Qu'as-tu fait à ces gosses ? demanda Ramirez. Quelle substance utilises-tu ? Des drogues ? Tu t'es servi d'hypnose ?

Tom hocha la tête, pas pour acquiescer, plutôt pour signifier au type du FBI qu'il comprenait sa réaction. Je ne pouvais qu'admirer la patience du chef. Je n'étais pas sûr que j'aurais été capable de conserver mon sang-froid si un inconnu m'injuriait de la sorte. Surtout en sachant que ma sœur était peut-être en train de vivre ses derniers instants, nouvelle victime de cette guerre dont cet homme refusait de croire l'existence.

– Et si nous passions un marché, monsieur Ramirez ? lui proposa Tom. Vous me donnez vingt-quatre heures, le temps pour moi de mettre en place une sorte de démonstration... Quelque chose qui, je l'espère, vous convaincra que je dis la vérité. Dans le cas contraire, nous vous assommerons demain soir et vous déposerons à l'endroit de votre choix, enfin... pas n'importe où quand même.

– Comment savoir que vous ne vous contenterez pas de me tuer ? demanda Ramirez, en observant soigneusement Tom.

– Vous êtes un problème... Un problème que je ne sais trop comment résoudre. Nous ne pouvons pas vous garder enchaîné jusqu'à la fin des temps. Vous avez besoin de boire et de manger, d'aller aux toilettes. Sans parler du fait qu'il s'agit de ma chambre. Vu tous les tracas que vous nous causez, si nous étions des tueurs, vous seriez sans doute déjà mort. Quoi que vous pensiez de moi, vous ne pouvez qu'être conscient que je ne vous mens pas là-dessus.

Ramirez parut se calmer un peu.

– Disons que je veux bien t'accorder le bénéfice du doute. De quel genre de démonstration me parles-tu ?

– Je dois encore régler les derniers détails. Entre-temps, je vous suggère de prendre un peu de repos. Je vais demander à ce qu'on vous apporte à boire. Vous devez avoir la gorge bien irritée après avoir poussé tous ces cris.

Avant que l'homme du FBI puisse répondre, Tom me passa un bras autour des épaules et m'entraîna avec lui hors de la pièce. Une fois dans le couloir, il s'immobilisa et me regarda d'un air dur :

– C'était pas très malin, mec !

– Tu lui as dit la vérité au sujet des Macchabs, me défendis-je. J'ai fait pareil.

– Ce n'est pas moi qui ai avoué avoir fait exploser en direct une personnalité de la télé. C'est toi.

Je le dévisageai, bouche bée. Il soutint mon regard sans ciller.

– Il va se passer quoi, d'après toi, quand on va le laisser partir ? ajouta-t-il. Tu crois, même quand cette guerre sera finie... qu'il va simplement oublier ce que tu as dit ? C'est un agent fédéral, Will ! Une sorte de superflic ! Il n'y a strictement aucune chance qu'il te laisse en paix en sachant que tu as commis ce qui n'est rien d'autre pour lui qu'un meurtre de sang-froid !

Je me sentis blêmir.

– Je... Je n'avais pas vu les choses sous cet angle, balbutiai-je. Je voulais juste le... convaincre.

– Oui, je sais, marmonna le chef. Et, à ce stade, c'est à peu près tout ce que tu peux faire. Nous n'avons pas le choix ! C'est ta seule chance de pouvoir retourner un jour à une vie normale.

Ce fut à mon tour de me frotter le visage.

– J'ai pas assuré sur le coup, Tom. Je suis désolé.

– Ce qui est fait est fait, répondit-il en haussant les épaules.

– Mais comment ? demandai-je sur un ton que j'aurais voulu moins désespéré. Comment va-t-on réussir à le convaincre ? C'est un adulte ! Il ne peut pas voir les Macchabs ! Que pouvons-nous donc faire pour qu'il arrête de secouer la tête et de nous traiter de cinglés ?

– C'est pour ça qu'il me faut une porte.

– J'en ai discuté avec Alex, dis-je.

– Oui, acquiesça Tom avec un demi-sourire, j'ai entendu parler de ta visite à la Cage aux Singes. Alex est venu me voir tout à l'heure. Il n'a fait que se plaindre de toi. Il a même prétendu que Dave et toi vous étiez ligués pour l'attaquer.

– Ce n'est pas ce qui s'est passé ! protestai-je.

– J'imagine très bien ce qui s'est passé, m'assura-t-il en levant une main. Alex a dépassé les bornes, le tempérament de Dave a fait le reste, et tu es intervenu pour empêcher que ça devienne irréparable. Je chauffe ?

– Oui ! m'exclamai-je, abasourdi. Comment tu as deviné ?

– Disons que je connais bien toutes les personnes impliquées dans cette affaire. Tu sais pourquoi c'est toi que j'ai choisi d'envoyer là-bas ? J'aurais pu envoyer n'importe qui.

– Aucune idée, répondis-je. Juste parce que j'étais présent à ce moment-là ?

– Il y a de ça, mais ce n'est pas le plus important. Alex a énormément de rage en lui. C'est un Teckos hors pair, et un chef convenable, mais il est toujours en train de chercher les gens en mode rageur, et tu sembles sa cible préférée.

– J'avais remarqué.

– On doit régler ce problème. Et la raison pour laquelle je t'ai envoyé là-bas, c'est parce que la seule façon de se débarrasser une bonne fois pour toutes de cette histoire, c'est que vous la régliez entre vous. Je sais que tu fais de ton mieux pour ne pas croiser son chemin, et je ne t'en blâme pas. Mais ce n'est pas ça qui va améliorer la situation.

– C'est quoi, alors ?

– Faire en sorte qu'il te voie comme moi je te vois… comme la plupart des Fossoyeurs te voient.

– Pour la plupart, je suis juste le fils de Karl Ritter, et ils pensent que j'ai droit à un traitement de faveur à cause de ça.

– Ça, c'est Alex qui le dit.

– Mais il n'a pas tort. J'ai vraiment droit à un traitement de faveur parce que je suis le fils de mon père !

– De quels avantages parles-tu, au juste ? demanda Tom en croisant les bras.

– Eh bien…, fis-je, hésitant pendant quelques secondes. J'ai intégré les Anges-Gardiens avant l'âge normal.

– J'ai pris la même décision pour Helen. Tu sais pourquoi ?

Je secouai la tête.

– Parce qu'elle est douée, Will. Nous sommes une armée, et une armée se compose de soldats. Tous ces soldats ne sont pas des combattants nés. Helen, si. Elle l'a prouvé quand elle t'a évacué de ton collège le jour où tu as commencé à les voir. La moitié de la ville était à tes trousses, mais elle a gardé son sang-froid et a réussi à vous ramener tous les deux sains et saufs au Refuge. Et donc, suite à ça, je lui ai demandé de rejoindre les Anges-Gardiens.

– Et moi ?

Tom roula les yeux, ce qui ne lui arrivait pas très souvent.

– Will, tu as plus de courage que la plupart des adolescents, même plus vieux que toi. Parfois, ce côté intrépide t'amène à te fourrer dans de sales draps, mais souvent c'est à ton avantage. Où pourrais-je te mettre, à part avec les Anges-Gardiens ?

Je restai là à le regarder, incapable de donner une réponse.

– Mais ce n'est pas tout, ajouta-t-il.

– Hein ?

– Tu es sérieux.

– Je suis quoi ?

– Sérieux. À partir du moment où tu as décidé de lier ton destin à celui des Fossoyeurs, tu as donné tout ce que tu avais. Tu ne fais pas que subir cette guerre et en souffrir, contrairement à beaucoup d'autres. Tu prends ça comme un défi... comme un obstacle qui se dresse entre ta famille et toi.

– Eh bien... c'est le cas !

– Bien sûr que ça l'est, acquiesça-t-il. C'est un défi que doit relever chacun des Fossoyeurs. Pourtant, dans l'ensemble, ils n'y arrivent pas comme toi.

– Comment ça ? demandai-je, mal à l'aise sans trop savoir pourquoi.

– C'était quand la dernière fois que tu as joué ?

– Que j'ai joué à quoi ?

– N'importe quoi. Aux cartes. Au Monopoly. À un jeu vidéo. À quand remonte la dernière fois où tu t'es installé devant une des télés de la salle vidéo simplement pour regarder quelques dessins animés ?

Je voulus répondre, mais en fait je ne parvenais pas à m'en souvenir. Depuis tous ces mois, n'y avait-il donc pas eu un seul moment où je m'étais laissé aller à une bonne grosse détente toute simple ?

Non. Bien sûr que non. Le Refuge n'avait rien à voir avec un lieu de détente. Être un Fossoyeur, c'était tout sauf un jeu.

– Et alors ? rétorquai-je, quelque peu sur la défensive.

– Tu te plaignais il y a deux minutes d'avoir droit à un traitement de faveur, rappela Tom. Eh bien, moi, je dis que tu es traité exactement de la façon dont tu dois l'être. Tout à l'heure, j'ai raconté à Ramirez qu'il y avait des gens matures parmi les Fossoyeurs, mais aucun adulte. Tu te souviens ?

– Oui.

– Je pense que je suis un de ceux-là, dit Tom.

– Bien sûr, confirmai-je.

– Toi aussi, tu en fais partie, mec...

Je demeurai immobile dans ce couloir froid et humide, essayant d'enregistrer. J'avais été un enfant, autrefois, un gamin absolument normal, qui allait au collège et s'inquiétait de ses devoirs et de ses amis, et qui craquait pour la fille assise à côté de lui en cours de maths.

J'avais des copains avec lesquels je traînais le soir, et une mère qui n'arrêtait pas de me répéter de ramasser mes vêtements sales et de ranger mes chaussures. Les dernières consoles de jeu, c'est bien simple, je les avais toutes.

À cette époque, je chouinais quand il n'y avait rien de bien à la télé, ou quand je n'aimais pas ce qu'il y avait à manger au dîner. Mais j'avais aussi des éclats de rire, quand ma petite sœur faisait ou disait quelque chose de marrant, ou que mes amis sortaient une blague ou trébuchaient et tombaient par terre. Je me moquais du vieux Pratt, notre voisin, qui était sans doute le type le plus acariâtre de toute la rue.

Et puis, un jour, j'avais commencé à les voir, et Pratt était devenu bien plus méchant que je l'aurais cru. Il faut dire que c'était un Macchab.

Je ne riais plus et je ne me plaignais plus, désormais. Je ne m'intéressais plus du tout aux jeux. Tout ce que je voulais, c'était œuvrer pour faire avancer la cause, et lutter contre les Macchabs pour qu'un jour, enfin, je puisse revoir ma mère et ma sœur.

Me reconnaîtraient-elles seulement ? Me reconnaîtrais-je moi-même ?

– Ça te fait prendre conscience de certaines choses, hein ? m'interrogea Tom.

Je hochai lentement la tête. Toute ma morosité et mon énervement avaient disparu. Tout à coup, je me sentis fatigué. Très fatigué.

– Ça fait presque vingt-quatre heures que tu es debout, mec, intervint le chef. Va donc dormir un peu.

– Je veux voir la démonstration que t'as prévue pour Ramirez, protestai-je.

– Tu la verras. Mais il y a des trucs à préparer d'abord, et pour ça j'ai besoin de toi. Je convoque les Anges-Gardiens pour une réunion dans...

Il regarda sa montre.

– ... quatre heures. C'est-à-dire aux environs de vingt heures. Je compte sur ta présence, hein ?

– Bien sûr, répondis-je.

– Parfait. Allez, bouge. Et réfléchis à ce que je t'ai dit.

– C'est promis, répliquai-je, un peu à contrecœur.

Exactement ce dont j'avais besoin : encore un truc auquel penser !

19

LES TÉNÈBRES

La venelle sombre perdue dans le lotissement de Callowhill empestait la nourriture avariée, l'urine et la déchéance humaine. Affalé contre un mur crasseux, un homme en haillons gisait dans la torpeur de l'alcool, serrant une bouteille presque vide dans une main noueuse. Son visage, à peine visible dans la lumière qui filtrait depuis la rue adjacente, était déformé par la douleur et le désespoir, véritable masque de souffrance.

Lilith Cavanaugh en éprouvait un plaisir incroyable.

Elle se tenait là, dans les immondices, vêtue d'un pantalon en toile bleue de belle qualité et d'un élégant manteau en laine. Elle attendait.

Le simple fait de venir ici était risqué, évidemment, mais ça en valait la peine. Et puis, c'était nécessaire.

Au bout de l'allée, Pierce surveillait la rue adjacente, tout en jetant des coups d'œil répétés à sa montre. Le cadavre qu'il portait était frais, un homme décédé depuis une petite semaine. Il s'était transféré juste avant qu'ils viennent ici. En revanche, celui de Lilith avait besoin d'être remplacé au plus vite. Malheureusement, les cadavres masculins étaient bien plus faciles à trouver que ceux de femmes. Ce qui était insupportable. Pour la centième fois ce jour-là, l'image de Susan Ritter s'imposa à l'esprit de la Reine.

« Quel merveilleux remplacement elle ferait ! »

– Il est en retard, observa Pierce.

« Remarque parfaitement inutile. »

– Il va venir, répondit Lilith.

– Miss..., commença timidement son assistant. Je ne suis pas très à l'aise avec cette façon de faire.

Il l'observa, puis, notant son irritation, il détourna la tête en toute hâte.

– As-tu une alternative à me proposer ? demanda-t-elle froidement.

– Non, Miss Cavanaugh.

– Es-tu prêt à assurer la tâche de cet homme ? le pressa Lilith.

– Non, Miss Cavanaugh.

– Peux-tu imaginer qu'un seul des nôtres soit prêt à endosser ce rôle ? Un seul ?

– Non, Miss Cavanaugh.

– Alors, dis-moi, est-ce que j'ai le choix ?

Son assistant hésita une nouvelle fois, peut-être parce qu'il se demandait si les mots qu'il allait prononcer valaient le péril dans lequel ils le mettaient. Il finit par s'armer de courage.

– Nous pourrions trouver une alternative.

Lilith était obligée d'admirer sa témérité. Tenir un langage de vérité quand on est face au pouvoir, ce n'est pas courant. L'estime qu'elle avait pour Pierce monta d'un cran, mais cela ne l'empêcha pas de répondre, sans aucune émotion dans la voix :

– C'est la seule solution.

Pierce donnait l'impression d'être sur le point de présenter une objection, mais il se ravisa. Sa bravoure n'allait pas jusque-là.

« Sage en plus d'être brave. »

– Il est en retard, répéta-t-il.

« Crétin. »

– Votre assistant devrait s'exercer à avoir plus de patience.

La voix s'était élevée derrière Lilith. Elle se retourna d'un geste vif, vibrant d'une émotion qu'elle n'avait pas ressentie depuis longtemps : l'étonnement. Et elle n'aimait pas ça, mais alors pas du tout.

L'homme en guenilles se tenait debout face à elle. Il empestait toujours l'alcool, mais son expression hagarde, désespérée, avait disparu. Il soutenait à présent son regard sans ciller, sans le moindre signe de trouble.

– Désolé si je vous ai fait peur, Miss Cavanaugh.

– Vous m'avez fait sursauter, rectifia-t-elle en s'efforçant de masquer son irritation.

– Bien sûr.

L'homme sourit, révélant des dents blanches qui étincelaient dans la pénombre.

Pierce arriva aux côtés de sa Reine, l'air protecteur. Encore un petit point de plus en sa faveur, songea Lilith, même si ce n'était pas nécessaire. L'inconnu n'avait rien d'imposant ; il mesurait à peine un mètre soixante-dix et était assez gringalet. Elle pourrait lui briser la colonne vertébrale en quelques secondes de ses mains nues et manucurées.

Elle interpella le nouveau venu :

– Monsieur Dashiell, je présume ?

– Appelez-moi Dashiell tout court.

– Très bien, « Dashiell tout court ». Tout d'abord, laissez-moi vous adresser mes compliments. Un déguisement des plus réussis. J'imagine que vous êtes là depuis longtemps ?

L'homme hocha la tête :

– J'aime bien apprendre à connaître mes clients potentiels, les observer, voir à quel genre de personnes j'ai affaire.

La Reine sourit en son for intérieur.

« Si tu savais ! »

Mais, évidemment, le cerveau de cet humain était aussi limité que ceux de son espèce.

« Autant que celui de toutes les espèces... », se corrigea-t-elle, avec une certaine dose d'irritation.

– Et quel genre de clients sommes-nous ?

Dashiell fit un signe de la tête en direction de Pierce, qui resta à le dévisager.

– Votre homme ici présent est évidemment du genre nerveux. Ceux-là ont tendance à commettre des erreurs.

– Je vois, répondit froidement Lilith. Et moi ?

– Vous, vous êtes un peu plus difficile à cerner, admit l'homme. Vous n'êtes pas la fonctionnaire tout sourire et si amicale que j'ai eu l'occasion de voir à la télévision. Non, le fait que vous soyez ici prouve que vous avez un côté obscur. Et la façon dont, non seulement vous avez l'air d'être chez vous dans cette ruelle infestée de rats, mais même d'aimer y être... Eh bien, disons que je ne suis pas encore parvenu à vous faire entrer dans la bonne case.

– Charmant, ironisa Lilith, même si, intérieurement, elle était ravie.

Cet humain, bien qu'aussi aveugle que les autres, ne semblait pas totalement dénué du sens de l'observation. Même ce tour agaçant qu'il venait de leur jouer – la surprendre comme il venait de le faire – suggérait qu'il avait de la ressource, qu'il serait à même de remplir les missions importantes qu'elle avait à lui confier.

« Je vais me servir de lui… et ensuite je le tuerai. »

– Le charme, dit Dashiell, n'est pas ce que mes clients recherchent, d'ordinaire.

– Je suppose que non, répondit la Reine. Mais je pense que nous pouvons travailler ensemble. Tout est bien clair en ce qui concerne les détails de votre mission ?

– Tout est bien clair en ce qui concerne les modalités de mon paiement ? rétorqua-t-il.

– Bien sûr. L'argent. Toujours l'argent. Vous n'avez que ça en tête, vous autres, n'est-ce pas ?

Dashiell lui décocha un regard stupéfait :

– Je suis un professionnel, Miss Cavanaugh. La politique ne m'intéresse nullement, et je n'ai aucun engagement auprès de quelque religion, croyance ou pays que ce soit. Je pensais que vous l'aviez compris.

– Votre réputation vous précède.

– Alors, mes motivations sont claires. Je travaille en vue d'une compensation financière. Comme vous, ajouta-t-il, un rictus narquois au coin des lèvres.

– Nous ne sommes pas des profiteurs, Dashiell, lui expliqua Lilith. Nous sommes des artistes.

– Je ne comprends pas, répliqua l'homme d'une voix tendue. Faisons-nous affaire, ou pas ? Je n'aime pas perdre mon temps.

– Moi non plus.

Lilith laissa tomber son Enveloppe Charnelle. Et Dashiell fut encore plus abasourdi.

La Reine savait parfaitement à quoi elle ressemblait, et elle vit cette image se refléter dans les yeux de l'individu terrorisé. Il chancela, soudain blême. Il ne hurla pas. Un flot de bile envahit sa bouche, menaçant de le suffoquer. Il se retourna et tenta de partir en courant. Lilith se jeta sur lui, le saisit à la gorge de ses doigts boursouflés et violacés, et le força à lui faire face. Le visage de l'homme était luisant d'horreur.

La Reine arborait un grand sourire, révélant ses gencives noircies et sèches, et ses dents pourries.

– Ce n'est pas une question d'argent, siffla-t-elle.

Et elle pressa ses lèvres froides et mortes contre celles de l'homme. Dashiell essaya de protester, mais son cri fut étouffé. Il lutta de toutes ses forces, paniqué, hélas les mains qui enserraient son cou étaient bien trop puissantes.

Pierce s'approcha d'eux, toujours revêtu de son Enveloppe. Il saisit Dashiell par-derrière, souleva le manteau et la chemise de sa proie. Le dos de sa victime ainsi dénudé, il sortit un petit tube de métal.

Tandis que Lilith prolongeait son baiser sur l'humain terrifié, Pierce ôta le bouchon du tube sans dire un mot, et posa l'embout au creux du dos de Dashiell, qui se démenait toujours inutilement.

La victime tenta à nouveau de hurler, un second cri étouffé dans la bouche béante de Lilith. Ses mouvements spasmodiques s'intensifièrent pendant quelques secondes, avant de cesser d'un coup. L'horreur qui se lisait dans les yeux de Dashiell laissa place à de la confusion. La Reine le relâcha et recula d'un pas. Il resta là, en équilibre précaire, Pierce toujours derrière lui. Son visage, quoique encore blême, n'était plus déformé par la peur.

– Vous vous sentez mieux ? lui demanda Lilith.

L'homme hocha la tête.

– Que... Que m'avez-vous fait ?

– Je suis désolée, Dashiell, mais c'était nécessaire. Voyez-vous, la triste réalité est que nous ne disposons pas des fonds suffisants pour couvrir vos honoraires habituels. Par conséquent, nous sommes contraints de faire quelque chose qui m'est désgréable : vous montrer qui nous sommes.

– Vous êtes... morte, murmura-t-il, plus étonné que craintif.

– Pas exactement, nuança-t-elle. Nous sommes des voyageurs. Nous venons d'un endroit très éloigné. Si éloigné, en fait, qu'il nous est impossible d'apporter nos véritables corps, ce qui nous oblige à nous servir de corps humains en tant qu'hôtes.

– Hôtes ? releva l'homme.

– Oui. Mon visage… Le visage que vous avez vu à la télévision et dans les journaux, celui que vous avez vu lorsque nous nous sommes rencontrés tout à l'heure…

Elle marqua un temps d'arrêt, se redressa, et rendossa son Enveloppe :

– Ce visage-là… est une illusion. Nous sommes venus dans votre monde pour rendre un grand service à votre peuple. Mais, aussi désintéressés que soient nos objectifs, nous ne serions jamais acceptés tels que nous sommes vraiment.

– Quel… service ?

– Inutile de vous tracasser avec ça, éluda Lilith. Dites-moi simplement ceci : étant donné ce que je viens juste de vous expliquer, êtes-vous d'accord pour renoncer à vos honoraires et accomplir votre tâche à titre gracieux ?

Dashiell cligna plusieurs fois les yeux. Sa bouche s'ouvrit, mais pas un son n'en sortit.

« Il résiste. »

Les humains cédaient aux Pelligogs avec plus de difficulté que n'importe quelle espèce rencontrée jusque-là. C'était l'une de ces choses qui rendraient la destruction finale de leur race d'autant plus satisfaisante… et belle.

– Bien sûr, finit-il par répondre. Merci d'avoir pris le temps de tout m'expliquer.

– Non, Dashiell, c'est moi qui vous remercie. C'est une mission noble que vous acceptez de mener à bien.

Une mission qui aidera non seulement mon peuple, mais aussi le vôtre, d'une façon que vous ne pouvez même pas imaginer. Vous avez l'occasion et la chance d'accomplir un grand geste dans votre vie. N'est-ce pas là quelque chose de plaisant ?

Un sourire narquois se dessina sur les traits de l'homme, le premier depuis qu'il avait été soumis.

– Mais tout à fait, Miss Cavanaugh.

– Je suis heureuse de vous l'entendre dire, roucoula Lilith. À présent, il est important que cela ait lieu dimanche. Et ce doit être en public… de préférence en plein jour.

– C'est noté.

– Nous sommes vendredi, lui fit-elle remarquer. Cela vous laisse moins de deux jours pour tout préparer. Êtes-vous certain que ce sera suffisant ?

Dashiell lui décocha un autre grand sourire, découvrant ses dents aussi blanches que dans une publicité pour dentifrice. La Reine réfréna une irrésistible envie de tuer ce fanfaron, alors qu'elle venait de prendre le contrôle de son esprit. Les Pelligogs garantissaient la loyauté d'un humain, mais ne le rendaient pas moins répugnant pour autant.

– Tout est déjà prêt, assura-t-il. Quand j'ai appris que les délais étaient si serrés, j'ai pris les devants. Miss Cavanaugh, je vous le promets… Ce sera bien dimanche.

Un autre proverbe malum : « Le pire des imbéciles est celui qui se croit brillant. »

Elle lui rendit son sourire :

– Voilà une merveilleuse nouvelle, Dash ! Pour finir, laissez-moi vous expliquer tous les détails de votre mission… et le sacrifice que je vous demanderai de faire une fois celle-ci accomplie.

20

RETROUVAILLES

Quand on est un Fossoyeur, et tout particulièrement un Ange-Gardien, on apprend à vivre en dormant moins qu'on en avait l'habitude auparavant. Dans mon ancienne vie, je pouvais atteindre tranquillement midi par un bon samedi, enveloppé dans un cocon de couvertures, à somnoler pépère en attendant l'heure du repas.

À présent, la norme, c'était plutôt des nuits de quatre heures, et quand on réussissait à dormir six heures d'affilée, ça devenait carrément un plaisir coupable. Ce jour-là, j'avais eu cinq heures de sommeil. J'ouvris les yeux et vis que la bougie était allumée. Dave était assis sur son lit de camp, et il me regardait. Je constatai avec un certain soulagement qu'il ne semblait plus en rogne.

– Salut, fis-je.

– Je suis un crétin, fut sa réponse.

– Dis-moi plutôt quelque chose que j'ignore.

– T'es réveillé ? me demanda-t-il, un léger sourire se dessinant sur ses lèvres. Assez réveillé pour parler, je veux dire ?

Je hochai la tête.

– Il est quelle heure ?

– Bientôt neuf heures.

– Neuf heures ! m'exclamai-je en me redressant d'un bond, toute ma somnolence soudain envolée. J'étais censé aller à une réunion des Anges-Gardiens à huit heures !

– Du calme, répondit le Burgermeister. Tom m'a envoyé te chercher. La réunion a été retardée d'une heure.

Ce n'était pas le genre du chef de repousser les rendez-vous.

– Comment ça se fait ?

Dave baissa la tête.

– Sharyn. Elle... euh... Elle va pas très bien.

Je sentis un nœud glacé dans mon ventre.

– Comment ça, « pas très bien » ?

– Je suis pas docteur. Quand Ian me parle, j'ai l'impression que c'est dans une langue étrangère. J'étais dans la salle vidéo, à regarder la télé, et Maria a déboulé pour lâcher la nouvelle au sujet de Sharyn. Le temps que j'arrive à l'infirmerie, il devait bien y avoir une trentaine de Fossoyeurs qui étaient déjà là. Tom est sorti au bout d'un certain temps et nous a annoncé qu'elle était mal en point... J'arrivais pas à croire qu'il puisse avoir l'air si... fatigué. Et là, il m'a demandé de te dire que la réunion était reportée d'une heure, et qu'elle aurait lieu à l'infirmerie, pour qu'il puisse rester près de sa sœur, je pense.

– Merde..., marmonnai-je.

– Pareil.

À sa tête, je devinai qu'il voulait ajouter quelque chose. Pourtant il resta silencieux. Je me redressai, chassant les dernières brumes de sommeil.

– Je crois qu'il faut que j'y aille.

Dave se leva à son tour, et sa masse parut remplir la moitié de la pièce. Il me regarda avec nervosité.

– Avant que t'y ailles..., commença-t-il.

– Oui ?

Il regarda ses chaussures.

– Je suis désolé pour tout à l'heure.

– Oublie ça.

– J'étais juste furieux...

– Je sais. Ce n'est pas...

– ... que tu aies étalé Bobson avant que j'aie eu l'occasion de le faire.

– Ah..., fis-je, médusé.

Ses énormes épaules se levèrent et s'affaissèrent. Il ne dit rien de plus. Je décidai donc de parler :

– C'est à cause de ça que tu étais furieux ? L'histoire avec Alex ? Je pensais que tu étais en rogne à cause de la fête d'anniversaire.

– Non, murmura-t-il en agitant sa grosse paluche. Je savais bien que ça te plairait pas. Comme Helen. On l'a fait quand même parce que Sharyn voulait organiser une fête. Je me suis énervé quand tu en as parlé parce que… ben… parce que ça m'a fait prendre conscience de la chose.

– De quelle chose parles-tu ?

– Que je sers à rien.

J'observai mon ami, essayant de le déchiffrer. Il était deux fois plus imposant que moi, de loin le plus costaud des ados du Refuge. Il était même plus grand que Tom.

– Ce n'est pas vrai, déclarai-je, mal à l'aise. Tu ne peux pas dire ça. C'est idiot.

– Ouais, fit-il d'une voix absolument misérable. Je suis ça aussi.

– Quoi ?

– Idiot, répéta-t-il, la tête basse. C'est pour ça que je serai jamais un Ange-Gardien. J'ai pas le cerveau pour.

– Ce n'est pas vrai !

– Mais si, mec. Tout le monde le sait. Je suis grand et costaud, et donc je suis utile pour les trucs qui demandent de la force. Je suis le transpalette, le marteau-piqueur, la bête de somme. Mais, chaque fois que je postule chez les Anges, on m'envoie bouler.

C'est parce que vous ne vous battez pas comme moi. Vous, c'est pas une affaire de taille et de muscles. Il vous faut de la vitesse… et de la cervelle.

J'essayai de trouver quelque chose à répondre, mais rien ne me vint à l'esprit. Le mieux que je pus faire fut de balbutier un :

– Burgermeister…

Son regard croisa le mien, et pendant une trentaine de secondes aucun de nous deux ne parla. Il ressemblait à un chien battu, et moi je restais planté là, moi qui étais censé être son ami, sans avoir la moindre idée de comment l'aider.

Tu parles d'un mec mature !

– Tu devrais aller à ta réunion, conclut-il. Je voulais juste m'excuser.

– Dave…, commençai-je.

Avant que je puisse continuer, il s'était retourné et s'était affalé sur son lit de camp, qui craqua sous son poids, comme chaque fois. Depuis mon arrivée au Refuge, deux lits de camp avaient fini à la poubelle simplement parce que le Burgermeister s'était allongé dessus.

– Dave… Ce qu'il faudrait, c'est que tu contrôles un peu mieux ton humeur.

Pas de réponse.

– Garde toute cette hargne pour les Macchabs, suggérai-je.

Il éclata d'un rire absolument dénué de joie :

– Et quand est-ce que je vais avoir l'occasion de me fighter contre un Cadavre ? Ça fait des mois que j'en ai pas vu un. On me laisse jamais sortir d'ici.

J'avançai jusqu'au rideau, marquai un temps, et pris ma décision :

– Viens avec moi.

– C'est une réunion réservée aux Anges-Gardiens, rappela-t-il, sans bouger d'un pouce.

– Viens quand même avec moi. Je vais arranger ça avec Tom.

À ces mots, il releva la tête et me dévisagea.

– Il va pas aimer ça.

– Sans doute que non.

Intérieurement, je me demandai si le chef ne s'en moquait pas un peu en ce moment, étant donné les circonstances. Savoir Sharyn entre la vie et la mort me perforait les tripes comme un couteau glacé, alors qu'est-ce que ça devait être pour lui ?

– Dave, à ma prochaine mission, je veux que tu m'accompagnes.

– Pour quoi faire ? T'as pas besoin de moi. Regarde comment t'as étalé Bobson. J'étais prêt à lui arracher la tête, mais tu l'as mis au tapis avant moi. Et tu l'as fait exprès. Je le sais. Tu l'as fait pour m'empêcher de balayer le plancher avec cette tache humaine et d'avoir des problèmes ensuite.

Je haussai les épaules. Le Burgermeister se redressa, action que n'apprécia pas son troisième lit de camp, visiblement soumis à rude épreuve.

– Will, tu as les tripes pour ça, et tu as aussi l'agilité.

– Comme toi. Sauf que tu te déplaces... différemment de moi. Ce n'est pas une affaire d'intelligence. C'est une question de style de combat.

Ça sonnait bien. Je ne savais pas si, tout au fond de moi, je croyais un mot de ce que je venais d'avancer, mais sa réponse me surprit.

– Oui, c'est ce qu'elle dit.

– Qui ça, « elle » ?

– Sharyn.

– Sharyn t'a dit ça ?

– Oui, plus ou moins.

L'expression de son visage se fit soudain fuyante. Il se racla la gorge :

– Alors... Tu es sûr de pouvoir faire passer ça auprès du chef ? Que je vienne avec toi à la réunion, je veux dire.

– Je pense. Allez, viens.

Pour la première fois depuis mon réveil, Dave « Burgermeister » Burger eut un sourire. Quand il souriait de la sorte, on voyait toutes ses dents, et il faisait un peu penser au chat d'*Alice au Pays des Merveilles*.

Il se leva, et nous nous enfonçâmes dans les couloirs obscurs du Refuge.

Il y avait foule aux abords de l'infirmerie. Cinquante Fossoyeurs, au bas mot, étaient réunis là. Au début, cela me déplut. La plupart de ces garçons et filles ne faisaient rien que rester là à attendre. J'avais vu ça des centaines de fois à l'école. Dès qu'il se passait un incident tragique, il y en avait toujours qui voulaient se trouver sur les lieux, prêts à répandre les rumeurs.

Sauf que, là, il s'agissait de Fossoyeurs, pas de collégiens. Et ils n'étaient pas en train d'échanger des ragots. En fait, rares étaient ceux qui parlaient. Les visages que nous croisâmes lorsque Dave commença à nous frayer un chemin étaient figés et dans l'attente, pleins de respect.

Ce n'était pas l'attroupement d'une meute. C'était une veillée. Pour Sharyn.

Nous écartâmes le rideau et vîmes cette dernière, toujours allongée sur le brancard. Elle était immobile et avait le teint cireux. Ian s'affairait au-dessus d'elle, vérifiant l'intraveineuse enfoncée dans son bras, promenant la lumière de son petit stylo de docteur sur ses yeux, le tout avec une mine déconfite. À ses côtés, Amy lui passait ses instruments quand il les réclamait, silencieuse et attentive. Une infirmière née.

À l'autre bout de la pièce, les Anges-Gardiens étaient rassemblés en un cercle irrégulier, avec Tom au milieu. Il me repéra et me fit un signe de la main. Puis il vit le Burgermeister, et son bras se raidit. Il fronça les sourcils, mais ne dit rien. Dave et moi nous approchâmes et nous immobilisâmes près d'Helen. Celle-ci me regarda, puis Dave, et enfin moi de nouveau, une expression interrogative sur le visage.

Le chef prit la parole :

– Je vais avoir besoin de deux équipes. La première ira au feu. Puisque ma sœur est... malade, et que Chuck et Burton... (il regarda ostensiblement les deux garçons, qui semblaient surveiller le sol à leurs pieds comme si celui-ci allait sauter et tenter de s'enfuir) sont HS en raison de blessures reçues à l'entraînement, le membre le plus ancien après eux prend le commandement. C'est toi, Katie. Tu t'en sens capable ?

Cette dernière jeta un coup d'œil à Sharyn et poussa un soupir :

– Je crois, oui.

– Merci, dit Tom. Bon, celle-là, ça ne sera pas du gâteau, les gars. C'est pourquoi je veux que tous les Anges-Gardiens aguerris en soient. La mission est la suivante : me capturer une Macchab. Je dis bien « une ». Trouvez-en une, coincez-la, et réduisez-la à l'impuissance. Ensuite, vous me la ramenez au Refuge, les yeux bandés évidemment, et ficelée comme une dinde de Noël. Mais elle devra être opérationnelle. Aucun dommage corporel majeur. Ce point est important.

Les Fossoyeurs échangèrent des regards nerveux. Finalement, un gars du nom de Sam, une des plus jeunes recrues, leva la main.

– On n'est pas dans une salle de classe, Sam, lui dit Tom. Si tu as quelque chose à demander, tu le demandes.

Sam déglutit.

– Pour quoi faire ? Je veux dire... On vient tout juste de commencer à les tuer pour de bon, et maintenant il faut qu'on en ramène un vivant ?

– Je ne suis pas sûr que « vivant » soit le terme qui convient, murmura Burton.

– Tu as parfaitement compris ! s'emporta Sam en le regardant d'un air mauvais.

Sa question fut reprise par tout le monde, moi excepté. J'avais une idée assez précise de ce que Tom avait derrière la tête.

– J'y viens dans une minute, annonça le chef. En ce qui concerne la seconde équipe... Helen, puisque les Anges seniors seront tous requis pour ce kidnapping de Macchab, j'ai besoin de toi et d'un ou deux autres Anges pour me trouver un cadavre. Je veux dire une véritable dépouille.

– Hein ? fut la réponse d'Helen.

– Trouver un cadavre, fis-je. Quelqu'un qui est mort, mais dans lequel personne ne s'est transféré.

Tom hocha la tête.

– La deuxième équipe va devoir la jouer en finesse. J'ai déjà demandé aux Chatters de surveiller la rubrique nécrologique. Ils ont localisé un bon candidat dans l'une des maisons funéraires qui se trouvent non loin d'ici.

Cette opération se limite à une intervention éclair. On entre et on sort, point final. Pas de combat. Aucun contact avec l'ennemi. On se contente de dérober un cadavre, comme les détrousseurs le faisaient autrefois.

– Je veux Will avec moi, intervint Helen en me décochant un sourire.

– Ça, je m'en doutais ! répondit le chef.

– Et Dave, ajoutai-je.

Helen hésita, mais une seconde seulement.

– Et Dave, confirma-t-elle.

Le Burgermeister serra le poing et fit un signe de victoire.

– Halte-là ! se plaignit Burton. Chuck et moi ne pouvons pas participer... mais envoyer celui-là ? Il ne fait même pas partie des recrues potentielles ! Et qu'est-ce qu'il fabrique ici, pour commencer ? Enfin, je dis ça, je dis rien, hein ?

Il avait lâché cette dernière phrase suite au regard incendiaire que lui avait adressé Dave.

– Il est là parce que c'est moi qui lui ai demandé de venir, avouai-je, avant de tourner la tête vers Tom. Cette mission ne nécessite aucun entraînement au combat. En revanche, on va avoir besoin de quelqu'un d'assez costaud pour porter le cadavre sur lequel on va mettre la main. Dave est l'homme de la situation !

– Ouais ! beugla le Burgermeister.

– D'accord avec Will, ajouta Helen.

Tom nous observa tous les deux. Pendant une seconde, on aurait cru qu'il allait sourire. Si sa sœur n'avait pas été allongée sur ce brancard, je pense qu'il l'aurait fait. Mais elle l'était et il ne le fit pas.

– OK, alors. Sharyn va sans doute me démolir lorsqu'elle ira mieux, mais c'est d'accord. Juste pour cette fois, hein ? Les deux équipes partent dans deux heures.

– Hum..., intervint Katie. Tu as dit que tu nous expliquerais pourquoi...

– Vous êtes tous au courant qu'il y a un agent du FBI dans ma chambre ? Eh bien, j'ai décidé que, la situation étant ce qu'elle est, nous ne devons pas nous contenter de le laisser partir. Nous devons le convaincre. Nous devons montrer à ce type que les Macchabs existent bel et bien, et que nous ne sommes pas une bande de délinquants juvéniles frappés d'hallucinations délirantes.

– Et comment on fait ça ? demanda Burton.

Cette fois, un léger sourire incurva vraiment les lèvres du chef.

– Je suis en train de mettre au point une petite démonstration pour notre nouvel ami, dit-il. Et, pour que ça marche, il me faut... une Macchab et un macchabée...

21

L'INVASION DES PROFANATEURS DE MORGUE

Jusqu'à ce soir-là, je n'avais mis les pieds qu'une fois dans un funérarium. C'était à Manayunk, près de chez moi. Ça s'appelait le « Huntington Memorial », une vaste bâtisse tout près de la grand-rue. Je ne me souvenais pas vraiment des détails. J'étais plutôt dans un sale état, ce jour-là.

Mon père venait de mourir.

Qui aurait pu croire qu'il y avait autant d'établissements de ce genre à Philadelphie ? On en trouvait des centaines, disséminés un peu partout. Celui où nous étions s'appelait « Chang », et on ne l'avait choisi que parce qu'il était situé près d'une des trois entrées secrètes du Refuge. Un « bon » cadavre était censé se trouver là, attendant la cérémonie prévue pour le lendemain matin. Une femme, apparemment, ce qui expliquait pourquoi Tom voulait que l'équipe de Katie revienne avec une Macchab femme. Quand ils se transfèrent, nos ennemis conservent le sexe de leur hôte précédent.

J'avais l'horrible sensation de faire quelque chose de mal. De vraiment mal. Si nous réussissions, des innocents se réuniraient le lendemain pour pleurer un être cher, mais son cadavre aurait disparu. Non. Pas « aurait disparu ». Aurait été volé. Par nous.

– Ce n'est pas bien, marmonnai-je alors que nous avancions tous les trois dans la rue en direction de l'établissement Chang.

– Je sais, répondit Helen. J'ai l'impression d'être devenue un être froid, dépourvu de sentiments... Comme un, je ne sais pas, comme...

– Comme un Macchab ? conclut Dave à sa place.

Nous le regardâmes tous les deux.

– Oui, répliqua Helen. Comme un Macchab.

– Tom ne ferait jamais ça si ce n'était pas absolument nécessaire, fis-je remarquer.

– Je sais, répéta-t-elle. Mais ce n'est pas parce que quelque chose est nécessaire que c'est obligatoirement bien.

Ça, je ne pouvais pas le nier.

L'endroit ressemblait autant à l'établissement de Manayunk qu'un caniche ressemble à un saint-bernard. Dans les deux cas, il s'agit de chiens, mais à part ça...

La maison funéraire Chang était située sur la partie ouest de la Neuvième Avenue, entre Wallach Boulevard et Eastwood Street. Elle comportait deux étages, avait une façade en brique, et était nichée au milieu de magasins et de garages. On passa devant deux fois avant d'apercevoir l'enseigne, qui était étonnamment petite et presque impossible à repérer dans le noir.

– Ça n'a pas l'air folichon, vu d'ici, commenta le Burgermeister.

Helen examina soigneusement l'extérieur du bâtiment.

– Tu penses que tu peux crocheter la serrure, Will ?

Je jetai un coup d'œil à droite et à gauche. Il était presque minuit, par une nuit froide de février, avec une pluie fine et glacée qui ne semblait pas vouloir cesser. En dépit de cela, il y avait des gens dehors. Deux femmes étaient collées l'une à l'autre, occupées à discuter sous l'auvent d'un pressing ouvert vingt-quatre heures sur vingt-quatre. À l'autre bout de la rue, un individu à la mine triste promenait un komondor, ces chiens qui ressemblent à des moutons à poil long.

« Pas beaucoup de monde, mais trop quand même. »

– Oui, répondis-je. Mais nous ferions mieux de passer par l'arrière.

L'allée qui séparait Chang de l'épicerie voisine était vraiment étroite, si étroite que le Burgermeister resta coincé à deux reprises. Il parvint à se dégager au prix de divers jurons étouffés et de gesticulations agacées. La seconde fois, Helen faillit éclater de rire, ce qui n'arrangea pas les choses.

– La ferme ! lâcha-t-il en ahanant comme un animal en peine. C'est pas drôle !

– Taisez-vous, tous les deux ! chuchotai-je.

Helen se mordit les lèvres, mais je vis qu'elle avait toujours envie de rire. Dave parvint finalement à nous rejoindre dans la minuscule arrière-cour de la maison funéraire.

– Peu importe ce qui va arriver, les gars, murmura-t-il, mais je vous dis tout de suite que je sortirai par devant !

– Allons-y, déclarai-je, en grimpant les quelques marches qui donnaient sur la porte de derrière.

Je ne fus pas surpris de voir que celle-ci était fermée à clé. Mais, bien sûr, j'avais mon canif. Je m'agenouillai devant la poignée et pressai le bouton numéro 1 de mon outil. Deux lames parallèles jaillirent, que j'insérai dans le trou de la serrure. Après quoi, il n'y avait plus qu'à maintenir le bouton pressé et laisser les crocheteurs automatiques faire leur œuvre.

Moins de trente secondes plus tard, le verrou s'ouvrit.

– On y est, dis-je. Un seul de nous devrait partir en reconnaissance.

– J'y vais, décréta Helen. Je suis censée diriger cette mission.

– Ce qui explique au contraire pourquoi tu devrais rester ici, objectai-je. S'il se passe quoi que ce soit, tu pourras prendre les choses en main.

Je tournai la tête pour voir par-dessus mon épaule si elle était convaincue par mon argumentation. Perdu. Ses mains étaient posées sur ses hanches, et ça, c'était tout sauf bon. J'avais l'habitude.

– C'est complètement crétin, grogna-t-elle. Je vais entrer et m'assurer que la voie est libre. Je vous contacte par radio dès que j'ai trouvé le cadavre.

– Je me débrouille mieux que toi pour ce genre de chose, persistai-je.

– Ah oui ? Et comment ça ?

Derrière elle, le Burgermeister prit la parole à son tour :

– Euh, les gars...

– Tu disais quoi ? me demanda Helen.

– Que... que j'ai un peu d'expérience pour me faufiler dans les maisons obscures à la nuit tombée.

Elle ouvrit la bouche et la referma, l'air contrariée. Nous savions tous les deux à quoi je faisais allusion : ma mission en solo dans la demeure de Kenny Booth pour la sauver.

– Tu l'as fait *une* fois, dit-elle enfin.

– C'est une fois de plus que toi, fis-je remarquer.

– Ça suffit !

La voix n'était pas forte, mais elle était grave et pleine de colère. Nous nous retournâmes de concert vers Dave, qui se tenait derrière Helen, la dominant de toute sa hauteur. Ses mains, comme celles de la jeune fille, étaient sur ses hanches, mais il avait serré les poings.

– Vous y allez tous les deux, dit-il (ou plutôt gronda-t-il). Moi, je reste ici et je monte la garde. Passez-moi l'une de vos radios. Je vous préviens si je vois quelque chose d'anormal, et vous m'appelez quand vous avez besoin de moi. Mais allumez les lumières, si c'est possible, vous voulez bien ? Je suis pas comme vous deux, moi, et avancer dans le noir, c'est pas vraiment une de mes spécialités. Tant que j'y suis, s'il vous plaît, arrêtez de vous comporter comme des abrutis. Vous valez mieux que ça.

Helen et moi lui adressâmes un regard coupable. Puis, après un haussement d'épaules, nous franchîmes la porte, laissant Dave seul sur le perron.

Nous pénétrâmes dans une sorte de hall. Des cirés jaunes étaient suspendus à des patères sur l'un des murs. Nous échangeâmes un coup d'œil. Le plancher était recouvert de moquette, donc il était inutile de s'inquiéter quant à nos éventuels bruits de pas. Bien sûr, cela signifiait que nous n'entendrions pas non plus *leurs* pas...

Je m'immobilisai et tendis l'oreille. Les lieux étaient plongés dans un silence mortel – désolé pour le jeu de mot vaseux.

Au-delà de l'entrée se trouvait un couloir recouvert d'un tapis, qui donnait sur des pièces de taille variable, où des chaises pliantes étaient alignées contre le mur du fond. Dans l'une d'elles, un grand cercueil en bois était posé sur une longue table.

– Tu crois qu'il y a quelqu'un dedans ? me demanda nerveusement Helen.

– C'est juste un modèle d'exposition, répondis-je.

– Comment ça ?

– Quand quelqu'un meurt, ses proches se rendent à la maison funéraire, où on leur présente les différents articles mortuaires.

– Comment tu sais ça ? demanda-t-elle, puis, voyant mon regard dur, elle ajouta : Désolée.

– De plus, les cadavres doivent être conservés au frais jusqu'au moment de la cérémonie.

– Exact. C'est évident. Je crois que cet endroit me file un peu les jetons. Ça fait bizarre de dire ça. On se bat continuellement contre des morts-vivants. Qui pourrait croire que les morts-morts me fichent la trouille comme ça ? Et pourtant c'est le cas.

Je hochai la tête.

– Il y a sans doute une morgue… si ça s'appelle bien comme ça, à l'étage inférieur, supposai-je.

– On y va.

Les escaliers menant à la cave sont faciles à localiser dans les maisons de lotissement de Philadelphie.

Ils se trouvent le plus souvent sous les marches montant à l'étage, et Chang ne dérogeait pas à la règle. La porte était cependant assez inhabituelle, en acier épais, froid au toucher, mais peinte couleur bois. Elle était également fermée à clé, ce qui nous parut étrange au premier abord, jusqu'à ce que Helen fasse une remarque intelligente : il n'aurait pas été de bon ton qu'un type se retrouve par erreur en bas lors d'une cérémonie et tombe sur les corps du lendemain...

Je forçai la serrure en me servant du passe-partout intégré à mon canif. Helen entrouvrit très légèrement la porte.

– De la lumière. Il y a quelqu'un en bas.

– Faut croire, oui.

Elle me devança. Nous descendîmes le plus silencieusement possible. L'escalier en ciment, bien éclairé, formait un coude à peu près à mi-chemin. Nous nous immobilisâmes à ce niveau. Des voix nous parvenaient depuis le bas. Je ne pus m'empêcher de me demander quel genre d'individus pouvait bien travailler à minuit dans le sous-sol d'une entreprise funéraire. C'est à cet instant que je me rendis compte que je n'entendais pas vraiment ces voix, pas au sens classique du terme. Et qu'elles n'étaient pas humaines.

« Les cirés jaunes ! Mais quel crétin je fais ! »

– Merde, lâcha Helen. On devrait filer.

– Il nous faut ce corps ! murmurai-je en retour.

– Je sais, mais nous ne sommes pas équipés pour combattre.

Ce n'était pas tout à fait vrai. J'avais mon canif, et nous avions emporté des pistolets à eau aux réservoirs bien garnis. Il y en aurait assez si nous avions de la chance et s'il n'y avait qu'un petit nombre de Macchabs.

Je fis signe à Helen de me suivre en haut des marches. Une fois revenus au rez-de-chaussée et la porte refermée, je fonçai directement à la cuisine.

– Will ! lança Helen.

– Attends !

Je trouvai ce que je cherchais dans la seconde, et il me fallut deux minutes chrono pour préparer la chose.

– Qu'est-ce que tu fiches ? demanda-t-elle, avant de deviner quel était mon plan. Tu crois que ça va marcher ?

– Bien sûr, répliquai-je, tentant de paraître plus confiant que je l'étais réellement. Pourquoi ça ne marcherait pas ? Par contre, ça va être lourd. Appelle Dave.

Elle chuchota dans son poignet. Je ne compris pas ce que le Burgermeister lui dit, mais Helen leva les yeux au ciel et chercha l'interrupteur. La lumière du plafonnier nous aveugla, mais balisa le chemin pour Dave, qui déboula trente secondes plus tard.

– Vous avez trouvé un cadavre ? demanda-t-il.

– Plus qu'un, répondit Helen. Malheureusement, il semble bien que certains soient déjà… occupés.

– Génial ! s'exclama le Burgermeister, les yeux brillants. Allons démolir du Macchab !

C'est alors qu'il vit ce que je faisais. Il fronça les sourcils :

– Hé, Will, tu fabriques quoi avec ce seau ?

22

LE COUP DU SEAU

On ne prévint pas le Refuge de ce qui se passait. Si nous l'avions fait, Tom nous aurait ordonné de rentrer immédiatement. J'enfreignais les règles et les protocoles une fois de plus, et je le faisais en toute connaissance de cause. Dans la confusion, le chef avait oublié que Helen et moi n'étions plus censés nous retrouver ensemble en mission. Mais, en remettant ça ce soir, je risquais bien de me retrouver chez les Mères !

De deux choses l'une : soit j'abandonnais l'idée de malade qui m'était venue à l'esprit, soit j'allais jusqu'au bout du truc. Si je rentrais avec mes deux amis sains et saufs, et ramenant un cadavre de femme avec nous, Tom ne poserait pas de questions. Du moins, je l'espérais...

Parfois je me demandais pourquoi j'agissais toujours comme ça.

Le sous-sol de Chang comportait au moins deux pièces. La première était vide. Elle servait sans doute de bureau. On y voyait une table de travail et de grandes armoires de rangement remplies de classeurs. Apparemment l'ère de l'informatique n'était pas encore arrivée chez Chang. La lumière provenait de néons suspendus au plafond.

Il y avait une porte au milieu de la cloison en face de nous. La discussion très animée en Morlangue provenait de l'autre côté. La partie supérieure de la porte était en verre dépoli, à travers lequel on discernait vaguement quelques silhouettes, sans pouvoir dire combien exactement. En revanche, on pouvait comprendre une partie de la discussion.

– *Quand ?*

– *Trois. Jours.*

– *Cause. Mort ?*

– *Noyade. Suicide.*

– *Stupide. Humain.*

– *Intéressée ?*

– *Acceptable. Appelle. Van.*

On échangea des regards tous les trois.

– On se plaque contre les murs, dis-je.

Helen se cala sur la gauche, et moi sur la droite. Les gonds n'étaient pas visibles de notre côté, ce qui signifiait que la porte s'ouvrait dans l'autre sens. La poignée était du côté d'Helen. Elle la testa prudemment et leva le pouce à mon adresse pour me signifier que la porte n'était pas fermée à clé.

« OK... C'est le point de non-retour. J'y vais, ou pas ? »

Ha ha, comme si je ne connaissais pas déjà la réponse !

Je fis un signe de la tête à Dave, qui s'approcha et se planta juste devant la porte. Il tenait le gros seau en plastique rempli presque à ras bord, et donc impossible à porter pour moi ou Helen. Ce n'était pas un problème pour le Burgermeister.

Je levai une main et lançai un compte à rebours avec mes doigts. Trois. Deux. Un. Puis le poing serré.

« Maintenant ! »

Helen appuya sur la poignée et ouvrit d'un coup la porte, qui alla claquer contre la cloison. La salle était bien plus grande que celle où nous étions. Des tiroirs métalliques, semblables à ceux d'une morgue, étaient encastrés dans la paroi de gauche. Celle de droite était garnie d'étagères. Le plafond était élevé, avec peut-être quatre mètres de hauteur, et brillamment éclairé. Une rampe permettait d'atteindre le sol de ciment un peu en contrebas. Tout était recouvert d'une sorte d'enduit gris et luisant.

Au milieu de la pièce se trouvait une table en métal, entourée d'un assortiment de gadgets, de tubes, de cadrans et de câbles, qui devaient avoir leur utilité pour tout ce qui concernait la préparation des corps.

Et à propos de corps...

Il y avait quatre Macchabs – deux type 3, un type 2 et un type 1 –, qui entouraient un cinquième cadavre gisant sur la table étincelante disposée au centre de la salle. Il s'agissait d'une jeune femme d'origine asiatique. Elle avait sans doute été jolie de son vivant, mais là sa peau était flasque et grisâtre. Le Macchab avait raison ; la mort devait remonter à trois jours.

Quand on est un Fossoyeur, on devient expert de drôles de sujets...

C'est en entendant le juron lâché par Helen que je jetai un coup d'œil aux Macchabs... qui me dévisagèrent en retour. Le type 1 portait un costume-cravate de bonne facture. Les type 3 aussi étaient en costume, mais ceux-là faisaient moins hommes d'affaires. J'avais déjà vu des costumes de ce genre... une seule fois, en fait. Lors de l'enterrement de mon père. *Ces Macchabs étaient les directeurs de l'entreprise funéraire Chang !*

Jusqu'à ce moment-là, nous avions présumé que les Macchabs récupéraient leurs cadavres hôtes à la morgue municipale ou, dans quelques rares cas, en tuant des gens. L'idée qu'ils prennent le contrôle des entreprises mortuaires locales et les gèrent normalement... eh bien, je crois qu'elle n'avait jamais effleuré quiconque au Refuge. Une information précieuse qu'il me faudrait transmettre. Ça, c'était la bonne nouvelle. La mauvaise, c'était que le type 2 était Lilith Cavanaugh.

– Tiens donc ! fit-elle. Qui avons-nous là ?

La Reine des Morts. C'est ainsi que nous l'appelions depuis qu'elle avait fait son apparition au journal télévisé, ce Macchab bien habillé qui portait le Masque d'une belle femme blonde.

Mais nous savions, nous, ce qui se cachait derrière sa beauté. Depuis son arrivée, les cas de disparitions de jeunes femmes s'étaient multipliés. Elles provenaient de différents quartiers, étaient de cultures et d'origines variées, et avaient des modes de vie divers. Toutes, cependant, avaient un élément en commun, et c'était vrai pour la jeune femme étendue sur la table métallique : elles avaient été très belles de leur vivant. « Pour sa Majesté des Morts, avait un jour plaisanté Sharyn, être bien habillée va au-delà d'une simple robe de cocktail ! »

Donc, oui, nous connaissions Lilith Cavanaugh. Sauf que, jusqu'à maintenant, ce n'était que de très loin. C'était la première fois qu'un Fossoyeur se retrouvait face à elle.

De part et d'autre de la Reine, ses sbires se raidirent, prêts à se lancer à l'assaut. Ils avaient l'avantage du nombre et ils le savaient.

– Dave ! criai-je. Maintenant !

Le Burgermeister avança. Aucune hésitation. Aucune discussion. Il se contenta de se placer entre Helen et moi, et fit voler le gros seau. Le sol fut aspergé par vingt litres d'eau, inondant chaque recoin de la pièce, ainsi que les chaussures des Macchabs. Pendant un long moment, personne ne bougea. Ni eux ni nous. Puis Cavanaugh baissa la tête et regarda ses coûteux escarpins rouges. Elle eut un léger sourire, et les coins de sa bouche craquèrent légèrement. Une grosse mouche se fraya un chemin dans cette plaie nouvellement ouverte et bourdonna autour de sa tête. Mon estomac se retourna comme une crêpe.

– De la saumure ? demanda-t-elle. Comme c'est malpoli ! Ces chaussures m'ont coûté une fortune, et voilà que vous les avez rendues inutilisables.

Son sourire s'élargit. D'autres mouches en émergèrent. Le spectacle était hideux.

– Jolie ruse, Fossoyeurs... Dommage que cela ne puisse pas nous atteindre, en raison de nos chaussures, justement ! Votre attaque « chimique » est sans effet !

M'armant de tout ce que j'avais de courage, j'avançai jusqu'à quelques centimètres de la grande flaque, mon canif à la main.

– Ce n'est pas de la chimie, Votre Mocheté, répondis-je en souriant à mon tour, mais de la physique.

Sur ce, je me baissai et touchai le sol humide avec mon Taser. Il n'y a rien de tel que la saumure pour mettre les Macchabs hors de combat. Mais elle a d'autres propriétés. Par exemple celle de méchamment bien conduire l'électricité.

Pendant près d'une minute, tout ne fut que son et lumière. L'électricité remplit l'air, et les cheveux de chacun de nous se dressèrent sur nos têtes. Vraiment étrange comme sensation. Les étincelles volèrent, crépitèrent sur la table de métal et les appareils en acier inoxydable. Les Macchabs se raidirent et tombèrent dans de grandes éclaboussures en s'agitant spasmodiquement, comme des poissons échoués, dans l'eau chargée d'électricité.

L'air s'emplit d'un bruit d'étoffe qui se déchire, si retentissant que je ne pouvais rien entendre d'autre, ou presque. Puis une odeur forte et nauséabonde monta.

« Du caoutchouc qui brûle, ou de la chair. »

Les lumières s'éteignirent.

Un appareil branché à une prise murale avait dû être en contact avec le sol humide, et les plombs avaient sauté. Par chance, la seconde d'après, une lumière de secours s'alluma, baignant la salle d'une lueur verdâtre.

Je me redressai et plissai les yeux, le temps de m'habituer à la faible luminosité.

La pauvre morte était toujours allongée sur la table de métal. Son corps était recouvert d'un drap, la peau de son visage paraissait étonnamment saine dans cette lumière verte.

Des Cadavres étaient étendus un peu partout sur le sol mouillé, leurs yeux fixant le plafond sans le voir, leurs membres tordus. Ces Macchabs électrocutés et détrempés n'étaient pas réellement morts, évidemment. Mais ils resteraient prisonniers de leur corps hôte jusqu'à ce qu'on vienne les secourir.

Bref, le plan avait marché !

Helen et Dave poussèrent un cri. Je suivis leur regard vers le plafond. Vous connaissez l'expression : « Le sang se glaça dans mes veines » ? On entend souvent ça dans les vieux films d'horreur, ceux avec Vincent Price, par exemple. Mais jusque-là je n'avais jamais réellement saisi l'idée.

Jusque-là.

La Reine des Morts ne gisait pas par terre avec ses acolytes foudroyés. Elle était au plafond. J'avais déjà vu des Macchabs sauter. Ils étaient assez bons, certains encore meilleurs que Michael Jordan. Mais là, il y avait bien quatre mètres de hauteur ! Et ce n'était pas tout ! Car ce plafond était, comme le reste du bâtiment, en béton. Cavanaugh avait réussi à y enfoncer ses doigts, y compris ses doigts de pied – elle avait abandonné ses escarpins au passage. Elle avait, de toute évidence, une force prodigieuse, bien plus que n'importe quel autre Macchab auquel j'avais été confronté.

C'était juste dingue ! Son corps hôte était humain, après tout. Comment des os normaux pouvaient-ils s'enfoncer dans du ciment ? Comme si elle lisait dans mes pensées (rien que d'y songer, j'en eus la frousse), la Reine me décocha son hideux sourire.

– N'ayez pas l'air si surpris, les enfants, dit-elle. Vous autres humains êtes bien plus forts que vous le croyez. Songez un peu au maître de karaté qui brise une brique d'un coup du tranchant de la main. C'est la même chose.

Je la mis en joue avec mon pistolet, et Helen fit de même avec les deux siens. Le Burgermeister n'avait rien d'autre que son seau d'eau vide.

– Tes potes sont au tapis, gronda-t-il. Ces cadavres qu'ils portaient sont bien carbonisés. Will a assuré comme un chef. Ils vont pas se relever avant qu'on les ait transférés. Ce qui veut dire que t'es seule.

Cavanaugh éclata de rire :

– D'autres viendront. En fait, ils sont déjà en route.

Elle inclina la tête et me regarda droit dans les yeux. Le sang – glacé – qui coulait dans mes veines reflua complètement.

– Will, fit-elle pensivement. Will... Ritter ?

Son sourire s'élargit.

– J'ai eu ton message. Celui que tu as laissé à mes hommes, à la prison.

– Super. Mais aujourd'hui, on est juste là pour ce corps sur la table.

– Tout comme moi, rétorqua la Reine en m'étudiant soigneusement du regard. Pourquoi en as-tu besoin ? Depuis quand les Fossoyeurs s'intéressent-ils à ceux qui sont véritablement morts ?

Puis, comme je ne répondais pas, elle éclata une nouvelle fois de rire :

– Eh bien, nous voilà avec un beau dilemme, n'est-ce pas ? Nous ne pouvons pas avoir tous les deux ce joli cadavre humain. Bataille !

– Sauf que nous, on est trois, et qu'on a ça ! s'exclama Helen, tenant la Reine en joue.

Cavanaugh soupira. Elle paraissait détendue, presque nonchalante, comme si être suspendue la tête en bas au plafond, à la façon d'une araignée, lui était aussi naturel qu'être allongée sur un sofa.

– Je n'ai pas peur de votre saumure.

– Pourquoi tu ne descends pas me le répéter ? la pressa Helen.

Je fis un pas en avant. Pour autant que je puisse estimer la distance, Cavanaugh était à portée de tir… mais tout juste.

– Dans un instant, mes petits. Il me faut d'abord décider lequel je vais tuer le premier, même si cela n'a aucune espèce d'importance, en fait, tant que je garde le jeune Will pour la fin.

Ses yeux perforèrent les miens.

– Vois-tu, Will, je veux te révéler des choses… te parler de quelques-unes des rencontres surprenantes que j'ai faites tout récemment… avant de te tuer. Qui sait, peut-être garderai-je le corps de ta petite amie ici présente pour en faire mon hôte ? Je n'ai jamais occupé un corps aussi jeune.

À côté de moi, en dépit de son courage incommensurable, j'entendis Helen lâcher un petit cri de terreur involontaire.

Le sang afflua de nouveau à mon visage, mais cette fois-ci il n'avait plus rien de glacé.

– Dans tes rêves ! hurlai-je, les mots sortant de ma gorge tel un cri de guerre.

J'appuyai sur la détente de mon pistolet à eau. J'avais raison. Cavanaugh était bien à portée de tir… sauf qu'elle n'était déjà plus là au moment où la saumure aspergea le plafond. Elle avait bondi sur le côté avec la vitesse et l'agilité d'un félin, et atterri sur une armoire d'acier, à plus de deux mètres de là.

Je me retournai et fis feu une seconde fois. Elle se contenta de sauter encore, jusqu'à un plan de travail, à l'autre bout de la pièce. Pendant quelques secondes, je réussis à dominer ma rage, assez longtemps pour me demander pourquoi elle ne se laissait pas tomber au sol, avant de comprendre : celui-ci n'était plus électrifié, mais il était encore détrempé de saumure… et la Reine était pieds nus.

Je l'arrosai une troisième fois, en vain. Elle était trop rapide pour moi. D'un dernier bond, elle passa au-dessus de nous pour se poser sur une étagère proche de la porte. Pivotant sur mes talons, je visai une dernière fois, m'étonnant silencieusement que Helen n'en fasse pas autant. C'est à ce moment que je vis qu'elle n'était pas à côté de moi.

– Tout cela est fort plaisant, dit la Reine en souriant. Mais je *veux* ce corps qui est sur la table. J'ai besoin d'un nouvel hôte.

– Peut-être, mais tu ne l'auras pas !

Je jetai un coup d'œil par-dessus mon épaule et aperçus Helen debout près de la table de métal. Je ne voyais plus ses pistolets. Elle avait saisi à la place une grosse seringue, presque de la taille d'une aiguille à tricoter. Elle devait servir à embaumer les cadavres, ou quelque chose dans ce genre, car je n'arrivais pas à m'imaginer un docteur enfonçant un truc pareil dans le corps d'un être vivant.

Helen avait tourné la tête de la jeune morte et pressait la pointe de l'aiguille contre sa nuque.

– À quoi tu joues, petite ? demanda la Reine, toute lueur d'amusement ayant disparu de ses yeux morts.

– Ce n'est pas un jeu, répondit posément Helen. Et cette fille n'est pas une récompense. C'est – ou plutôt c'était – une personne, et elle mérite mieux que d'être utilisée puis jetée par toi et tes semblables. Si j'enfonce cette aiguille dans son cerveau, elle deviendra inutile, n'est-ce pas ?

Cavanaugh poussa un grognement rageur, un son guttural et terrifiant, qui fit se dresser tous les poils de mon corps... un peu comme si j'avais plongé de nouveau mon Taser dans l'eau. Je tentai de croiser le regard d'Helen. Si elle tenait parole, le cadavre nous serait inutile à nous aussi ! Elle devait quand même le savoir !

Mais elle se refusait à me regarder.

– Tu joues avec le feu, jeune fille ! siffla la Reine.

– Comme tu dis, rétorqua Helen.

Sur ce, elle leva le bras très haut. La longue aiguille étincela sous la lumière verdâtre.

– Repose en paix, murmura-t-elle à la morte allongée sur la table.

Poussant un cri inhumain, la Reine des Morts bondit sur elle, ses mains violacées, boursouflées et mutilées par le béton tendues comme des serres. Elle comptait déchiqueter la gorge d'Helen, lui arracher la tête des épaules. Je pouvais le voir dans ses yeux haineux et laiteux.

À partir de ce moment-là, les événements s'enchaînèrent très vite.

Un : Helen eut un sourire triomphal et leva son autre main, dissimulée jusque-là derrière le corps. Elle tenait un de ses pistolets à eau et mit la Reine en joue alors que celle-ci était déjà à mi-course et n'était plus en mesure de stopper son élan.

Deux : votre serviteur passa en mode « Panique Totale ». J'arrosai Cavanaugh à plusieurs reprises, mais la ratai chaque fois. Au comble du désespoir, je me mis en travers de son chemin, bien décidé à tout faire pour l'empêcher de tuer Helen.

Trois : j'entendis le « Will ! Non ! » d'Helen. Mais, comme la Reine, je m'étais déjà lancé, et il était trop tard pour faire marche arrière. Je heurtai Cavanaugh de plein fouet dans le plexus solaire, juste à l'instant où elle atteignait la table de fer. J'avais mis tout mon poids dans mon épaule, et elle bascula en arrière.

Quatre : nous nous écrasâmes au sol tous les deux, heurtant deux chariots à roulettes et la table dans notre chute. Le cadavre bascula sur Helen. Je mordis la poussière la seconde d'après. Helen aussi, mais elle avait le corps de l'infortunée jeune fille sur elle. La Reine, plus agile que jamais, parvint à prendre appui sur le coin de la table, puis à sauter une nouvelle fois sur l'étagère.

– Ça suffit ! l'entendis-je rugir, tandis que je m'efforçais de me redresser.

De l'autre côté de la table, Helen poussa un juron amer en essayant de se dépêtrer du cadavre qui la clouait au sol.

Bien conscient d'avoir tout fait rater, je tournai frénétiquement sur moi-même, en fonction des déplacements de Cavanaugh. Elle bondissait d'un endroit à l'autre avec une grâce délirante, si rapidement que j'avais du mal à la suivre du regard.

« Comment quelque chose de mort peut-il se déplacer aussi vite ? »

À ma grande horreur, elle atterrit juste derrière Dave. Le Burgermeister, qui était resté immobile durant toute cette débâcle, se rendit compte de la présence de la Reine près de lui une seconde trop tard. Cavanaugh le saisit par la gorge, et souleva le gigantesque adolescent du sol avec une telle force que le seau vide vola de sa main.

– Regarde ton ami, Will ! gronda la Reine.

Elle précipita Dave contre le montant de la porte. Les grosses mains du Burgermeister se refermèrent sur les doigts qui enserraient son cou, mais la prise de la Reine était bien trop puissante.

« Non... Pitié. Pas lui, maintenant... »

Dans la lutte, j'avais perdu mon pistolet. J'avais toujours le Taser, mais j'étais bien trop loin pour m'en servir. Et, cette fois, ce n'était pas Cavanaugh qui se trouvait dans la flaque de saumure. C'était moi.

– Regarde-le ! hurla-t-elle à nouveau, son visage mort déformé par la rage. Je veux que tu voies sa tête pendant que je lui tords le cou ! Regarde !

Helen tentait de se redresser, mais je savais d'avance qu'elle arriverait trop tard.

« C'est ma faute. Je n'ai pas suivi les ordres de la mission, une fois de plus, et c'est Dave qui va payer les pots cassés ! »

Ce dernier, cramoisi, parvint à sourire.

– C'est pas… comme ça… qu'on brise… une nuque, haleta-t-il.

Levant les deux bras, il saisit la tête de Cavanaugh entre ses énormes paluches et poussa d'un coup. J'entendis distinctement les os craquer.

La Reine des Morts s'affaissa aux pieds de Dave.

– C'est comme ça qu'on fait quand on veut briser une nuque, Reine des Asticots, asséna-t-il.

À ma connaissance, Dave ne s'était frotté aux Macchabs qu'en trois occasions. Chaque fois, il avait perdu et ça n'avait pas été joli. Il avait beau être grand et fort, ils étaient plus forts encore, et je ne parle même pas de la Reine. En fait, il n'était juste pas très doué pour lutter contre eux… Du moins, c'est ce dont j'avais été persuadé jusqu'à présent.

Je tournai la tête et vis Helen se redresser. Elle avait retrouvé un de ses pistolets à eau, mais évidemment il n'y avait plus personne sur qui l'utiliser. Nous échangeâmes un drôle de regard. Elle était aussi abasourdie que moi, mais derrière cette stupéfaction, je devinais clairement sa colère… sa colère contre moi.

Et, honnêtement, je ne pouvais pas l'en blâmer.

Dave se frotta les mains, adoptant ostensiblement l'allure du type qui a fait du bon boulot. Puis, sourire aux lèvres, il traversa la pièce détrempée :

– Hé, Will, comment tu as trouvé l'idée du truc avec le seau ? C'était juste ouf !

– Hein ? demandai-je, un peu abruti.

Puis, mes yeux passant de mon ami au cadavre désarticulé de la Reine, et de nouveau sur Dave, je déclarai, d'un air distrait :

– C'est Steve qui m'en a parlé. Il pensait bien que ça pouvait fonctionner, mais je ne crois pas que quelqu'un avait déjà fait le test.

– Ah ouais ? intervint Helen. Rappelle-moi donc qui, à part toi, est équipé d'un Taser ?

– Il n'y a que Tom et moi, admis-je, avant d'ajouter : Désolé, Helen. J'ai vraiment tout foiré.

– On est d'accord là-dessus.

– Désolé, répétai-je.

– Comme tu dis.

Elle avait adressé la même phrase à la Reine un peu plus tôt. Exactement sur le même ton, d'ailleurs. Elle jeta un rapide coup d'œil sur le cadavre de la jeune fille dans la mare de saumure à ses pieds, et elle constata :

– Eh bien, au moins, Cavanaugh ne peut pas se transférer pour le moment. Le corps est bien trop imprégné de saumure. Il faudra bien une heure pour que ce cadavre soit de nouveau utilisable.

– Parfait, fis-je.

– Hé, les gars ! déclara le Burgermeister sur un ton enjoué. Tout va bien ! Je dirais même qu'on a gagné !

Helen et moi observâmes les alentours. Nous nous étions emparés du cadavre qu'on nous avait envoyés chercher. Mieux encore : quatre Macchabs gisaient sur le sol devant nous. Tous auraient besoin d'un nouvel hôte pour se relever. Et l'un d'eux était la Reine en personne. C'était un bon résultat. Un résultat digne de véritables Anges-Gardiens.

– Comment tu as appris à... briser des nuques ? demanda Helen à Dave.

L'expression du Burgermeister se fit toute penaude et, l'espace d'une seconde, je crus bien qu'il n'allait pas répondre. Puis il se lança :

– C'est Sharyn qui me l'a appris.

– Vraiment ?

Helen et moi avions posé la question à l'unisson.

– Oui. Elle me donne des cours particuliers.

– Depuis quand ?

Il haussa les épaules :

– Ça fait un mois.

– Mais...

– On parlera de ça plus tard, intervint Helen. Cavanaugh avait raison. Il y en a d'autres qui arrivent. Prenons le corps et filons avant qu'ils débarquent.

– Carrément ! s'exclama Dave, visiblement heureux qu'on change de sujet.

Il nous devança sans autre cérémonie, se pencha et saisit le cadavre de la jeune fille entre ses bras comme s'il s'était agi d'une poupée de chiffon, puis il la fit passer par-dessus son épaule.

– On bouge ! déclara-t-il.

En sortant, je repérai un drôle de téléphone portable au sol, tout près de l'endroit où gisait la forme désarticulée de la Reine. Je m'en emparai – les Hackers arriveraient peut-être à en retirer des informations, me dis-je.

Je l'oubliai l'instant d'après, lorsqu'un des tiroirs à cadavre de la morgue s'ouvrit d'un coup. Honnêtement, je ne crois pas qu'il soit possible de voir quelque chose d'aussi effrayant que ça.

Nous pivotâmes tous trois sur place tandis que des mains – les mains raides et couleur de cendre d'un type 1 – s'agitaient brusquement dans les ténèbres, trouvaient un appui, et poussaient, faisant coulisser le tiroir sur sa glissière dans un crissement strident.

Le Macchab était allongé sur le dos, sous un drap. C'était le corps d'un vieillard mort depuis un ou deux jours, prêt pour ses funérailles. Pas le genre de cadavre que les Macchabs aimaient d'ordinaire, car trop frêle. Mais celui-ci comptait bien faire de son mieux avec les moyens du bord, car il s'assit avec raideur sur son tiroir et nous regarda, ses yeux apparemment aveugles étincelant d'une lueur de menace.

– Je m'appelle Gerald Pierce, dit-il, de façon un peu trop mélodramatique pour être honnête, et je vais vous tuer jusqu'au dernier au nom de ma maîtresse !

La Reine, aussi impuissante soit-elle, pouvait sans doute l'entendre, d'où le ton grandiloquent. Il passa les jambes par-dessus le tiroir et se laissa tomber au sol.

En plein dans la flaque de saumure.

Son cadavre fraîchement animé se tendit d'un coup et commença à se trémousser spasmodiquement. Une expression d'horreur absolue dans les yeux, il bascula en arrière, ce qui le mouilla encore plus. Nous restâmes à le regarder jusqu'à ce qu'il cesse de s'agiter. Ce Gerald Pierce, qui qu'il soit, avait de toute évidence besoin d'un nouvel hôte.

– Quel crétin, celui-là ! marmonna Helen.

Et, sur ce, nous sortîmes.

23

LA DÉMONSTRATION

On parcourut en marchant les trois pâtés de maisons qui nous séparaient de l'entrée nord du Refuge sans aucun problème... ni aucune discussion. Dave, après avoir vaincu Lilith Cavanaugh de façon si époustouflante, avait l'air plus heureux que je l'avais vu depuis des semaines. Quant à Helen... eh bien, Helen ne me parlait pas.

À un moment, il nous fallut nous faufiler brièvement dans un renfoncement pour laisser passer plusieurs Macchabs qui se hâtaient dans la direction opposée, vers l'établissement Chang. Les secours de la Reine arrivaient. Tous les Macchabs que nous avions terrassés dans ce sous-sol seraient bien vite sur pied ou, plus exactement, sur les pieds de leurs nouveaux corps hôtes.

Si seulement j'avais eu un Ritter. Juste un...

« Parce que, là, je crois bien que j'aurais été capable de l'utiliser. »

D'ici au lendemain, les locaux de l'entreprise funéraire Chang seraient nettoyés, comme si notre grand combat ne s'était jamais produit. Le sol serait lavé, et les appareils détruits ou endommagés seraient remplacés ou emportés. Et, évidemment, tous les cadavres auraient disparu.

Y compris certains qui *auraient dû être là.*

Je jetai un coup d'œil au fardeau sans vie de Dave. Je crois bien que jamais je ne m'étais senti aussi mal d'avoir réussi quelque chose.

En sortant, j'avais suggéré au Burgermeister de serrer la jeune fille dans ses bras comme une enfant endormie, plutôt que de la transporter en travers de son épaule à la façon d'un sac à patates. Helen et Dave avaient trouvé ça bien, et finalement ça avait été une bonne chose : nous avions croisé peu de gens en revenant au Refuge, et pas un ne nous avait accordé un regard.

Trois adolescents rentrant chez eux après avoir veillé trop tard, et un quatrième trop ivre pour pouvoir marcher... Ce n'était pas très glorieux, mais c'était déjà mieux que la réalité !

Derrière la façade noircie de graffitis d'une imprimerie abandonnée, on apercevait une vieille clôture, dont une partie avait été enfoncée ou ôtée. Après un rapide coup d'œil alentour pour nous assurer que personne ne nous regardait, on la franchit, faisant de notre mieux pour élargir au maximum le passage afin que Dave et son fardeau puissent l'emprunter.

De là, on gagna un soupirail dont les clous avaient rouillé, à moins qu'on les ait arrachés. Helen l'ouvrit d'un coup, et nous nous engouffrâmes à l'intérieur.

Il y avait eu un temps où un bâtiment comme celui-là m'aurait fichu les jetons. À présent, tout ce que je ressentais dans cette cave infestée de rats était une forme de soulagement.

– On y est arrivés, souffla Dave.

– On va dire ça, répondis-je.

Helen resta silencieuse.

Un escalier dissimulé dans la cave descendait à un étage inférieur, qui lui-même débouchait sur un égout conduisant vers une porte de service abandonnée.

Et c'est ainsi, aussi simplement que cela, que nous rentrâmes chez nous. La sentinelle, qui se trouvait être un Burton Moscova à la mine peu commode, nous examina soigneusement.

– Comment ça s'est passé ?

– Bien, répliqua Helen. Sharyn ?

– Stable. Tom dit que vous devez conduire le corps dans son bureau dès votre arrivée. Tout est préparé. Euh… c'est bien le cadavre d'une fille que vous avez là, hein ?

Je hochai la tête.

– À ton avis ? grimaça Dave.

Il dépassa Burton et franchit la porte. Je crus même un instant qu'il allait se mettre à siffloter.

– Qu'est-ce qui lui prend ? s'enquit Burton. Habituellement, il n'est pas aussi... jovial, si ?

– Au moins, il y a quelqu'un de content ici, marmonna Helen.

Sur ce, nous suivîmes le Burgermeister dans le Refuge proprement dit. Et nous vîmes qu'il se passait des choses devant le bureau du chef.

Alex Bobson et deux de ses Teckos écartaient le rideau, des instruments à la main. Quelques secondes plus tard, Steve sortit à son tour, suivi de Tom. J'entendais l'agent Ramirez, la voix toujours rauque à force d'avoir hurlé, crier sans discontinuer.

– Répondez-moi ! Qui est cette femme ? Que lui faites-vous ? *Jefferson !*

Tom poussa un soupir.

– Cette porte est vraiment résistante ? demanda-t-il à Alex.

– Elle tiendra, affirma le chef des Teckos. Aucun Macchab ne pourrait l'enfoncer même s'il tapait dessus toute sa vie. Enfin, tu comprends ce que je veux dire.

– Je n'ai pas besoin de toute une vie, signala Tom, juste de dix minutes. Mais elles vont être particulièrement éprouvantes.

– Elle tiendra, répéta Alex. Je te le garantis.

Il nous vit arriver dans le couloir, et le sourire disparut de son visage. Sans un mot, son équipe et lui s'éloignèrent dans la direction opposée.

– En voilà un qui a reçu le message, grogna Dave avec une évidente satisfaction.

– Vous avez un cadavre de femme ?

C'étaient Tom et Steve qui avaient posé cette question à l'unisson.

– Oui, confirmai-je.

– Aucun problème ?

– Comme sur des roulettes, pavoisa le Burgermeister.

– Nous avons croisé quelques Macchabs, mais nous leur avons réglé leur compte, ajoutai-je.

– Vous étiez censés battre en retraite si vous tombiez sur un os, rappela Tom.

– Je sais, répondis-je en le fixant droit dans les yeux, mais Steve m'avait donné une idée, et ça me semblait être l'occasion idéale pour la tester.

Je sortis mon canif et montrai le Taser. Tom regarda le chef du Neurolab, dont les yeux s'écarquillèrent.

– Tu les as électrocutés en groupe ?

J'opinai du chef.

– Génial ! Combien ?

– Trois d'un coup, répondis-je, puis, après quelque hésitation : Sans compter la Reine.

– Tu as vu Cavanaugh ? fit Tom en se raidissant.

– Elle voulait s'emparer du même cadavre que nous, expliqua Helen. Elle avait besoin d'un nouveau corps hôte, apparemment.

– Vous auriez vraiment dû battre en retraite ! Comment ça s'est passé ?

Helen lui raconta tout. Enfin, presque : elle « oublia » de parler du moment où j'avais bousillé le piège qu'elle avait tendu à la Reine. Je vis tout de même sa mâchoire se crisper.

« Elle est vraiment en colère après moi. »

– Ma sœur te filait des cours particuliers en douce ? demanda Tom à Dave.

– Ouais, acquiesça le Burgermeister, son sourire s'évanouissant. Mais c'est Will le cerveau.

– Vraiment ? répliqua le chef.

– Ah, mais carrément ! S'il avait pas été là, on aurait sans doute tourné les talons et mis les voiles quand on s'est rendu compte que ça grouillait de Macchabs.

« S'il te plaît, Dave, songeai-je misérablement. Ne m'aide pas. »

– Bon, nous parlerons de tout ça plus tard, éluda Tom. Pour le moment... si vous me suiviez ? La nuit ne fait que commencer.

Sur ces mots, Tom entra dans son bureau, et nous lui emboîtâmes tous le pas, Dave portant toujours son fardeau. Je vis que la plupart des meubles avaient été, soit enlevés de la pièce, soit poussés contre les murs.

Une porte en bois avait été installée dans le passage voûté qui menait à la chambre de Tom. Elle avait l'air aussi épaisse et solide qu'il l'avait réclamé, et était percée d'une fenêtre d'une cinquantaine de centimètres de côté. Deux barres métalliques coulissantes faisaient office de verrou, et on l'ouvrait, non à l'aide d'une poignée, mais d'un anneau en acier.

L'agent Ramirez était attaché à cet anneau par les poignets, le visage écarlate, et il ruisselait de sueur. Immobilisé comme il l'était, il lui était impossible d'atteindre le verrou, mais il avait une belle vue à travers la fenêtre. D'ailleurs, en ce moment même, c'est nous qu'il regardait, et notamment le Burgermeister.

– Eh bien, tu es costaud, toi ! commenta-t-il. Quel âge as-tu ? Seize ans ?

– Il a quatorze ans, affirma Helen.

– Quinze, rectifiai-je.

– Ah bon ? s'étonna Helen.

C'était la première fois qu'elle me parlait depuis que nous avions quitté l'établissement Chang. Elle eut l'air encore plus en rogne, comme si je l'avais fait sortir de son mutisme par la ruse. Dave ne dit rien du tout. Les yeux de l'agent du FBI passèrent de la masse imposante du Burgermeister à la silhouette immobile que ce dernier tenait entre ses bras. Il pâlit encore plus, si tant est que cela était possible.

– Mais que signifie ce… ? commença-t-il.

– Nous allons faire une démonstration, répondit Tom, qui paraissait exténué.

– Cette fille va bien ?

– Elle est morte, rétorqua Tom sur un ton neutre. Avant que vous repartiez au quart de tour, je vous préviens que nous n'avons rien à voir avec sa mort. Tout ce que nous avons fait, c'est dérober son cadavre dans une maison funéraire.

– Tout ce que..., fit Ramirez en écho. Mais tu t'entends causer, Jefferson ? Primo, tu kidnappes et emprisonnes une vieille femme innocente, puis tu envoies ces gamins entrer par effraction dans une maison funéraire pour voler un cadavre ? Et c'est « tout » ce que tu as fait ?

– Agent Ramirez, soupira Tom, j'imagine très bien ce que vous pensez. Croyez-moi si vous le voulez, mais ce que nous devons faire au corps de cette pauvre fille me rend malade. C'est un être humain, comme nous, et elle a droit au respect. Ce sont les Macchabs qui agissent de la sorte, pas nous. Mais j'ai besoin que vous compreniez. Je *dois* abattre ce mur d'incompréhension que vous – et tous ceux qui vous ressemblent – avez bâti autour de vous. Cette méconnaissance est la meilleure arme des Macchabs. Non seulement vous ne croyez pas en leur existence, mais vous aurez même du mal à y croire quand vous en aurez la preuve, car cela chamboulera toute votre conception du monde.

– Tu es complètement fou, grogna l'homme du FBI.

– Si vous le pensez toujours dans cinq minutes, dit Tom, je promets de vous laisser partir. Dave, je vais ouvrir cette porte. Il y a un Macchab à l'intérieur, un type 3 habitant le corps d'une vieille femme. Elle est attachée sur le lit, un sac passé sur la tête. Je veux que tu poses le corps de la jeune fille sur la couverture installée à l'autre bout de la pièce. Pigé ?

– Compris, répondit le Burgermeister.

Tom poussa Ramirez sur le côté et fit coulisser les barres de métal. Saisissant l'anneau d'acier, il ouvrit la lourde porte, forçant ainsi l'agent à suivre tant bien que mal le mouvement.

Ramirez ne cessa jamais de parler, de plaider, voire de supplier Tom de bien songer à ce qu'il s'apprêtait à faire : on parlait d'êtres humains, pas de monstres. Ce délire qui s'était emparé de lui et dans lequel il avait réussi à tous nous embarquer, il fallait que cela cesse avant que nous commettions l'irréparable. Et ainsi de suite, jusqu'à ce qu'il me regarde et conclue :

– Sauf s'il est déjà trop tard.

Tom l'ignora dans un silence patient, se contentant de s'écarter pour laisser passer Dave. Mais il se ravisa brutalement.

– Attends, dit-il. Dave, je sais que ça fait déjà un bon bout de temps que tu portes le cadavre de cette pauvre fille, mais... Tu crois que tu pourrais te baisser pour que l'agent la regarde ?

Le Burgermeister hocha la tête et fléchit les genoux jusqu'à ce que le visage mort se trouve tout près des mains attachées de Ramirez.

– Quoi encore ? gronda ce dernier.

– Vérifiez son pouls, dit Tom.

– Je vois bien qu'elle est morte, rétorqua Ramirez, visiblement dégoûté. J'ai vu assez de cadavres dans ma carrière.

– Prenez tout de même son pouls. Quelque chose me dit que vous pourriez regretter de ne pas l'avoir fait, et je veux que vous soyez absolument certain…

L'homme du FBI observa le visage violacé et boursouflé. Il fit la grimace et posa deux doigts sur la gorge sans vie. Il prit tout son temps et fronça les sourcils dans sa concentration. Il poussa finalement un soupir et hocha la tête :

– Elle est morte. Pas de doute là-dessus. Que Dieu te vienne en aide, Jefferson.

– J'accepte toute l'aide qu'on voudra bien m'octroyer, opina Tom. Dave, tu peux déposer le corps, mais sois le plus respectueux possible.

– OK.

Il entra dans la pièce et ressortit trente secondes plus tard, allégé de son funeste fardeau.

– Merci, mec, lui dit Tom en lui donnant une tape réconfortante sur le dos. Beau boulot.

Je vis Dave rougir un peu. Je me rendis soudain compte que Tom était très attentif au Burgermeister. Pour moi, l'amitié avec le chef était acquise, et je ne m'étais jamais aperçu que de nombreux Fossoyeurs passaient des jours entiers sans voir Tom Jefferson, ni a fortiori lui parler.

– Steve, appela le chef. Tu as le flingue ?

Steve lui tendit un pistolet à eau, encore plus petit que le mien. Que comptait-il faire avec cette arme minuscule ?

J'étais sur le point de poser la question, mais le chef me jeta un regard intense, et je gardai donc le silence. Tom montra le pistolet à Ramirez. Le type du FBI l'examina d'un air soupçonneux, mais resta silencieux. Tom retourna le canon de l'arme vers sa bouche grande ouverte, pressa la détente et fit la grimace.

– De la saumure, expliqua-t-il. C'est assez dégueu, mais inoffensif.

– Puisque tu le dis, marmonna Ramirez.

Tom lui tira une rafale sur la joue. L'agent tressauta et lâcha un juron, mais se calma bien vite. Quelques secondes plus tard, sa langue sortit de sa bouche, et il lécha un peu d'eau salée qui coulait à la commissure de ses lèvres.

– De la saumure, répéta Tom.

– De la saumure, acquiesça Ramirez.

– Bon, voilà comment ça va se passer, enchaîna Tom. Je vais entrer dans cette pièce seul, et Will va la refermer à clé derrière moi. Je vais ôter le sac de la tête de la vieille dame et la libérer. Puis je vais lui balancer une giclée de saumure dans le visage, exactement comme je viens de le faire avec vous.

– Pourquoi ça ?

Tom fit un signe de la tête à Steve, qui prit la parole :

– Le sel fait interférence avec le contrôle qu'ont les Macchabs sur les corps qu'ils habitent. Le Macchab va être secoué de spasmes et tomber à terre. Ça va durer environ deux minutes.

– Après ça, ils sont plutôt du genre furax, ajouta Helen. Tom, tu es sûr...

Il lui décocha un coup d'œil particulièrement mauvais, ce qui la réduisit tout de suite au silence.

– C'est une ruse, intervint Ramirez. Vous me menez en bateau.

Tom l'ignora et s'adressa à nous autres :

– Je place Will aux commandes de cette pièce le temps que je serai là-dedans. Je sais que la plupart d'entre vous aimeriez rester, et sachez que j'apprécie votre intérêt, mais je vais vous demander de ne pas le faire. La fenêtre n'est pas très grande, et seul l'agent Ramirez a besoin de voir ce qui va se passer. Donc, ce sera plus simple s'il n'est qu'avec Will.

Il marqua un temps d'arrêt, puis se tourna vers moi :

– Mec, tu n'ouvres pas cette porte, sauf si c'est moi qui te l'ordonne. C'est clair ?

Je hochai la tête.

Il imita mon geste, puis, armé de son minuscule pistolet, le chef des Fossoyeurs entra dans ce qui était auparavant sa chambre, pour y affronter la mort.

24

DUEL À MORT

Je vins me placer aux côtés de Ramirez, collé à la vitre. Helen, Steve et le Burgermeister reculèrent à contrecœur jusqu'au rideau.

– Dave, tu peux rester ? lui demandai-je au tout dernier instant.

Lui et Helen me regardèrent avec des yeux ronds comme des soucoupes.

– Bien sûr ! accepta-t-il.

– Tom a dit que..., commença Helen.

– Je sais ce qu'il a dit. Et je demande à Dave de rester.

– Mais pourquoi ?

– En cas de problème, dis-je simplement, en haussant les épaules.

– Pas de souci, lança le Burgermeister.

Helen me fouilla du regard :

– Mais il se passe quoi, à la fin ?

Je ne savais pas quoi répondre à cela. Ma bouche s'ouvrit et se referma.

– Désolé, mais je n'ai pas le temps de t'expliquer, fis-je, avant de détourner la tête.

Quelques secondes plus tard, j'entendis les pas rapides d'Helen qui s'éloignaient dans le couloir. Dave arriva à ma hauteur.

– T'es dans le caca quelque chose de profond, vieux, m'annonça-t-il.

– Je sais, dis-je dans un murmure.

– Vous y êtes tous jusqu'au cou, fit misérablement remarquer Ramirez.

– Vous n'avez pas idée, lui confirmai-je.

Nous observâmes Tom s'approcher du lit, de *son* lit, sur lequel était allongée une silhouette fermement attachée aux montants. La vieille dame avait un sac passé sur la tête, mais, même sans cela, je savais que c'était un type 3, ainsi que Tom nous l'avait dit. La puanteur avait envahi le bureau d'un coup quand il avait ouvert la porte.

Il n'y a que les type 3 pour empester à ce point.

Le chef tendit les bras et, d'un geste vif, ôta le sac. Le visage de la Macchab était d'un noir presque charbonneux, tout desséché, et il commençait à s'effriter. Ses yeux étaient enfoncés dans ses orbites, si laiteux qu'on aurait cru qu'il n'y avait pas de pupilles. Elle portait un long manteau et, dessous, une robe bleue imprimée. Ses mains étaient petites et ses ongles manucurés. Elle poussa un grognement à l'adresse de Tom, découvrant une rangée irrégulière de chicots jaunis.

– Au nom du Ciel, Will..., soupira Ramirez. Tu dois me laisser mettre un terme à tout ça.

Je louchai... et vis ce qu'il voyait.

La femme sur le lit avait peut-être dans les soixante-dix ans. Elle était frêle et avait les cheveux argentés. On aurait dit qu'une simple brise pouvait la casser en deux. Une vieille dame apeurée et sans défense. Pas étonnant que Ramirez soit horrifié à ce point. Si je n'avais rien vu d'autre que ce qu'il avait sous les yeux, j'aurais bien flippé moi aussi.

Sauf que les yeux rivés sur Tom n'avaient rien d'apeuré. On n'y lisait que de la colère. Et de sournoises intentions.

« Attention, chef... »

– Écoute-moi bien, dit Tom au Macchab. Tu vois cette vitre dans la porte ? Tu vois ces visages ? Ils sont là pour assister à un spectacle... et donc, toi et moi, on va faire un show. Les règles sont simples : tu me fous la pâtée et tu te barres d'ici, aussi vite que tu peux.

La vieille femme... (Mes yeux commençant à me faire mal, j'arrêtai de loucher.) Le cadavre pourri, disais-je, dévisagea Tom. Puis elle jeta un coup d'œil dans notre direction, et ses traits se firent songeurs. Heureusement, avec les lumières dans notre dos, elle n'apercevait rien d'autre que des silhouettes. On ne pouvait pas se passer de la vitre si on voulait que Ramirez assiste au spectacle, mais il était tout aussi important que cette charogne ne sache rien sur les spectateurs.

Le truc, c'est que les Macchabs sont des créatures cruelles et vicieuses. Certes, ils sont moches comme des poux, mais ils sont tout sauf stupides. Si celle-là avait vu que c'était un adulte qui se tenait à mes côtés, elle se serait doutée de ce que nous mijotions, du moins elle aurait eu assez de doutes pour préférer la jouer « humaine ». Et, si la « petite vieille » sur le lit se mettait à pleurer et à supplier en ayant l'air minuscule et terrifiée, la démonstration de Tom se finirait vraiment mal.

J'attendis en retenant mon souffle.

– *Fossoyeur*, dit-elle en Morlangue. *Pourquoi. Te. Croire ?*

Tom l'ignora. Cela aussi faisait partie du plan. Ramirez ne pouvait pas entendre la Morlangue. Pour que ça fonctionne, il était impératif que la Macchab parle normalement. Le chef ne répondant pas, Chère-Mamie fronça les sourcils, et une expression de méfiance se dessina sur ses traits.

– T'as avalé ta langue ? demanda Tom sur un ton badin. Peut-être bien que je ferais mieux de te laisser pourrir ici jusqu'à ce qu'il ne reste plus rien de toi.

Trente secondes s'écoulèrent.

« Elle a compris le stratagème. »

Mais non.

– Fossoyeur, répéta-t-elle, à voix haute cette fois, pourquoi devrais-je te faire confiance ?

– Tu as une autre option, peut-être ?

– Relâche-moi, articula-t-elle en tirant sur ses liens, que je te tue et quitte cet endroit.

– Non, non, fit Tom en secouant la tête. Ce cadavre reste attaché là où il est. Mais, comme je sais recevoir mes invités, j'ai fait en sorte que tu puisses t'évader d'une autre façon.

Sur ce, il pointa du doigt le corps de la jeune fille que Dave avait déposé sur la couverture.

– Bien plus frais que celui que tu portes en ce moment, en plus.

Les yeux laiteux du type 3 se fixèrent sur le corps allongé. Les miens se posèrent sur Ramirez. Il avait cessé de gigoter et d'essayer de se libérer de ses menottes, et il regardait à présent à travers la vitre, une expression ahurie sur les traits.

– Tiens, dit Tom, un petit bonus pour t'encourager !

Sur ce, il pressa la détente de son pistolet et aspergea de saumure le visage de Chère-Mamie.

– Non ! s'exclama Ramirez, sans raison valable, car il savait ce qu'il y avait dans le réservoir.

La Macchab réagit de la façon habituelle. Son corps se raidit, commença à tressaillir et à fouetter spasmodiquement l'air. Les cordes passées autour de ses poignets tinrent bon, mais il s'en fallut d'un cheveu.

Après quelques secondes, j'entendis un craquement sec. Un des bras venait de casser net à hauteur de l'épaule, et il retomba mollement dans la manche de son manteau.

Le type du FBI hallucinait. Il faisait des efforts désespérés pour rester concentré. Tom aspergea la petite vieille une seconde fois. Je compris quel était son plan, mais le voir agir ainsi me fichait quand même les jetons. Parce que, voyez-vous, je savais ce qui allait arriver ensuite.

La Macchab se débattit violemment. Un nouveau craquement retentit, et le second bras fut arraché à l'épaule. Le monstre roula sur le lit dans son manteau, laissant derrière lui ses deux bras, à présent nus, mais toujours attachés aux montants du lit. Ils étaient charbonneux et s'effritaient. On voyait des insectes s'agiter dans et autour de la chair, dont certains s'aventuraient sur le matelas.

– Vous avez vu ça ? m'écriai-je.

Ramirez ne répondit pas. Il ne me regarda même pas. Son front était littéralement collé au carreau, ses yeux révulsés d'horreur, même si je n'aurais su dire de *quelle horreur*. Les Macchabs étaient capables d'étendre leur Masque de sorte que les passants ne voient pas les membres sectionnés. Mais jusqu'où allait ce pouvoir ?

Nous allions bientôt le découvrir.

Tom recula et laissa tomber l'arme, désormais inutile. Son visage resta de marbre tandis qu'il regardait la Macchab s'agiter et se secouer dans tous les sens avant de finir par s'immobiliser.

« Maintenant », me dis-je.

– Il l'a tuée…, commença Ramirez, d'un ton qui semblait cependant bien plus désorienté qu'accusateur.

– Vraiment ? fis-je.

La jeune fille morte sur la couverture se redressa. À côté de moi, l'agent Hugo Ramirez, FBI, laissa échapper un son qui était mi-gémissement, mi-hoquet. Je me forçai à loucher et observai la pièce telle que lui la voyait.

La vieille femme s'était déplacée. Elle ne gisait plus à côté du lit, mais était à présent debout sur la couverture, à l'autre bout de la pièce, les yeux rivés sur Tom. Là où elle se trouvait précédemment, on n'apercevait plus qu'un tas de chair en décomposition, toujours revêtu de la veste en laine et de la robe imprimée bleue de la vieille femme… sauf que les bras du cadavre pendaient désormais aux montants du lit.

Le Masque était passé sur le nouveau corps.

En d'autres termes, la vieille que Ramirez et moi avions eue sous les yeux était à présent totalement nue. Les Masques ne marchent pas pour les vêtements. Ce n'était pas beau à voir, et je me hâtai de ne plus loucher. Au moins, je n'étais pas gêné en regardant des cadavres.

– Non..., murmura le type du FBI.

– Un problème ? ironisai-je. Vous avez vu quelque chose que vous ne parvenez pas à vous expliquer ?

Il voulut répondre, mais au même instant nous sursautâmes tous les deux. La Macchab venait brutalement de se jeter sur Tom. Il aurait dû esquiver l'attaque. Il aurait pu le faire. Je l'avais déjà vu leur échapper à plus d'une reprise. Pas un Macchab n'était assez vif – si je puis dire – pour le prendre de vitesse. Non, il avait laissé celle-là s'emparer de lui. Tout ça faisait partie de la démonstration.

Mais elle y allait fort. Très fort. Un instant, Tom était au milieu de la pièce à regarder Mamie-Macchab, la seconde d'après il était projeté violemment contre le mur de brique. Il s'écroula sur le lit, sonné, et s'efforça de se redresser.

Mamie-Jeune-Macchab lui sauta dessus, tentant de lui écorcher le visage de ses doigts violacés. Ses dents claquèrent en se refermant près de sa jugulaire. Au dernier instant, Tom parvint à la bloquer avec son avant-bras. Elle siffla de rage et le mordit profondément juste au-dessous du coude. Tom poussa un cri de douleur. Il lui enfonça le poing gauche dans le ventre.

Elle se plia en deux sous le coup, mais sans jamais relâcher ses mâchoires serrées comme celles d'un pitbull.

Je décidai que cela avait assez duré. Soit Ramirez avait compris, soit c'était un crétin, mais pas question que je laisse mourir le chef des Fossoyeurs juste pour convaincre cet homme.

– J'y vais ! annonçai-je.

– Non ! intervint Ramirez. Détache-moi. C'est moi qui vais m'en charger !

Je le dévisageai. Il soutint mon regard.

– Vous allez vous enfuir.

– Non. Que le Ciel m'en soit témoin, je jure que je ne le ferai pas. Je ne sais pas ce que ce… cette *chose* là-dedans est, mais je sais que ça n'est rien de… naturel, fit-il en déglutissant péniblement.

Je voulais le croire. En dépit de tout ce par quoi j'étais passé depuis quatre mois, de tout ce que j'avais appris – le fait que je ne devais compter que sur mes propres capacités, mon propre courage (si tant est que j'en avais) –, l'idée de laisser un adulte régler ce problème était sacrément tentante. Mais j'ignorai sa supplique.

– Désolé, fis-je en sortant mon canif.

De l'autre côté de la vitre, Tom, toujours au sol, avait réussi à redresser les jambes et à repousser la Macchab, qui avait emporté une belle bouchée de chair au passage. Du sang, le sang de Tom, giclait dans toutes les directions.

Mamie-Jeune-Macchab alla s'écraser contre le mur opposé, mais recouvra aussitôt ses sens. Elle bondit sur Tom une nouvelle fois, rageuse, ses lèvres retroussées rouges du sang de son adversaire, la bouche ouverte tel un gouffre béant.

– Bougez de là ! Je dois ouvrir cette porte ! criai-je à Ramirez.

– Au nom de ton père, je ne peux pas te laisser faire ça, Will ! plaida-t-il.

Invoquer mon père était vraiment un coup bas, même s'il n'en avait sans doute pas conscience.

– Dave, dis-je. Immobilise-le.

Le Burgermeister passa les bras autour de l'homme du FBI et le souleva littéralement du sol. Les menottes crissèrent, la chaîne tendue à l'extrême. Ramirez fit la grimace. Cela suffit à me donner l'espace dont j'avais besoin pour déverrouiller la porte. Dave tira Ramirez contre lui, ce qui me laissa le champ libre pour bondir dans la pièce.

La Macchab était de nouveau sur Tom, les genoux posés sur son torse. D'une main elle serrait la gorge du chef des Fossoyeurs, de l'autre elle tentait de lui lacérer le visage avec ses ongles longs et gris. Tom saignait abondamment de sa blessure au bras, mais aussi d'une profonde égratignure en travers du nez.

Je ne pouvais pas courir le risque d'utiliser le Taser. Ils étaient si étroitement soudés qu'en faire usage sur l'un reviendrait à immobiliser l'autre. Je fis donc jaillir ma lame et bondis sur Mamie-Jeune-Macchab, visant le creux de sa nuque. Elle me repéra au dernier instant. Elle pencha la tête d'une façon grotesque et me saisit le poignet en une prise d'acier. Je poussai un cri de douleur et laissai échapper le couteau, qui rebondit et atterrit sous le lit.

Elle me lâcha le bras, et sa main se referma à la vitesse de l'éclair autour de ma gorge. J'eus l'impression d'être dans un étau et je vis des étoiles presque immédiatement. Une terrible douleur me vrilla la tête, comme si, à l'image d'un tube de dentifrice, on me pressait lentement le crâne pour faire sortir mon cerveau par mes oreilles.

Ma vision se brouilla, et je crus un instant que deux bras supplémentaires avaient poussé sur le cadavre, des bras d'homme, passés dans les manches d'une chemise blanche. Ces nouveaux bras s'enroulèrent autour de son torse et, d'une puissante étreinte, l'arrachèrent de ma gorge. Je sentis la pression sur mon cou se relâcher, y laissant de longs sillons sanglants, mais je pus enfin respirer. Ma vision s'éclaircit. Ramirez tenait la Macchab à bras-le-corps exactement de la même façon que le Burgermeister le tenait lui une minute auparavant.

– Je fais quoi avec elle ? s'écria-t-il.

Mamie-Macchab se débattait comme un chat enragé entre ses bras, et elle finit par le faire basculer dans un coin de la pièce.

– Alors ? Je fais quoi ?

J'étais incapable de répondre, ma gorge me faisait trop mal. Mon couteau était quelque part sous le lit, mais je n'avais pas la force nécessaire pour aller le chercher. C'est Tom qui se redressa. On aurait dit qu'il avait été tabassé à mort. C'était d'ailleurs un peu le cas, mais il avança tout de même, traversant la pièce sur des jambes aussi flageolantes que celles d'un vieillard.

Et il sortit un Ritter de la poche intérieure de sa veste.

« Il avait ça depuis le départ ? »

– Tenez-la bien ! croassa-t-il.

Ramirez fit de son mieux, mais la Macchab lui saisit le bras gauche à deux mains et le tordit violemment. L'homme du FBI poussa un cri et relâcha sa prise. Mamie-Macchab pivota sur ses talons, se retrouvant face à lui. Elle fit claquer ses dents et chercha à lui enfoncer les doigts dans les yeux.

– À ton tour ! grogna-t-elle.

Au même instant, Dave lui en colla une. Il était entré dans la pièce juste à temps. Son revers de main envoya la Macchab bouler sur le mur opposé. Alors qu'elle tentait de recouvrer son équilibre, le Burgermeister la bloqua entre ses bras, un peu comme Ramirez l'avait fait, sauf que les biceps de Dave étaient *nettement* plus impressionnants.

Tom secoua la tête à plusieurs reprises, afin de s'éclaircir les idées. Puis il leva la main, enfonça la seringue dans le bas-ventre dénudé de la Macchab, et vida le réservoir.

– Lâche-la, Dave, dit-il.

– T'es sûr ?

Le chef hocha la tête. À côté de moi, le visage ruisselant de sueur, les yeux écarquillés, Ramirez se frottait doucement le bras gauche.

Le Burgermeister poussa Mamie-Macchab sur le côté. Elle tituba un peu avant de pivoter sur ses talons, prête à repasser à l'attaque.

Et elle explosa.

Pendant une seconde ou deux, la chose à l'intérieur nous dévisagea. Puis elle disparut à son tour. À jamais.

Pendant près d'une minute, personne ne dit quoi que ce soit. Tom resta debout et immobile. À côté de lui, l'agent du FBI massait toujours son bras, le regard perdu dans le vague. Finalement, dans un murmure qui ressemblait plus à une toux qu'autre chose, Tom conclut :

– Bienvenue chez les Fossoyeurs, agent Ramirez.

25

ÉCHANGE D'HISTOIRES

— Je vous crois, dit Hugo Ramirez, mais qui va me croire, moi ?

Nous étions de retour à l'infirmerie. Nous y passions beaucoup de temps, dernièrement. C'était évidemment en grosse partie pour Sharyn, toujours inconsciente et qui ne donnait aucun signe d'activité.

Était-elle en train de mourir sous nos yeux ? J'essayais de ne pas y penser.

Helen était là. Il y avait également Steve, Dave et Chuck Binelli, dont on examinait la langue recousue au moment où nous arrivâmes. Alors que nous déboulions en une procession titubante, je me demandai fugitivement si Helen était toujours en colère. Quand je la vis me regarder, je ne lus que de l'inquiétude sur son visage. Elle observait les ecchymoses sur mon cou, qui ressemblaient aux siennes.

– Je vais bien, lui assurai-je.

– Je n'ai rien demandé, répondit-elle avant de tourner les talons.

« Oui. Définitivement en rogne. »

Tom resta assis sur un brancard pendant que Ian recousait la plaie à son bras. Le Doc ne se servait d'aucun anesthésiant, se contenant de travailler avec soin en utilisant du fil de suture et une aiguille courbe. Le chef, stoïque, grimaçait juste un peu. Il avait l'air ailleurs. Amy, à côté de Ian, observait attentivement tout cela. Il lui faisait peut-être suivre une formation. Ce n'était pas une mauvaise idée.

En face de lui, le type du FBI s'était affalé sur un autre lit de camp, les cheveux détrempés de sueur. Son bras gauche était en écharpe, l'épaule luxée. Salement luxée, à en croire Ian.

– Que les gens vous croient ou pas n'est pas le problème, expliqua Tom à Ramirez. Je ne m'attends pas à ce que vous partiez en courant à Washington pour y ameuter vos chefs au sujet de la menace des Macchabs. J'ai juste besoin de savoir que vous n'allez pas vous précipiter à la police locale et leur parler de nous.

Ramirez passa une main tremblante dans ses cheveux.

– Cette vieille femme est morte, puis elle a pris la place de la jeune femme. Celle qui était morte..., marmonna-t-il, plus pour lui que pour nous, me sembla-t-il. Elle n'avait plus de pouls. Elle était morte. Je peux le jurer. Vous autres, vous vivez comme ça depuis des années ?

– Certains depuis plus longtemps que d'autres, répondit Tom en haussant les épaules. Mais oui. Sur le brancard, c'est ma sœur. Elle a été blessée par un Macchab lors du raid où nous sommes venus à votre rescousse. C'était un grand Macchab... bien plus imposant que celui contre lequel je viens de me battre. Elle est dans le coma depuis. Ian est notre médecin.

Celui-ci s'interrompit dans sa tâche le temps de faire un signe de la main absolument ridicule. Tom reprit la parole :

– Ian ne sait pas si elle va se réveiller.

Il avait dit cela sans ciller, gardant un contrôle absolu sur lui-même.

– Vous devriez la conduire à l'hôpital, intervint Ramirez.

– Impossible, rétorqua le chef en secouant la tête. Il s'agit d'une invasion, agent Ramirez. Une invasion à l'échelle planétaire, qui a débuté il y a trois ans et dont vos petits copains en costume n'ont pas la moindre idée. On ne sait pas pourquoi nous pouvons les voir et pas vous. Mais cette guerre est tout ce qu'il y a de plus réel, et les seuls qui peuvent livrer ce combat, c'est nous. Nous sommes des soldats, et à la guerre des soldats meurent. Sharyn ne serait ni la première ni la dernière.

Il regarda Ian, qui venait de finir de recoudre sa blessure.

– Je vais mettre un bandage.

– Une minute, insista Tom.

Il se redressa et alla s'asseoir à côté de Ramirez :

– J'ai besoin de l'entendre de votre bouche : vous allez tenir votre langue à notre sujet, ou pas ?

Ramirez déglutit lentement, puis il hocha la tête.

– À voix haute, exigea Tom.

– Je ne dirai rien, je le jure... Mais on parle d'une invasion à quelle échelle, là ? Ils sont combien ?

– Des milliers. Et il en arrive sans arrêt de nouveaux. Nous ne savons pas comment ni d'où ils viennent, mais leur objectif ne fait guère de doute. Le pouvoir. Ils avancent pas à pas et se creusent un chemin dans les strates de la société. Un peu à la façon d'une tache, petite au départ et qui s'étend au fur et à mesure.

– Juste ici ? demanda Ramirez. À Philadelphie ?

– Pour autant que nous le sachions.

– Ce n'est... pas croyable, fit l'homme du FBI en secouant la tête.

– Mais vous y croyez, à présent ? le pressa le chef.

– Oui, répondit-il, avant de croiser le regard de Tom et de préciser : Oui, vraiment, je le crois.

Helen et Chuck applaudirent. Dave fit un geste de victoire qu'il accompagna d'un « Ouarf ! » que je me promis de lui ressortir plus tard pour me moquer de lui.

– En fait, poursuivit l'agent, Karl est venu me voir à Washington quelques semaines avant sa mort. On se connaissait depuis des années, depuis que j'avais tenté de le recruter au FBI, il y a bien longtemps de ça. Oui, il était un agent excellent, mais il n'était pas intéressé. Sa maison, c'était Philadelphie, disait-il. Il était né là, vivait là, et c'était là qu'il mourrait. Et c'est d'ailleurs ce qui s'est passé. Désolé, fiston.

Je ne répondis rien. Ramirez se racla la gorge.

– Quand un type comme lui vous dit qu'il est sur une grosse affaire, une conspiration si terrifiante qu'il n'ose même pas en révéler les détails, ça ne peut que vous interpeller. Et, lorsque ce même type meurt quelques semaines plus tard, vous ne pouvez plus l'ignorer.

Il baissa la tête et contempla ses chaussures, sur lesquelles on apercevait encore des bouts de cadavre.

– Il m'était impossible d'ouvrir une enquête officielle, puisque Karl était venu me voir à titre privé. Le FBI ne peut s'immiscer dans les affaires locales qu'en des circonstances exceptionnelles...

– Une invasion de morts-vivants n'est pas une circonstance assez exceptionnelle ? intervint Steve.

Ramirez marqua une pause pour l'examiner.

– Mais j'ai – ou plutôt j'avais – des contacts à la police judiciaire de Philadelphie, reprit-il, et Karl y était respecté. J'ai mis quelques-uns de ces types dans la confidence. Je leur ai demandé de fouiller un peu, sans jamais mentionner mon nom. Ça a duré pratiquement un an, et je commençais à faire des progrès. Mes contacts avaient évoqué des rumeurs au sujet d'un journaliste du coin, Kenny Booth. C'est alors...

Sa voix s'effilocha, et personne ne dit rien pendant un long moment. Ce fut donc moi qui conclus :

– C'est alors qu'ils sont morts.

Il me dévisagea, comme s'il était surpris que j'aie pu anticiper ses paroles.

– Exactement. Des faits divers tragiques, espacés de quelques semaines les uns des autres. Un incendie. Un accident de voiture. Une crise cardiaque... Autant de coïncidences, hein ? De quoi d'autre pouvait-il s'agir ? Qui aurait pu assassiner quatre officiers de police, au nombre desquels ton père, sans que personne s'en rende compte ?

– Kenny Booth, voilà qui, intervint Helen.

– Kenny Booth, acquiesça Ramirez. Karl avait cité son nom, le jour où il était venu me voir. Une simple remarque en passant, comme s'il n'y croyait pas lui-même. Maintenant, je suis convaincu qu'il essayait de semer une graine, qu'il voulait insinuer le doute en moi, pour que je commence à me poser des questions... Il savait parfaitement ce qu'était Booth, mais il était également conscient qu'il lui était impossible de me persuader à ce stade-là, et donc il s'était contenté de glisser une allusion qui, après sa mort...

Il s'interrompit, puis soupira, avant de poursuivre :

– Plus tard, lorsque ces flics sont morts à leur tour, j'ai commencé à enquêter sur Booth, discrètement, en dehors de mes heures de service. Ce type était clean de chez clean. Trop propre. On n'avait rien sur lui, même pas une petite contravention. C'était comme s'il n'avait jamais existé avant de mettre les pieds à Philadelphie. Des fausses identités, j'en ai vu des tas au cours de ma carrière, mais celle-là était une véritable œuvre d'art, si parfaite que mes supérieurs n'auraient pas pu douter de lui.

– Booth est arrivé à Philadelphie il y a trois ans et demi, déclara Tom. Il est mort en octobre dernier, deux ans après avoir assassiné Karl. Deux ans. Ça nous fait une longue enquête, ça, agent Ramirez.

L'homme du FBI avait une mine déconfite.

– J'ai fait tout ce que j'ai pu. Je savais au fond de moi que Booth était coupable. Mais il était si prudent, si rusé. Il était intouchable. Impossible d'accumuler assez d'éléments sur lui pour déclencher une enquête officielle. Je suis désolé, Will.

– Je ne vous en veux pas, répondis-je, sincère, en le regardant dans les yeux. Je lui ai réglé son compte pour nous deux.

Il lui fallut un peu de temps pour comprendre et accepter ce que je venais de dire.

– La saumure, devina-t-il. Comme cette seringue dont Jefferson s'est servi sur la vieille dame tout à l'heure.

– On les a appelés les Ritters, intervint Steve.

– En hommage à Karl ?

– En l'honneur de Will, corrigea le chef du Neurolab. Le premier humain à avoir tué un Macchab.

Je tentai de garder un visage impassible, mais intérieurement je gémissais d'inconfort.

– Ce que Will a trouvé est un tout petit peu différent, expliqua Tom. Mais le fonctionnement de base reste le même. Il suffit de faire entrer du sel dans le corps d'un Macchab, et il explose, laissant son envahisseur sans protection. Il meurt en quelques secondes.

– Et vous en avez tué combien comme ça ? s'enquit Ramirez.

– Ça fait à peine quatre mois qu'on a mis la technique au point, précisa le chef en haussant les épaules. Quant aux Ritters, on n'en a que depuis quelques jours. Mais c'est un début...

– C'est un début, acquiesça l'agent.

– Écoutez, enchaîna Tom, vous savez des choses sur nous, et nous sur vous. Est-ce à cause de vos recherches sur Booth que les Macchabs se sont emparés de vous l'autre nuit ? Ont-ils compris que vous meniez une enquête en secret ?

Ramirez secoua la tête :

– Non. Pas à cause de Booth. Ils s'en sont pris à moi en raison de Lilith Cavanaugh.

Un lourd silence tomba sur la pièce.

– Vous la connaissez, je présume ? demanda Ramirez.

– Oui, répondit Tom. C'est la nouvelle chef des Macchabs, celle qui remplace Booth. On la surnomme la Reine des Morts.

– Lilith Cavanaugh ? Un Cadavre ?

Nous hochâmes tous la tête.

– Mais elle est...

Ce fut Dave qui compléta la phrase que l'agent ne pouvait achever :

– ... canon ?

– Super canon, enchérit Chuck.

C'était la première fois qu'il prenait la parole. J'avais compris sans peine ce qu'il venait de dire. Soit sa langue commençait à bien cicatriser, soit il s'habituait à parler avec les points de suture.

– Son Masque est canon, les corrigea Helen, mais Cavanaugh est sans doute la plus terrible des Macchabs. Elle doit changer de cadavre à peu près une fois par semaine... Apparemment, elle n'apprécie pas trop de voir ses corps hôtes se décomposer.

– La plupart des Macchabs portent leur corps aussi longtemps que possible, intervint Tom, jusqu'à ce qu'il tombe littéralement en morceaux. C'est une question de sécurité : quelqu'un pourrait être témoin du même Transfert que celui auquel vous avez assisté lors de notre petite démonstration. Mais pas Cavanaugh. On a des raisons de croire qu'elle va jusqu'à assassiner des femmes qu'elle trouve jolies… de façon à porter leur peau.

Ramirez laissa échapper un juron en espagnol. Je n'en connaissais pas le sens exact, évidemment, mais je n'eus aucun mal à le deviner.

– Donc, pour résumer, conclut le chef : oui, nous savons de qui il s'agit.

– Elle ressemble beaucoup à Booth par certains côtés, expliqua l'homme du FBI. Le même passé nickel-chrome, le même genre de dossier administratif parfait. Même schéma que Booth : elle surgit un jour d'on ne sait où, avec toutes ses références et ses diplômes, et, comme ça, d'un simple claquement de doigts, voilà qu'elle se retrouve bombardée à la tête des Affaires Civiles. Tellement similaire à ce qui s'était passé pour Booth que j'étais le seul à pouvoir m'en rendre compte, je le crains.

– Vous êtes aussi un Clairvoyant, à votre façon, plaisanta Dave.

Il éclata de rire, mais prit un air embarrassé quand il vit que personne ne riait avec lui. Ramirez poursuivit :

– J'ai donc décidé de rouvrir mon enquête... Tout ça sur mon temps libre. Il n'était plus question de mettre la vie de quiconque en danger. Plus de flics morts. Moi et personne d'autre.

– Bonne idée, apprécia Helen.

– Une décision honorable, ajouta Tom.

Ramirez soupira :

– J'ai passé plusieurs coups de fil, posé quelques questions. Les mauvaises questions, en l'occurrence. Finalement, j'ai reçu un appel de quelqu'un de l'équipe de Cavanaugh, un type du nom de Pierce.

– Pierce, acquiesçai-je. On a fait sa connaissance hier dans la maison funéraire.

– Un authentique crétin du fond des bois, commenta Helen.

Ramirez nous considéra, une expression amère se dessinant sur ses traits.

– Il a prétendu avoir des informations à me communiquer. L'air effrayé, il m'a demandé de le rencontrer dans un restaurant ouvert toute la nuit, dans les quartiers sud. J'ai accepté, et quand je suis arrivé là-bas, il y avait quatre flics en guise de comité d'accueil.

– Quatre Macchabs, précisa Steve, de façon tout à fait inutile.

– Pierce m'avait tendu un piège, dit Ramirez. Je ne suis même pas entré dans le restaurant. Ils se sont emparés de moi, m'ont passé les menottes et m'ont jeté dans leur voiture de patrouille, où ils m'ont endormi avec du chloroforme. Je ne me rappelle rien ensuite, jusqu'au moment où je me suis réveillé ici.

– Vous êtes resté avec eux environ neuf heures, fis-je remarquer. Et ils ne vous ont posé aucune question pendant tout ce temps ?

– S'ils l'ont fait, je ne m'en souviens pas.

Tom, Helen et moi nous dévisageâmes.

– Amy, dit calmement le chef, tu pourrais aller nous chercher une loupe, s'il te plaît ?

Je vis la jeune fille blêmir. Si quelqu'un pouvait comprendre ce à quoi on pensait, c'était bien elle.

– D'accord, murmura-t-elle.

– Qu'est-ce que ça veut dire ? demanda Ramirez, redevenu soudain suspect à nos yeux.

– Nous devons nous assurer que vous n'êtes pas une taupe, expliqua Tom.

– Une taupe ? Tu veux dire : un espion ?

Nous hochâmes tous la tête.

– Les Macchabs ont une technique qui leur permet de prendre le contrôle d'un humain, expliquai-je. Ils se servent de quelque chose qu'ils appellent les Pelligogs... et je n'ai jamais rien vu d'aussi flippant de ma vie.

– Pelligogs, répéta Ramirez, comme s'il essayait de mémoriser ce mot nouveau. Écoutez... J'admets que vous venez de m'ouvrir les yeux, mais là, ce...

– N'essayez pas de tout comprendre et accepter d'un coup, lui conseilla Tom. Pour faire bref, nous avons juste besoin d'examiner le bas de votre dos. Vous voulez bien soulever votre chemise, s'il vous plaît ?

Le type du FBI le regarda avec des yeux comme des soucoupes :

– Ce sont les deux jours les plus dingues de toute ma vie.

Pas un seul d'entre nous ne fit la moindre remarque.

Amy revint avec une grosse loupe. Ramirez la vit, éclata d'un petit rire nerveux, et souleva sa chemise.

– Dave, dit Tom, tu te mets sur la gauche. Je vais à droite. Désolé, Ramirez. Simple précaution.

– Le protocole..., dit Ramirez.

– On appelle ça « règles et protocoles » ici, mais oui, c'est pareil.

Le chef et le Burgermeister en position de chaque côté, Amy se pencha sur le brancard, scrutant attentivement le dos de l'homme du FBI.

Pourquoi elle et pas Ian, vous demandez-vous sans doute ?

Parce qu'Amy ne savait que trop bien ce qu'elle cherchait.

Elle prit tout son temps. J'avais du mal à tenir en place tant j'étais nerveux.

– Rien, conclut-elle enfin d'une voix chevrotante.

– Eh bien, voilà qui est un vrai soulagement, soupira l'agent, en se redressant et en rentrant sa chemise dans son pantalon. Vous… cherchiez quoi, au juste ?

– Nous avons récemment appris que les Pelligogs laissent une minuscule estafilade dans le creux du dos au moment où ils pénètrent dans le corps hôte.

– Ça ressemble à une encoche, précisa Amy.

– Et je n'en ai pas ? demanda Ramirez, après avoir digéré cette information.

Elle secoua la tête en lui adressant un petit sourire étonnamment enjoué. Tom et Dave s'écartèrent.

– Mais ça n'explique pas pourquoi les Macchabs ne vous ont posé aucune question, grommela Tom.

– Peut-être qu'ils avaient l'intention de lui mettre un Pelligog, mais que nous sommes intervenus à temps, suggérai-je.

– Dans ce cas-là, vous avez de la chance, dit Helen à Ramirez. J'ai eu une de ces bestioles dans le dos. Amy aussi. C'est assez désagréable.

Je m'approchai d'Helen à ce moment-là. Je ne savais pas trop pourquoi, si ce n'est que ça me semblait être la chose à faire.

– Il faut que je sorte d'ici, que je prévienne quelqu'un, bafouilla Ramirez. Que je dise… quelque chose. Je ne sais pas encore trop quoi. Personne ne croira la vérité.

– Et surtout, vous n'êtes pas un Clairvoyant, ce qui fait de vous une sorte d'aveugle. Vous n'avez aucun moyen de savoir en qui vous pouvez avoir confiance, lui rappela Tom.

– Mais je ne peux pas rester les bras croisés !

– Pour le moment... si. Repartez à Washington. Je doute que les Macchabs se risquent à vous kidnapper une seconde fois, surtout là-bas. Faites profil bas et attendez. Nous vous tiendrons informé.

L'homme du FBI secoua la tête :

– Vous ne comprenez pas. Le temps est compté. C'est la raison pour laquelle je suis venu à Philadelphie.

– Le temps est compté ? répétai-je.

– Le gouverneur de Pennsylvanie est en visite ici ce week-end... et je suis quasi certain que Cavanaugh a l'intention de l'assassiner.

Personne ne dit rien pendant de longues secondes. Ce fut finalement Chuck qui brisa le silence :

– Comment... ?

Il n'eut pas le temps d'aller plus loin. Sharyn fut soudain prise de violentes convulsions, puis elle s'affaissa d'un coup. Comme si elle était près de mourir.

26

DERNIÈRE CHANCE

Pierce vola de l'autre côté du bureau, heurtant le mur avec tant de force que celui-ci vibra. Une rangée de livres que la Reine n'avait jamais lus et n'ouvrirait sans doute jamais, bascula d'une étagère. Pierce s'affaissa lentement au sol, son nouveau corps hôte fracturé en plusieurs endroits.

Lilith tituba à travers la pièce et se plaça devant son assistant, qu'elle dominait de toute sa hauteur. Il leva la tête, la regardant de ses yeux mi-clos. Ce dernier coup n'avait pas réussi à briser sa colonne vertébrale.

À la différence de celui qu'elle-même avait reçu quelques heures auparavant.

– Vous étiez trois, dit-elle d'une voix monotone. Trois. Logiquement, cela aurait dû suffire pour garantir ma protection. Mais, au lieu de cela, vous avez été vaincus par trois gamins armés de jouets en plastique. Pire : ils ont pris mon corps hôte, me laissant piégée dans une coquille inutile, à attendre, impuissante, que l'on vienne à ma rescousse !

Elle saisit Pierce par le col et le souleva du sol, apparemment sans le moindre effort.

– Et lorsque mes fidèles ont fini par arriver et me rapatrier chez moi, y avait-il un nouveau corps qui m'attendait ? Non, ils n'en avaient pas trouvé ! J'ai dû rester allongée sur mon lit humain, piégée dans cette carcasse pourrissante pendant des heures. Des heures !

Elle jeta son assistant à l'autre bout de la pièce comme s'il s'agissait d'une poupée de chiffon. Il s'écrasa sur la porte avec tant de force que le bois craqua et que des bouts de plâtre tombèrent du plafond.

Cette fois, après avoir glissé au sol, il ne bougea plus.

Lilith Cavanaugh s'approcha de lui, ses jambes crissant et craquant au moindre pas. Le cadavre que ses sbires avaient réussi à lui trouver en dernier recours avait au moins deux mois. Ses os étaient cassants et ses muscles, faibles. Il lui avait fallu toute sa volonté pour que ce corps hôte ait la force d'infliger une telle correction à son subalterne.

Le simple fait d'habiter ce corps lui demandait *déjà* presque toute sa volonté...

La Reine regarda Pierce d'un air mauvais, caressa même l'idée de lui enfoncer un pied dans le crâne pour le fracasser. Mais, ce faisant, elle se briserait sans doute la jambe et, étant donné les circonstances, ce n'était pas un risque à prendre. Mais qu'est-ce qu'elle en avait envie ! Les yeux de Pierce se posèrent sur elle.

– Je... suis... désolé... Miss Cavanaugh..., hoqueta-t-il.

En dépit de l'état dans lequel il se trouvait, son assistant continuait à l'appeler par son nom humain. Jusqu'à cet instant-là, elle avait hésité. Mais cette marque de respect la convainquit de le laisser en vie. Elle soupira :

– C'était *notre* maison funéraire, Pierce. Pourquoi y avait-il du sel là-bas ?

Il s'efforça d'expliquer, mais n'y parvint pas. De toute façon, elle connaissait la réponse : parce que la société Chang était une acquisition récente, et que ses sbires avaient eu bien trop peur du sel pour oser le toucher, même pour s'en débarrasser.

« Des crétins. Je suis entourée de crétins. »

– Tu as besoin d'un nouvel hôte, dit-elle à Pierce.

« Et celui-ci est juste un peu moins stupide que la plupart des autres. »

Lilith traîna les pieds jusqu'à son bureau et décrocha le téléphone. Pierce étant hors service, elle dut chercher le numéro dans l'annuaire et appeler elle-même. Le chef de la police décrocha à la troisième sonnerie.

– Pierce ?

– Non.

– Ma Reine ?

« Crétin. »

– C'est ainsi que tu t'adresses à moi, D'Angelo ?

– Non, je suis désolé. Que puis-je faire pour vous, Miss Cavanaugh ?

– Je veux qu'un corps hôte soit apporté dans mon bureau sur-le-champ, répondit la Reine, frémissant de voir la chose noire et griffue qui lui faisait office de main. Celui d'un homme !

Sur ce, elle raccrocha et se laissa retomber dans son fauteuil.

– Pierce, dit-elle, songeuse.

Comme il ne répondait pas, elle reprit :

– Regarde-moi quand je te parle.

Il convient de noter qu'il essaya d'obéir, agitant en vain son corps disloqué pour tenter de se tourner vers elle. Il avait l'air impotent... ridicule.

– Pierce, répéta-t-elle. Le fiasco de la nuit dernière m'a convaincue que ces Fossoyeurs sont bien trop audacieux et se permettent trop de choses. Demain est un jour important, et je refuse d'envisager que cette horde hirsute de demi-portions fasse dérailler mes plans !

– Oui, Miss Cavanaugh, hoqueta Pierce.

La Reine fit la moue.

D'Angelo finit par arriver. Le chef de la police était en uniforme, tout comme l'acolyte qui le suivait, un immense sac en travers de l'épaule. Lilith désigna le cadavre désarticulé de Pierce. Sans un mot, le chef fit un signe de tête à son subalterne, qui, en silence également, déposa son fardeau.

– Est-il frais ? demanda la Reine.

– Seize jours, Maîtresse, euh... Miss Cavanaugh. Dépourvu de toute blessure. Mort par overdose.

– Acceptable. Eh bien, Pierce, qu'attends-tu ? Des applaudissements ?

Le corps de Pierce se raidit. Au même instant, le sac se mit à bouger. Pendant peut-être trente secondes, les deux témoins le regardèrent se débattre et s'efforcer de se libérer de la toile qui enveloppait la dépouille. D'Angelo s'avança pour l'aider, mais Lilith l'en empêcha d'un geste.

Certaines leçons étaient plus que nécessaires...

Les doigts de Pierce, enflés et d'un pourpre profond, sortirent en se tortillant du haut du sac, qu'elles poussèrent vers le bas, permettant ainsi au cadavre qu'il renfermait de se redresser d'une façon assez raide. Ce n'était pas un spécimen particulièrement bon : la peau montrait déjà les signes d'une décomposition plus avancée que la normale. L'homme était probablement mort au soleil.

« Ces formes humaines sont littéralement dégoûtantes. »

– Va donc te vêtir convenablement, Pierce, ordonna la Reine. Puis reviens ici. Nous avons du pain sur la planche.

– Oui, Miss Cavanaugh, dit son assistant.

Il dépassa D'Angelo et son acolyte, et disparut derrière la porte.

– Merci, D'Angelo, enchaîna Lilith. Sommes-nous parfaitement prêts pour demain ?

– Affirmatif.

– Du nouveau à la morgue ? s'enquit-elle.

Le chef de la police s'agita, mal à l'aise :

– Non, Miss Cavanaugh. Je suis désolé.

– Ce sera tout.

– Bien, Maîtresse.

Une fois qu'ils furent partis, Lilith laissa libre cours à sa rage. Le corps qu'elle portait par nécessité la chagrinait sur tous les points. Il était bien plus vieux que celui par lequel elle avait espéré le remplacer la nuit dernière, chez Chang. Les humains auraient sans doute qualifié cela d'ironique. Malheureusement, il n'y avait pour l'heure aucune autre candidate valable. Si seulement elle avait pu ordonner à ses troupes de se noyer dans la foule pour lui trouver quelque chose de convenable ! Mais non. Aussi pressante que puisse être son envie, la sécurité passait avant tout. Rien ne devait mettre en danger la planification des événements du lendemain. Une fois cette échéance passée, nombreux seraient les changements, *si* elle parvenait à tenir les Fossoyeurs à l'écart.

Les Fossoyeurs.

Le gamin, Ritter, s'était emparé de son téléphone portable quand elle était impuissante. L'appareil n'avait aucune valeur, si ce n'est la liste des contacts qu'il contenait. Mais le vol avait quelque chose de rageant, d'autant qu'ils n'étaient pas repartis qu'avec le téléphone ! Quel intérêt la petite bande de mioches de Karl Ritter avait-elle à dérober un cadavre humain ?

Lilith cessa de broyer du noir et entreprit d'analyser les choses froidement.

Trente secondes plus tard, elle se redressait sur sa chaise et prenait son calepin. Elle fit courir son doigt violacé et gluant jusqu'à ce qu'elle trouve le numéro de téléphone qu'elle cherchait.

Elle appuya sur les touches, faisant de son mieux pour ignorer les petits bouts de peau qui y restaient collés.

– Allô ?

– Susan, dit la Reine, c'est Lilith à l'appareil. Je suis désolée de vous appeler si tôt un samedi matin.

– J'étais déjà debout.

– J'ai peut-être des nouvelles pour vous.

– Vraiment ? Racontez-moi.

– Eh bien, c'est assez compliqué, et avec le programme de ce week-end mon emploi du temps de ce matin est très chargé. Ne pourrions-nous pas plutôt nous voir ? Cet après-midi, peut-être ?

– Dites-moi où et quand !

– À mon bureau, Susan. À quatorze heures. Amenez votre fille, si vous le souhaitez.

– Non, ça ira. Je vais demander à ma sœur de la garder pendant deux ou trois heures.

– Cela risque de nécessiter un peu plus de temps que cela, Susan.

– Emily est assez intenable dès qu'elle doit prendre les transports en commun. Ce sera plus simple si je la laisse à la maison.

Lilith faillit discuter, mais elle se retint. L'obstacle était gênant, mais il restait gérable.

– Bon, si vous le dites. Alors, à tout à l'heure.

– Lilith ?

– Oui, Susan ?

– Dois-je me montrer... optimiste ?

La Reine des Morts grimaça dans le combiné :

– Oh oui. Je pense que vous pouvez vous montrer très optimiste.

Sur ce elle raccrocha... et sourit.

27

DÉSESPOIR

Allongée sur le brancard, Sharyn fut parcourue d'un spasme. Puis d'un autre. En l'espace de quelques secondes, elle tressaillait dans tous les sens, ses yeux grands ouverts rivés sur le plafond.

Tom émit un son qui ressemblait à un gémissement sourd, puis il se précipita aux côtés d'Amy et de Ian.

– Maintenez-la immobile ! ordonna le Doc. Amy, passe-moi le bâton !

Tandis que la jeune fille s'éloignait en hâte pour obéir, Tom pesa de tout son poids sur le corps de sa sœur. Ian en profita pour beugler :

– Ici, les gars ! À l'aide !

Nous nous précipitâmes tous. Helen saisit Sharyn par une jambe et moi par l'autre, tandis que le Burgermeister, blanc comme un linge, lui maintenait les bras.

– C'est OK, chef, dit-il à Tom. On la tient !

Chuck et Ramirez arrivèrent les derniers. Comme ils ne savaient pas quoi faire pour nous aider, ils optèrent apparemment pour une série de questions débiles.

– Il lui arrive quoi ? commença Chuck.

– C'est une crise ? voulut savoir le type du FBI.

– Non, répondit Ian. Elle a des convulsions. Il faut la sangler.

– Avec quoi ? demandai-je.

– Il y a un sac rempli de lambeaux de vêtements dans le coin. L'un de vous peut-il aller le chercher ?

Il me parut très étrange que, de nous tous, ce fût Ramirez qui obéit. Il contourna le brancard et tendit le sac à Ian, qui en extirpa une poignée de chiffons, certes bien usés, mais propres, et nous les passa.

– Les poignets et les chevilles, dit-il simplement.

– On est vraiment obligés ? s'enquit Tom, l'air misérable.

– Si nous ne le faisons pas, elle risque de basculer du brancard et de se fracturer un os.

Le chef hocha la tête. Nous nous efforçâmes donc d'attacher Sharyn. Ce ne fut pas facile. Elle était forte et se débattait comme un animal paniqué. Nous y parvînmes malgré tout. Ian poussa un soupir et recula d'un pas.

Ramirez observa Sharyn s'agiter et lutter inconsciemment contre les sangles.

– Et si elle avale sa langue ?

– C'est une légende, rétorqua Ian, l'air de rien. Il est impossible d'avaler sa langue, en réalité.

– Tu es en sûr ? demanda l'homme du FBI.

C'est Tom qui se chargea de répondre, sur un ton un brin irrité, remarquai-je :

– Il en est certain.

– Il lui est arrivé quoi, au juste ? voulut savoir Ramirez.

– Traumatisme crânien, expliqua Ian. Je pense qu'il s'agit d'un œdème vasogénique.

– D'un quoi ? demanda Dave.

– Je sais de quoi il s'agit, intervint le type du FBI. Sa cavité crânienne se remplit de fluide, empêchant l'oxygène d'irriguer correctement son cerveau.

Il se tourna vers Tom, qui arborait une expression que je n'avais encore jamais lue sur ses traits.

Le chef avait l'air terrifié.

– Jefferson, dit Ramirez. Il faut *vraiment* la conduire à l'hôpital.

Tom secoua la tête.

L'agent contourna le brancard et se plaça en face de lui, l'affrontant de toute sa carrure et de son regard. Quand il prit la parole, cette fois-là, son intonation n'avait plus rien de conciliant :

– C'est de ta sœur qu'il s'agit, et, si elle ne reçoit pas les soins appropriés, elle va mourir ! Tu ne comprends donc pas ?

Tom détourna les yeux du visage ruisselant de sueur de Sharyn.

– L'hôpital, c'est hors de question, persista-t-il.

– Pour l'amour de Dieu, pesta Ramirez. Ce n'est pas un jeu...

Je savais que le chef des Fossoyeurs était rapide. Je l'avais vu se battre. Mais, jusqu'à cet instant-là, je ne m'imaginais pas qu'il était *aussi rapide*. Il saisit l'homme du FBI par le col à la vitesse de l'éclair et tira d'un coup sec. Ramirez, projeté violemment contre le mur de brique, n'eut pas le temps de finir sa phrase. Il gémit de douleur.

– Tom ! Arrête ! s'écria Helen, à côté de moi.

Le chef l'ignora, les yeux toujours rivés sur Ramirez. Sa voix devint plus menaçante :

– J'ai l'air de penser que c'est un jeu, mec ? Sharyn est ma sœur jumelle. Nous avons été livrés à nous-mêmes, tous les deux, pendant la plus grande partie de notre vie. Elle est toute ma famille !

– Écoute, dit l'agent, adoptant le ton typique de l'adulte qui s'adresse à un gamin. Je suis désolé si je t'ai mis en rogne. Mais tu dois voir les choses de façon responsable...

Alors, là, il avait tout faux...

Tom le secoua une nouvelle fois, si fortement que je crus que la tête de l'homme du FBI allait s'écraser sur le mur et qu'on allait devoir lui aussi le maintenir immobile sur un brancard.

– Les Macchabs surveillent les hôpitaux ! s'exclama Tom, hurlant presque. Tout le temps ! Et surtout en ce moment, parce qu'ils savent que Sharyn est blessée ! Ils espèrent qu'on va la conduire aux urgences et, si cela arrive, ils la tueront, rapidement et proprement, en s'arrangeant pour n'éveiller aucun soupçon !

– Ce… ce n'est pas possible…, rétorqua Ramirez, hébété.

– Ce ne serait pas la première fois ! Ils l'ont déjà fait, vous pouvez me croire !

– Mais on ne peut pas assassiner des enfants dans…

Tom gémit et lâcha le col de Ramirez, qu'il regarda comme s'il s'agissait du plus grand crétin que la Terre ait jamais porté.

– On parle d'une armée de cadavres animés, dit-il d'un ton plat. Je sais bien que vous ne pouvez pas les voir, mais nous, si. Représentez-vous une armée de sacs à vers puants, collants et grouillant de vermine. Mais s'il y a bien une chose qu'ils ne sont pas, ce sont des zombies. On n'est pas dans le dernier épisode de *The Walking Dead*. Les Macchabs sont intelligents. Aussi futés que nous ou vous. Ils savent exactement ce qu'ils font. Ils ont des centaines de techniques pour nous éliminer, nous, les gamins qui pouvons les voir. Ils maquillent leurs meurtres pour faire croire à une mort naturelle... maladie ou accident. Et ils ne se font pas choper. Ils ne se font *jamais* choper !

Ramirez resta bouche bée, incapable de prononcer un mot. Tom émit une sorte de grognement irrité qui semblait signifier : « J'en ai fini avec vous », et il retourna à côté de Sharyn, qu'il prit par la main.

– Tu as une solution pour la sauver, Ian ? demanda-t-il.

Le Doc était pâle, mais il hocha la tête :

– Il y en a peut-être une. Une seule. Je lui ai refroidi le crâne, autant que possible sans lui faire courir le risque d'une hypothermie.

– C'est quoi, une hypothermie ? intervint le Burgermeister, inquiet.

– C'est quand la température de ton corps est si basse qu'il arrête de fonctionner, répondis-je.

– Oh, fit Dave.

Ian se racla la gorge.

– Il existe un procédé qu'on appelle une ventriculostomie, dit-il. Mais, Tom, c'est risqué. Vraiment très risqué. Même si nous avions l'équipement qu'il faut et une chambre stérile, ce serait loin d'être facile.

– Et si on la laisse dans cet état ? demanda le chef.

– Elle mourra, affirma Ian en haussant misérablement les épaules. Sans doute vers la fin de la journée.

– Alors... on n'a pas le choix. C'est quoi, une ventriculostomie, au juste ?

Je fus assez étonné que Tom soit capable de répéter ce mot sans difficulté. Il me semblait que je n'aurais jamais pu le prononcer correctement, et que d'ailleurs toute la situation était hors de ma portée.

Bien sûr, j'avais vu la mort en face depuis mes premiers jours chez les Fossoyeurs. Plus d'une fois. Mais là, il s'agissait de Sharyn.

– Eh bien, ça se pratique régulièrement en hôpital, expliqua Ian. En résumé, on perce un trou dans le crâne à un endroit très précis. Puis on glisse un cathéter – c'est un tube en plastique – dans le cerveau pour drainer l'excès de fluide.

– Pffff..., marmonna Chuck. Et c'est censé *aider* ?

Le Doc opina du chef, même s'il n'avait pas l'air particulièrement convaincu.

– Je ne vais pas te demander si tu as déjà fait ça, intervint Tom. Je sais bien que non.

– C'est dingue ! grogna Ramirez derrière lui. Que connais-tu à la chirurgie, Ian ?

– Mon père est chirurgien ici, à l'hôpital Jefferson, répondit le garçon. J'ai comme qui dirait grandi au milieu des scalpels.

– C'est idiot ! Que ton père soit chirurgien ne fait pas de toi un chirurgien !

– Non, effectivement, déclara Tom, mais ceci prouve qu'il en est un.

Sur ce, il souleva sa chemise, découvrant une cicatrice irrégulière qui courait le long de son flanc droit sur une quinzaine de centimètres. Je l'avais déjà vue, mais j'avais toujours cru qu'il s'agissait des séquelles d'une bagarre.

– Ian m'a opéré de l'appendicite, expliqua le chef. Il y a près d'un an.

Ramirez observa la cicatrice d'un air incrédule.

– Peut-être, concéda-t-il, mais il y a quand même une sacrée différence entre une appendicite et une opération du cerveau.

– Ouais... mais on n'a pas le choix. Pour faire court, agent Ramirez, l'opération va avoir lieu, et c'est Ian qui s'en charge. Le seul point à éclaircir est le suivant: allez-vous chercher à l'en empêcher ?

Il n'y avait pas la moindre once de menace dans les mots du chef, cette fois-ci. C'était juste la question posée par un frère désespéré. L'homme du FBI nous dévisagea les uns après les autres. Je pouvais presque lire dans ses pensées. « Vous êtes des gamins. » Mais il ne dit rien.

– De quoi as-tu besoin ? demanda Tom à Ian.

– Je crois que j'ai l'aiguille qu'il faut... celle que l'on va faire entrer dans son cerveau. Et j'ai aussi un tube souple pour drainer l'excès de fluide. Mais...

– Mais quoi ?

Ian baissa les yeux :

– Tom, je vais avoir besoin d'une perceuse. Petite, avec assez de puissance pour traverser la calotte crânienne. Et... il me faudra quelqu'un pour s'en servir.

Nous le dévisageâmes tous. Ian déglutit avec peine :

– Je... je crois que je n'ai pas assez de force pour ça. Désolé.

– C'est bon, trancha le chef. Je préfère que tu me dises ça maintenant que plus tard. Tu me montres comment faire, et je m'en occuperai.

Sans même réfléchir, je fis un pas en avant et intervins :

– Pas question.

– Will ? s'étonna Tom.

– Pas toi. Pas moi. Personne de cette pièce, déclarai-je. Nous devons trouver quelqu'un qui s'y connaît. Quelqu'un qui a de l'expérience.

– Ah oui ? Et qui parmi nous a l'expérience de ce genre de chose ?

– Ian, enchaînai-je, y a-t-il des préparatifs à lancer avant d'être opérationnel ?

Il hocha la tête :

– Nous devons d'abord trouver le livre de médecine qui explique la procédure et lire tout ça en détail. Après, il faudra lui raser le crâne. Je ferai une marque pour indiquer l'endroit exact où on devra opérer, et disposerai des serviettes propres tout autour. Ah oui, il faudra aussi faire bouillir de l'eau pour stériliser les instruments.

– Je peux m'occuper de la plupart de ces choses, proposa Amy d'une voix neutre.

– Merci, murmura Tom.

– Bien, dis-je. Tom, tu es sûr que c'est ce que tu veux ? *Vraiment* sûr ?

– C'est un pari, mec. Si on la laisse dans cet état... elle est morte.

– Alors veille sur elle. Garde ta main dans la sienne. Fais-lui savoir que tu es là. Je m'occupe du reste.

Tom hésita. Je vis ses épaules s'affaisser. Il regarda sa sœur, caressant son visage détrempé de sueur et parcouru de convulsions. Quand il releva la tête, ses traits étaient emplis de gratitude. Pour l'heure, il pouvait cesser d'être le chef, d'être notre leader. Il pouvait rester un simple frère.

– Merci, Will, chuchota-t-il.

28

PERCEUSE ET BRANCHE D'OLIVIER

La Cage aux Singes était aussi bruyante qu'à l'accoutumée.

Au début, personne ne fit attention à moi. Puis ce fut comme si tout le monde m'avait repéré en même temps. Les coups de marteau et les grincements de scie s'interrompirent subitement. J'arborai ce que j'espérais être un sourire amical :

– Alex est dans les parages ?

– Qu'est-ce que tu lui veux ?

C'était plus un grognement qu'une question...

Alex Bobson émergea d'entre les ombres. Il portait un lourd tablier en toile rugueuse, des gants de caoutchouc et d'épaisses lunettes en plastique. Je n'avais pas la moindre idée de ce qu'il faisait en ce moment, mais, d'après l'odeur, ce n'était pas la chose la plus reluisante de sa journée.

– Salut, fis-je.

– T'as pas d'amis ici, au cas où tu l'aurais pas déjà enregistré. Donc, si t'es venu faire la causette...

– Sharyn est en train de mourir, l'interrompis-je, et je pense que tu es la seule personne de tout le Refuge à pouvoir la sauver.

Cela le refroidit immédiatement. Il me regarda avec de grands yeux. Tous ceux qui étaient là me regardèrent avec de grands yeux, d'ailleurs. Je me sentis frémir. C'était comme si je me retrouvais sur scène le jour de la représentation de la pièce de théâtre de l'école et que je me rendais soudain compte que j'avais enfilé le mauvais costume.

– Qu'est-ce que tu racontes ? me demanda Alex, d'un ton toujours peu amène, mais plus circonspect.

– Le cerveau de Sharyn enfle à cause du coup qu'elle a reçu, expliquai-je. Ça va la tuer, sauf si on arrive à faire cette intervention qui permettra de diminuer la pression dans son crâne.

– Quelle intervention ?

– Ian a dit le nom, mais je ne l'ai pas retenu. Ça commence par un V. Le hic, c'est qu'on doit faire un trou dans sa tête sans endommager son cerveau et y insérer un tube qui servira à drainer l'excès de liquide. Tu comprends, pour que ça désenfle...

Alex digéra tout cela.

– Et… tu as besoin de moi pour quoi, au juste ?

– Sharyn m'a dit un jour que tu étais un crétin…

– Écoute, Ritter…

– … mais que tu réussissais tout ce que tu faisais. Cette arbalète que tu lui as fabriquée, Tante Sally, c'est du solide. Bref, tu touches ta bille, question outils. Il n'y a personne ici qui t'arrive à la cheville. Ian fait un bon toubib, mais même lui ne pense pas être capable de percer ce trou sans tuer Sharyn. Je crois que tu es l'homme de la situation.

Ce fut au tour d'Alex de se sentir assez mal à l'aise. Les yeux de tous ceux qui se trouvaient dans la Cage aux Singes se rivèrent sur lui.

– Tu veux que je… perce un trou dans la tête de Sharyn ?

– Exactement.

– C'est dingue.

Je haussai les épaules.

– Ian est en train de la préparer pour l'intervention en ce moment même. Il faut que tu apportes une petite perceuse, la plus petite que tu aies. Et aussi une mèche propre.

– Quel genre de mèche ? demanda-t-il.

– Quel genre ?

– Pour le bois ? Le métal ? La céramique ? Enfin, Ritter !

– J'en sais rien. Quelque chose qui fera un trou net dans un os...

– Quel diamètre ? Est-ce qu'au moins tu sais ça ?

– Non plus.

– Tu sers vraiment à rien, toi !

– Comme tu veux.

– OK, reprit-il, pensant à voix haute. Je vais en apporter une bonne dizaine, de tailles différentes. Il y en aura bien une qui ira. Donne-moi une minute.

– Ça veut dire que tu acceptes ?

– Quoi ? Tu croyais pas que j'allais dire non, quand même ?

Sur ce, il partit, me maudissant dans sa barbe.

– Sharyn est vraiment en train de mourir ? demanda quelqu'un.

– J'espère que non, répondis-je.

J'entendis Alex qui fouillait dans des tiroirs, produisant un sacré boucan.

– Et ça va lui sauver la vie de lui percer un trou dans la tête ? s'étonna un autre Teckos.

– C'est ce qu'affirme Ian.

– Mais Ian n'est pas docteur, s'inquiéta un troisième.

– Il est plus docteur que n'importe lequel d'entre nous...

Personne ne trouva rien à redire à cela. Alex revint une minute plus tard, un vieux sac à dos usé passé à l'épaule.

– Allons-y. Vous restez à vos postes, vous autres !

– Bonne chance, chef ! lança l'un.

– Sauve-la ! ajouta un second.

Alex ne répondit pas. Au lieu de cela, il sortit de la Cage aux Singes au pas de course. Je m'élançai après lui, m'efforçant de le rattraper.

– Merci, fis-je.

– Pour quoi ?

– De faire ça.

– Je le fais pas pour toi.

– Tu le fais pour nous tous, affirmai-je. Et donc pour moi aussi, par la même occasion.

Pendant une seconde, je crus qu'il allait rétorquer quelque chose, mais il changea d'avis et força l'allure. On courait presque, à présent, à une vitesse née de notre familiarité avec les couloirs noyés d'ombre du Refuge. Une foule plus importante encore qu'à mon départ attendait à la porte de l'infirmerie. Il y avait peut-être une soixantaine de Fossoyeurs.

– On dégage ! beugla Alex.

Tout le monde s'exécuta, arborant des expressions allant de la curiosité à la terreur la plus absolue.

Il s'était passé des choses en mon absence. On avait disposé un vieux pupitre en bois à côté du brancard de Sharyn. Un livre d'une épaisseur presque inimaginable était posé dessus. Ian le feuilletait en toute hâte.

Sharyn était toujours la proie de soubresauts. Je notai que sa tête avait été tournée vers la gauche, immobilisée par une bande d'étoffe supplémentaire. Les yeux de la jeune fille roulaient dans ses orbites, mais elle ne voyait rien.

Ses dreadlocks avaient été coupés et gisaient en tas sur le sol, tels des serpents noirs lovés sur eux-mêmes. C'était Ramirez qui s'occupait de lui raser le crâne. Il se servait d'un rasoir jetable bon marché, et œuvrait à tondre soigneusement les poils drus, restes de ce qui devait être la première véritable coupe de cheveux de la jeune fille depuis des années.

Tom se tenait à l'endroit exact où je l'avais laissé, à côté du brancard. Amy était près de lui, sa petite main posée délicatement sur l'avant-bras du chef.

Helen sembla surprise quand elle nous vit entrer. Chuck prit un air perplexe. Dave fronça les sourcils.

– Alex ? s'étonna Helen. Que...

Le chef des Teckos s'approcha de Tom et s'adressa directement à lui, coupant Helen en plein milieu de sa phrase :

– J'ai une perceuse et tout ce qui pourrait faire l'affaire, à mon avis.

Le chef ne répondit pas. Son visage était fermé et son teint cireux. Sharyn gisait sur son lit de mort, et on avait l'impression qu'il était prêt à partir avec elle dans l'au-delà.

– Parfait, dit Ian. Merci, Alex. Il y a de l'eau bouillante dans une casserole sur la plaque chauffante. Tu veux bien y faire tremper des bouts de chiffon pendant quelques minutes, s'il te plaît ?

Sans un mot, Alex fit ce qu'on venait de lui demander, puis il s'approcha du brancard avec la perceuse. Elle était petite, guère plus grosse que nos pistolets à eau. Le genre d'outils dont on se sert pour les travaux de précision.

– Ça ira, opina le Doc.

Ramirez regarda Alex :

– Tu sais ce que tu vas devoir faire, hein ?

Le chef des Teckos hocha la tête.

– Et tu es quand même partant ?

Nouveau hochement de tête.

– Cette perceuse, dit le type du FBI, tu sais t'en servir ?

– Oui, répondit Alex.

Pas la moindre once de vantardise. Un simple état de fait.

– Tu devras avoir la main sûre, le pressa Ramirez. Encore plus que moi avec ce rasoir. Sinon, tu vas la tuer.

Alex tendit la main droite, paume en bas. Il avait de longs doigts, rendus calleux à force de travail. Elle était parfaitement immobile. Pas le moindre tremblement.

Ramirez acquiesça lentement :

– Ça m'a l'air bien. Mais ce n'est pas une cloison que tu vas percer, là. C'est le crâne de quelqu'un. Il va y avoir du sang. Tu peux gérer ça ?

Alex le dévisagea. L'infirmerie était aussi silencieuse qu'un cimetière.

– Mes parents se sont fait tuer sous mes yeux, dit-il d'une voix glaciale. Ma mère a été mordue à mort. Mon père a été déchiqueté, membre après membre. Une fois mes parents exécutés, les Macchabs ont fait exploser notre maison pour maquiller les meurtres et faire croire à une fuite de gaz. Mais, avant ça, un des Macchabs s'est jeté sur moi, dans le garage. J'ai attrapé la scie de mon père et j'ai repeint les murs avec les tripes de ce Cadavre. Quand je me suis enfui, quelques secondes à peine avant que la maison disparaisse dans les flammes, toute ma famille était morte et je dégoulinais du sang de certains de ses assassins. Donc, pour répondre à votre question, monsieur : oui, je pense que je serai capable de gérer si un peu de liquide s'écoule de la tête de Sharyn.

Ramirez blêmit. Il semblait encore plus ébranlé qu'après le Transfert.

– Nous avons un dicton, ici, marmonna Tom sans relever la tête, les yeux toujours rivés sur le visage de Sharyn : « Il y a des enfants parmi les Fossoyeurs, mais peu d'enfance. »

Chuck en rajouta, écorchant un peu les mots de sa langue couverte de points de suture :

– Ce que le chef veut dire, c'est qu'on n'est pas une bande d'élèves en charge du bal de fin d'année. On n'a pas besoin d'un professeur. Ça fait deux ans qu'on livre cette guerre sans adultes, et qu'on veille sur nous-mêmes. On sait y faire.

– Ouais, conclut Dave pour finir d'enfoncer le clou. Alors tu nous lâches, mec !

Ramirez avait l'air totalement déconfit.

– Pourquoi n'allez-vous pas vous asseoir ? lui suggéra Ian. Nous pouvons gérer la situation.

– D'accord, répondit donc Hugo Ramirez, le seul adulte dans la pièce, le seul adulte dans tout le Refuge. Je crois aussi que vous pouvez gérer.

Sur ce, il se laissa tomber sur une chaise pliante posée contre un mur.

– Toi aussi, Tom, ajouta Ian.

– Je reste ici, répliqua le chef.

Ian me jeta un coup d'œil, cherchant de l'aide. Je m'approchai de Tom.

– Allez, lui dis-je en lui passant un bras par-dessus l'épaule.

Il avait fait ce geste avec moi une centaine de fois. Il résista pendant une seconde ou deux, puis il lâcha Sharyn et me laissa l'emmener. Amy nous accompagna, tenant la grande paluche du chef dans sa main menue. Helen, Dave et Chuck nous suivirent à leur tour.

L'agent Ramirez était penché en avant, les yeux rivés sur le brancard. J'invitai Tom à s'installer sur une chaise, près de lui. Helen s'assit sur celle d'à côté.

– Elle va s'en tirer, lui chuchota-t-elle, avec un sourire un peu forcé.

– Et comment ! renchérit Dave.

« Des mots réconfortants. Mais qui ne veulent rien dire... »

– Elle aimerait que tu sois fort, lui murmura Amy Filewicz.

Tom considéra la jeune fille. Il y avait des larmes dans ses yeux.

– Oui, elle voudrait ça.

– Amy, pourquoi ne restes-tu pas avec Tom ? proposa Ian. Will, une paire de mains supplémentaires ne serait pas de refus, si ça ne te dérange pas.

Je hochai la tête, et j'allais le rejoindre lorsque Tom me saisit par le poignet.

– Elle est tout ce que j'ai, mec, bredouilla-t-il.

L'expression de son visage était comme une plaie ouverte. Quatre mois auparavant, un tel étalage d'émotions brutes, surtout de la part d'un autre garçon, m'aurait retourné. Au collège Towers, on ne se livrait pas de la sorte, quoi qu'il puisse nous arriver.

Mais le collège Towers était à un million de kilomètres.

– Non, ce n'est pas vrai. Mais je t'ai entendu, t'inquiète.

Tom hocha la tête, lâcha mon poignet et enfouit son visage dans ses mains. Il y avait une centaine d'émotions différentes dans le regard que Helen et moi échangeâmes à ce moment-là. Puis j'allai me placer près de l'épaule gauche de Ian. Alex s'était installé à la droite du Doc.

– OK, dit ce dernier, visiblement terrifié mais d'une voix ferme. Il est temps de commencer.

29

PIÈGE

Dès que Susan Ritter pénétra dans le bureau de Lilith Cavanaugh, à quatorze heures ce samedi, elle comprit que tout n'était pas aussi rose que cela.

Six personnes l'attendaient, et toutes, à l'exception de Miss Cavanaugh, étaient des officiers de police en uniforme. Ils l'observèrent de leurs yeux froids et impassibles tandis que Lilith faisait les présentations. Susan fut abasourdie d'apprendre que l'un d'eux n'était autre que le commissaire divisionnaire Martin D'Angelo, chef de la police de Philadelphie. Elle ne l'avait jamais rencontré, mais savait ce qu'en disaient les médias : un homme dur, avec lequel il n'était pas facile de travailler, mais compétent.

« Si quelqu'un peut retrouver Will, c'est bien lui. »

Sauf qu'il y avait quelque chose dans l'expression de D'Angelo et dans la façon dont il la regardait… Quelque chose de… prédateur.

– Heureux de faire votre connaissance, madame Ritter, dit-il en souriant de toutes ses dents, alors que ses yeux restaient dénués d'émotion. Je n'ai pas eu le… euh, plaisir de connaître l'inspecteur Ritter personnellement, mais sa réputation était parvenue jusqu'à moi.

– Merci, répondit Susan, en lui serrant la main.

Elle ne savait cependant pas trop pourquoi elle le remerciait. Ce qu'il avait dit au sujet de Karl n'était pas un compliment.

– Asseyez-vous donc, Susan, ronronna Lilith.

Susan obéit et regarda avec une appréhension croissante Lilith Cavanaugh se caler dans son fauteuil de bureau tandis que les hommes prenaient place derrière elle, D'Angelo compris. C'était étrange. On aurait dit que c'était elle le chef et eux les subalternes.

Or, Lilith Cavanaugh était la directrice du service des Affaires Civiles ; le chef de la police ne dépendait donc pas d'elle !

Susan se rendit compte qu'un des policiers était resté dans son dos, près de la porte, devant laquelle il semblait monter la garde, le visage de marbre.

Ses inquiétudes s'accrurent.

– Que se passe-t-il ? demanda-t-elle à Lilith.

– Où est Emily ?

– Quoi ?

– Votre fille, répéta Lilith, toujours souriante. Où se trouve-t-elle en ce moment ?

– Elle est avec ma sœur, répondit Susan. Pourquoi ?

– Votre sœur Angela, compléta Lilith, avant de jeter un coup d'œil sur une feuille posée sur son bureau pour lire à voix haute l'adresse d'Angela. C'est bien ça ?

– Oui, fit Susan, interloquée. Miss Cavanaugh, je ne...

– Lilith, rectifia cette dernière. Je vous ai demandé de m'appeler Lilith.

– Lilith, murmura Susan, la bouche soudain sèche.

– Quel dommage que vous ne l'ayez pas amenée avec vous.

Cavanaugh souriait encore, mais il n'y avait plus aucune chaleur dans son expression. Elle faisait penser à D'Angelo.

Un air prédateur.

– J'ai montré le DVD de votre mari à ces gentlemen. Ils l'ont trouvé tout aussi intéressant que moi... même si ce que ce cher et regretté Karl avait à dire nous était déjà connu.

– Cher et regretté..., murmura Susan en écho, se sentant gagnée par la colère.

« Que signifie cette façon de parler ? »

– Voyez-vous, Susan, il y a trois ans de cela, environ un an avant sa mort, l'inspecteur Ritter a mis en place une organisation appelée les « Fossoyeurs ». Vous en avez entendu parler, évidemment, et vous avez commis l'erreur de croire que c'était un gang des rues. Il s'agit en fait d'une armée d'enfants, une petite légion de fugitifs qui font cause commune pour se battre contre un ennemi commun.

– Un ennemi commun, répéta de nouveau Susan, nauséeuse.

– Une invasion venue d'un autre monde, expliqua Lilith. D'un autre univers, pour être plus précis. Ces envahisseurs arrivent ici sous forme d'énergie pure. Ils se trouvent donc contraints de revêtir des corps humains afin de pouvoir s'incarner et agir dans ce monde. Malheureusement, il n'est pas possible de choisir des hôtes déjà… occupés. Le corps parasité doit être mort.

Le cerveau de Susan chavira. C'était démentiel ! Du pur délire ! Et le trouble où elle venait de plonger était aggravé par le ton posé de Lilith Cavanaugh, aussi calme que si elle enseignait l'arithmétique à un écolier de six ans.

– Cela dit, il est difficile de mener une invasion quand on se trouve contraint de se promener entouré d'une enveloppe charnelle en putréfaction. C'est la raison pour laquelle les créatures dont je vous parle ont développé la capacité de projeter une illusion, l'image d'une apparence normale – celle que voient les gens. Ainsi, peu importe le nombre de cadavres successifs qui pourrissent – car il faut bien comprendre que les corps ont la fâcheuse habitude de pourrir à une vitesse proprement inimaginable... –, le commun des mortels les perçoit toujours exactement de la même manière. Plutôt rusé, vous ne trouvez pas ?

Susan ouvrit la bouche pour répondre, mais rien n'en sortit. Le sourire de Lilith se fit plus large encore.

– Ce n'est pas un système parfait, mais il fonctionne.

Elle prit quelques secondes pour inspecter ses mains impeccablement manucurées posées sur son bureau. Son sourire s'estompa un bref instant. Ses yeux se rivèrent sur ceux de Susan.

– Il fonctionne... sauf avec les Fossoyeurs, reprit-elle.

– Les Fossoyeurs...

– Oui... On aurait pu s'attendre à ce que cette petite armée se disloque quand votre mari a trouvé la mort. Au lieu de cela, son effectif a grandi... et ces gamins ont gagné en intelligence. Ils ont su se rendre plus invisibles encore, ont appris à passer inaperçus, à riposter, et à devenir une véritable épine dans le pied dans un premier temps, et une menace bien réelle aujourd'hui.

La crainte de Susan était en train de céder la place à une véritable terreur. Elle avait l'impression de tituber dans un cauchemar.

« Tout ça n'a aucun sens ! »

– Les Fossoyeurs, pour des raisons que nul ne comprend, sont capables de percer ce voile d'illusion, de voir les cadavres animés que les envahisseurs sont véritablement. Karl avait ce don, et votre fils l'a aussi. J'ai bien peur que Will se soit acoquiné avec ces enfants des rues. Il semblerait qu'il se soit rallié à leur cause.

– Quelle… cause ? demanda Susan.

– Mais repousser l'invasion, voyons ! rétorqua Lilith en éclatant d'un rire tout à fait inapproprié. Contrecarrer les plans des êtres qu'ils appellent les « Macchabs » et, du moins je le suppose, les renvoyer d'où ils viennent.

Tous les hommes de la salle éclatèrent de rire à leur tour, mais c'était un rire dénué de joie, et même chargé de colère. Le sang se glaça dans les veines de Susan.

– Mon Dieu…

– Or, ces créatures sont bien déterminées à ce que rien ne vienne se mettre en travers de leur route, continua Lilith après un moment. Ce qui me fait revenir à ce que je vous disais : quel dommage que vous ne soyez pas accompagnée d'Emily ! Pour être sincère, Susan… nous avons besoin d'elle. Et j'ai bien peur qu'à présent nous devions nous emparer d'elle, même si cela implique de devoir tuer votre pauvre sœur Angela au cours de l'opération.

– Qu'est-ce que vous racontez ? s'exclama Susan, bondissant sur ses pieds. Vous avez perdu la tête ?

Lilith se leva à son tour, lentement, comme si elle avait tout son temps.

– Non, madame Ritter. Je ne suis pas folle. D'ailleurs, permettez-moi de vous montrer ce que je suis réellement.

Susan Ritter resta pétrifiée d'horreur lorsque le visage parfaitement maquillé et la chevelure apprêtée de Lilith Cavanaugh étincelèrent brièvement avant de disparaître. Une seconde plus tard, le même phénomène toucha les hommes qui se trouvaient dans son dos.

Quand elle vit ce qu'il y avait derrière leur Masque, la mère de Will se mit à hurler.

Sans pouvoir s'arrêter.

30

AMÈRES VÉRITÉS

Sharyn, qui n'avait cessé de se convulser et de lutter contre ses liens durant l'opération, se calma enfin. Ses yeux se fermèrent. En lieu et place de ses dreadlocks si familières, elle avait à présent le crâne rasé. Un tube en plastique sortait de sa tête. Un liquide rougeâtre, mélange de sang et fluide cervical « absorbeur de choc », s'y écoulait lentement jusque dans un seau.

Ian prit la tension artérielle de la jeune fille.

– Je crois que ça a marché.

Tom, Amy, Helen et le Burgermeister vinrent se placer autour du brancard. Seuls Chuck et Ramirez restèrent assis. Le chef attrapa la main de sa sœur :

– Elle dort ?

– Elle est toujours dans le coma, expliqua Ian. Je pense qu'on a réussi à faire baisser la pression intracrânienne. Mais, Tom, attention : ce n'est pas gagné pour autant.

– Je sais. Ian… tu es un génie.

– Tout ce que j'ai fait, c'est lire un livre de médecine et suivre les instructions. C'est Alex qui a fait tout le travail.

– Je te dois une fière chandelle, dit Tom, s'adressant au chef des Teckos.

– Pas du tout, répondit Alex. Je suis un Fossoyeur.

Et, sans ajouter un mot, il ramassa sa perceuse et ses mèches, et quitta l'infirmerie. Nous le regardâmes tous s'éloigner.

– Merci, Alex ! m'écriai-je alors.

S'il m'entendit, il n'en laissa rien paraître.

« Drôle de type », songeai-je.

– Drôle de type, s'exclama Dave.

Toujours installé sur sa chaise, l'agent Ramirez s'exprima pour la première fois depuis l'opération :

– C'était… étonnant.

Tom le dévisagea, puis il lâcha doucement la main inerte de sa sœur pour aller se planter en face de Ramirez :

– Et maintenant, vous comprenez ?

L'homme du FBI hocha la tête.

– Nous ne sommes pas des gamins, martela Tom.

– Non, c'est sûr.

– On n'a besoin de personne pour veiller sur nous, s'occuper de nous, nous guider ou nous materner.

– Tout à fait.

– Nous sommes des soldats.

– Oui, effectivement.

– Et, puisque nous sommes des Clairvoyants et pas vous... nous sommes les seuls *véritables* combattants dans cette guerre.

– Je comprends, Jefferson.

Ce fut au tour de Tom de hocher la tête. Il nous fit signe de le rejoindre, à l'exception de Ian et d'Amy, qui restèrent près de leur patiente. Nous disposâmes une série de chaises en cercle.

– Bien. Vous nous parliez de Cavanaugh... et de ses plans pour assassiner le gouverneur.

– Vous voulez qu'on fasse ça maintenant ? s'étonna l'homme du FBI.

– Si on ne le fait pas maintenant, quand le fera-t-on ? demanda le chef.

Comme si cela avait suffi à le convaincre, Ramirez commença à parler :

– Le gouverneur et sa femme arrivent ce soir à Philadelphie. Ils prendront part à un dîner avec le maire et le conseil municipal. Demain – dimanche, donc –, ils doivent faire plusieurs apparitions publiques avant de repartir à Harrisburg. La femme du gouverneur prononcera un discours devant des écoliers sur la place

John Fitzgerald Kennedy pendant que son mari et le maire présideront les cérémonies d'inauguration du quai aménagé sur Penn's Landing.

Je visualisai les deux lieux dans ma tête.

La place JFK était entièrement bétonnée, avec une grosse fontaine en son milieu. Elle se trouvait en face de la mairie, à une centaine de mètres de notre QG – et une vingtaine de mètres au-dessus. Sauf que personne ne l'appelait « place JFK ». Elle devait son surnom à une sculpture d'art moderne qui se trouvait à l'angle sud-est. Quatre lettres géantes, un « L » et un « O » perchés au-dessus d'un « V » et d'un « E » tout aussi imposants.

Love Park.

Penn's Landing était l'endroit où, si l'on en croyait la légende, William Penn (l'homme qui a fondé Philadelphie) avait débarqué avec son navire, au XVIIe siècle. C'était devenu un lieu à la mode, envahi de magasins chics et de restaurants chers, au bord du fleuve Delaware.

– Qu'est-ce qui vous fait croire que Cavanaugh va essayer d'assassiner le gouverneur ? demanda Tom.

– Rien de concret, admit Ramirez. Tu te souviens des policiers dont je t'ai parlé tout à l'heure ? Ils avaient commencé à me laisser entendre que Booth avait des vues sur le poste du gouverneur. J'imagine que le plan de Cavanaugh est le même.

– Mais elle n'est pas *élue*, dit le chef. Elle est juste *nommée* par le conseil municipal. Comment pourrait-elle passer de directrice des Affaires Civiles à gouverneur ?

– Elle ne le peut pas, reconnut Ramirez. Le problème, c'est qu'il y a d'autres rumeurs. Une source interne au FBI m'a informé de l'arrivée de Dashiell à Philadelphie.

– Dashiell ? demanda Helen.

– C'est un assassin international... Un tueur à gages. Une véritable légende. Personne ne sait qui il est vraiment. On le soupçonne d'être impliqué dans d'innombrables meurtres depuis environ une dizaine d'années. De gros pontes dans le monde de l'industrie et des affaires, principalement. Quelques hommes politiques en vue également. On dit qu'il est américain, peut-être un ancien membre des Forces Spéciales. Mais, je le répète, personne n'est sûr de quoi que ce soit. Il n'existe aucune photo de lui.

– Et vous pensez que ce type est dans les parages ? s'exclama Chuck.

– J'ai sur mon bureau un rapport où il est suggéré que Dashiell aurait refusé un contrat à Budapest en raison de celui qu'il a accepté à Philadelphie. Il est du genre à travailler rapidement, donc il est logique de penser que, quelle que soit sa cible, il va frapper très bientôt. Si on ajoute à cela que le gouverneur vient d'arriver en ville...

– Ça serait une sacrée coïncidence, dit Tom.

– Je ne crois pas aux coïncidences, déclara l'agent.

– Moi non plus. Bon, prenons pour hypothèse que, pour un motif que nous ignorons, les Macchabs ont décidé de supprimer le gouverneur.

– Mais pourquoi engager ce Dashiell ? ripostai-je.

– Oui, renchérit Helen. La Reine a des milliers de sbires à disposition. Pourquoi ne s'en occupent-ils pas eux-mêmes en faisant ensuite passer le meurtre pour un accident, comme c'est leur spécialité ?

– Tuer un gamin et faire croire qu'il s'agit d'un malheureux hasard reste quand même plus facile que s'en prendre à un gouverneur entouré de gardes du corps, non ? suggéra Chuck.

– La Reine doit avoir ses raisons, ajouta Tom. Si elle fait appel à un tireur d'élite, c'est sans doute justement parce qu'elle ne cherche pas à faire croire à un accident. Peut-être qu'un assassinat politique, qui fera forcément couler beaucoup d'encre, servira mieux ses plans pour accéder au poste de gouverneur...

– Voilà pourquoi ce ne sera pas un Macchab qui pressera la détente, poursuivit Helen. Les Macchabs ne se serviraient jamais d'une arme à feu !

Le chef hocha la tête.

– Quel sac de nœuds ! lâcha le Burgermeister.

– Qu'est-ce qu'on fait, alors ? demandai-je. Comment on les empêche d'y arriver ?

Tom se tourna vers Ramirez :

– Vous avez une idée du moment où ça va se passer ? Au dîner de ce soir ? À Penn's Landing, demain ? Entre les deux ?

L'homme du FBI haussa les épaules :

– Je l'ignore. Jusqu'à présent, je n'étais même pas sûr que la menace soit bien réelle. J'avais évidemment des doutes au sujet de Cavanaugh... Je me disais qu'elle était corrompue, que certains des flics de cette ville étaient à sa solde. Mais de là à imaginer qu'elle projetait de tuer le gouverneur ! De plus, je ne pouvais pas deviner son mobile. Et pourtant...

– Pourtant les Macchabs vous ont tout de même kidnappé, complétai-je.

Il esquissa une moue hésitante :

– Sans doute pour déterminer ce que je savais exactement... et à qui j'en avais parlé.

– Mais ils ne vous ont posé aucune question, fit remarquer Helen. Alors qu'ils vous ont gardé longtemps...

– Peut-être voulaient-ils se débarrasser de vous, histoire que vous ne les gêniez pas ? supposa Tom. Mais ils ne pouvaient pas risquer un « accident » de plus, pas avec un agent fédéral, pas ce week-end. Et donc, ils avaient dans l'idée de vous isoler jusqu'à lundi, et ensuite de vous liquider.

– C'est possible, admit Ramirez.

– Nous devons nous attendre à ce que ce Dashiell passe à l'action soit aujourd'hui, soit demain. Et, comme il s'agit d'un tireur d'élite, ce sera sûrement en extérieur.

– Je vais appeler la garde rapprochée du gouverneur, dit Ramirez. Il faut les prévenir.

– Ah bon ? Quel intérêt ? lui demanda Tom. Cavanaugh est intelligente, et elle a eu le temps de se préparer à une telle éventualité. Vous savez que les Macchabs ont infiltré la mairie et la police. Qu'est-ce qui vous fait croire que ce n'est pas la même chose avec les hommes du gouverneur ?

– Quel sac de nœuds ! répéta Dave.

– Qu'est-ce que tu essayes de me dire ? demanda Ramirez.

– Je vous pose juste une question : comment pouvez-vous savoir en qui avoir confiance ? Ou qui cette personne de confiance risque d'appeler ensuite ? S'il y a bien une chose que nous avons apprise, c'est que le système n'est pas notre ami. Et vous êtes encore plus mal loti que nous. Nous, au moins, on voit à qui on a affaire.

Nous restâmes à observer l'agent du FBI le temps qu'il digère tout ça.

– Je ne sers à rien, conclut-il sur un ton résigné. Mon pays... le monde dans lequel je vis... est envahi, et je ne peux absolument rien faire.

– Ce n'est pas vrai, répliqua Tom.

– Je ne peux pas lutter contre un ennemi que je ne suis même pas capable de voir.

– Non, ça c'est sûr, acquiesça le chef. En revanche, vous pouvez nous aider à le combattre. Nous sommes une armée, et une armée a besoin de matériel et de renseignements. Des renseignements que vous trouverez sûrement dans votre bureau de Washington DC. Vous êtes des nôtres, à présent, une sorte d'agent irrégulier… le seul adulte à savoir ce qui se passe. Si ça, c'est pas un vrai atout !

Ramirez garda la tête penchée pendant une demi-minute.

– Admettons, marmonna-t-il, avant d'ajouter : Je suis tellement désolé ! C'est si injuste, ce que vous avez subi. Traverser tout ça sans jamais avoir eu quiconque pour vous aider.

Personne ne pipa. J'étais assis à côté d'Helen et je sentis mon ventre se nouer. Ce mec du FBI avait raison. Ce n'était pas juste. J'avais treize ans. Helen, pareil. Dave avait quatorze ans, peut-être quinze, je n'en étais pas sûr. Et notre chef, Tom, n'aurait dix-huit ans que dans six mois.

Pas juste du tout.

– La vie n'est pas toujours juste, déclara Tom sur un ton neutre. Mais on doit jouer la partie avec les cartes qui nous ont été distribuées, et pour l'instant on ne joue pas trop mal. Je pense que vous en avez vu assez pour l'avoir compris.

– Vous savez ce que vous faites, confirma Ramirez. Vous ne m'entendrez plus vous dire le contraire. Mais ce n'est pas pour autant que c'est juste...

– Un grand homme que j'ai eu la chance de connaître m'a dit un jour : « Parfois, réclamer justice en pleurant n'est qu'une façon déguisée de se plaindre. »

– Qui a dit ça ? demandai-je, même si je connaissais déjà la réponse.

– Ton père.

Tom et moi échangeâmes un bref sourire.

– Bon, fis-je. Ça ne règle pas le problème : si la Reine a vraiment l'intention de tuer le gouverneur, qu'est-ce qu'on fait ?

– Eh bien, comme nous ne pouvons pas nous fier aux gardes du corps du gouverneur, déclara le chef sans aucune émotion dans la voix, il ne nous reste plus qu'à faire le boulot à leur place.

31

COUP DE FIL

Au Refuge, quand Tom disait qu'il était temps de passer à l'action, les choses ne traînaient pas.

Katie, la chef par intérim des Anges-Gardiens, n'était pas présente lors de la discussion à l'infirmerie. Mais, à la seconde où elle en fut informée, elle ordonna un rassemblement immédiat de ses troupes dans la grande salle. C'est lors de cette réunion qu'elle leur exposa le plan.

Trois groupes allaient prendre position à proximité du gouverneur, prêtes à intervenir si quelque chose se produisait, mais en restant suffisamment à distance pour ne pas se faire repérer (du moins, c'est ce qu'on espérait) par les équipes de sécurité du gouverneur ou, pire, par les Macchabs.

– Et les Macchabs seront bien là, dit-elle. C'est sûr et certain ! Des flics morts. Des politiciens morts. Des morts de toutes les catégories. L'agent Ramirez pense que Cavanaugh a engagé un tireur d'élite. Ce qui signifie probablement un fusil et un toit. Par conséquent, les équipes Zébra 1 et Zébra 2 surveilleront les immeubles les plus élevés aux abords de Penn's Landing. Servez-vous de jumelles et observez... tout le monde. Souvenez-vous que ce Dashiell n'est pas un Macchab. Toute personne se trouvant seule sur un toit est un suspect potentiel.

Zébra 3 restera au sol, aussi près que possible du gouverneur.

– Et ensuite ? demanda Burton.

– Si les membres de Zébra 1 ou 2 font état de quelque chose de louche, la mission de Zébra 3 consistera à mettre le bazar. Briser une vitrine de magasin. Déclencher une sirène d'alarme de voiture. N'importe quoi qui puisse alerter les gardes du corps du gouverneur qu'il y a un souci.

– Ils tenteront de nous arrêter, signala Chuck.

– Oui, acquiesça Katie, mais leur première tâche sera de mettre le gouverneur en sécurité, de faire en sorte qu'il ne soit plus à ciel ouvert. Ils le conduiront dans la voiture ou le bâtiment le plus proche. C'est tout ce qu'on veut. À ce moment-là, le job de Zébra 3 sera de se disperser. De disparaître.

– C'est risqué, commenta Zack Perkins, un autre Ange-Gardien.

– Ouais, ajouta Tina Woo, mais pas pire que la mission du pénitencier l'autre jour, et j'ai même pas pu y participer. Alors celle-là, j'en suis !

– Moi aussi ! déclara Chuck.

– Pareil ! fit Burton.

– Zack a raison, dit Katie, cette mission est particulièrement risquée, et pas seulement pour Zébra 3. Le tueur pourrait faire feu sur les membres des équipes 1 et 2, et il sait se servir d'un fusil. Et surtout, on ne le mettra pas hors de combat avec un peu d'eau salée. Tom m'a donc assuré que cette mission n'est obligatoire pour personne. Si l'un de vous ne veut pas y aller, on comprendra.

– Pas question ! J'y vais ! s'exclama Tina.

Tous les regards se braquèrent sur Zack.

– Eh, j'ai juste dit que c'était risqué ! Même pas en rêve je la rate, cette mission !

– Cool, acquiesça simplement Katie.

– Et nous ? demanda Helen. Will et moi, les deux stagiaires ?

La réponse ne me plut guère :

– Ne vous inquiétez pas. Vous êtes des nôtres. Nous avons besoin de gens. Helen, tu es avec Zébra 1 et Will avec Zébra 2. Sur les toits.

Helen me jeta un rapide coup d'œil, l'air étonnamment satisfaite.

– Entendu.

– Entendu, fis-je en écho, mais plus en sourdine qu'autre chose.

Parce que je ne le pensais pas. Parce que je n'aimais pas ça du tout.

– Parfait, enchaîna Katie. Ce soir, le gouverneur est hors de danger. Tom veut que, tous autant que vous êtes, vous mangiez un morceau et preniez du repos. Allons fermer un œil. Je pense que nous en avons besoin. D'ici notre réveil, les plans de notre mission auront été dessinés et seront prêts.

La réunion se termina par une discussion assez animée, à laquelle tout le monde prit part, sauf Helen et moi. Nous restâmes là en silence à nous observer en chiens de faïence. Au bout de quelques secondes, Katie s'excusa, se leva de la chaise qu'elle occupait entre nous, et sortit suivre les autres.

Helen et moi nous retrouvâmes seuls.

Elle me regarda.

Je la regardai.

– Je suis désolé, murmurai-je.

– À quel sujet ?

– De t'avoir exclue… au moment de la démonstration de Tom.

– OK, dit-elle.

Elle fulminait. Je détestais voir ce genre de lueur dans ses yeux. En même temps, sans trop savoir pourquoi, j'aimais assez.

– Et avant aussi, dans la maison funéraire… ? demanda-t-elle.

Je ne répondis rien.

– Je la tenais, Will ! Elle était prête à tout pour s'emparer de ce cadavre et elle arrivait sur moi. Je lui en aurais collé une entre les yeux avec mon pistolet ! Mais il a fallu que tu t'interposes, et Dave a failli y passer !

– Je… sais, balbutiai-je. J'étais… J'avais juste…

– Tu avais juste… quoi ?

– J'avais peur, conclus-je, en haussant misérablement les épaules.

La lueur au fond de ses yeux disparut d'un coup.

– Peur de quoi ?

– Je ne voulais pas que Cavanaugh… enfin, tu sais… qu'elle te…

– Fasse du mal ? finit-elle.

– Je pense que c'est ça, oui.

Elle me dévisagea comme si j'avais brusquement changé de couleur de peau. Et, à en juger par la chaleur de mes joues, c'était peut-être effectivement le cas. Nous n'échangeâmes pas un mot pendant près d'une minute.

– C'est à cause de ce qui s'est passé à la prison, c'est ça ? m'interrogea-t-elle de but en blanc.

– Je crois.

– Bon, et alors ? Tu m'as sauvé la vie. Tu es donc désormais officiellement chargé de ma protection, c'est ça ?

– Non ! m'exclamai-je. Pas du tout. J'étais juste… Tu sais…

Ma bouche était inexplicablement pâteuse. J'avais l'impression que quelqu'un venait de la remplir de coton par un tour de passe-passe.

– Non, Will, je ne sais pas. Qu'est-ce qui cloche chez toi ?

Je déglutis à plusieurs reprises, mais le coton s'obstinait à rester en place.

– Tu as failli… mourir, répondis-je.

– Je suis au courant. J'y étais. Mais oui, tu m'as sauvé la vie. Et alors ?

À ce moment-là, j'aurais préféré avoir une centaine de Macchabs en face de moi plutôt que poursuivre cette conversation.

– Et alors ? Ce que ça m'a fait ? Ce que j'ai ressenti à l'idée que tu meures, toi, balbutiai-je, me faisant l'effet d'un demeuré, je… je ne veux plus jamais le ressentir.

Helen resta interdite. Un long moment s'écoula, d'une lenteur inimaginable. Et même plus long que ça encore. Enfin, un léger sourire se dessina sur ses lèvres.

– Eh bien, ça, c'est gentil à environ dix pour cent, dit-elle.

– Helen…

– Et les quatre-vingt-dix pour cent restants me foutent la rage ! ajouta-t-elle.

– Oh, fis-je.

– Will, tu te débrouilles bien au combat.

– Euh… merci.

– Mais tu es conscient que je peux t'en coller une qui te fera atterrir à l'autre bout du Refuge, hein ?

Je ne répondis pas. C'était inutile. Nous savions tous les deux que c'était vrai.

Elle eut alors un drôle de geste, à la fois terrible et génial. Elle me prit la main. Sa peau était douce et chaude. Non, plus que ça. Brûlante, presque autant que mes joues.

– Enregistre bien ce que je vais te dire, déclara-t-elle, sur un ton plus délicat que les mots eux-mêmes. Je ne suis la demoiselle en détresse de personne. Ce que nous faisons est dangereux… Quoi qu'il se passe, je veille sur toi et tu veilles sur moi. Mais tu n'es pas responsable de moi, tu n'es pas mon chevalier servant en armure étincelante.

– Ça n'a rien à voir avec ce genre de débilité, protestai-je.

– Alors, de quel autre genre de débilité est-il question ? me pressa-t-elle. As-tu ressenti la même chose hier soir, quand la Reine s'est emparée de Dave ?

Le ton posé et calme qu'elle avait à présent était pire que sa colère.

– Non.

– Tu penses donc qu'il est meilleur combattant que moi ?

L'image du Burgermeister brisant la nuque de Cavanaugh comme s'il s'était agi d'une branche sèche me revint subitement en mémoire. À ce moment-là, Helen était clouée au sol par un cadavre.

– Non, répondis-je malgré tout.

– Tu t'inquiètes au sujet des autres ? De Chuck, de Burton, ou de n'importe qui d'autre ?

– Non.

– Et pour les filles ? Katie ? Tina ?

– Non, répétai-je encore, un peu sur la défensive.

– Alors, qu'est-ce qui fait que je suis différente ?

J'avais la sensation d'avoir le visage en feu. Je regardai Helen avec une mine déconfite. Elle était là, immobile, si proche, calme, les yeux vifs. Soudain, j'eus la sensation que le coton dans ma bouche était devenu du béton.

– Il faut vraiment que je le dise ? marmonnai-je misérablement.

Une heure s'écoula, ou peut-être quelques secondes seulement, avant qu'elle réponde :

– Non, pas la peine. Laisse tomber, c'est tout.

Sur ce, elle se retourna et sortit à grands pas.

Mes genoux fléchirent sous moi, et je me laissai tomber sur la chaise la plus proche.

Il faisait froid dans la grande salle. D'ailleurs, il faisait froid partout dans le Refuge. Et pourtant je transpirais comme jamais. Je sentais des gouttelettes brûlantes perler sur mon front. Je tentai de comprendre et d'analyser ce que je ressentais. Finalement, incapable de trouver mieux à faire, je regagnai ma chambre. Le Burgermeister n'était pas là. Je poussai un soupir de soulagement, me débarrassai de mes chaussures et m'allongeai. Je tirai les couvertures et, comme je le faisais parfois, je fermai les yeux en imaginant que j'étais à la maison.

Même si je savais bien que ce n'était pas vrai.

Je ne pensais pas trouver le sommeil, pas avec la tempête qui faisait rage dans mon crâne, pourtant je réussis à sombrer dans les bras de Morphée. Je ne me souviens pas d'avoir rêvé, ce qui, au Refuge, valait habituellement mieux.

Ce ne fut pas Dave qui me réveilla, mais la sonnerie d'un téléphone.

Je faillis bondir hors de la couchette, comme si elle avait soudain pris feu. Je n'avais pas de portable. Aucun Fossoyeur n'en avait. Ils étaient bien trop faciles à tracer. Mais la sonnerie retentit de nouveau, et il n'y avait absolument aucun doute : cela venait de moi. Je palpai mes vêtements, un peu comme si je me fouillais moi-même, jusqu'à ce que je trouve l'appareil en question, dans une poche de mon pantalon.

C'était celui de Cavanaugh. Pas un smartphone dernier cri, mais un de ces trucs à clapet, à la coque noire et brillante. Sans doute un téléphone de fonction payé par la municipalité. Je me demandai combien de fois elle s'en était servie.

Troisième sonnerie.

Je reniflai le téléphone. C'était un peu bizarre comme geste, mais je m'attendais à moitié à ce qu'il empeste la mort. Tout ce qu'il sentait, c'était la transpiration. La mienne. La nuit avait été longue.

Je n'osai évidemment pas répondre. Cela allait à l'encontre des règles et protocoles, puisque les Macchabs auraient pu effectuer une… – quel était le mot qu'employait Steve, déjà ? Ah oui – « triangulation du signal ». Il aurait été intelligent de ma part de le donner aux Hackers ou au Neurolab. Les membres d'une de ces équipes auraient évidemment été capables de l'analyser et peut-être d'en tirer quelques renseignements intéressants. C'était d'ailleurs la raison pour laquelle je m'en étais emparé, mais je l'avais oublié dans la bagarre qui avait suivi.

J'ouvris le téléphone et m'apprêtais à appuyer sur « Ignorer l'appel » lorsque je vis le numéro qui s'affichait.

Je me pétrifiai.

Je connaissais ce numéro. Je le connaissais plus que bien.

Mais c'était complètement dingue !

Malgré moi, j'appuyai sur « Répondre » et collai l'appareil à mon oreille :

– Maman ?

La voix qui s'éleva, avec tout ce que cela impliquait, me ficha la plus grande trouille de mon existence. Ce qui n'est pas peu dire.

– Ta mère ne peut pas répondre au téléphone, William.

« Mon Dieu... »

32

LA NOUVELLE MISSION DE WILL

Je courus à travers les couloirs du Refuge encore plus vite que lorsque j'étais parti chercher Alex Bobson pour aider Sharyn. Les Fossoyeurs que je croisai ne manifestèrent aucune émotion. La plupart avaient l'air fatigué et hagard. Ils me regardèrent sans faire de blague ni de remarque dans mon dos. Peut-être commençaient-ils à s'habituer à me voir courir comme un fou dans ces couloirs étroits et humides. Ou alors, à mon exemple, ils en avaient soupé de cette vie misérable.

Le temps que je parvienne à l'infirmerie, mon cœur martelait ma poitrine, et j'avais l'impression d'avoir avalé un bloc de glace d'un coup tant j'avais mal au ventre.

– Tom !

Il leva la tête. Il était à côté de Sharyn, les traits tirés, des valises sous les yeux. La pièce était déserte, à l'exception de Ian et d'Amy qui allaient et venaient, occupés à faire je ne savais trop quoi. Eux aussi semblaient épuisés.

– Hé, mec, me héla le chef. Tu viens juste de rater Dave. Il est resté un sacré moment ici à nous tenir compagnie. Tu sais, il m'arrive de me dire que je ne passe pas assez de temps avec ce gars.

Il regarda ensuite sa sœur.

– Elle s'accroche. C'est une battante, reprit-il. Merci pour ce que tu as fait tout à l'heure : aller chercher Alex et t'occuper du reste. Je ne suis pas du genre à me reposer sur les gens, mais bon, vu les circonstances...

Je m'approchai de lui et lui tendis le téléphone :

– J'ai pris ça sur Cavanaugh la nuit dernière. Je l'avais oublié jusqu'à tout à l'heure... quand il a sonné. C'était elle, et elle appelait avec le portable de ma mère !

En voyant l'expression de Tom, je compris qu'il n'avait pas besoin de plus d'explications.

– Will, murmura-t-il, je suis désolé.

Je n'étais pas venu chercher sa compassion.

– Je n'aurais pas dû répondre. Je connais les règles et protocoles, mais, lorsque j'ai vu le numéro de maman sur l'écran, je n'ai pas pu m'en empêcher. Cavanaugh a dit un truc, juste un, avant que je raccroche. Elle a dit que ma mère n'était pas disponible pour répondre au téléphone. Puis elle a éclaté de rire.

– C'était intelligent de ta part de raccrocher, acquiesça Tom. Mais, du coup, tu ne sais pas exactement ce que...

Je lui montrai l'écran.

– Elle m'a envoyé un texto quelques secondes plus tard.

Le chef le lut. Je connaissais déjà le message par cœur. Il était assez long, mais je l'avais retenu.

Ta mère et ta sœur sont entre mes mains. Si tu veux qu'elles restent en vie, il suffit que les Fossoyeurs ne fassent rien, absolument rien, pendant les vingt-quatre heures qui viennent. Si un seul d'entre nous renifle votre présence, le corps de ta mère fera un très bel hôte pour moi. Et la petite Emily sera un mets délicieux !

Tous les mots étaient écrits en entier, la ponctuation parfaite, les majuscules à leur place. Seuls les adultes envoient de tels SMS, et les Macchabs, apparemment.

Tom poussa un juron. Ce n'était pas trop son genre, et cela me réconforta parce que ça signifiait qu'il comprenait la situation, en dépit de l'état préoccupant de Sharyn.

Ça signifiait qu'il était toujours mon chef.

– Fais venir Katie, ordonna-t-il. Dis-lui qu'on annule. Personne ne quitte le Refuge avant demain à cette heure-ci.

– Alors le gouverneur mourra, déclarai-je, avant de m'armer de courage et de poursuivre : Non, on ne peut pas faire ça.

– Will, je ne veux pas avoir la mort de ta mère et de ta sœur sur la conscience. Tu as déjà perdu ton père.

– Et si on laisse la Reine s'en tirer, ripostai-je, elle fera pareil la prochaine fois qu'elle voudra nous écarter de son chemin. Elle pourra même commencer à prendre des gens en otage et demander à ce qu'on se rende pour les sauver.

Au fur et à mesure que je parlais, le gros bloc de glace dans mon ventre ne cessait de grossir.

Étais-je vraiment prêt à sacrifier maman et Emily pour « le bien de tous » ? Ou étais-je simplement en train de jouer aux durs en espérant que Tom arrive à me dissuader ?

J'étais à peu près sûr que la deuxième explication était la bonne.

– Pas question, mec. On annule officiellement la mission. On peut toujours demander à Ramirez de prévenir le gouverneur.

– Tu as dit que ça ne marcherait pas ! protestai-je.

– C'est la seule option qui nous reste, répondit-il en haussant les épaules.

– Non, insistai-je. Nous pouvons intervenir et secourir ma famille.

– Tu sais où elles sont ?

– Non, admis-je. Mais je peux te dire où elles ne sont pas. Elles ne sont pas dans le bureau de Cavanaugh à la mairie. Impossible qu'elle les ait gardées là-bas une journée entière sans que personne s'en rende compte.

– Elle ne peut pas non plus les avoir fait arrêter, ajouta Tom. Pas avec ta petite sœur.

– Chez moi, peut-être ? Sous bonne garde ?

– Ça m'étonnerait, répondit-il. Trop de voisins. Quelqu'un risquerait de sonner. Et la maison de Cavanaugh ? Tu sais... comme Booth quand il avait capturé Helen.

– Non, aucune chance. Booth vivait en banlieue. Cavanaugh habite un appartement huppé qui donne sur la place Rittenhouse. C'est comme chez moi : beaucoup trop de voisins. Ils pourraient voir ou entendre quelque chose.

– Alors où ? demanda le chef.

– Là où elle a conduit Ramirez, dis-je en inspirant profondément, car mon hypothèse était plus que hasardeuse et l'enjeu plus qu'élevé. Le pénitencier Eastern State.

– C'est une possibilité, réfléchit Tom. L'endroit est discret et facile à surveiller.

– C'est pour ça que les Macchabs se sont emparés de ce lieu, ajoutai-je. Ils peuvent y cacher leurs... – comment dire ? – prisonniers politiques.

– Ça tient la route, estima le chef. Mais, si tu as raison, la Reine va s'attendre à ce que nous lancions une opération de sauvetage. Elle l'espère même sans doute, puisque ça nous tiendrait occupés loin de Penn's Landing.

C'était quelque chose que je n'avais pas envisagé.

– Alors, il faut que Katie conserve son plan et ses trois équipes. Je m'occuperai d'aller sauver ma famille !

– Seul ? me demanda Tom, dubitatif.

– Non. Avec Helen et le Burgermeister.

– Deux Anges-Gardiens en formation et un Teckos sans aucun entraînement contre qui sait combien de Macchabs ?

– On en avait quatre face à nous hier soir dans la maison funéraire, fis-je. Dont la Reine. Et tu oublies que Sharyn a donné des cours particuliers à Dave.

Les yeux de Tom se portèrent vers sa sœur étendue sur le brancard entre nous deux, les paupières closes. Elle portait le même tee-shirt que lors de la bataille, Ian ayant sans doute été trop mal à l'aise à l'idée de la changer. Noir à l'origine, il était devenu gris à force d'avoir été lavé et avait pour légende, en gros caractères : *MOPEY TEENAGE BEARS*.

Je l'avais vue porter ce tee-shirt au moins cinquante fois. Il faut dire qu'on n'avait pas non plus des garde-robes très fournies, au Refuge...

Les Mopey Teenage Bears... Un groupe de musique.

Le même groupe que sur le poster de la chambre.

Le poster de Dave...

– Je vais devoir lui en toucher deux mots, marmonna Tom pour lui-même.

– Hein ?

– T'occupe, mec. Tu as des choses plus importantes à régler. Rassemble ton équipe et prépare-toi à lancer l'assaut sur la prison. Il reste peut-être cinq heures avant l'aube, alors il faut te magner. Prends tout ce dont tu as besoin. Et passe donc par le Neurolab. Demande à Steve de te parler de son nouveau joujou, et dis-lui que je t'autorise à l'avoir.

– Merci, Tom.

– Ne me remercie pas, Will. J'aimerais pouvoir t'accompagner. En fait, je devrais même le faire. Je te dois bien ça, ainsi qu'à ton père. Mais je ne peux pas laisser Sharyn seule et, surtout, je ne peux pas abandonner le Refuge. Katie a besoin de moi. J'ai un peu trop laissé les choses flotter, ces derniers temps, question commandement.

– Pas de souci, dis-je rapidement. Tout le monde comprend.

– Fais attention, Will. Fais *vraiment* attention. Je risque de perdre Sharyn. Je ne supporterais pas de te perdre aussi.

Je ne savais quoi répondre. Finalement, je parvins à lui marmonner deux, trois mots pour lui assurer qu'il ne me perdrait pas. Le temps que je sorte, il avait déjà reporté son attention sur Sharyn.

Je le laissai à ses pensées.

Après tout, il me fallait songer à ma propre sœur. Et aussi à ma mère.

Il était temps de se mettre au travail.

33

LE BIBLIOTHÉCAIRE DU REFUGE

Le Neurolab occupait un grand espace fermé entre l'infirmerie et la Cage aux Singes. Steve Moscova, le chef du lieu, l'affublait du sobriquet de « Galerie ». La salle faisait peut-être quatre mètres de large sur une dizaine de long, avec un sacré paquet de lampes qui pendaient au plafond. C'était l'endroit le mieux éclairé du Refuge.

Ceux qui y travaillaient en avaient besoin.

C'était ici qu'on s'occupait des produits chimiques, qu'on dessinait les plans et les maquettes, et qu'on mettait au point les gadgets. Lorsque les Anges-Gardiens partaient en mission et se retrouvaient face à une armée de morts-vivants, c'est avec les armes élaborées ici qu'ils le faisaient, que *nous* le faisions.

Ces mecs devaient vraiment voir ce qu'ils fabriquaient.

Ils étaient six, et Steve était leur chef, veillant sur eux « comme un Maître de Jeu devant une tablée de joueurs », ainsi que l'avait un jour résumé Sharyn. Il était devenu Clairvoyant à un âge plus avancé que la plupart des Fossoyeurs, environ un an après son frère cadet, Burton. C'était un sujet délicat pour lui. Il pensait que ça renforçait son image de geek binoclard.

Mais, geek ou pas, Steve Moscova était un génie.

Pour l'heure, il était installé devant une table tout au fond de la Galerie. Il présentait nos gadgets à l'agent du FBI : pistolets à eau en plastique, Méga-Blasters à saumure, radios-bracelets…

Je courus vers eux, attirant ainsi l'attention de toute l'équipe.

– Steve !

Lui et Ramirez se retournèrent d'un bloc.

– Tu étais à l'infirmerie, hein ? me demanda d'emblée Steve. Comment va Sharyn ?

– Toujours endormie.

– Inconsciente, me corrigea-t-il, pas endormie.

– Si tu veux.

– Ce n'est pas la même chose. La signature électro-encéphalographique du sommeil paradoxal n'a absolument rien à voir avec celle d'un coma.

« Un authentique geek de laboratoire. »

– OK. Elle est toujours inconsciente.

– Elle devrait être à l'hôpital, observa de nouveau Ramirez.

À l'expression de son visage, on voyait cependant qu'il savait désormais que c'était impossible. Il avait compris beaucoup de choses, et son comportement n'avait plus rien à voir avec celui de la veille. Le monde était devenu un peu plus complexe pour l'agent Hugo Ramirez. Un peu plus effrayant, aussi.

Je savais exactement ce qu'il ressentait.

– Écoute, Steve, dis-je. Il faut que je te parle.

Comme à son habitude, il ne parut même pas m'avoir entendu.

– Je montrais à l'agent Ramirez notre dernière innovation.

Il tendit alors Tante Sally à bout de bras. Je n'avais pas posé les yeux sur l'arbalète depuis que Sharyn s'en était servie pour mettre hors de combat le Macchab de la tour de guet du pénitencier.

– Je l'ai déjà vue, dis-je.

– Pas l'arbalète. Ça !

Il ôta le carreau. Je n'avais pas souvent eu l'occasion de voir des carreaux d'arbalète dans ma vie, et pourtant je remarquai que celui-là était un peu spécial. Déjà, il n'était ni en bois ni en métal, mais fait d'une sorte de plastique transparent. Et surtout, il y avait du liquide à l'intérieur.

– Qu'est-ce que c'est ?

– Un Carritter ! répondit-il, tout fier.

– Oh non, pas ça…, soupirai-je.

Si le chef du Neurolab s'aperçut de mon malaise, il n'en laissa rien paraître.

– Ce carreau est conçu pour injecter à distance une dose mortelle de saumure. La force de pénétration pousse la seringue vers l'avant au moment de l'impact, et les quinze centilitres du réservoir se vident dans le corps de la victime. Ça devrait être aussi efficace qu'un Ritter manuel.

– *Devrait* ?

Il haussa les épaules :

– Il marche sur les mannequins de test. Mais, en vrai… Disons que, logiquement, cela marchera.

Je lui pris le carreau des mains et le soupesai. Il était léger, plus encore que la version précédente.

– Tu en as fait combien ?

– C'est Alex qui les fabrique à partir des schémas que je lui ai fournis, précisa Steve. Il vient tout juste de me livrer les dix premiers.

Je répétai, songeur :

– Dix. Parfait, je les prends !

– Quoi ? fit-il, ahuri.

– Cavanaugh a kidnappé ma mère et ma sœur, dis-je, en m'efforçant de ne pas laisser déborder la panique qui me tenaillait. Je vais les secourir.

– Une minute, là ! s'exclama Ramirez. Qu'est-ce que tu viens de dire ?

– J'ai reçu un texto. Elle a pris ma famille en otage et menace de leur faire... subir des choses... si les Fossoyeurs ne se tiennent pas tranquilles pendant les prochaines vingt-quatre heures.

– Elle cherche à nous tenir à l'écart du gouverneur, conclut Steve.

– C'est aussi ce que pense Tom. Je crois qu'elles sont retenues au pénitencier Eastern State, et donc je pars les secourir.

– Je ne peux pas te laisser faire ça, Will, intervint Ramirez en secouant la tête.

Autour de nous, tout le monde s'était arrêté de travailler pour suivre la conversation. La Galerie de Steve était aussi silencieuse qu'une tombe.

Je me mis face à Ramirez. Il faisait bien une tête et vingt-cinq kilos de plus que moi. Il avait aussi un bras en écharpe.

– Désolé, mais ce n'est pas vous qui décidez. J'en ai déjà discuté avec Tom. Je pars.

– Alors, je viens avec toi, déclara-t-il.

– Merci, mais vous seriez plus gênant qu'autre chose.

– Je suis tout de même un agent fédéral bien entraîné.

– Avec une épaule luxée et incapable de repérer les Macchabs, rétorquai-je. Désolé, je ne pense pas que vous puissiez m'aider.

– Mais un seul… individu (la façon dont il hésita avant de sortir ce mot me fit penser qu'il avait failli dire « gamin ») opposé à Dieu sait combien d'hommes de Cavanaugh…

– Ne les appelez pas « hommes », le coupai-je. Ce sont des Macchabs.

– Ça ne change rien à ce que je dis.

– Je vais demander à Helen et Dave de venir avec moi.

Il secoua de nouveau la tête :

– Trois contre une petite armée ? C'est du suicide.

– Ai-je le choix ? le contrai-je.

– Laisse-moi appeler mon bureau, plaida-t-il. Je ne mentionnerai pas les Macchabs. Je concocterai une histoire afin que quelques agents aillent dans cette prison…

– Et, à la seconde où la Reine en aura eu vent, ma famille ne sera plus de ce monde. On ne retrouvera même pas leurs corps. Non, il n'en est pas question.

– Qu'est-ce que vous allez faire ? demanda-t-il sur un ton désespéré. Comment allez-vous ne serait-ce que réussir à pénétrer dans le bâtiment ?

– Nous passerons par-dessus le mur, dis-je, exactement comme la dernière fois.

Il fronça les sourcils, tentant manifestement de trouver une autre objection à soulever.

– Ça ne marchera pas, intervint soudain Steve.

Ramirez et moi le dévisageâmes.

– Quoi ? fit Steve, l'air énervé. Vous croyez que je suis incapable de faire preuve de stratégie ?

– Pourquoi ça ne marcherait pas ? demandai-je.

– Pour trois raisons, répondit-il, en brandissant une main devant nous avec trois doigts levés. Primo : la dernière fois, c'était en plein jour, avec les Anges-Gardiens qui faisaient croire aux passants éventuels que tout était normal. Cette opération-là sera nocturne. Quiconque vous apercevra, humain ou Macchab, ne se laissera pas berner. Deuzio : les murs de la prison mesurent dix mètres de haut. Vous auriez besoin d'une grande échelle pour passer par-dessus, et la seule échelle de cette taille dont nous disposions, vous l'avez laissée dans ladite prison lors de votre mission précédente. Tertio : les Macchabs savent comment vous vous êtes introduits dans le pénitencier, et ils s'attendent au même genre d'intervention. À supposer que vous parveniez à franchir le mur d'enceinte, ils seront sur vous en un battement de cœur. Le vôtre, évidemment, puisque leurs cœurs ne battent plus.

Sur ce, il croisa les bras, apparemment satisfait de lui-même.

– Il a raison, estima Ramirez.

– Il faut que j'entre dans le pénitencier, affirmai-je. Ils ont ma mère et ma sœur.

– Nous trouverons une autre solution.

– Je sais *déjà* comment entrer d'une autre façon, enchaîna Steve. Evan ! Passe-moi donc ce livre ! Oui, celui qui est sur la table, à côté de toi.

– Pas de problème, boss ! répondit l'adolescent qu'il venait de héler.

Quelques secondes plus tard, un livre de poche peu épais volait dans les airs telle une sorte de frisbee carré. Steve tenta de le saisir au bond, mais le rata. Je bondis pour le rattraper avant qu'il finisse sa course dans le fouillis.

Je jetai un coup d'œil sur la couverture : *Les évadés du pénitencier Eastern State*. Elle était illustrée par une vieille photo en noir et blanc, sur laquelle deux gardes (à moins qu'il s'agisse de policiers) étaient occupés à examiner un trou dans la terre, assez large pour laisser passer un homme.

– Où tu as eu ça ? m'enquis-je.

– À la bibliothèque, répondit-il.

– La bibliothèque municipale ?

Il faut dire qu'en tant que Fossoyeurs, nous n'avions pas de carte de quelque bibliothèque que ce soit, pas plus que n'importe quelle pièce d'identité, d'ailleurs.

– La bibliothèque du Refuge.

– Nous avons une bibliothèque ? Depuis quand ?

– Je l'ai inaugurée il y a environ deux semaines. Je ne suis pas étonné que tu n'en aies pas encore entendu parler. La nouvelle ne se répand pas aussi vite que je l'aurais souhaité. Jusqu'à présent, nous avons dû prêter cinq ou six livres en tout, principalement à des Hackers, en plus des gens de mon équipe.

Je voulus lui demander où il avait trouvé la place de l'installer, et même pourquoi il s'était donné cette peine. Je veux dire… Évidemment que j'aimais les livres, mais j'étais bien trop occupé à tenter de sauver ma peau pour m'amuser à bouquiner. Et l'éclairage du Refuge étant ce qu'il était… le Neurolab et peut-être l'infirmerie étaient les deux seuls endroits où l'on pouvait lire sans risquer de devenir aveugle.

Je faillis expliquer tout cela, mais décidai finalement de m'en abstenir. Pas le temps de subir une énième conférence de Steve.

– Il faudra que j'y fasse un tour, dis-je.

– J'espère que tu tiendras parole, répliqua le chef du Neurolab. Ouvre le livre, page 145.

Ce que je fis. On voyait un schéma s'étaler en double page, schéma qui avait apparemment été publié pour la première fois dans l'édition du 3 avril 1945 du journal *Philadelphia Enquirer*. La légende disait : *Douze prisonniers se sont échappés du pénitencier Eastern State en passant par un tunnel*.

Je regardai le dessin. Au bout de quelques secondes, Ramirez vint se coller à ma droite et l'examina avec moi. Steve se plaça à ma gauche et fit de même.

– La plupart des gens pensent que le célèbre braqueur de banque Willie Sutton, surnommé « Willie le Futé », était le cerveau de l'évasion, raconta Steve, sur un ton si joyeux qu'étant donné les circonstances j'eus presque envie de lui en coller une. En fait, Sutton avait simplement eu vent du projet et avait insisté pour en être. Ceux qui ont creusé le tunnel étaient en réalité Clarence Klinedinst et son compagnon de cellule, William Russell. Il leur a fallu environ deux ans pour percer une galerie d'une trentaine de mètres de long sous le mur d'enceinte, d'où ils sont ressortis dans l'herbe, juste à côté de Fairmount Avenue.

– Je crois avoir entendu parler de cette histoire, marmonna Ramirez.

– Grâce à ce tunnel, douze hommes se sont fait la belle, poursuivit Steve, au nombre desquels Klinedinst, Russell et Willie le Futé. Ils ont tous été recapturés peu de temps après. Ils avaient commis l'erreur de s'évader à sept heures du matin, alors que le soleil était déjà levé, et que tous les passants pouvaient les voir. Sutton a été arrêté à deux carrefours de là. Klinedinst n'est pas allé très loin. Russell, lui, est parvenu à rester libre… jusqu'à ce qu'il décide de rendre visite à son ancienne petite amie.

– Super, dis-je. Mais pourquoi tu me racontes ça ? Je n'ai pas deux ans à perdre pour creuser un tunnel.

Steve secoua la tête :

– Tu n'en as pas besoin. Après la tentative d'évasion, les autorités ont scellé le tunnel aux deux extrémités.

– Logique, fit Ramirez.

– Tout à fait, acquiesça le chef du Neurolab. Mais la galerie souterraine est encore là ! Voilà comment tu vas pénétrer dans le pénitencier !

34

AMIS

Quinze minutes plus tard, je sortis du Neurolab avec Tante Sally sur une épaule et un sac de matériel sur l'autre. J'avais hérité des dix Carritters (mais quel nom !) et de dix carreaux en acier classique. Trois Méga-Blasters à eau de taille moyenne, et six Ritters se trouvaient dans le sac. J'étais armé pour la chasse à l'ours, ainsi que Steve avait résumé la chose.

Si seulement je n'avais eu que des ours à affronter !

Je n'avais pas fait dix pas que Ramirez me hélait, courant après moi. Je levai les yeux au ciel.

– S'il vous plaît, dis-je. Vous ne pourrez rien faire pour me dissuader.

– Je sais, répondit-il, ce qui m'étonna. Je n'aime pas cette idée, mais je comprends. Me retrouver ici, avec vous, ça m'a ouvert les yeux sur plus de choses que je ne l'aurais cru. Je n'arrive toujours pas à mesurer l'horreur de ce par quoi vous êtes passés, mais je ne peux pas nier que vous êtes efficaces. Je me suis baladé dans le Refuge depuis l'opération de Sharyn. Et ce que j'ai vu m'a impressionné.

Je fus heureux de l'entendre dire ça, mais je continuais de m'étonner de la confiance que Tom lui accordait. Le chef était-il vraiment persuadé que Ramirez n'allait pas se précipiter vers la sortie la plus proche pour aller parler des Fossoyeurs à qui il voulait ? Ou alors l'état de santé de Sharyn empêchait-il Tom d'avoir les idées claires ?

Cette pensée n'était pas pour me réjouir.

– Avant que tu partes accomplir ta mission délirante, poursuivit Ramirez, je veux te demander une chose.

– Eh bien, allez-y, alors !

– As-tu déjà tué quelqu'un ?

Pendant quelques secondes, je ne sus quoi répondre. C'était comme si j'avais perdu ma langue. Je savais bien qu'elle était là, mais elle faisait brusquement preuve de timidité. Je finis cependant par trouver la force d'articuler :

– Vous savez bien que oui.

– Booth, dit-il.

Je hochai la tête.

– Mais ce n'était pas en combat singulier, face à face. Tu l'as empoisonné.

– Et alors ?

– Alors... ce n'est pas pareil. Si tes amis et toi voulez avoir une chance de l'emporter, vous allez devoir faire usage de cette arbalète, ou poignarder vos adversaires avec ces seringues.

« Au moins, il ne les a pas appelées "Ritters". »

– Oui, fis-je.

– Et, si j'ai bien compris, cela ne fera pas que mettre ces... créatures hors de combat. Ça va les tuer.

J'acquiesçai.

– Tu as déjà fait ça ?

Je faillis dire que non, mais, sans trop savoir pourquoi, je modifiai légèrement ma réponse :

– Pas encore.

– Tu as déjà vu quelque chose de ce genre ? demanda-t-il.

– Un sacré paquet de fois, rétorquai-je. Ces derniers jours.

– Et comment t'es-tu senti ?

Je me souvins de la Macchab que Sharyn avait clouée avec Tante Sally avant de l'interroger, puis de la tuer avec son Ritter.

« Non, elle a demandé à Helen de le faire. »

Je savais *exactement* l'effet que ça m'avait fait. C'étaient des monstres, des tueurs d'enfants. Qui avaient envahi notre monde avec le projet d'en prendre le contrôle. Ils étaient cruels, violents et dénués de toute pitié.

Mais tuer qui ou quoi que ce soit de la sorte, de façon froide et délibérée, sans manifester le moindre remords, cela ne m'avait pas semblé...

– Je n'ai pas aimé, dis-je.

– Pourquoi ? demanda encore Ramirez.

Je haussai les épaules.

– Et tu penses que tu pourrais le faire ? insista-t-il.

Sharyn l'avait fait. Helen aussi, deux fois. Chuck aussi, pour me sauver la vie.

– Oui.

– Comment peux-tu en être sûr ?

Je le regardai droit dans les yeux :

– Parce qu'il s'agit de ma famille.

– OK, capitula-t-il. Alors, bonne chance, Will.

Il allait se retourner pour partir, lorsque je l'interpellai :

– C'est tout ? Pas de leçon de morale ? Pas de discours pour me convaincre de ne pas devenir un tueur ?

Ramirez eut un léger sourire :

– Si tu m'avais dit que tu étais impatient d'aller harponner ces... gens, alors j'aurais été inquiet. Mais tuer pour protéger ceux que tu aimes, c'est différent.

– Oh, fis-je, irrité sans trop savoir pourquoi.

– Vas-y, ajouta-t-il. Fais ce que tu as à faire. Gagne ta bataille d'aujourd'hui. J'aimerais pouvoir t'accompagner, mais, puisque ce n'est pas possible, je vais rester ici et faire moi aussi ce que j'ai à faire.

– C'est-à-dire ?

– Prier, répondit-il sans la moindre trace d'ironie.

« Les adultes... »

Je poussai un soupir de soulagement et regagnai ma chambre, où j'espérais trouver le Burgermeister.

Il était sur sa couchette. Mieux : Helen était avec lui. Quand j'écartai le rideau à l'entrée, ils levèrent les yeux vers moi. Helen arborait une expression triste, mais celle de Dave était pire. Ses joues étaient humides. Il se détourna et les essuya avec un bout de drap à l'instant où il me vit débarquer.

– Hé, mec ! dit-il sur un ton joyeux qui n'aurait pas trompé un enfant de trois ans. T'as des nouvelles de l'infirmerie ? De Sharyn ?

– Elle tient bon. Tom est avec elle.

Le Burgermeister acquiesça, et j'eus un peu honte de moi. Depuis plusieurs jours, je me demandais pourquoi Dave était si distrait et si prompt à s'enflammer. Et, tout ce temps-là, il était simplement rongé par l'inquiétude au sujet de Sharyn. Non que nous ne soyons pas tous inquiets... mais ses sentiments à lui étaient plus profonds. Comme ceux de Tom. Enfin, non, pas vraiment.

– Elle va s'en tirer, le réconfortai-je. S'il y a bien quelqu'un qui peut se sortir de cette épreuve, c'est elle.

– C'est ce que je n'arrête pas de lui répéter, intervint Helen.

Helen. Depuis que Sharyn était blessée et qu'elle-même avait failli mourir lors du raid sur le pénitencier, j'avais fait de sa protection ma mission personnelle. Je n'étais pas sûr d'avoir rempli ce rôle consciemment ; une part inconnue de mon esprit avait peut-être décidé sans m'en avertir. Mon cerveau me jouait ce genre de tour, à l'occasion.

Quoi qu'il en soit, je me sentis plus honteux encore. J'avais dépensé de l'énergie à tenter de lui épargner tout danger. Et pourtant, voilà que j'allais lui demander de m'accompagner au combat, juste parce que ma famille était en péril. Qu'est-ce que ça impliquait ? Emily et ma mère étaient-elles plus importantes que Helen ?

Pendant quelques secondes, j'envisageai de ne pas leur dire ce que j'avais en tête. Je pouvais peut-être faire appel à d'autres Anges-Gardiens ? Ou alors partir seul, en fin de compte ? Mais non. Il s'agissait de mes deux meilleurs amis, les deux meilleurs amis que j'avais jamais eus. Ils ne me pardonneraient pas d'avoir agi dans leur dos, quelles que soient les épreuves auxquelles ils devaient être confrontés.

– Il faut que je vous parle à tous les deux, commençai-je.

– Oui ? fit Dave.

– Il se passe quelque chose ? m'interrogea Helen.

Je leur racontai tout, jusqu'au laïus de Ramirez sur ma capacité à tuer quelqu'un. Ils écoutèrent sans faire le moindre commentaire tandis que je leur exposais mon plan.

– Vous n'êtes pas obligés de m'accompagner, conclus-je. Je sais que c'est beaucoup demander. Et il n'y a aucun problème si vous décidez que ce n'est pas pour vous.

– Oh, la ferme, imbécile ! lâcha Helen. Burgermeister, en avant !

Et tous deux bondirent hors du lit de camp.

Mes deux meilleurs amis.

35

EASTERN STATE, LE RETOUR

Nous fîmes halte à la Cage aux Singes, où Alex nous prêta trois pelles. Il râla bien moins que je l'aurais cru.

– Vous avez intérêt à les rapporter, maugréa-t-il seulement. Ça pousse pas sur les arbres.

Nous quittâmes le Refuge à deux heures trente du matin sur nos Stingrays. L'heure des exploits de Fossoyeurs ! Helen avait fixé le sac contenant les armes à l'arrière de son siège banane, et j'avais fait de même avec Tante Sally. Nous avions sanglé les pelles à l'aide de cordes à sauter et les avions passées en bandoulière. Ce n'était pas très confortable, mais, au moins, elles tenaient.

On devait offrir un sacré spectacle aux conducteurs des rares voitures que nous croisâmes sur les rues étroites, mais personne ne vint nous importuner. Cela n'avait rien de surprenant dans une ville où les gens transportent toutes sortes de choses sur leurs vélos. Je me souvins d'avoir vu un jour une télé fonctionnant sur piles fixée au gros scotch sur un guidon. Alors, trois gamins avec des pelles dans le dos en plein milieu de la nuit, ça n'attirait pas vraiment l'attention.

Nous laissâmes nos bécanes sur Fairmount Avenue, à un pâté de maisons du pénitencier, et poursuivîmes à pied, en faisant attention aux lumières autour de nous. Steve nous avait imprimé une carte de la prison et de ses environs, sur laquelle il avait indiqué où se trouvaient l'entrée et la sortie du tunnel.

Enfin, « entrée » et « sortie », tout était relatif, selon qu'on était prisonnier ou pas.

L'enceinte du pénitencier ressemblait à la paroi nue d'une immense falaise, peu avenante et désolée. On ne voyait ni lumière ni sentinelle, mais à l'intérieur des Macchabs – peut-être même de très nombreux Macchabs – étaient tapis, s'attendant à nous voir surgir.

Et ma mère et ma sœur y étaient également.

Du moins je l'espérais.

– Vous voyez le muret juste derrière le trottoir ? demandai-je à mes compagnons en tendant le doigt.

– Oui, répondit Helen.

– Où ça ? s'enquit Dave.

– Là ! C'est là qu'on doit aller.

L'espace séparant le muret de l'enceinte proprement dite mesurait quatre mètres, et les buissons et arbustes y étaient rares. Par bonheur, à cette heure, l'endroit était un véritable puits de ténèbres.

Willie le Futé et ses amis avaient été vite repérés lors de leur tentative d'évasion. Mais c'était à l'aube. Là, nous étions au cœur de la nuit. Ce qui nous donnait un avantage.

Enfin, ça, c'était ma théorie.

Nous attendîmes que Fairmount Avenue soit aussi déserte que possible, puis nous traversâmes la rue en vitesse, mais sans courir. Je regardai tout autour, à l'affût du moindre mouvement. Rien. Personne.

Une fois parvenus sur le trottoir, Dave nous fit la courte échelle avant de nous rejoindre. Nous l'aidâmes à monter en tirant de toutes nos forces sur ses bras épais. Pas particulièrement gracieux comme technique, mais elle avait fait ses preuves.

Quelques secondes plus tard, nous étions recroquevillés autour d'un carré d'herbe qui avait l'air absolument normal.

– Elle fait combien de large, cette entrée de tunnel ? voulut savoir Helen.

– Environ soixante centimètres de diamètre, dis-je.

Sur ma droite, Dave gémit. J'essayai de le réconforter :

– Ne t'inquiète pas. On t'aidera à passer.

– Mais comment tu sais que c'est ici et pas là ou là-bas… ? demanda Helen en désignant divers endroits.

– Imagerie satellite, révélai-je.

– Oh, fit-elle, et ses yeux s'illuminèrent.

Ceux de Dave restèrent inchangés.

– Hein ?

– Steve m'a montré un cliché satellite infrarouge de la prison pris par les Macchabs. Apparemment, c'est un des Hackers qui a réussi à se le procurer.

– Infrarouge, répéta Dave. C'est ce truc qui révèle la chaleur, c'est ça ?

Je hochai la tête.

– Mais pour quelle raison les Macchabs ont-ils pris un tel cliché ?

– Steve n'en savait rien. Mais laisse-moi parler, tu veux ? Ce n'est pas ça, l'élément important. Lorsque Steve m'a montré la photo sur l'ordinateur, il a zoomé sur cet endroit exact. Je reconnais ce buisson, là. Sur la photo, ça apparaissait un peu plus sombre parce que l'air qui circule en dessous est plus froid que le sol. Il a dit que c'est là que se trouve l'entrée – ou la sortie – du tunnel.

– Tu es sûr qu'il s'agit du bon buisson ? s'inquiéta Helen.

– Relativement certain.

– Ça me va, annonça Dave, avant d'ôter la pelle de son épaule. Au boulot !

Steve ne savait pas jusqu'à quelle profondeur le tunnel avait été comblé. Il nous faudrait peut-être creuser à travers deux ou trois mètres de terre gelée. J'en avais parlé à Dave et Helen sur la route, en leur rappelant qu'il était toujours temps de renoncer s'ils le souhaitaient.

Helen avait paru songeuse. Le Burgermeister s'était contenté de grogner. Et, à présent, je comprenais pourquoi. Il nous écarta et donna le premier coup de pelle. Il s'y prit comme une machine, les yeux rivés sur le trou, ses bras se soulevant et s'abaissant comme des pistons. Une minute durant, Helen et moi restâmes à le regarder, médusés.

– Tu... tu veux un coup de main ? finis-je par demander.

– Non, répondit-il dans un souffle qui forma un épais nuage dans l'air. J'ai passé deux étés à creuser des piscines quand je travaillais pour mon oncle. Montez la garde pendant que je m'occupe de ça.

On lui obéit, et il continua.

Il lui fallut une vingtaine de minutes, qui nous parurent bien plus longues. À mi-chemin, il cassa sa pelle sur la terre dure. Il poussa un nouveau grognement, prit la mienne, et repartit de plus belle sans se plaindre.

Helen et moi nous pressions contre le mur d'enceinte noyé dans l'obscurité. Elle surveillait la rue. Quelques voitures passèrent, peu nombreuses, mais personne ne nous vit. Pendant ce temps, j'étudiais la prison elle-même, examinant les tours de guet. Je ne décelai ni bruit ni mouvement.

Je commençai sérieusement à me dire que j'avais fait fausse route.

Et si ma famille ne se trouvait pas là, en fin de compte ?

Mais ce genre de réflexion ne menait à rien. C'était la seule idée que j'avais, alors autant aller jusqu'au bout.

– J'ai fini ! chuchota soudain Dave, avant de se redresser et de s'étirer.

Il avait creusé un trou de plus d'un mètre de diamètre, si profond qu'il y disparaissait presque jusqu'au cou. Helen sortit sa lampe de poche et dirigea le faisceau vers le fond.

Il était bien là. Un tunnel irrégulier, mais d'environ soixante centimètres de large.

– On dirait que ça descend encore sur peut-être un mètre, constata le Burgermeister, en observant la partie éclairée, puis ça bifurque à angle droit.

– Ça fait peur, commenta Helen, l'air de rien, comme si elle annonçait la météo.

– Et ça a l'air étroit, ajouta Dave, visiblement inquiet. J'ai pas envie de rester coincé là-dedans.

Je ne pouvais pas lui en vouloir.

– Je passe le premier, dis-je, m'armant de courage. Puis ce sera ton tour, et enfin Helen. Comme ça, si tu te retrouves bloqué, nous pourrons nous mettre à deux pour te dégager. Tu es d'accord, Helen ?

– C'est ta mission, se contenta-t-elle de répondre, en haussant les épaules.

Je sortis ma lampe de poche, plaquai Tante Sally contre mon torse et me laissai tomber dans le trou.

– Fais attention, mec, me dit Dave.

– T'en fais pas.

J'avais la gorge sèche. J'étais sur le point de m'enfoncer dans un tunnel qu'une bande de criminels avait percé soixante-dix ans plus tôt.

Ça allait forcément bien se passer. Forcément.

Je me penchai tête la première et laissai la terre froide m'engloutir.

36

LE BOYAU DE TERRE

Vous avez déjà rampé dans un tunnel ? Je ne parle pas de ces petits passages bien confortables, faits de draps et de coussins de canapés entassés, ni de ces tranchées que vous avez pu creuser avec vos amis dans un parc avant de les recouvrir de balsa et de baptiser le résultat du nom de « fort ».

Je parle d'un vrai tunnel.

Celui qui passait sous le mur du pénitencier avait été creusé par des hommes prêts à tout dans ces circonstances plus qu'inconfortables… Le boyau mesurait, dans sa plus grande hauteur, un peu moins de quatre-vingt-dix centimètres, et à peine une soixantaine dans les endroits les plus resserrés. Certaines portions avaient été étayées avec des planches qui semblaient avoir un millier d'années, mais la plupart du temps il n'y avait que de la terre dure au-dessus de moi. Par bonheur, elle était gelée. En plein été, nos mouvements auraient peut-être suffi à provoquer un éboulement et nous étouffer par la même occasion.

Je ne m'étais jamais considéré comme claustrophobe. C'était parce que je n'avais encore jamais essayé de progresser à quatre pattes dans un tunnel sombre et glacé. L'air sentait pire que le renfermé... Le renfermé, je m'y étais habitué au Refuge. Là, ça sentait la mort. L'odeur des choses qui pourrissaient à l'intérieur des murs tout autour de moi. Ça sentait le cadavre, ou les Macchabs, et je fus saisi d'effroi à l'idée que Cavanaugh ait anticipé notre manœuvre, que ses acolytes soient dissimulés à la faveur des ténèbres juste devant moi... leurs dents noires prêtes à me déchiqueter.

Je déglutis et chassai ma peur.

Derrière moi, Dave grognait et lâchait des jurons. Il semblait plus énervé qu'apeuré, et je dois admettre que cela me procurait une étrange sensation de réconfort. Helen, en revanche, ne voyait pas les choses de la même façon.

– Burgermeister, siffla-t-elle. Ferme-la un peu, tu veux bien ? Cette opération est censée être une attaque surprise, au cas où tu l'aurais oublié !

– Oui, c'est vrai, murmura Dave. Désolé.

– Continuez d'avancer, leur demandai-je, même si c'était la dernière chose au monde que je voulais faire.

« Trente mètres, Steve ? J'ai plutôt l'impression qu'il fait trente kilomètres, ton tunnel ! »

Le souterrain, qui descendait légèrement au début, se fit un peu plus plat et un peu plus large. Ma torche me révéla des endroits où avaient autrefois été suspendues des lampes électriques dont les fils avaient été rongés par les ans. Klinedinst et Russell avaient fait les choses comme il fallait. On ne pouvait pas leur enlever ça.

Je me réjouis à l'idée que notre progression allait être plus aisée. Après tout, la plupart des gens donnent le meilleur d'eux-mêmes au début d'un long projet. Ce ne serait peut-être pas si affreux que ça, finalement...

Seulement, à cet instant, je me retrouvai nez à nez avec un cours d'eau. Vous croyez peut-être qu'il était gelé... mais non. L'eau s'écoulait comme celle de n'importe quelle rivière. Elle ne sortait pas d'une paroi pour s'enfoncer dans la paroi opposée ; elle semblait surgir de la terre, qu'elle transformait en un trou boueux.

Je ne m'aperçus de son existence que quand ma tête entra littéralement en contact avec l'eau glacée. Je progressais avec ma lampe-torche dans la main gauche lorsque mon bras droit disparut soudain jusqu'au coude dans la gadoue. Et c'est là que je plongeai ma tête dans la boue. Avec un hoquet de surprise, je battis l'air de l'autre bras et me dégageai, donnant au passage un coup de pied dans l'épaule du Burgermeister. Il m'abreuva d'une série de jurons bien sentis.

– Désolé ! haletai-je. C'est humide, ici !

Puis, comme je tentais de changer de point d'appui, mon bras gauche fut happé dans la fange et il disparut avec la lampe-torche. Mon visage s'écrasa une seconde fois dans la boue brunâtre. C'était pire qu'être simplement mouillé, parce que la substance adhérait à ma peau et à mes vêtements.

Après quelques instants d'une lutte maladroite, je sentis une grosse paluche se refermer sur ma cheville et me tirer en arrière.

– Du calme, mec ! s'exclama Dave. Tu m'en colles une autre dans le genre, et je te promets que je risque d'oublier qu'on est amis !

– Tout va bien devant ? nous appela Helen.

– Bien, dis-je, crachant de la boue et m'essuyant le visage. Il y a de l'eau par ici, un beau paquet, et il fait sacrément froid.

Dave orienta le faisceau de sa lampe-torche sur ma tête.

– T'es magnifique, Will ! pouffa-t-il. Tu vois ce qui arrive quand on veut passer devant.

– Ouais, grognai-je.

– Tu es sûr que ça va ? demanda une nouvelle fois Helen en tentant de m'apercevoir derrière la masse imposante du Burgermeister.

– Je vais bien, répétai-je.

Irrité contre moi-même, je franchis le cours d'eau. Il n'était pas très large, mais suffisamment pour qu'il me soit impossible de passer sans que mes jambes soient détrempées. Je serrai les dents et poursuivis ma progression pendant un petit bout de temps, avant de braquer ma lampe derrière moi pour voir comment mes amis s'en sortaient.

Je fus témoin d'une scène étonnante.

Dave n'essaya pas d'éviter le cours d'eau. Il se coucha dessus à plat-ventre, puis il tourna la tête en arrière :

– Helen, passe sur moi !

– Quoi ? s'exclama la jeune fille.

– Ça sert à rien qu'on soit deux à se geler les fesses ! grogna le Burgermeister. Alors dépêche-toi et fais-le avant que je change d'avis.

Elle s'exécuta. Le passage était plus qu'étroit, mais la mince jeune fille parvint à s'y faufiler. Une fois devant le Burgermeister, elle rampa jusqu'à moi, un sourire penaud aux lèvres.

– Merci, Dave, murmura-t-elle sans se retourner.

– Il veille sur toi, c'est tout, déclarai-je en la regardant droit dans les yeux, tout content. Il n'y a pas de mal à ça, hein ?

– La ferme, dit-elle.

Mon sourire ne quitta pas mes lèvres pour autant.

Derrière elle, Dave parvint à s'extraire de la gangue et se secoua comme un ours qui se réveille.

– Bon, enchaîna-t-il. On se remet en route.

– Oui, acquiesçai-je, mais fais attention de ne pas te retrouver coincé. Maintenant, Helen et moi, on ne pourra plus te dégager.

– Ça ira, maugréa-t-il. Le passage est large ici. C'est plus confortable qu'au Refuge ! Je me suis même fait plaisir en prenant un petit bain !

– Arrête, mec ; moi, c'était pire, dis-je.

– Alors ça, ça m'étonnerait ! s'exclama Dave.

– Vous allez la fermer, tous les deux ! pouffa Helen. Qu'est-ce que vous êtes pénibles quand vous êtes trempés !

Mais, quelques secondes plus tard, sa bonne humeur disparut.

– Zut ! Je viens de casser ma montre !

– Quoi ? Comment t'as fait ça ?

– Elle a frotté contre une paroi. Le bracelet a cédé. Je n'arrive même pas à la retrouver !

Je vérifiai la mienne. Elle semblait marcher. Elle avait même survécu à la baignade, ce qui était surprenant. Ces engins avaient la fâcheuse manie de tomber en rade tout le temps.

– Dave, la tienne ? demandai-je.

– Ma quoi ?

– Ta montre ! s'énerva Helen.

– Quelle montre ? La radio-bracelet ? J'en ai pas, répondit-il. Je suis pas un Ange-Gardien, vous avez oublié ? Et puis, de toute façon, j'arrive jamais à passer ces machins autour de mon poignet !

– Allez, Will, on avance ! Ta famille ne va pas se sauver toute seule !

« Pas faux », me dis-je, avec un léger sentiment de culpabilité.

Nous rampâmes encore, espérant que la dernière partie du tunnel serait plus praticable.

Raté.

En fait, nous arrivâmes à l'autre bout sans encombre, mais la difficulté n'était pas là. Le tunnel se terminait sur un mur de terre. Je restai une minute à le regarder. Steve m'avait prévenu que le souterrain allait bifurquer à la verticale. Mais il ignorait que cette portion serait obstruée. Dommage.

Helen se rapprocha et toucha le mur. Quand elle retira son doigt, il était couvert d'une fine couche de poudre grise.

– Ce n'est pas de la terre, dit-elle en la reniflant. Je pense que c'est de la cendre.

– Steve m'a raconté quelque chose à ce sujet. Apparemment, les gardes auraient comblé le tunnel avec la cendre des incinérateurs de la prison. Ils ont fait ça dans les règles de l'art.

– À quelle hauteur on est ?

– Environ cinq mètres sous la surface.

– Cette fois je peux pas passer devant, intervint Dave. C'est vous qui allez devoir creuser.

Helen et moi creusâmes donc, si tant est qu'on peut appeler « creuser » ce que nous faisions. Existe-t-il un verbe qui signifie « taper maladroitement dans un mur de cendre gelé alors qu'on se tient à quatre pattes » ? S'il existe, je ne suis pas parvenu à le retrouver.

Au bout d'un moment, nous trouvâmes un bon rythme. Je tapais dans la paroi, délogeant de gros bouts de cendre dure tandis que Helen se servait de sa pelle pour les ramasser et les passer à Dave. Je ne savais pas trop ce qu'il en faisait ensuite, même si je songeais que nous ferions mieux de quitter la prison par une autre voie au retour. Sinon, il nous faudrait creuser dans l'autre sens !

Par chance, la cendre était moins compacte que la terre, et bien plus facile à remuer. En moins d'une heure, des morceaux commencèrent à tomber tout seuls.

– J'ai trouvé le conduit, dis-je à mes compagnons.

– Je savais que tu y arriverais, déclara Helen, sur un ton posé.

Elle en rajoutait, à rester calme et gentille quoi qu'il advienne. Pour me tranquilliser.

– Merci, dis-je.

– Pour quoi ?

– Tu le sais bien.

– Évidemment, dit-elle. Je suis sûre qu'elles sont saines et sauves.

– Mouais, fis-je.

– Elles vont bien, je te dis !

D'autres blocs de cendre tombèrent, me laissant assez de champ pour donner de grands coups de pelle à la verticale. Nous approchions de la sortie, ce qui signifiait qu'il était temps de redevenir silencieux.

– Je ne suis même pas sûr qu'elles soient ici, murmurai-je à Helen.

C'était la première fois que j'exprimais la crainte qui me rongeait.

Je me tus et la regardai. Son visage était enfoui dans les ténèbres. L'air était chargé de particules en suspension, et nous avions tous les deux noué nos écharpes autour de la partie inférieure de notre visage. Même ainsi, je voyais facilement la couche de cendre qui maculait ses joues, si épaisse qu'on aurait dit un masque. En dépit de l'air glacé, Helen transpirait et semblait éreintée.

Mais elle était là.

– Et qui a supposé qu'elles étaient ici ?

– C'est moi.

– Alors elles sont ici, affirma-t-elle.

– Comment tu le sais ? demandai-je, perplexe.

Dave répondit à ma question de quelque part derrière elle, son ton trahissant une certaine impatience :

– Parce qu'elle fait plus confiance à tes intuitions qu'aux certitudes de la plupart des gens. Et si vous pouviez arrêter votre cinéma une bonne fois pour toutes, ça me ferait des vacances !

Je me sentis rougir d'un coup.

– Baisse le volume, Dave ! lui intima Helen, avant d'ajouter, un peu plus calmement : Sharyn va s'en tirer, elle aussi.

Personne ne dit rien pendant la minute qui suivit, jusqu'à ce que le Burgermeister mette un terme à la discussion d'un simple mot :

– Ouais.

Nous nous remîmes au travail. Au bout d'une heure supplémentaire, le conduit était assez large pour que nous puissions grimper. Steve m'avait dit qu'il y avait autrefois une sorte d'échelle, mais cela faisait bien longtemps que les ravages du temps l'avaient fait disparaître. La cheminée était si étroite que je pus monter en plaquant le dos et les genoux contre la paroi. Ainsi calé, j'avais les mains libres pour continuer à creuser. C'était lent, sale et douloureux, mais c'était efficace. Un mètre. Deux. Trois. Quatre.

Cinq.

C'est alors que je tombai sur les briques.

Elles apparurent au moment où les derniers restes de cendre tombaient. Je les fixai. Elles soutinrent mon regard sans fléchir et sans la moindre pitié.

– J'ai trouvé la sortie…

– Dieu merci, entendis-je le Burgermeister grommeler, d'une voix qui semblait venir de très loin.

– Sauf qu'elle est obstruée par des briques.

– On s'attendait à quelque chose de ce genre, non ?

Eh bien, oui et non… Steve n'en était pas sûr. Après l'évasion, les responsables de la prison avaient bien évidemment scellé le tunnel en se servant de béton, de mortier et de grillage. Mais en 2005, une équipe d'archéologues avait passé deux jours à déblayer le boyau. Steve ne savait pas s'ils avaient ensuite refermé le passage, puisque, entre-temps, la prison était devenue un musée. Il avait émis l'hypothèse que, s'ils l'avaient fait, il s'agirait juste d'une légère couche de plâtre.

Il s'était trompé. Des briques. Bien solides. Le désespoir me rongea. Mais je n'avais pas fait tout ça pour arrêter maintenant !

Je remarquai que certaines des briques étaient mal attachées. Le mortier s'effritait par endroits. Ma pelle était inutile. Je la passai donc à Helen, sortis mon canif et me mis à frotter et gratter. En moins d'une minute, je n'y voyais plus rien ; en moins de deux, il m'était presque impossible de respirer. Trop de poussière, pas assez d'air.

Mais je ne me décourageai pas. J'essayais de ne pas penser à la couche de terre qui se trouvait sans doute juste au-dessus. Toute cette masse… que rien ne retiendrait plus. À cela s'ajoutait la température glaciale, vraiment glaciale ; j'avais l'impression d'avoir un bloc de glace collé au crâne.

Je continuai à donner des coups de lame.

La cendre me suffoquait, me donnait la nausée et me faisait tousser. Helen me demandait sans arrêt si j'allais bien. J'avais l'impression que sa voix me parvenait de plus en plus loin. Des images de ma mère et de ma sœur flottaient devant mes yeux.

« Est-ce que vous êtes en vie ? Il *faut* que vous soyez en vie ! »

La première brique se détacha. Elle jaillit littéralement, tombant au bas du conduit en heurtant mon genou. Le choc faillit m'arracher un cri de douleur, mais me permit de revenir à la réalité. Helen aussi, parce qu'elle me pinça violemment la cheville :

– Attention, Will ! J'ai failli la recevoir sur la tête !

– Chuut ! fis-je en retour, de la voix la plus basse possible. Je suis désolé, mais il va y en avoir d'autres.

Après cela, je m'attaquai au mortier avec une énergie renouvelée. Quelques dizaines de coups de canif, et une deuxième brique tomba, puis une troisième.

– On y arrive, murmurai-je, à demi étouffé, mais désormais plein d'espoir.

J'attendis une seconde, persuadé qu'un rayon de lumière allait filtrer du passage que je venais de dégager.

Le noir.

Je lâchai une imprécation, passai la main à travers le trou. Elle rencontra une surface dure et polie.

« Allons bon, quoi encore ? »

Je retirai ma main et sentis comme des granulés sur mes doigts.

– Qu'est-ce qu'il y a ? s'enquit Helen, presque aussi fébrile que moi.

– Quelque chose au-dessus des briques, répondis-je. Je crois que c'est du plâtre.

« Ou alors c'est du béton. Non, ne sois pas négatif comme ça. »

Je ne sais pas combien de temps il me fallut pour dégager les dernières briques. Dix minutes ? Une éternité ? Je travaillais dans une brume oppressante. De temps à autre, Helen me demandait comment j'allais et je lui répondais que tout allait bien. Ce n'était pas vrai, mais alors pas du tout. Effrayé, sale, harassé, à demi congelé et à l'étroit dans ce boyau de terre, j'étais bien incapable de me rappeler ce que voulait dire « aller bien ».

Je parvins finalement à me dégager juste assez de place pour me servir de la pelle. Helen me la tendit. Je ne voyais pas son visage, mais je percevais son anxiété. Dave et elle souffraient en silence.

D'autant que les briques, la terre et la cendre que nous avions déblayés étaient derrière nous, obstruant le tunnel et nous coupant toute voie de retraite.

Si je ne réussissais pas à faire sauter cette ultime barrière – à supposer qu'il s'agisse bien de la dernière –, il y avait toutes les chances pour que nous mourrions dans ce trou.

Je me penchai pour donner un maximum d'élan à la pelle. Je la saisis fermement et poussai de toutes mes forces vers le haut.

Elle perfora le plafond d'un coup ! Du plâtre !

Je faillis pousser un cri de joie. Au lieu de cela, je donnai deux autres coups. Le plâtre se craquela, puis céda, laissant apparaître la première lumière que j'avais vue depuis longtemps, lampes-torches exceptées. Quelques coups encore, et le dernier bloc céda.

Impossible de décrire ce que je ressentis en me hissant à travers ce trou, pour me retrouver à ramper, dégoûtant de crasse et de plaies, dans une pièce minuscule. Disons simplement que cette cellule étroite me fit l'effet d'un quatre-étoiles...

Helen arriva à son tour, surgissant de la trappe tel un zombie de sa tombe – blague tout à fait voulue de ma part. Enfin nous rejoignit Dave, qui élargit encore le passage à coups d'épaules, son visage couvert de cendre, rouge sous l'effort.

Mais il souriait. Nous souriions tous les trois. Cette mission insensée ne faisait certes que commencer, et pour l'instant nous nous étions juste introduits dans une vieille prison décrépite envahie de monstres qui nous tueraient joyeusement à la seconde où ils nous repéreraient. Nous étions pourtant arrivés jusque-là, et, à présent, je comprenais à quel point j'avais été convaincu que ce misérable tunnel serait notre tombeau.

Ce que je ne savais pas, c'était que, dans les heures qui allaient suivre, l'un de nous allait être « l'invité d'honneur » de ses propres funérailles.

37

SAUVETAGE

Le pénitencier avait la forme d'une araignée avec des pattes qui partent de la partie centrale, et la cellule dans laquelle nous venions d'émerger se trouvait à l'extrémité d'une de ces pattes. Bloc cellulaire 7, pour être exact.

Un rai de lumière filtrait depuis une petite fenêtre creusée tout en haut du mur du fond, et le couloir dispensait un peu de luminosité. Bref, l'endroit était quasiment, mais pas totalement, plongé dans le noir. Cela dit, comparé aux ténèbres du tunnel, on se serait cru en plein jour.

Il y avait un lavabo et des toilettes dans un coin. Vu leur état, ils ne devaient plus être en état de marche depuis des années. Le sol était recouvert d'une couche de poussière et de gravats. Il n'y avait plus de porte, juste un rectangle de peut-être un mètre cinquante de haut.

L'endroit sentait le plâtre humide, le bois vermoulu... et autre chose. Je jetai un coup d'œil à mes amis et constatai qu'ils l'avaient remarqué, eux aussi.

Il empestait la mort.

Il y avait des Macchabs dans les parages.

– OK, chuchota Dave. On est dans la place. On fait quoi, maintenant ?

– Quelle heure est-il ? demanda Helen.

– Huit heures vingt-deux, dis-je après avoir consulté ma montre.

– Ça alors..., gémit doucement Dave. On est restés combien de temps là-dessous ?

– Trop longtemps, répondit Helen.

– Je vais explorer les environs, déclarai-je.

Mais, avant que je puisse partir, Helen me saisit par le bras.

– Laisse-moi faire, dit-elle.

Nouveau gémissement du Burgermeister, mais plus discret :

– Ça va pas recommencer ? C'est quoi, votre problème, à tous les deux ?

Je regardai Helen. Cette fois, il n'y avait pas la moindre lueur de défi dans ses yeux.

– Pourquoi ? demandai-je.

– Parce que, si tu vois ta mère ou Emily, tu vas charger sans réfléchir. Tu sais bien que c'est ce qui va se passer. Ce ne serait pas la première fois.

J'ouvris la bouche pour protester, puis la refermai. Je n'aimais pas ça, pas du tout, mais elle avait raison.

– D'accord, me contentai-je de répliquer.

Elle se faufila devant moi, se mouvant tel un spectre, et se fondit dans les ombres du couloir.

Je poussai un soupir, essayant de me détendre et de chasser les nœuds que notre longue reptation avait laissés dans mes bras, mes jambes et mon dos. Dave et moi nous regardâmes avec nervosité.

– Prenons nos armes, dis-je. Au cas où…

Je sortis Tante Sally et mis l'un des Carritters de Steve en place. Quand je relevai la tête, je vis Dave se renfrogner en examinant son Méga-Blaster. Il était presque vide, sans doute à cause d'un choc reçu dans le tunnel.

Il poussa un grognement, laissa tomber l'arme et s'empara de ma pelle. La partie plate et tranchante était toujours maculée de terre, et le manche se terminait par une poignée en fer.

– De toute façon, je préfère ça, conclut-il.

Je souris malgré moi :

– Un Fossoyeur et sa pelle. Difficile de trouver meilleure combinaison.

Nous attendîmes.

Le temps s'écoule lentement quand on attend. Et plus on a la trouille, plus il paraît se traîner. Durant le million d'années que dura la reconnaissance d'Helen, la peur fut une torture ! Je m'attendais à tout moment à entendre un cri de douleur ou d'alerte. Nous avions beau être prêts à nous précipiter à son secours, la prison était vaste, et Helen risquait de trouver la mort avant que nous ayons eu le temps de la rejoindre.

À ces instants de terreur irraisonnée succédaient des moments plus calmes, avant que la panique m'assaille une nouvelle fois, et ainsi de suite...

Ce fut l'un des épisodes les plus angoissants de mon existence.

Et pourtant, je venais de sortir d'une tombe verticale...

Finalement, une vie entière plus tard, Helen revint, semblant s'extirper des ténèbres. Ses yeux étaient brillants, mais ses traits étaient sombres. Elle ne portait nulle trace de coup, à l'exception des bleus qu'elle avait hérités de sa première visite dans cet endroit maudit.

– J'ai compté huit Macchabs, mais il se peut qu'il y en ait d'autres qui patrouillent aux abords de la prison. Ils portent tous des cirés jaunes.

– Ça va nous compliquer la tâche, dis-je.

– Pas à moi, fit Dave en balançant sa pelle.

Helen le regarda d'un air intrigué.

– Ne pose pas de questions, marmonnai-je. Bon, tu as vu… ma mère ?

Elle secoua la tête, puis sa mine se renfrogna, comme si elle livrait un combat intérieur pour savoir si elle devait en dire plus ou non.

– Quoi ? insistai-je.

– Emily est là, en revanche. Elle est assise sur une chaise, dans la tour centrale. Elle n'est pas attachée, mais ils la surveillent de près. On dirait qu'elle a pleuré, mais je ne pense pas qu'ils l'aient blessée… du moins pas beaucoup, conclut-elle en déglutissant péniblement.

« Emily. »

Ma petite sœur était à quelques dizaines de mètres de moi, seule avec ces monstres, et elle devait être absolument terrifiée. L'envie irrésistible de me jeter dans la mêlée et de massacrer les Macchabs qui s'étaient emparés d'elle fut si forte qu'elle faillit me rendre fou.

Helen posa une main sur mon bras :

– Nous avons l'effet de surprise pour nous. On va arriver à toutes jambes et faire feu de tous les côtés, sans leur laisser le moindre répit. Ils ont des cirés, mais je n'en ai pas vu un qui ait sa capuche relevée. On n'aura qu'à viser la tête. On en dézinguera autant que possible ; ils n'auront pas le temps de réagir.

Je hochai la tête. Ce n'était pas un plan très compliqué ni très élégant. Rien à voir avec ce qu'aurait pu nous concocter Sharyn. Mais bon, la dernière fois que nous avions lancé un raid sur cette prison, nous avions essayé de la jouer en finesse, et nous nous en étions très mal tirés.

– Ça me semble un bon plan, estima le Burgermeister.

Je posai Tante Sally sur mon épaule et saisis mon Méga-Blaster. Helen sortit plusieurs bombes à eau de son sac. Dave brandit sa pelle et lui imprima un petit mouvement de rotation, rapide et étonnamment gracieux. Ça me rappela ce que faisait Sharyn avec Vador.

Je m'interrogeai une nouvelle fois sur les cours particuliers qu'elle lui avait donnés.

Je pris une profonde inspiration.

– On y va.

Nous quittâmes la cellule et remontâmes le couloir, côte à côte, Helen à gauche et Dave au milieu. Nous avançâmes avec précaution au début, afin de ne pas être repérés par nos bruits de pas. Puis, au fur et à mesure que nous approchions de la porte à double battant au bout du couloir, nous commençâmes à forcer l'allure, avançant au même rythme, contrôlant notre respiration, tous nos sens en alerte.

Entraînement de Fossoyeurs.

Dix mètres.

Huit.

Cinq.

Deux.

Maintenant !

Le pied de Dave se souleva et s'écrasa sur la porte avec tant de force que l'un des battants fut projeté hors de ses gonds rouillés. La seconde d'après, nous nous déployâmes dans la tour centrale, Helen partant sur la gauche et moi sur la droite. La première chose que je vis fut un Macchab en ciré jaune se tourner vers moi, l'air aussi ahuri que son visage violacé et boursouflé pouvait l'exprimer.

Je lui lâchai une rafale de saumure, qui l'atteignit entre les yeux. Sa bouche s'ouvrit, béante, et ses membres se liquéfièrent sous lui. Il s'écroula comme un sac de patates.

Derrière moi, j'entendis un ballon rempli d'eau éclater, suivi par un gémissement frénétique et un grand bruit. Un Macchab aveuglé et incapable de contrôler ses mouvements s'écrasa sur un mur. Je me retournai, le doigt toujours posé sur la détente, et j'arrosai un autre Cadavre dans la nuque alors qu'il se rapprochait de Dave. Helen avait dit vrai. Ils n'avaient pas mis leurs capuches.

Le Macchab s'écroula comme une masse, heurtant violemment les dalles.

Quant au Burgermeister, il fonça droit sur la chaise. Deux Macchabs veillaient dessus ; Dave faisait déjà tournoyer sa pelle dans les airs. La lame s'abattit en sifflant sur l'un d'eux aussi efficacement que la hache d'un guerrier du Moyen Âge. La tête du Macchab vola de ses épaules.

« Sharyn pensait que ce type était trop lent pour devenir un Ange-Gardien ? »

Le second Macchab, obéissant sans doute à des instructions, se retourna vers la minuscule silhouette assise dans la chaise, et tendit les bras pour la tuer.

– Non ! hurlai-je.

Je me lançai à la charge, pressant la détente de mon pistolet à eau. Mais ma rafale s'abattit sur ses épaules protégées par le ciré. Inoffensive. Le Macchab me décocha un sourire vicieux tandis que ses doigts pourpres saisissaient le cou gracile de ma petite sœur, qui poussa un cri d'effroi.

C'est alors que le Burgermeister abattit de nouveau sa pelle. Elle décrivit un arc de cercle et s'enfonça dans le torse du Macchab.

Le Cadavre s'affaissa dos au sol, fouettant l'air de ses membres telle une tortue retournée.

Emily leva un visage ruisselant de larmes... et me vit.

– Will ? couina-t-elle plaintivement.

Je laissai tomber mon Méga-Blaster et courus vers elle. Tout près de là, Helen terrassa deux Macchabs de plus avec ses bombes à eau colorées. Au même instant, Dave posait un de ses énormes pieds sur le ventre de son second Macchab et en extirpait sa pelle. Puis il la retourna, la brandit haut dans les airs, et frappa avec une force terrifiante.

Une autre tête roula.

Je m'en rendis à peine compte. Emily avait passé ses bras autour de moi, et elle pleurait.

Comme moi.

Il y a eu une époque de ma vie où je considérais ma petite sœur plus comme une peste que comme une source de joie. Elle n'arrêtait pas de me suivre où que j'aille, ce qui avait le don de m'irriter. Je devais parfois dire adieu à mes sorties avec les copains parce qu'il fallait que je la garde. Je ne l'appréciais pas, je la taquinais, je l'ignorais. Mais je l'avais toujours aimée. Et, à présent, il n'y avait plus que cet amour qui comptait.

– Will, me murmura-t-elle au creux de l'oreille, tu m'as manqué.

– Tu m'as manquée aussi, Emily, dis-je, entre deux sanglots.

– C'est tout ? grogna Dave.

Helen jeta un coup d'œil tout autour d'elle. Je me forçai à faire de même, tout en serrant ma sœur dans mes bras. Huit Macchabs gisaient près de nous, plus ou moins salement amochés. Ceux que Helen et moi avions arrosés de saumure étaient à terre, mais ça n'allait pas durer. Je vis que le premier commençait déjà à essayer de se redresser.

– Burgermeister, dis-je. Si tu veux bien te donner la peine… ?

– Avec plaisir, répliqua Dave.

Il fondit sur le Cadavre tel un ours à la charge. La pelle siffla dans les airs, et une autre tête roula.

– Mec, dis-je, tu te débrouilles comme un chef avec ta pelle !

– C'est juste trop cool, grimaça-t-il. J'ai l'impression que c'est inné chez moi...

– Tant que tu y es, intervint Helen, si tu mettais à profit ton nouveau talent sur les autres ? Ils ont tous eu leur dose de saumure, mais je ne voudrais pas...

Avant qu'elle ait fini, une porte s'ouvrit derrière elle, et un nouveau Macchab en surgit.

C'était un type 3, assez frais et très fort. Sa tenue, costume rayé et nœud papillon rouge, à peine visible sous son ciré jaune, ne m'était pas inconnue. Je jetai machinalement un coup d'œil à son Masque. Oui, je le reconnaissais. Ce gars était avec Cavanaugh à la maison funéraire. C'était un de ceux que j'avais électrocutés avec le coup du seau, celui qui s'était transféré et avait resurgi d'un tiroir de la morgue.

Gerald Pierce.

Il se déplaçait à la vitesse de l'éclair. Sous mes yeux horrifiés, il passa un bras cadavérique sous le menton d'Helen et un autre autour de sa taille. La jeune fille lâcha un halètement étranglé lorsqu'il la souleva.

– Bonjour, monsieur Ritter, dit-il.

La dernière fois que je m'étais trouvé dans cette pièce me revint subitement en mémoire. Pierce se tenait presque exactement à la même place que le Macchab qui avait failli tuer Helen. L'horreur de ce parallèle me frappa comme un marteau, mais je me raisonnai.

« Je ne suis pas son chevalier en armure étincelante, et ce n'est pas une demoiselle en détresse. Elle fait partie des Fossoyeurs. Tout comme moi. »

– Pierce, c'est bien ça ? fis-je en tentant de rester le plus calme possible.

– Correct, confirma-t-il. À présent, jette tes armes ou je brise le cou de cette gamine.

Le Burgermeister et moi nous dévisageâmes.

– Will..., commença-t-il.

Je secouai imperceptiblement la tête. Il se tut.

– Dernière chance ! répéta Pierce, plus pressant.

Et, pour appuyer son propos, son bras se resserra. Helen se débattit, ses doigts griffant inutilement le ciré jaune de son adversaire. Elle tenta de dire quelque chose, mais pas un son ne sortit de sa bouche.

Poussant un juron qui aurait fait rougir un chauffeur de poids lourds, le Burgermeister posa sa pelle au sol.

– Braves garçons, susurra le Macchab en souriant de tous ses chicots noirs et déchaussés.

Sa peau était vraiment boursouflée, et ses yeux laiteux semblaient enfoncés dans leurs orbites enflées et couleur gris-pourpre.

– Et maintenant ? demandai-je.

– Maintenant, nous attendons que mes compagnons récupèrent.

Son sourire se fit plus large encore. Emily se mit à trembler contre moi :

– Will ?

– Chuuut, dis-je, en lui caressant le dos, avant de m'adresser au Macchab : Où est ma mère ?

Il resta quelques secondes à me dévisager. Puis, comme si la lumière venait de se faire tout au fond de son cerveau putréfié, il s'esclaffa :

– Oh, je vois ! Tu pensais les trouver ici toutes les deux ! Comme c'est courageux ! Malheureusement, Mme Ritter n'est pas là. Miss Cavanaugh a... d'autres projets en ce qui la concerne.

Immobilisée par le Macchab, Helen continuait de se débattre. Son visage était rouge sang.

La panique me rongea une fois de plus. J'avais mon canif dans la poche et Tante Sally dans mon dos. Mais avec Emily dans les bras, il m'était impossible de me saisir efficacement de l'un ou de l'autre.

– Du calme ! ordonna Dave au Macchab. Tu l'étouffes !

– Et alors, quelle importance ? pouffa Pierce.

Il regarda cependant les autres Macchabs, dont trois essayaient de se redresser, et il relâcha légèrement sa pression sur la jeune fille. Il n'était pas prêt à la tuer, sachant que nous passerions alors aussitôt à l'assaut.

Il n'avait plus qu'une minute à attendre avant que ses petits copains soient debout et d'aplomb. Le temps nous était compté.

– Où est ma mère ? demandai-je une seconde fois.

Pierce haussa les épaules d'une façon étonnamment humaine.

– Je ne vois pas ce que j'aurais à gagner à te dire cela. Non que cela ait une quelconque importance. Ma Reine a déjà gagné la bataille aujourd'hui.

« Gagné la bataille » ? Ça restait à voir.

Je vis Helen me regarder ostensiblement. Elle voulait me faire comprendre quelque chose. L'une de ses mains relâcha le bras de Pierce, comme si elle était trop faible pour lutter. Puis cette main se glissa dans la poche de son manteau. Je compris le message : « Continue à le faire parler. »

– Nous savons déjà le plus important, dis-je. Cavanaugh vise le poste de gouverneur, ce qui explique pourquoi elle a fait appel aux services de ce type, Dashiell. C'est bien ça ?

– Comment avez-vous appris cela, monsieur Ritter ? m'interrogea Pierce, une lueur d'étonnement au fond de ses yeux caves.

– Vous autres sacs à vers n'êtes pas aussi intelligents que vous le croyez, lança Dave.

L'expression du Macchab se fit songeuse.

– Mais bien sûr..., s'exclama-t-il. L'agent du FBI ! Donc, ma maîtresse avait raison de le faire capturer. Il en savait trop !

La main d'Helen sortit lentement de sa poche. Elle n'était pas vide.

Les Macchabs autour de nous étaient pratiquement tous réveillés. Il nous restait trente secondes au plus.

– Oui, répondis-je, concentré sur Pierce, mon cœur battant à tout rompre. Elle *avait* raison. Dommage que nous soyons arrivés les premiers, avant qu'elle ait eu l'occasion de s'en rendre compte par elle-même.

– Peu importe ! siffla le Macchab. Dans quelques secondes, vous serez morts !

Le poing d'Helen se projeta soudain comme une langue de serpent, et elle enfonça l'aiguille de son Ritter dans l'avant-bras de Pierce avant de vider la seringue d'un coup.

Pierce examina la seringue, plus perplexe qu'autre chose, car évidemment l'aiguille n'avait causé aucune douleur à son corps sans vie.

– Qu'est-ce que c'était donc censé... ?

Il n'eut pas le temps de poursuivre. Son bras gauche explosa.

Il laissa tomber Helen, qui heurta violemment le sol et se tordit la cheville. Elle serra les dents, pivota sur elle-même et décocha tout de même un violent coup de pied dans le ventre du Macchab, l'envoyant au tapis.

Quelque chose jaillit de la veste du Cadavre, traversa la pièce et fut arrêté par ma chaussure de sport. Je regardai Dave et Helen.

– Décidément, ce type passe sa vie à être un crétin, remarqua la jeune fille.

Pierce était allongé sur le dos, observant son bras, ou plutôt l'endroit où il avait eu un bras.

– Qu'est-ce que c'était que ça ? demanda-t-il, son ton hautain ayant cédé la place à une terreur soudaine.

– Dave ! m'écriai-je. Les autres !

Le Burgermeister brandit sa pelle :

– Je suis sur le coup !

Et il disait vrai. Le premier Macchab perdit la tête avant même de savoir ce qui lui arrivait. Le second leva un bras pour bloquer le coup, mais Dave le lui trancha avant de lui fracasser le crâne. Le Macchab s'écroula de nouveau, pour ne plus se relever cette fois.

Le troisième eut le temps de se mettre debout et de se tourner vers nous pour livrer un dernier combat. Je jetai mon canif à Helen, qui le saisit au vol, appuya sur le bouton 2 et pressa le Taser dans le creux du dos de sa cible. Le Macchab se raidit, et ses grands yeux laiteux s'écarquillèrent. Un liquide noirâtre s'écoula de sa bouche, de son nez et de ses oreilles, puis il tomba à terre comme un arbre sous la cognée, et Dave répéta une dernière fois son numéro avec la pelle.

– Qu'est-ce que tu vas faire aux méchants messieurs ? balbutia Emily, en regardant tout autour d'elle.

Ma sœur n'avait pas le don de Clairvoyance, du moins pas encore. Trop jeune. Je me demandais donc ce qu'elle avait bien pu voir. Mais je gardai cette question en réserve pour plus tard… Il y avait trop à faire.

– Il faut que je te pose une minute, Emily, dis-je.

– Non ! cria-t-elle.

– Je ne t'abandonnerai pas, promis. Mais j'ai besoin de mes deux mains.

Elle hocha la tête à contrecœur, et je la déposai doucement au sol, où elle se jeta sur ma jambe, qu'elle étreignit de toutes ses forces, ce qui ne m'aida pas du tout à saisir Tante Sally. Je vis Dave brandir sa pelle au-dessus de Pierce qui dressait son bras restant comme un bouclier inutile.

– Non ! l'arrêtai-je.

Le Burgermeister s'interrompit et me dévisagea. Tout comme Helen, qui venait de sortir son pistolet à eau. Elle avait avancé en boitant jusqu'au centre de la pièce et surveillait les portes au cas où un autre Macchab arriverait en retard à la petite fête.

– Je veux lui parler, expliquai-je à Dave.

38

URGENCE

Emily toujours accrochée à moi, je m'approchai de Pierce, qui leva la tête. Ses yeux laiteux exprimaient une terreur sans nom.

– Que m'a fait la fille ?

– Elle t'a enfoncé une aiguille remplie de saumure.

– On appelle ça un Ritter, ajouta Dave.

J'aurais préféré qu'il s'abstienne, pour le coup.

Je montrai Tante Sally à Pierce :

– Tu permets que je te fasse une démonstration ?

Sur ce, je lui décochai un trait dans la jambe. Pour une raison que je ne saurais expliquer, l'invention de Steve agissait plus rapidement dans les membres que dans le torse. Une seconde à peine après que le carreau se fut enfoncé dans sa chair, la jambe de Pierce parut décoller de sa hanche comme une fusée.

Elle fut projetée à l'autre bout de la pièce avant d'exploser, repeignant le mur de jus de Macchab.

Bien qu'il n'ait pas ressenti la moindre douleur, Pierce réagit comme s'il avait souffert. Il gémit de façon pitoyable et se cacha le visage sous son unique bras, comme si le monde était soudain devenu trop insupportable à contempler. Il resta ainsi tandis que je réarmais l'arbalète. Emily avait l'air désorientée et se demandait ce qui se passait.

– Qu'est-ce que tu fais, Will ?

Au lieu de lui répondre, je jetai un coup d'œil à Helen :

– La voie est libre ?

– Je crois, rétorqua-t-elle.

– Il faudrait en être sûr. Pierce ?

Le Macchab geignit pitoyablement et se hasarda à me regarder. Je le visai au torse avec Tante Sally.

– Si je tire ici, lui dis-je, ton corps tout entier va exploser comme un ballon. Il ne restera rien. Et il n'y aura pas de remplaçant, cette fois. Tu sais ce que ça signifie, sac à vers ?

Il hocha la tête.

– Parfait. À présent, je vais te poser toute une série de questions. Si tu ne réponds pas à l'une d'entre elles, ou si tu essayes de me mentir, je t'expédie là où vont les Malums lorsqu'ils meurent. Tu as bien capté ?

Pierce ouvrit la bouche. Sa langue était noire et enflée, comme si c'était une anguille que cachaient ses dents.

– Oui.

– Parfait. Première question : Y a-t-il d'autres Macchabs dans la prison ?

– Non, répondit-il sans la moindre hésitation.

– Mais des renforts vont accourir, maintenant que nous avons pulvérisé tes petits camarades.

– Oui.

– Ils vont arriver vite ?

– Je... l'ignore.

– OK. Maintenant, une question importante : Où est ma mère, bon sang ?

Pour bien appuyer ma demande, je pressai l'extrémité du Carritter contre le ciré du Macchab, à l'endroit où devait se trouver son nombril.

Pierce tremblait littéralement de peur. Était-ce vraiment le même type qui avait menacé Helen, un sourire aux lèvres ? Les tortionnaires – et que sont les Macchabs, sinon des tortionnaires – tombent donc de si haut quand ils tombent ?

– Elle est... avec Dashiell.

– Dashiell, répéta Helen. Le type dont Cavanaugh a loué les services pour assassiner le gouverneur.

Pierce faillit sourire en entendant cela.

– Qu'est-ce qu'il y a de si drôle ? demandai-je.

Comme il ne répondait pas, je lui tirai dans l'autre jambe. Son sourire disparut à la seconde.

Sa jambe aussi, d'ailleurs.

Tandis que Dave le surveillait, sa pelle à la main, je réarmai Tante Sally.

– Emily, fis-je, pourquoi tu ne vas pas t'asseoir ? Nous allons partir dans quelques minutes.

– Non ! répondit-elle, en plissant le visage dans une drôle de grimace que ma mère avait l'habitude d'appeler son « nez de fer ». Je reste avec toi.

– D'accord, soupirai-je.

– Je vais poser la question une dernière fois, dis-je à Pierce.

Il ne lui restait plus qu'un bras valide, à présent. Le désespoir le fit frissonner.

– Pitié… Ne me tue pas !

– C'est mignon, ça, venant de ta part ! grogna le Burgermeister.

– Je ne fais que ce que l'on me dit de faire. J'obéis aux ordres.

– Très bien. Alors écoute ça, articulai-je.

Sur ce, je posai la pointe de mon Carritter contre son front boursouflé et tout pourri. Le visage de Pierce se déforma encore plus. On aurait dit qu'il voulait ramper à travers le sol et disparaître. Si sa vessie avait été en état de marche, il se serait sans doute fait pipi dessus.

– Je t'ordonne de me dire où est ma mère !

– Elle est dans la tour de la mairie, avec Dashiell, répondit-il dans un souffle.

– La tour de la mairie ? s'étonna Helen. Mais c'est loin de l'endroit où le gouverneur prononce son discours ce matin !

Je hochai la tête. Pierce louchait, incapable de détacher ses yeux laiteux de la pointe du carreau.

– Ma Reine n'a pas l'intention de tuer le gouverneur ! s'exclama-t-il. Éloigne cette chose !

– Alors, qui... ? balbutiai-je.

Mais le Macchab avait tout déballé avant que j'aie posé ma question :

– La femme du gouverneur !

– Quoi ? beugla le Burgermeister

Il était près de Pierce, pelle brandie comme un couperet de guillotine prêt à s'abattre. Je n'arrivais pas à comprendre comment il faisait pour garder les bras en l'air aussi longtemps, immobile comme une statue. Mais c'était loin d'être aussi mystérieux que ce que Pierce venait de révéler.

– La femme du gouverneur ? répétai-je, oubliant un instant d'adopter ma posture de gros dur en plein interrogatoire.

Pierce acquiesça, devenant soudain le plus coopératif des informateurs.

– La Reine veut parvenir dans les sphères du pouvoir, mais il lui est impossible d'y arriver en tuant le gouverneur.

C'était vrai. On avait d'ailleurs évoqué la question au Refuge. Mais si la mort du gouverneur ne lui servait à rien, alors en quoi la mort de sa femme... ?

Et soudain j'eus un éclair de lucidité. Ça m'arrive, parfois...

– Elle va *l'épouser*, dis-je, sans m'adresser à personne en particulier.

– Qui va épouser qui ? grommela Dave.

Je regardai Helen ; elle aussi avait compris. Si le Burgermeister posait la question, c'était parce que, contrairement à nous, il n'avait jamais vu les Pelligogs en action.

– Alors, quel est le plan ? demandai-je à Pierce. Elle tue la femme du gouverneur, infecte son mari avec un Pelligog pour prendre le contrôle de son esprit, l'épouse, et devient la Première Dame de Pennsylvanie, ce qui lui permet de diriger l'État de la façon dont elle dirige la ville : dans l'ombre et en sous-main ? C'est bien ça ?

Pierce nous observa à tour de rôle, de la malice dans ses yeux morts – si tant est que ce soit possible. Je baissai la tête vers Emily, qui était collée tout contre ma jambe et suçait son pouce. Elle était ailleurs, ce qui était à la fois effrayant et une bonne chose, du moins à court terme.

Mes yeux se posèrent sur son autre main. Elle agrippait un objet dans son petit poing. Je me baissai pour m'en emparer. Elle me le donna sans se plaindre ou faire de commentaire. C'était ce qui avait été éjecté de la poche de Pierce. Une sorte de bout de quartz, qui mesurait dans les vingt-cinq centimètres de long.

L'objet était étrange, mais pas inquiétant. Le simple fait de le tenir me donnait la sensation d'être moins fatigué, comme revigoré. Les douleurs et les meurtrissures de la nuit avaient disparu.

– Tout va bien ? s'enquit Dave. C'est quoi ?

– Je ne sais pas, répondis-je.

Et je n'avais pas le temps de me pencher sur la question. Je mis le fragment de quartz dans ma poche. Ce faisant, je vis que Pierce me regardait. Ses yeux laiteux étaient horrifiés, mais cela n'avait rien à voir avec la terreur qu'il éprouvait face à Tante Sally.

J'abaissai lentement l'arbalète, jusqu'à ce que le carreau soit presque au niveau de son visage :

– C'est bien ça, le plan de Cavanaugh ?

– Si je te dis le reste, tu promets de ne pas me tuer ? gémit-il.

– Évidemment.

– Oui, c'est bien son plan.

– Et ma mère ? Pourquoi est-elle avec Dashiell ?

– L'assassin est sous notre contrôle, révéla Pierce. Ses ordres sont de tuer la femme du gouverneur lors de son discours au Love Park. Puis il doit abattre Susan Ritter d'une balle dans le cœur, laisser son cadavre dans la tour et sauter dans le vide.

– Sauter dans le vide ?

– Il est censé se suicider, expliqua le Macchab.

– C'est possible, ça ? s'interrogea Dave. Je veux dire... ces espèces d'araignées peuvent mettre les gens tellement dans les vapes qu'ils sont prêts à se suicider juste parce que la Reine l'ordonne ?

Je regardai Helen qui avait blêmi, perdue dans un mauvais souvenir qui remontait à la surface.

– Oui, murmura-t-elle. C'est possible.

– Sans le moindre témoin, ajouta Pierce.

– Et quand cela est-il censé se produire ? demandai-je.

– À neuf heures quinze. Au début de son discours.

Helen soupira profondément :

– Il nous reste un peu de temps pour prévenir le Refuge, alors.

Tenant toujours le Macchab en joue, je regardai ma montre. Huit heures vingt-deux.

« Quoi ? La même heure qu'au moment où nous sommes sortis du tunnel ? »

– Helen ! Quelle heure as-tu à ta montre ?

Je n'avais pas fini de poser la question et elle de secouer la tête que je me rappelai qu'elle avait perdu sa radio-bracelet dans le souterrain. Et le Burgermeister n'en avait pas.

Je fouillai la pièce du regard et aperçus une luxueuse montre en or dans les gravats, près de l'endroit où Pierce était tombé. La sienne, évidemment, restée là quand son bras s'était volatilisé. Je me penchai avec quelque appréhension et la ramassai.

Neuf heures trois.

– Oh, non ! Il ne nous reste que douze minutes !

– Mon Dieu..., haleta Helen.

– Qu'est-ce qu'on fait ? demanda Dave.

Ma montre s'était arrêtée dans le tunnel, mais est-ce que ça signifiait que ma radio aussi avait rendu l'âme ? Je posai Tante Sally au sol et examinai mon poignet. Il y avait bien un signal, mais il était plus qu'irrégulier. Quelque chose qui clochait avec l'antenne, peut-être ?

– Comment va ta cheville ? demandai-je à Helen.

Elle prit précautionneusement appui dessus et poussa un gémissement de douleur, suivi d'un soupir de défaite.

– Ça fait un mal de chien. Je crois qu'elle est enflée. Impossible de monter sur un vélo ou, en tout cas, de pédaler à une vitesse décente.

Mes yeux se tournèrent vers Dave, qui se contenta de hausser les épaules. Nous savions tous deux ce qu'il valait sur un vélo, ou plutôt ce qu'il ne valait pas...

Me dégageant de l'étreinte de ma sœur, toujours enroulée autour de ma jambe, je m'agenouillai face à elle. Chaque seconde était précieuse, mais je m'efforçai de garder mon calme.

– Emily ?

Elle ne répondit pas tout de suite. Je posai une main sur sa petite épaule et lui ôtai le pouce de la bouche. C'était un geste que j'avais vu ma mère faire des centaines de fois.

– Emily, regarde-moi, s'il te plaît.

– D'accord, maman, marmonna-t-elle, l'air en plein rêve.

Je déglutis et fis comme si de rien n'était.

– Je te présente mon amie Helen, enchaînai-je en désignant celle-ci, qui s'approcha en boitant. Elle va te conduire en lieu sûr. Pendant ce temps, je pars chercher maman.

Emily leva la tête et je vis ses yeux s'éclairer. Elle sembla soudain se rappeler où elle se trouvait, et elle ouvrit enfin la bouche pour poser une question :

– Elle aussi tu vas la sauver des méchants messieurs ?

– Oui.

– D'accord, alors, acquiesça-t-elle, en me serrant très fort, comme si elle avait peur que je ne sois pas réel.

Helen la prit par la main et lui adressa un grand sourire. Après quelques longs et douloureux instants, ma petite sœur sourit en retour. Je me redressai, ôtai ma montre et la jetai à Dave :

– Sors de là et sers-toi de la radio pour prévenir le Refuge ! Il faut qu'ils envoient des renforts à la tour de la mairie tout de suite !

À nos pieds, Pierce, ou plutôt ce qu'il en restait, gloussa :

– Tu n'arriveras jamais à temps.

Je le fixai bien en face. Puis je braquai Tante Sally sur lui.

– Attends ! s'exclama-t-il. J'ai répondu à toutes tes questions !

– J'en ai une dernière, dis-je.

Je n'avais pas le temps de faire ça. Je n'en avais absolument pas le temps, mais je comptais bien le faire malgré tout.

– Quel est le nom de la personne dont tu habites le corps ?

– Quoi ?

– Ce corps que tu portes, aboyai-je, il appartenait à quelqu'un, avant ! À une personne ! Un être humain. Quelqu'un qui avait une vie, une famille. Des proches qui l'aimaient et à qui il manque. À qui était ce corps ?

– Will, intervint Helen, tu es sûr…

– Je… je ne sais pas, dit le Macchab, en tremblant pitoyablement.

– Mauvais réponse, grognai-je.

Au même instant, je lui décochai un trait dans l'estomac et je jetai Tante Sally à Dave, qui l'attrapa au vol d'une seule main.

– Vas-y, mec ! me lança-t-il.

Je me tournai et partis en courant, non vers le tunnel, mais droit vers le bloc cellulaire 9, en direction de l'entrée principale. Quelques secondes plus tard, Pierce explosait.

Et je ne ressentis rien. Rien du tout.

Alors que j'approchais de la porte à double battant, je savais que je faisais fi de toute prudence. Si d'autres Macchabs patrouillaient dans l'espace qui me séparait de l'entrée, ils seraient sur moi en une seconde. Mais je devais courir ce risque. J'aurais mis trop de temps par le tunnel. Le Love Park était en face de la mairie, et la mairie était à deux kilomètres.

Par bonheur, il n'y avait pas de Macchabs.

Le bourdonnement de la circulation matinale montait depuis Fairmount Avenue. J'ouvris les portes du pénitencier et courus vers l'ouest, le long de l'enceinte. Je dépassai le trou que Dave avait creusé un million d'années plus tôt, me semblait-il. Je traversai la rue sans prêter attention à la circulation, ce qui me valut une série de coups de klaxon.

Je fonçai jusqu'au carrefour suivant, là où nous avions laissé les vélos. J'enfourchai le mien et partis à toute allure.

Tout cela ne m'avait pris que trente secondes, quarante au maximum. Je pédalai comme jamais. Le sang battait à mes tempes, résonnant aussi fort que des coups de feu. En dépit du froid hivernal, mes mains étaient en sueur. Il est toujours dangereux de faire du vélo en ville, mais, si je voulais arriver à la mairie avant que Dashiell tue la femme du gouverneur, il fallait que je donne tout ce que j'avais dans le ventre.

Je tournai sur la Vingtième Rue, ignorant voitures, feux de circulation et piétons.

– Dégagez ! hurlais-je sans arrêt.

J'aurais vraiment aimé avoir une sirène, ou même une simple sonnette de vélo.

La circulation était dense. Les insultes fusaient comme autant de gouttes de pluie. Je provoquai la rage de tous ceux qui étaient autour de moi, mais il était hors de question de m'arrêter. Si je me faisais renverser par une voiture, c'en était fini. Si je tombais en heurtant quelqu'un qui traversait la chaussée, c'en était fini. J'avais passé la montre de Pierce autour de mon poignet avant de quitter la prison, mais je n'osais pas regarder les aiguilles. Je devais consacrer chaque seconde à étudier la route devant moi, à tenter de repérer les espaces où je pourrais me faufiler entre deux voitures, et à éviter le prochain obstacle.

Je déboulai sur Benjamin Franklin Avenue, cette grande artère qui part du musée d'art et débouche sur la mairie. La circulation y était plus dense encore que dans les rues transversales, mais au moins j'avais plus de champ pour manœuvrer. Mieux – ou pire, peut-être –, je voyais l'horloge de la tour, à plusieurs centaines de mètres devant moi. Je me rapprochais, mais lentement, si affreusement lentement... Je vis la grande aiguille descendre peu à peu. Elle venait de dépasser le 2 et s'approchait désormais du 3.

Love Park était situé juste au nord-ouest de la mairie. Il se passait toujours beaucoup de choses là-bas, et c'était noir de monde la plupart du temps. Mais aujourd'hui, avec le discours de la Première Dame de Pennsylvanie devant des écoliers, l'endroit serait carrément impraticable. Il y aurait des flics partout. Peut-être pas autant que ceux déployés pour le gouverneur, mais un bon paquet quand même. Et, puisqu'il s'agissait là du véritable objectif de Cavanaugh, j'en conclus que le pourcentage de flics morts et gluants serait très élevé.

Il ne me restait plus qu'à espérer que Dave et Helen avaient réussi à prévenir le Refuge, et que quelqu'un était déjà en train de grimper en haut de la tour. J'envisageai l'espace d'un instant de laisser tomber Love Park pour me précipiter dans cette tour. Après tout, je ne devais rien à la femme du gouverneur, contrairement à ma mère, non ?

Mais jamais je ne pourrais y arriver à temps. La mairie était trop loin, et son sommet à plus de cent mètres. L'assassin aurait eu le temps de tirer son premier coup de feu, puis le deuxième, et de se jeter dans le vide avant que j'atteigne les escaliers.

Et puis, j'étais un Fossoyeur, et je faisais confiance à mes amis. S'il leur était possible de sauver ma mère avant que Dashiell la tue, ils le feraient.

Si…

Neuf heures douze.

Je pédalai encore plus fort.

J'aperçus les lumières rouges des voitures de police. Ils avaient bouclé l'accès à la place avec des chevaux de frise. Des policiers en uniforme patrouillaient aux abords. Il y en avait beaucoup. Plus que je l'aurais cru. On avait érigé une estrade sur la droite de la fontaine, derrière la grande sculpture LOVE. Elle n'était pas très élevée, mais assez pour que tout le monde voie ceux qui étaient dessus.

Et il y en avait, du monde. Peut-être un millier de spectateurs, des enfants pour la plupart. Des cars scolaires étaient garés le long des rues adjacentes. Ce discours avait apparemment donné lieu à tout un tas de « sorties pédagogiques ». Si j'avais toujours été scolarisé au collège Towers, j'y serais sans doute allé aussi.

Neuf heures treize.

Je jetai un coup d'œil vers la tour. Allais-je apercevoir un reflet métallique ? L'éclat du soleil matinal sur une lunette de visée ? Non : le soleil était derrière la mairie à cette heure, et la place était à l'ombre. Je ne verrais rien du tout. Personne ne verrait rien. Contrôlé par le Pelligog ou pas, Dashiell savait ce qu'il faisait.

J'arrivai au milieu de la foule, mais j'étais encore très loin de la scène. D'où je me trouvais, j'apercevais la femme du gouverneur, flanquée par des hommes en costume. Elle portait un épais manteau beige, qui la protégeait de l'air frisquet, et sa chevelure blonde était maintenue par des cache-oreilles blanc. Elle parlait dans un micro. J'entendais l'écho de sa voix dans les haut-parleurs, sans comprendre ce qu'elle disait.

Neuf heures quatorze.

Une voiture de police devant moi. Je la contournai, grimpai sur le trottoir avec mon vélo et naviguai entre les gens. Un flic me repéra. Humain.

– Hé ! m'interpella-t-il.

Second flic. Mort, celui-là. Il ne dit pas un mot, se contentant d'avancer pour me barrer la route.

Je sortis mon pistolet à eau de ma veste et lui en collai une giclée dans le visage. Alors qu'il tombait au sol, des gens poussèrent des cris.

– Le gamin est armé !

« Et merde ! »

Un autre flic s'approcha. Humain. Je le contournai, redescendis sur la chaussée et glissai mon vélo entre deux chevaux de frise. J'étais sur la place, à présent, et je pédalais entre les gens. Rares étaient ceux qui me prêtaient attention. Ceux qui me remarquaient s'écartaient instinctivement. Quant aux autres, je leur criais après jusqu'à ce qu'ils sursautent ou s'éloignent d'un bond.

J'étais maintenant assez près pour entendre le discours de la femme du gouverneur, mais je n'avais pas le temps de l'écouter. Quelques secondes, tout au plus, et les flics accourraient vers moi de toutes parts.

Je repérai une rampe d'accès.

Sur la droite du podium. C'était sans doute par là qu'était montée la femme du gouverneur, et par là qu'elle redescendrait, une fois son discours terminé. Je fonçai, appuyant comme un malade sur les pédales avec tout ce qui me restait de forces.

Un flic gluant fendit la foule sur ma gauche, fondant sur moi, si je puis dire. Il me saisit par le bras et m'aurait sans doute expédié à terre si je ne l'avais pas touché presque par hasard avec une rafale de saumure lâchée à l'aveuglette. Un autre flic mort bondit sur la roue arrière de mon vélo, mais je donnai un brusque coup de pédale juste à temps, et il me rata de quelques centimètres.

Le cordon franchi, je fonçai vers le plan incliné.

Je m'autorisai un dernier coup d'œil sur l'horloge de la tour.

Neuf heures quinze.

Trop tard.

Il n'y avait plus le temps pour crier un avertissement. Je lançai ma bécane sur la rampe d'accès et déboulai sur l'estrade à une vitesse telle que je décollai.

La femme du gouverneur se retourna, oubliant son discours. Ses yeux s'écarquillèrent de surprise et de confusion. Ses gardes du corps – si tant est qu'il s'agissait bien de gardes du corps – s'avancèrent pour m'arrêter, mais j'étais déjà en plein vol, et il n'était plus question de freiner à ce stade.

Je heurtai l'un d'eux en pleine face, et j'aurais bien été incapable de dire si le coup avait été accidentel ou voulu.

Je sautai, repoussant les pédales – et le vélo – sous moi.

Je ne sais pas vraiment ce que j'essayais de faire. Je crois que je voulais bousculer la femme pour l'éloigner de la ligne de tir.

Je crois.

En revanche, je suis convaincu que je n'avais pas l'intention de prendre à sa place la balle de Dashiell dans le dos.

Raté.

39

LA VIE APRÈS LA MORT

Je ne me souviens pas d'avoir ressenti de douleur. Je ne me souviens même pas de m'être écrasé sur l'estrade.

Ce dont je me souviens bien, c'est d'avoir eu froid. Vraiment froid. Comme si quelqu'un avait ôté ma veste et m'avait renversé un seau d'eau glacée sur la tête. Mon cerveau enregistra que quelque chose de terrible s'était passé, mais je n'avais aucune idée de ce dont il s'agissait.

La femme du gouverneur n'avait pas été tuée. Étendu à plat-ventre, la tête sur le côté, je la voyais distinctement. Elle aussi était allongée, à quelques pas de moi, ses gardes du corps entassés au-dessus d'elle, faisant office de boucliers humains, exactement ce que j'avais essayé de faire.

J'avais réussi ! Elle n'avait pas reçu de balle !

Quelqu'un l'avait reçue à sa place !

En un instant, ce fut le chaos général. Les gens hurlaient. Couraient dans tous les sens. Des lumières m'aveuglaient... peut-être des véhicules de police. Il y en avait beaucoup. D'autres voitures étaient-elles arrivées entre-temps ? Mais comment avaient-elles fait si vite ?

Quelqu'un cria : « Le gamin avait une arme ! », et un autre lui répondit qu'il s'agissait simplement d'un pistolet à eau, avant de ponctuer sa phrase par un mot que ma mère n'aurait sans doute pas approuvé.

Maman.

Elle était dans la tour avec Dashiell. Il avait tiré, mais avait raté sa cible. Allait-il réessayer ou se contenter de retourner l'arme contre ma mère comme on lui en avait donné l'ordre ? Une nouvelle onde de panique me submergea, et j'eus encore plus froid. J'ouvris la bouche pour lancer un appel à l'aide. Pas pour moi, pour ma mère. Aucun son ne sortit de ma gorge.

– La mairie ! entendis-je quelqu'un hurler. Le tir venait de la passerelle d'observation !

« Oui ! C'est ça ! Allez là-bas ! Vite ! Sauvez ma mère ! »

– Vous devez rester couchée, madame ! tonna une voix masculine près de moi.

– Mais laisse-moi, espèce d'imbécile ! s'enflamma la femme. Cet enfant a reçu une balle !

« Quel enfant ? »

Des mains délicates se posèrent sur mon visage. Ma vue se troubla. Je me sentais si fatigué, envahi par une irrésistible envie de dormir. J'entendis encore la voix de la femme, bien plus près, presque au-dessus de moi. On aurait dit qu'elle pleurait.

– Appelez une ambulance ! Tout de suite ! Non, je ne vais nulle part ! Cet enfant vient de me sauver la vie ! Vous allez la chercher, cette ambulance ?

Là-dessus, elle ajouta un mot que ma mère n'aurait assurément pas approuvé.

Ou peut-être que, étant donné les circonstances, elle aurait fait une exception.

Si elle était toujours en vie…

– Tiens bon, mon petit, dit la femme, tiens bon. Ça va aller.

Je me rappelle avoir pensé qu'elle avait une voix agréable. Puis le monde devint noir, très noir. Et très froid. En fait, le froid était la seule chose que je ressentais. La femme, l'estrade, même l'air semblaient avoir disparu... ce qui m'était égal, puisque j'étais persuadé d'avoir cessé de respirer.

« C'est donc à ça que ça ressemble, la mort ? »

– William ?

Une voix de femme, mais pas la même. Celle-là était plus jeune, moins empreinte de panique. Elle était aussi vaguement familière, comme un souvenir de rêve.

– William ?

J'ouvris les yeux.

J'étais sur un lit, sous un drap blanc. Il y avait de la lumière tout autour de moi, mais je n'arrivais pas à voir de murs ni de plafond. J'avais l'impression de flotter dans un nuage. J'étais peut-être au paradis, en fin de compte.

Une femme blonde me souriait. Elle avait un visage d'ange. En fait, c'était vraiment un ange, et je l'avais déjà rencontrée.

– Tu m'entends ?

– Oui, répondis-je, surpris de m'exprimer avec une voix aussi rauque et sèche, comme si je n'avais pas parlé depuis longtemps.

– Bien, dit-elle, et je crus discerner une sorte de soulagement dans son sourire. Reste allongé. Tout va bien. Tu vas t'en tirer.

À cet instant, les brumes semblèrent se dissiper d'un coup. Je compris enfin que c'était moi qui avais reçu la balle à la place de la femme du gouverneur.

– Ma mère ! m'exclamai-je.

J'essayai de m'asseoir sur le lit, mais mon corps était pareil à du caoutchouc. La femme posa une main tiède sur mon épaule et me repoussa doucement sur l'oreiller.

– Il faut que tu restes calme, William.

– Ma mère ! Elle est en danger ! m'écriai-je, des larmes coulant sur mon visage. Je vous en prie ! Il va la tuer !

– Si je te montre ta mère, est-ce que tu me promets de te rallonger et de rester calme ?

Qu'est-ce que ça voulait dire ? Je n'y comprenais rien, mais j'acquiesçai, principalement parce que quelque chose dans le ton de sa voix me donnait de l'espoir.

Elle se retourna et s'adressa à quelqu'un que je ne pouvais pas voir :

– Oriente-nous face à la tour.

Le monde parut tournoyer. Je fermai instinctivement les yeux et, lorsque je les rouvris, l'étrange chambre blanche avait disparu, remplacée par quelque chose de plus étrange encore.

Mon lit était à présent posé, calé devrais-je même dire, sur l'étroite passerelle d'observation de la tour de la mairie. Devant moi, je voyais la porte d'acier qui donnait sur l'ascenseur. À ma droite, une série de fenêtres faisant le tour du bâtiment, dont j'étais séparé par une rambarde en métal à hauteur de la taille. Tout Philadelphie s'étendait en dessous. Au-dessus, majestueuse et imposante, se dressait la fameuse statue de William Penn.

– Qu'est-ce... ? commençai-je.

La femme, restée à mes côtés, posa un doigt sur ses lèvres et désigna de son autre main deux silhouettes dans la tour, à quelques mètres de là. L'une d'elles était un homme, petit et maigrichon, vêtu d'une parka.

Sa capuche était remontée, sûrement parce qu'il avait ouvert plusieurs fenêtres.

Il tenait un long fusil surmonté d'une énorme lunette de visée. Près de lui, une femme était attachée par des menottes à la rambarde. Elle n'était pas aussi blonde que l'ange, mais elle n'en était pas moins belle à mes yeux.

– Maman ! hurlai-je.

– Elle ne peut pas t'entendre, William.

Je tentai de me redresser. J'essayai désespérément, mais je n'en avais juste pas la force.

– Reste calme.

– Mais c'est Dashiell ! Il tient ma mère en otage et il va...

– Je sais. Regarde.

Impuissant, je fis ce qu'elle me demandait.

Dashiell posa le canon du fusil sur la rambarde et colla un œil dans le viseur. Ma mère avait l'air terrifiée. Elle était emmitouflée dans son manteau d'hiver. Il était épais, long et beige ; c'était mon père qui le lui avait offert pour Noël, peu de temps avant de mourir. Je savais qu'il était chaud, mais il n'avait pas de capuche, lui, et les cheveux de maman volaient au vent dans tous les sens. Je la vis frissonner.

Dashiell visait soigneusement quelque chose, très loin en contrebas, bien au-delà de mon champ de vision.

« Le parc ! La femme du gouverneur ! »

Mais tout cela s'était déjà produit !

Lorsque le coup de feu partit, la détonation fut si puissante que les fenêtres vibrèrent. Ma mère sursauta, puis elle se mit à pleurer. Elle ressemblait toujours étonnamment à Emily quand elle pleurait.

J'essayai une nouvelle fois de me lever pour la rejoindre. Dashiell avait fait feu, et c'était moi qu'il avait touché, pas la cible prévue.

Il le savait, car il se redressa en poussant de sacrés jurons. Il resta là, interdit, pendant de nombreuses secondes, comme s'il essayait de décider ce qu'il allait faire. Il se retourna vers ma mère, qui lui rendit son regard, les yeux noyés de larmes. Elle dit quelque chose, mais, comme elle n'était pas face à moi, ses mots se perdirent dans les rafales de vent.

L'assassin tira la culasse en arrière, éjectant la cartouche vide. Quand il parla, ses mots, contrairement à ceux de ma mère, résonnèrent haut et fort.

– À ton tour, Susan.

– Non ! m'écriai-je.

– Non ! gémit quelqu'un d'autre.

Je me tournai et vis Hugo Ramirez émerger du sas métallique qui donnait sur l'ascenseur. Son bras gauche était toujours en écharpe, et son visage était luisant de sueur. Il avait un petit pistolet noir entre les mains.

Dashiell pivota vers lui, les traits déformés par la rage.

– Agent spécial Ramirez, FBI ! Baisse ton arme et écarte-toi de cette femme.

« Merci. Oh, mon Dieu… Merci. »

L'assassin prit peut-être une demi-seconde pour jauger la situation, puis il passa à l'action. Laissant tomber le fusil déchargé, il se faufila derrière ma mère, s'en servant comme d'un bouclier humain. Il fut si brusque qu'elle cria lorsque la menotte qui la retenait à la grille se tendit au maximum.

Je manquai de tomber en essayant encore de me redresser. La femme posa les mains sur mes épaules :

– Tout cela s'est déjà produit, William. Nous ne sommes pas vraiment là. Il n'y a rien que tu puisses faire.

Je l'avais déjà deviné, mais ça ne changeait rien. C'était ma mère. Ce tueur fou la tenait entre ses griffes, et il fallait que j'agisse ! Je *devais* faire quelque chose ! C'était une réaction instinctive, comme de mettre ses mains en avant quand on tombe.

– Tu ne peux pas t'enfuir, Dashiell. C'est fini, dit Ramirez.

L'assassin se contenta de sourire. Il sortit un cran d'arrêt de la poche de son manteau, fit jaillir la lame et la colla contre la gorge de ma mère.

J'entendis un gémissement plaintif, et il me fallut un moment avant de comprendre qu'il était sorti de ma bouche. Jamais je ne m'étais senti aussi impuissant.

– Pourquoi me montrer ça ? demandai-je, ou plutôt sanglotai-je.

– Regarde…

– Pose ton arme, monsieur l'agent du FBI, ordonna Dashiell, ou je lui tranche la gorge.

L'arme de Ramirez ne frémit pas d'un pouce.

– Tu fais ça et tu es mort avant qu'elle touche le sol.

– Songe donc à la paperasse, répondit l'assassin en riant. Un civil mort ?

– Je ne plaisante pas. Laisse-la partir, ou tu vas mourir ici et maintenant.

Ramirez fit un pas en avant. Au même instant, la main de l'assassin se crispa un peu plus, éraflant le cou de ma mère. Elle haleta et se débattit, mais il la maintenait fermement.

– Stop ! m'écriai-je, même si je savais que c'était stupide et inutile.

Ramirez s'immobilisa une nouvelle fois, les yeux rivés sur l'assassin.

– La faute que tu commets, lui expliqua Dashiell, c'est de penser que je m'attends à survivre à ce contrat. J'ai des ordres. Je devais tuer ma cible, me débarrasser de ce témoin, puis faire un joli plongeon sur le parvis de la mairie. Tu imagines la une des journaux, demain ?

– Et ça ne te pose pas de problème de te suicider pour un client ? demanda Ramirez.

L'espace d'un instant, le tueur à gages parut fléchir un peu :

– C'est... nécessaire.

– Pourquoi donc ?

– Elle... Parce qu'elle l'a dit.

– Lilith Cavanaugh.

En entendant le nom de la Reine, Dashiell se ressaisit :

– Tu ne serais pas en train d'enregistrer ce que je raconte, par hasard ? D'essayer d'incriminer mon employeur ? Je suis désolé, mais je ne connais personne de ce nom-là.

Ramirez fit alors une chose étrange. Il sourit et baissa son arme. Je le regardai, abasourdi. Mes yeux passèrent de l'un à l'autre, et je vis que Dashiell avait l'air tout aussi surpris que moi.

– À vrai dire, expliqua l'agent du FBI, non, je ne suis pas en train d'enregistrer la conversation. Et, d'ailleurs, ceci n'est même pas une véritable arme. C'est un pistolet en plastique bon marché... Un petit peu plus réaliste que la plupart, certes, mais c'est tout.

Il retourna l'arme vers lui, ouvrit la bouche et appuya sur la détente.

– De l'eau salée, commenta-t-il en grimaçant.

– C'est du bluff ? s'enquit Dashiell, à la fois prudent et désorienté.

– Pas du tout, dit Ramirez en souriant de toutes ses dents. Je voulais juste te faire parler assez longtemps.

– Assez longtemps pour quoi ?

À cet instant, une silhouette jaillit d'une lucarne. Elle tomba entre l'assassin et ma mère, qui bascula à terre avec un gémissement de douleur, le poignet tordu. Dashiell roula sur lui-même et se redressa instantanément, tenant toujours le couteau entre ses mains.

Il se retourna pour faire face au nouveau venu.

Tom Jefferson lui bloquait le passage et protégeait ma mère de sa haute stature. Son visage était aussi dur que du marbre, ses traits plus fermés que jamais.

– Qui es-tu ? demanda Dashiell en brandissant son cran d'arrêt.

– Je suis un Fossoyeur, répliqua le chef d'une voix froide comme la tombe.

– J'ai entendu parler de vous, railla l'assassin. Une bande de gosses. Elle m'a prévenu que vous risqueriez d'intervenir. Mais je dois admettre que je ne m'attendais pas à ça ! D'où as-tu surgi ?

Tom fit un petit mouvement de la tête pour indiquer le toit.

– Malin, admit Dashiell, mais tu dois te geler sans manteau, par ce temps. Attention, petit, tu risques d'attraper... la crève.

Tom ne souriait pas. Au contraire, je ne lui avais jamais vu une mine aussi implacable. Il avança vers l'assassin, qui agitait sa lame d'un côté et de l'autre à la lumière du matin. Il avait l'air d'un enfant qui essaie de se faire remarquer.

– Réfléchis bien, gamin. J'ai une arme, et pas toi.

Le chef fit un autre pas en avant.

– Je t'ai vu tirer, déclara-t-il sur un ton neutre. Je suis arrivé trop tard pour t'en empêcher, mais je t'ai vu.

L'espace d'un instant, une ombre traversa son visage, puis il ajouta d'une voix plus glaciale que l'air mordant de cette matinée de février :

– Tu as raté ta cible.

– C'est malheureux, reconnut Dashiell en haussant les épaules, mais ce n'est pas désastreux pour autant. Dès que je serai sorti d'ici, j'organiserai la prochaine tentative.

– Tu ne vas pas sortir d'ici.

– Une femme menottée et deux hommes sans armes ? gloussa le tueur. J'ai déjà été confronté à bien pire, Fossoyeur. Dans une minute vous serez morts tous les trois.

Tom ne sembla pas avoir entendu la menace.

– Je suis un soldat, dit-il, et pourtant jamais je n'ai tué un être humain.

– Eh bien, ne t'en fais pas à ce sujet, mon petit. Ce n'est pas aujourd'hui que tu vas commencer.

– Tu as raté ta cible, poursuivit Tom, mais tu as touché quelqu'un d'autre.

– Je sais, j'ai vu ça. Un gamin sur un vélo.

Le chef des Fossoyeurs avança brusquement. Dashiell réagit en donnant un coup de lame dans l'air. Je m'attendais à ce que Tom esquive le coup. Il était très fort pour le corps-à-corps ; en fait, je ne lui connaissais pas d'égal. Mais il n'esquiva pas. Il n'essaya même pas de parer le coup. Il se contenta de saisir la lame dans sa main gauche et de fermer le poing.

Dashiell regarda ce poing et le sang qui coulait entre les doigts de Tom. Il tira sur le manche de son arme, en vain.

Les yeux de Tom étaient durs comme de l'acier. S'il ressentait quelque douleur, il n'en laissait rien paraître. Il abattit son autre poing dans le visage du tueur avec une force dévastatrice. J'entendis distinctement le nez craquer sous la violence du coup.

Dashiell relâcha son couteau et tituba en arrière, du sang coulant de sa bouche. Tom lui décocha un nouveau coup de poing qui le fit tourner sur lui-même et le projeta sur la rambarde. Il s'écroula, sonné.

Tom avança, ouvrit la main gauche et laissa la lame tomber au sol. Je vis la profonde plaie qui fendait sa paume. Le sang ruisselait, aspergeant le sol.

Ramirez s'approcha de lui :

– Tom... Ça suffit. Arrête.

Le chef l'ignora. Il saisit Dashiell par le col et le retourna de sorte à ce qu'ils se retrouvent tête contre tête.

– Tu as manqué ta cible, répéta-t-il, d'une voix dénuée d'émotion.

Il tendit le bras sous l'assassin, l'attrapa par une jambe et le souleva du sol, le maintenant en l'air comme s'il était aussi léger qu'une plume.

– En revanche, tu as tué celui qui était comme mon frère, l'entendis-je dire entre ses dents serrées.

Et Tom Jefferson, chef des Fossoyeurs, jeta le tueur par la fenêtre ouverte.

Dashiell hurla. Il parut crier un long moment avant que, brutalement, très brutalement, sa course s'interrompe.

« Il faut tout ce temps pour tomber de cent quarante mètres de haut ! »

Dans la seconde qui suivit, Ramirez était à côté de Tom. Il regarda dans le vide, puis vers le chef, dans les yeux duquel il ne lut pas la moindre once de remords.

– Vous allez m'arrêter, agent Ramirez ?

L'homme du FBI avait l'air ébranlé jusqu'au tréfonds de son être.

Nous étions deux dans cet état.

– Je ne crois pas que je le pourrais, même si j'en avais envie, répliqua-t-il.

Tom secoua la tête :

– Ce n'est pas une réponse, ça.

– Non, je ne vais pas t'arrêter.

– Pourquoi ça ? Je viens de tuer un homme.

– Oui, c'est exact, lui dit l'agent. Mais nous sommes en guerre... et tu es un soldat.

Tom opina du chef. Soudain, ce fut comme si toute la rage qui l'avait animé jusque-là s'évanouissait. Ses épaules s'affaissèrent, et le masque glacial qui avait recouvert son visage disparut.

– Will est mort, murmura-t-il d'une voix si faible que je ne l'entendis presque pas. Et il faut que je le dise à sa mère.

40

RÉSURRECTION

Le monde changea de nouveau, redevint blanc. Je m'en rendis à peine compte. Ce que Tom avait dit, ce qu'il avait *fait*, résonnait à mes oreilles et s'imprimait dans mon cerveau en lettres de feu. Une centaine d'émotions différentes s'entrechoquaient dans ma tête, luttant toutes pour en prendre le contrôle. Le choc. L'horreur. La culpabilité.

Et la fierté. Oh oui, il y avait aussi de ça.

Le chef des Fossoyeurs, le type le plus chouette que j'aie jamais connu à l'exception de mon père, venait d'assassiner quelqu'un. Et il avait tué pour moi.

Quelle chose impossible, incroyable, terrifiante...

– William ?

Nous étions de nouveau dans la pièce blanche. Pas de murs. Pas de plafond. Rien que l'ange, sa voix douce, et son visage étrangement familier.

– William ? Tu vas bien ?

– Non.

Elle hocha la tête, comme si c'était la bonne réponse.

– Il se passe quoi, maintenant ? demandai-je.

– Maintenant, il est temps que tu repartes.

– Mais... je suis mort.

Elle sourit, et je fus surpris de la chaleur et de l'affection que contenait ce sourire.

– Non... même s'il s'en est fallu de peu.

– Qui êtes-vous ? l'interrogeai-je d'un ton suppliant.

– J'aimerais pouvoir te le dire, répondit-elle, l'air sincère. Et un jour, je le ferai.

Tout ce mystère me pesait, particulièrement après avoir reçu une balle, vu ma mère échapper de justesse à un meurtrier, et contemplé le terrifiant spectacle de la vengeance de Tom.

– Est-ce qu'il y a quelque chose que vous *pouvez* me dire ?

– Les règles sont les mêmes que la dernière fois. Tu as droit à une question.

– Une question de mon choix à l'exception de : « Qui êtes-vous ? » C'est bien ça ?

– Désolée.

Je soupirai. J'étais fatigué, très fatigué, mais je remarquai soudain que je ne ressentais aucune douleur. N'avais-je pas reçu une balle dix minutes auparavant, ou presque ? N'avais-je pas été fauché par un fusil à gros calibre ? Survivre à un coup de feu était une chose, mais ne ressentir *aucune* douleur… ?

Je me souvins de la première visite de cet ange. Je venais de faire rater une opération de sauvetage à Fort Mifflin, dans la banlieue de Philadelphie. Suite à un « contact rapproché » avec un Macchab, je m'étais retrouvé avec un traumatisme crânien et un bras cassé. Sauf que non… J'avais fait un rêve presque identique à celui-ci, et je m'étais réveillé indemne.

Si cet ange pouvait faire cela, alors quoi d'autre ?

Voilà comment la question me vint.

– Vous pouvez sauver Sharyn comme vous l'avez fait pour moi ?

Elle sourit doucement.

– Non, je ne le peux pas. Mais toi, oui.

– Comment ça ?

– Tu as ramassé quelque chose à la prison. Quand tu te réveilleras, tu le trouveras sous ton oreiller. Prends-le et pose-le sur le front de Sharyn Jefferson.

– Et ça va la rétablir ?

Elle hocha la tête.

– De quoi s'agit-il ?

– Je suis désolée. Pas d'autres questions. Mais tu auras la réponse à celle-là en temps voulu. William, écoute-moi : après que tu as reçu ta blessure, la Reine a agi rapidement. Elle a tout de suite fait venir une ambulance, puis elle t'a fait déclarer mort sur le trajet vers l'hôpital.

– Donc… tout le monde pense que je suis mort ?

– Oui. Des milliers de gens ont vu ce que tu as fait sur la place, et l'événement a été diffusé de nombreuses fois à la télévision. La version officielle est que ton cadavre a été conduit à la morgue municipale. Mais c'est un mensonge.

– Où suis-je, alors ?

– Dans la maison funéraire Chang. La Reine a ordonné à ses sujets de te soigner. Plus tard, une fois que tu auras été stabilisé et que tu seras conscient, elle compte te torturer afin de t'arracher des informations.

Ma gorge fut soudain sèche.

– Génial, murmurai-je. Et vous allez pouvoir m'aider sur ce coup-là ?

– Je t'ai aidé du mieux que j'ai pu, répondit-elle. Mais j'ai foi en toi. Lorsque tu te réveilleras, plus de douze heures se seront écoulées depuis la fusillade, et tu seras en bien meilleure condition physique que le pensent les Cadavres. Tu seras assez fort pour t'évader seul.

Des propos rassurants, sauf que, pour la première fois, je crus lire une réelle inquiétude dans les yeux de la femme. Ce qui ne me rasséréna pas vraiment.

– Merci, fis-je.

– Pas de quoi. À bientôt…

Puis elle et l'endroit tout blanc dans lequel nous étions s'éclipsèrent lentement, s'en retournant vers le monde des rêves d'où ils étaient venus.

J'ouvris les yeux.

La maison funéraire Chang. La petite morgue au sous-sol.

Mais cette fois, c'était moi qui étais allongé sur le lit métallique. Il y avait peu de lumière et la porte était fermée. J'étais seul. On n'entendait rien d'autre que ma propre respiration saccadée et les bips répétés d'une machine près de moi.

J'avais toujours mon pantalon et mes chaussures, mais ma chemise et ma veste avaient disparu. Un épais bandage me ceinturait le torse.

Quand j'essayai de me redresser, je ne parvins qu'à m'emmêler dans une série de tubes. L'un était collé sur ma main… une intraveineuse. Un liquide inconnu s'écoulait depuis une poche suspendue à côté de moi. Deux autres tuyaux me rentraient dans le nez. Le pire, c'était celui qui s'enfonçait dans ma gorge. Il était vraiment gros, et maintenu en place par des bouts de bande adhésive.

Manquant de m'étouffer et luttant contre un accès de panique, j'arrachai les bandes adhésives (ce qui me fit mal) et sortis ce tube (ce qui me fit encore plus mal). Je restai là un moment, à inhaler de grandes goulées d'air. Étonnamment, quelle que soit la substance qu'ils faisaient passer dans mes narines, ça aidait. Je sentais déjà que mes battements de cœur étaient plus réguliers. Je retirai malgré tout les tuyaux de mon nez, avant de m'attaquer à l'intraveineuse, ce qui fut plus facile que je l'aurais cru, même si je morflai un bon coup quand je retirai l'aiguille de ma veine.

Je grimaçai de douleur, mais réfrénai le cri que je voulais pousser. Tout était affaire de discrétion, à présent. Des Macchabs se trouvaient sans nul doute dans les parages. Peut-être même surveillaient-ils mon état de santé sur des moniteurs.

Le bandage passé autour de ma poitrine allait de sous mes aisselles jusqu'à mon nombril. Il y avait peut-être six épaisseurs de gaze. Pas étonnant, vu qu'on m'avait tiré dessus. J'avais dû être opéré en urgence pour extraire la balle de Dashiell.

Je décidai de ne pas y toucher, du moins pour l'instant.

Il ne restait plus que les capteurs. Il y en avait toute une série, reliés à une machine qui représentait mes battements de cœur sous la forme de petits pics verts, au rythme des *bip ! bip !* que j'avais entendus plus tôt. Est-ce qu'une alarme se déclencherait si je les enlevais ? Est-ce que les Macchabs penseraient que je faisais une crise cardiaque et accourraient avec ces espèces de fers à repasser qui vous font revenir à la vie au prix d'une bonne décharge électrique ?

Pas super, ça...

Je jetai un coup d'œil autour de moi, à la recherche de ma chemise et de mon manteau, mais je ne les vis pas. Ce qui me fit paniquer une nouvelle fois, car je crus que mon canif avait disparu pour de bon. Jusqu'à ce que je me rappelle que je l'avais donné à Helen dans le pénitencier.

Ce souvenir en amena un autre, et je passai une main sous mon oreiller. Il me fallut quelques secondes pour trouver l'objet, qui ressemblait à un bâton de quartz aux arêtes rugueuses et mesurait un peu moins de trente centimètres de long.

Le simple fait de le toucher eut un effet étrange. Je me sentis soudain plus fort, plus concentré.

« Ce truc renferme une sorte de pouvoir ! »

J'aurais aimé continuer de le tenir. Il me procurait une sensation étrangement agréable. Mais j'avais du pain sur la planche. Je le glissai donc dans ma poche et descendis précautionneusement de la table. Je me concentrai. J'étais retenu au moniteur cardiaque par les capteurs. Par conséquent, je ne pouvais pas m'éloigner trop sans risquer de les arracher.

Bon, et maintenant ?

Je retournai la poche d'intraveineuse et lus l'étiquette : *B. Braun / Sérum physiologique* 0,9 %, *Chlorure de Sodium / 1 000 ml IV*. Je détachai la poche de son support métallique en espérant qu'il s'agissait bien de ce que je croyais.

Je jetai enfin un coup d'œil à la machine qui émettait les *bips*. Il y avait plus de boutons que dans un cockpit d'avion, et la plupart d'entre eux n'étaient accompagnés que d'initiales, auxquelles j'étais incapable d'attacher la moindre signification.

« Bon, je ne vais pas rester là toute la nuit ! »

Sur ce, j'arrachai le fil électrique.

La machine s'éteignit, et je tendis l'oreille. Pas la moindre alarme ne retentit. Je me précipitai vers la porte et me plaquai contre le mur. J'arrachai les capteurs. J'avais à peine terminé que la porte s'ouvrit.

– La Reine va nous déchiqueter membre après membre s'il est mort par notre faute, dit une voix.

Deux Macchabs, tous deux vêtus du costume sombre des dirigeants de maisons funéraires, entrèrent. C'étaient des type 3, mais qui semblaient prendre soin de leur corps hôte. Ils étaient propres, dans un état remarquable. On entendait un crissement à chacun de leurs pas, mais ils étaient loin de sentir aussi mauvais que la plupart des type 3 que j'avais rencontrés. En outre, ils n'avaient ni vers ni scarabées.

Alors qu'ils découvraient le lit vide et les tubes arrachés, je me glissai dans leur dos et franchis la porte. La pièce adjacente était déserte. Je la traversai au pas de course et grimpai quatre à quatre les marches en face. Parvenu en haut, j'ouvris une autre porte… et tombai nez à nez avec un autre Macchab.

Celui-là portait un uniforme de flic, et je fonçai dans ses bras aussi franchement que si c'était mon oncle préféré. Ce fut l'odeur qui m'assaillit d'abord, et je sentis mon estomac se révulser. C'était un type 2, bien mûr. Il ne ruisselait pas encore dans son jus, mais on sentait quelques émanations, comme s'il avait aspergé sa peau violacée d'un peu d'Eau de Putréfaction.

– *Pris*, lâcha-t-il en Morlangue avec un sourire triomphal et décomposé.

J'aurais aimé être Dave à ce moment-là : assez fort pour saisir ce type par la tête et la tordre, ainsi qu'il l'avait fait avec la Reine dans cette même maison funéraire. Mais bon, j'étais loin d'être aussi musclé... Je pressai donc la poche d'intraveineuse et lui aspergeai le visage.

J'avais eu raison dans mon interprétation de l'étiquette. Le chlorure de sodium, c'était bien du sel. Le Macchab m'entraîna avec lui dans sa chute. Je me libérai assez facilement de ses bras qui fouettaient l'air, me redressai, glissai sur la flaque d'eau salée, et me relevai une seconde fois. J'entendis des pas monter des marches derrière moi.

Les deux autres Macchabs arrivaient à la rescousse.

Je détalai vers l'arrière de la bâtisse. La sortie à l'avant était sans doute plus proche, mais c'était aussi une zone inconnue, et je ne pouvais pas me permettre de tourner là où il ne fallait pas pour me retrouver dans un cul-de-sac. Je dépassai donc la cuisine, le débarras (où l'on voyait toujours les cirés jaunes suspendus aux patères), et j'ouvris d'un coup la porte arrière.

Une bourrasque hivernale me fouetta le visage.

Ignorant le vent mordant qui me transperçait de part en part, je m'engageai dans l'allée et arrivai dans la rue juste au moment où la porte avant de chez Chang pivotait, laissant apparaître monsieur Cercueil 1.

Il me vit. Je le vis. Il s'élança au bas des marches du perron.

Je l'aspergeai de ce qui me restait du sac d'intraveineuse. Pas grand-chose, mais cela suffit. Mon Macchab bien propre sûr lui alla s'écraser contre un lampadaire. Il parut dès lors irrésistiblement attiré par celui-ci. Il faisait un pas en arrière, fonçait dedans, un pas en arrière, refonçait dedans. Vous voyez le truc ?

Ça aurait été drôle si je n'avais pas été en train de me geler comme jamais.

Je partis au pas de course en direction de la mairie.

41

ÉLOGE FUNÈBRE

Ils me cherchaient.

Pas seulement les Macchabs de chez Chang, mais tous les autres. J'avais l'impression que tous les Cadavres de la ville étaient de la fête. Ils patrouillaient dans les rues, et les faisceaux de leurs lampes fouillaient les moindres recoins et cachettes potentielles. Ils allèrent même jusqu'à frapper chez des gens, les réveillant en leur racontant quelque histoire invraisemblable.

Par chance ou grâce à mon talent, je restai insaisissable. J'avais peut-être tellement l'habitude d'être traqué que je savais faire ce qu'il fallait pour ne pas être vu, tel un véritable rat des villes. Cela dit, mon périple fut particulièrement pénible.

Le froid me piquait de ses milliers d'aiguilles, partout à la fois. Le bandage qui enveloppait mon torse me tenait un peu chaud, mais pas assez, et le temps que je me glisse derrière la palissade de l'imprimerie, la partie supérieure de mon corps me faisait déjà l'effet d'être une tranche de viande congelée. Je ne sentais plus mon visage, et mes oreilles me brûlaient comme si elles étaient collées sur une grille de barbecue.

Il me fut particulièrement difficile de m'introduire par la fenêtre du sous-sol qui donnait sur le Refuge. Si difficile que je perdis l'équilibre et tombai. L'atterrissage fut rude, et je restais plusieurs minutes allongé sur le dos, à gémir et grogner de douleur. Puis je roulai sur moi-même, me redressai et poursuivis ma course sur des jambes flageolantes.

Je chancelai sur les marches qui descendaient aux égouts. Le temps que je gagne le premier sas, j'avais l'impression que le peu de forces qui me restait avait disparu. Je m'écroulai lourdement sur la porte de métal glacé, saisis la poignée, et rassemblai mes esprits pour la tourner.

Alors, le battant bougea, si brutalement que je trébuchai. Je me rattrapai de justesse, et j'aperçus le visage expressif de Dave Burger.

– Je le savais ! s'écria-t-il en faisant un geste de victoire avec son poing, avant de me prendre dans ses bras.

En temps normal, je détestais ça. J'essayais toujours de me dégager de son étreinte aussi rapidement que possible. Pas cette fois. J'aurais aimé pouvoir dire que c'était mon amitié pour lui, ou le soulagement d'être de retour au Refuge. Mais, si vous voulez la vérité, c'était à cause de sa chaleur corporelle. Lorsqu'il se décida enfin à me lâcher, il prit quelques secondes pour me regarder, et son sourire disparut.

– Mec, tu ressembles à un clodo !

– Content de te voir, moi aussi, répliquai-je avec un petit sourire.

– Je leur ai dit que t'étais pas mort ! Will Ritter, mort ? N'importe quoi ! Je me moque de ce que des milliers de gens croient avoir vu à la télé ! C'était juste pas possible ! Et Helen qui arrêtait pas de répéter que je ne voulais pas voir les choses en face.

– Burgermeister...

– Elle est super vénère contre moi, continua-t-il. Elle m'en veut parce que je refusais de dire qu'elle avait raison, mais je pouvais pas ! C'est pour ça que je suis ici et pas en train d'assister à leur cérémonie à deux balles.

– Dave ! l'interrompis-je.

Il sursauta légèrement, comme si je l'avais surpris.

– Quoi ?

– Emily et ma mère... Où sont-elles ?

– Ici, évidemment ! Helen et moi avons conduit ta sœur ici, et Tom et Ramirez sont arrivés quelques minutes après avec ta mère. Hé, mec, je voulais te demander un truc, au fait : ils te viennent d'où, tes cheveux roux ? Je dis ça parce que ta mère est blonde et que ta sœur...

– Tu sais où elles se trouvent en ce moment ?

– Qui ça ?

– Ma mère et ma sœur, soupirai-je.

– Elles sont à la cérémonie funèbre ! Où veux-tu qu'elles soient ?

– Et ça se passe où ?

– Dans la grande salle. Viens ! Je t'emmène ! fit-il, retrouvant son sourire.

Alors que nous courions, je fus surpris de voir les couloirs si déserts. Dave m'expliqua que tous les Fossoyeurs assistaient à la cérémonie, même les Infiltrés, qui étaient habituellement en mission à l'extérieur. Personne ne parlait vraiment depuis que tout le monde était arrivé. Entre Sharyn dont la vie ne tenait qu'à un fil et moi qui avais pris une balle, disons que le Refuge n'était plus à la hauteur de son nom ces derniers temps...

– Qui vous a raconté que j'étais mort ?

Pendant un instant, le Burgermeister eut l'air décontenancé :

– Qui ? Mon pote, ça a fait la une de tous les journaux. Ils ont pas dit ton nom, évidemment. Personne ne le connaît. Tu es juste ce gamin mystérieux qui s'est pris une balle à la place de la femme du gouverneur. Tout le monde t'acclame en héros !

– Super, marmonnai-je.

Dave ne parut pas m'avoir entendu.

– Et puis Tom et Ramirez sont arrivés. Tom était présent quand tu as reçu la balle. La tête qu'il faisait ! La tête de ta mère ! Pour tout le monde, c'était clair que tu étais mort. Pour tout le monde, sauf moi !

Il s'interrompit et me regarda longuement pour la première fois depuis que j'étais revenu :

– Hé, euh... On t'a pas tiré dessus ?

– Si, fis-je, mais c'est – comment dire... ? – compliqué.

– Avec toi, c'est toujours compliqué, soupira-t-il.

Nous repartîmes en courant. Des images de ma mère n'arrêtaient pas d'affluer dans ma tête. Cela faisait plus de quatre mois que je ne l'avais pas vue, sauf si vous comptez l'épisode au sommet de la tour, mais cela ressemblait plus à un rêve qu'à autre chose.

Ceci dit, avoir pu tenir Emily dans mes bras au pénitencier m'avait fait la même sensation que boire un verre d'eau après avoir traversé un désert. Quoique je n'aie jamais traversé un désert... Bref, vous voyez ce que je veux dire. Alors, qu'est-ce que cela allait me faire de sentir ma mère m'enlacer, après tout ce temps, et surtout après que nous avions tous les deux frôlé la mort ?

Ça a l'air bien mélo, dit comme ça, mais j'avais hâte de le savoir.

Je me souvins brusquement de Sharyn, et je compris que ce moment allait devoir attendre, ne serait-ce qu'un peu. Imaginez qu'elle meure pendant que ma mère me prenait dans ses bras...

– Attends, dis-je, m'immobilisant au milieu du couloir.

Dave me dépassa de plusieurs mètres avant de pouvoir s'arrêter à son tour, soulevant un nuage de poussière.

– Qu'est-ce qu'il y a ? demanda-t-il.

– Comment va Sharyn ?

En entendant ce prénom, l'enthousiasme de Dave fondit comme neige au soleil.

– Pas de changement.

Puis il sembla se secouer, fit un geste en direction du bout du couloir, vers la grande salle :

– Hé, mec... Ta mère ! Elle pense que t'es mort !

– Je sais. Crois-moi, je sais. Mais on doit faire une halte à l'infirmerie d'abord.

– Pourquoi ? s'enquit-il. T'es blessé ?

Oui, j'avais mal partout, mais ça n'avait pas la moindre place dans mes préoccupations du moment.

– Je vais bien. Je dois juste faire quelque chose.

L'infirmerie était déserte, à l'exception de Ian, qui avait fait l'impasse sur la cérémonie pour veiller sur Sharyn. Quand il m'aperçut, il blêmit et il prit appui sur le mur pour éviter de tomber à la renverse.

Je m'approchai du brancard et observai Sharyn, toujours dans le coma. Je glissai lentement la main dans ma poche, en sortis le bout de quartz… et me sentis tout de suite mieux.

Toute douleur sembla s'évanouir de mon corps, emportant avec elle ma fatigue. Mon visage et mes oreilles n'étaient absolument plus engourdis.

« C'est quoi, ce truc ? »

– Will ? Comment as-tu… ? s'étonna Ian, comme si j'étais un fantôme.

– Si je le savais, répliquai-je. Mais pour ce que ça vaut… je suis de retour d'entre les morts et j'apporte des cadeaux !

Puis je posai délicatement le quartz sur le front de Sharyn.

– Qu'est-ce que c'est ? voulurent savoir sur-le-champ mes deux compagnons.

– Pas la moindre idée, répondis-je.

– Tu l'as eu où ? me demanda Dave.

– C'est un ange qui me l'a donné.

Ils en restèrent tous les deux bouche bée.

– Chouette, commenta finalement Ian.

Je laissai l'objet en contact avec la peau de la jeune fille. Elle restait immobile.

– Allez, m'entendis-je supplier. Allez, Sharyn. On a besoin de toi !

– Peut-être que ça marche avec des piles ? Je pourrais…, commença Dave.

– Eh ! s'éleva une voix. Il est arrivé quoi à mes cheveux ?

Sharyn Jefferson se redressa, nous écartant, le quartz et moi, dans le même mouvement. Elle passa une main sur son crâne lisse. Ses doigts rencontrèrent le tube qu'Alex avait fait passer dans sa tête. Avant qu'aucun de nous puisse protester, elle l'arracha et le jeta négligemment à l'autre bout de la pièce.

– Ouh..., grogna-t-elle.

Puis, au moment où elle touchait le petit trou arrondi, je le vis se refermer. Comme ça. Se refermer. Sans marque, sans la moindre cicatrice.

– C'est... impossible, murmura Ian.

– Salut, mec ! me héla la chef des Anges-Gardiens, un grand sourire aux lèvres. Tu t'es tenu à l'écart du danger, j'espère ?

J'essayai de dire quelque chose, mais pas un son ne franchit mes lèvres. Ça m'arrivait assez régulièrement, ces temps-ci. Dave se racla la gorge. Sharyn le regarda. Il la regarda aussi.

– Burgermeister ? murmura-t-elle, et je fus surpris de déceler un trémolo dans sa voix.

Sans un mot, le grand adolescent avança et l'étreignit passionnément. Ian et moi restâmes cloués sur place, côte à côte, médusés.

Une minute plus tard, nous sortions tous les quatre de l'infirmerie et partions en direction de la grande salle. Sharyn avançait sur ses jambes, même si elle paraissait encore un peu faible. En chemin, je lui fis le résumé des événements qui s'étaient produits durant son « absence ». Elle sembla tout d'abord désorientée, puis incrédule, et enfin vraiment irritée.

– Tu veux dire que j'ai raté tout ça ? s'exclama-t-elle.

Alors que nous approchions de l'entrée de la grande salle, je commençais à entendre les échos d'une voix. Je la reconnus tout de suite, même si elle avait un timbre inhabituel. On n'y décelait pas cette confiance en soi, cette autorité assumée sur laquelle j'avais pris l'habitude de compter. Celui qui parlait semblait envahi par le chagrin, accablé... vaincu.

– Ses actes n'étaient pas toujours sensés, disait Tom Jefferson, pourtant il faisait ce qu'il fallait. Parfois, on ne s'en rendait pas compte tout de suite, mais ça se finissait comme ça, à chaque fois. Si Amy est avec nous aujourd'hui, c'est grâce à l'intrépidité de Will et à son courage. Hier, cette même intrépidité et ce même courage ont sauvé la vie d'une autre personne, la Première Dame de cet État.

» Dans ces deux situations, Will n'a pas hésité. Il ne s'est pas arrêté une seconde pour songer à son propre sort. Il a agi, c'est tout. C'est une qualité que je n'ai rencontrée que chez deux autres personnes. L'une est ma sœur, Sharyn, (sa voix s'étrangla un peu quand il prononça son nom), et l'autre était Karl Ritter, le fondateur des Fossoyeurs... et le père de Will.

Nous atteignîmes la porte à ce moment-là. La grande salle était pleine à craquer. Des rangées de chaises avaient été disposées face au mur opposé, là où on avait affiché l'agrandissement géant d'une vieille photo d'école me représentant. Elle avait été encadrée et accrochée à la paroi de brique. Toutes les chaises étaient occupées, et on voyait aussi des enfants debout le long des murs.

La plupart étaient plongés dans un silence stoïque. Certains pleuraient. Tous avaient les yeux fixés sur Tom.

– Susan et Emily Ritter sont assises au premier rang avec nous. La mère et la sœur de Will. Elles essayent, comme nous tous, de faire face à la douleur et au chagrin. Et, si toutes mes pensées et mon cœur vont vers la famille de Will – car, croyez-moi, Fossoyeurs, c'est bien le cas –, je dois aussi me rappeler qu'il est parti pour de bon.

Sharyn et moi nous immobilisâmes sur le seuil, le Burgermeister et Ian derrière nous. Nous nous regardâmes. J'ouvris la bouche pour dire quelque chose. Je ne savais pas trop quoi... Annoncer notre présence, peut-être ? Mais Sharyn passa un doigt devant ses lèvres et elle me fit un clin d'œil.

« Oui, elle est vraiment de retour ! »

– J'ai ressenti exactement la même chose avec Karl. Une minute, il était là, et la suivante, il avait disparu. Cela semblait impossible. Comme son fils, il était bien trop... vivant... pour qu'on l'imagine mourir. J'ai un jour dit à Will que, même des semaines après la mort de Karl, je m'attendais toujours à ce qu'il déboule au Refuge, un grand sourire aux lèvres, en me sortant une citation de Mark Twain...

J'observai Sharyn.

Elle hocha vivement la tête.

C'était le moment d'entrer en scène.

Je franchis alors la porte et, du fond de la salle, déclarai le plus fort que je pus :

– *L'annonce de ma mort a été grandement exagérée.*

Le silence ne tomba pas. Il s'abattit littéralement. Si soudain et si complet que je crus être devenu sourd. Toutes les têtes – je dis bien *toutes les têtes* – se retournèrent vers moi comme mues par autant de ficelles invisibles. Tout au bout de la pièce, je vis Tom tituber, les yeux écarquillés. Son visage ruisselant de larmes était figé sous le choc et l'impossibilité de croire ce que ses yeux lui montraient.

Je compris un peu Sharyn et ses effets d'annonce...

Et, dans ce silence assourdissant, Dave Burgermeister Burger parla le premier :

– Je vous l'avais bien dit !

Une silhouette s'approcha de moi. Le visage d'Helen était pâle, et ses yeux rouges d'avoir pleuré. Elle paraissait un peu plus tassée que la dernière fois que je l'avais vue, ce qui était étrange mais n'avait pas d'importance. Elle resta à me regarder comme si je venais de la gifler et, l'espace de quelques horribles secondes, je crus qu'elle-même avait vraiment l'intention de me gifler. Mais, au lieu de ça, elle se jeta dans mes bras.

Pour la première fois, je la laissai faire. Pour être honnête, durant tout le temps que dura cette étreinte, je la serrai contre moi aussi fort qu'elle me serrait contre elle.

Au même instant, je vis Tom s'avancer. Son visage se décomposa presque tandis que ses yeux tombaient d'abord sur Sharyn, puis sur moi, puis se reportaient sur Sharyn. Il ouvrit tout grand ses bras (je vis alors qu'une de ses mains était recouverte de bandages et qu'elle avait sans doute été recousue), et il les referma autour de sa sœur, dans une étreinte puissante, sans prononcer le moindre mot.

– Waouh, frangin ! haleta Sharyn. Ressaisis-toi !

– Comment c'est possible ? l'entendis-je s'étonner.

– Demande à Will, dit Ian. C'est grâce à lui.

Helen se dégagea et elle m'observa de la tête aux pieds. Je sortis le cristal de ma poche et le tendis pour que tout le monde puisse le voir.

– Un cadeau de Lilith Cavanaugh, dis-je. Je suis sûr que Steve adorerait qu'on lui donne l'occasion de se pencher dessus.

Tom, Helen et les autres enregistrèrent l'information. La plupart des Fossoyeurs avaient abandonné leurs chaises et s'approchaient de nous. L'agent spécial Hugo Ramirez était parmi eux. Il me dévisageait avec un drôle d'air, secouant la tête, un mince sourire incurvant ses lèvres.

– Tel père, tel fils, murmura-t-il.

C'était peut-être le plus beau compliment qu'on m'ait jamais fait.

Je lui souris, leur souris à tous, même si, ce faisant, je parcourais les rangs du regard à la recherche de...

– Will ?

Une mince silhouette se frayait un chemin à travers l'assemblée, poussant les gamins sur le côté comme s'ils n'existaient pas. Quand elle surgit enfin devant moi, je me fis la réflexion qu'elle aussi avait l'air un peu plus petite que dans mes souvenirs. Plus vieille, aussi. On devinait quelques cheveux gris au milieu des blonds.

Emily était accrochée à sa jambe de pantalon, comme elle l'avait fait avec moi dans la prison. Quelqu'un lui avait lavé le visage, et on lui avait trouvé des vêtements, quatre tailles trop grands certes, mais en tout cas elle souriait.

– Will ? répéta ma mère.

Elle ne détachait pas les yeux de moi, absorbant tout comme une éponge.

– C'est moi, maman, dis-je, m'étouffant presque.

– Tu..., commença-t-elle, avant de déglutir et de pouvoir terminer sa phrase : Tu as grandi.

Puis elle passa ses bras autour de mon cou et se mit à sangloter.

Je m'étais demandé ce que cela ferait d'avoir ses bras autour de moi. À présent je le savais.

J'avais la sensation d'être de retour chez moi.

42

LES YEUX DE L'ENNEMI

La Reine des Morts était baignée par les flashes des appareils photo. Elle souriait, debout sur l'estrade, la même que celle sur laquelle un simple adolescent avait réduit à néant ses plans soigneusement ourdis. Il lui fallait à présent recommencer à zéro, trouver un nouveau stratagème pour faire avancer la cause des Malums. Des mois de préparation annihilés par un acte aussi isolé qu'héroïque.

Elle avait perdu Pierce et, bien pire, l'Éclat d'Ancre. En trouver un autre se révélerait à la fois particulièrement ardu et coûteux. Sa seule consolation était que, quoi qu'ils fassent, il n'existait aucun moyen pour que ces... ces morveux comprennent la nature et le potentiel du trésor dont ils s'étaient emparés.

Ils n'avaient pas la sagesse requise.

La Reine parla dans le micro :

– Il y a deux jours, un jeune garçon – dont nous ne connaissons pas encore l'identité – a surgi de façon aussi audacieuse que spectaculaire à cet endroit même, se jetant dans la trajectoire de la balle tirée par un assassin. Son héroïsme et son sacrifice sont une inspiration pour tous les jeunes, et un exemple étincelant de l'intégrité et de la force spirituelle des citoyens de Philadelphie.

Pour la Reine, le plus terrible dans cette débâcle due aux Fossoyeurs était toutefois de se retrouver ici, avec le gouverneur et sa femme, obligée de prononcer ce discours.

– Ce qui s'est passé dans les heures qui ont suivi l'évacuation de ce courageux garçon vers l'hôpital Jefferson ne sera peut-être jamais élucidé. Selon les témoignages, tous concordants, il a été déclaré mort lors de son transfert, mais il avait disparu lorsque l'ambulance est arrivée à l'hôpital. Les circonstances exactes de cette disparition restent inexpliquées et semblent tout aussi miraculeuses que la façon dont il avait surgi de nulle part.

» En ce qui me concerne, il n'y a rien au monde que je souhaiterais plus que de voir ce jeune héros venir à moi, ne serait-ce que pour quelques secondes, de sorte que je puisse lui serrer la main et le remercier pour son altruisme.

» Malheureusement, comme cela n'est pas de l'ordre du possible, le gouverneur, son épouse et moi-même avons invité quelques-uns des enfants qui étaient présents il y a deux jours. En tant que témoins de l'étonnant exploit de cet adolescent mystérieux, ils feront office de remplaçants, et ils nous serreront la main à la place du héros.

Sur ce, Lilith Cavanaugh avança vers le bord de l'estrade et se pencha pour saisir la première des mains tendues. Ses deux hôtes de prestige et elle se déplacèrent le long de la file des écoliers bien alignés et, souriant devant les caméras, serrèrent les petites mains les unes après les autres.

Oh, comme elle les détestait ! Comme elle mourait d'envie d'arracher leurs bras de leurs corps minuscules, de plonger ses crocs dans leurs gorges fluettes, pour goûter leur sang et leur chair. Mais, au lieu de cela, elle souriait, prenait la pose, et passait d'un garçon à une fille, d'une fille à...

Elle s'immobilisa devant l'un des garçons. Il était mince, et sa tête était dissimulée par une épaisse capuche. Il avait cependant quelque chose de familier. Quelque chose dans son regard...

« Ce n'est pas possible ! »

Will Ritter, le visage impassible, tendit la main à la Reine des Morts, qui se pétrifia, les yeux rivés sur lui. Pendant de longues secondes, il lui fallut lutter pour se contrôler, pour se retenir de saisir le maudit gamin par la gorge et de l'étrangler. Trop de caméras. Trop de témoins. Et il le savait. C'était pour ça qu'il était venu. Il savait qu'elle ne pouvait pas s'en prendre à lui.

Mais elle pouvait lui parler.

Lilith accepta la main tendue et la serra fort. Le garçon grimaça imperceptiblement, pas assez. Pourtant, elle n'osa pas serrer plus fort, n'osa pas lui briser la main.

Elle s'adressa à lui dans l'Ancienne Langue. Il était un Fossoyeur. Il était le seul à pouvoir entendre ce qu'elle allait dire. Ce n'était pas grand-chose, mais c'était son unique arme.

– *La. Victoire. Est. Tienne. En. Ce. Jour. Garçon. Mais. Je. Ne. Suis. Pas. Booth. Je. Suis. Toujours. Là. Tu. Comprends ? Je. Suis. Toujours. Là !*

Elle savait qu'il la voyait telle qu'elle était réellement, qu'il voyait le cadavre pourrissant dont il serrait la main. Elle attendit que la terreur se lise sur les traits du garçon. Attendit qu'il s'arrache à sa poigne, gagné par la panique. Elle le laisserait faire. Elle n'avait pas d'autre choix, de toute façon. Mais, au moins, elle pourrait savourer sa réaction, se réjouir de l'horreur qui devait le consumer, devait ronger jusqu'à la dernière cellule de son cerveau d'enfant.

Mais non.

Pas de terreur.

Pas de révulsion.

Au lieu de cela, Will Ritter soutint son regard sans ciller, plein d'une détermination qui dépassait le nombre de ses années. Il y avait en lui de la force. De la résolution.

Et de la sagesse.

– Moi aussi je suis toujours là, dit-il.

Puis, avec un léger sourire, il ôta sa main et partit se fondre dans la foule.

La Reine des Morts le suivit des yeux, l'expression de l'adolescent s'imprima en elle sur toutes les parcelles de son corps volé.

Pour la première fois, la Reine eut peur.

Cet ouvrage a été mis en pages
par DV Arts Graphiques à La Rochelle

Impression réalisée
par Rotolito Lombarda
en janvier 2015

Imprimé en Italie
N° d'impression :